ro
ro
ro

rororo

Katrin Seddig, geboren 1969 in Strausberg, studierte Philosophie in Hamburg, wo sie heute mit ihren beiden Kindern lebt. 2008 erhielt sie für ihre Erzählungen den Förderpreis für Literatur der Hansestadt Hamburg.

«Kathrin Seddig lässt ihre Dutzend Helden mit Wucht in Hamburg-Niendorf scheitern – wie im selben Moment das Glück finden.» *Die Welt*

«Seddig erzählt in einer so wundervollen Prosa vom Verfall eines Anwalts, dass der Leser nicht weiß, ob er lachen oder weinen soll.»
*Hamburger Abendblatt*

«Ein feiner, wild wuchernder und versöhnlicher Liebesroman.» *Annabelle*

«Prall gefüllt mit starken Dialogen, authentischen Charakteren und außergewöhnlichen Szenen.»
*Titel-Magazin*

«Ein Buch über Familien und wie man sie überlebt.» *Friday*

KATRIN SEDDIG

# Runterkommen

Roman

ROWOHLT TASCHENBUCH VERLAG

Veröffentlicht im Rowohlt Taschenbuch Verlag,
Reinbek bei Hamburg, Oktober 2011

Umschlaggestaltung any.way, Barbara Hanke/Cordula Schmidt
(Foto: plainpicture/Deepol/Dirk Brömmel)
Satz aus der Janson Text PostScript, InDesign,
bei Pinkuin Satz und Datentechnik, Berlin
Druck und Bindung Druckerei C. H. Beck, Nördlingen
Printed in Germany
ISBN 978 3 499 25395 9

Für Katrin McClean

ERSTER TEIL

# Blätter und Blüten

# Dani

Als er in seinem schwarzen Mercedes-Benz um die Ecke summt, kneift sie die Augen zusammen und umarmt den sonnenwarmen Stamm.

Mein Freund, der Baum.

Sie pult ein paar Stücke aus der weichen, moosigen Rinde und tritt vor Aufregung mit der Fußspitze gegen das Holz. Von vorn das Ploffen der Wagentür, das Knacken der Verriegelung, sie kennt sein Auto, auf dem Nummernschild seine Initialen und ein Aufkleber: Ich bremse auch für Rentner. Er streckt sich, Arme Richtung Himmel, eine unglaubliche Bläue heute, wie glühendes Metall, Flecken unter den Achseln, sein Ehering blitzt – Ehe, da war doch was – und macht dabei ein Geräusch wie ein Tier aus einem Zeichentrickfilm.

Während er sich bückt, um seinen Schnürsenkel zu binden, das hätte er nicht gemusst, er ist ja gleich zu Hause, stolpert er, sie hat es kommen sehen, hüpft, um sich zu fangen, und läuft während des sich Fangens gegen die Tür. Schönes, wunderschönes Zuhause. Blumenkübel am Eingang.

Hier. Wohnt. Familie.

Sie kennt seinen Arbeitsplatz, und sie kennt seinen goldenen Kugelschreiber, auf dem ist eingraviert: Alles Liebe im neuen Jahrtausend.

Alles, das ganze Liebe, was es überhaupt gibt.

Sie weiß, wie er tippt, draufhauen, verschreiben, zurückspringen und neu schreiben, immer zu schnell, und er muss eigentlich wissen, dass er sich gleich wieder verschreiben wird, aber darum geht es nicht, ums Richtigschreiben.

Sein Umriss zerfließt hinter dem dicken Glas der Haustür. Sie muss woandershin, hinter das Haus. Knistern unter ihren Sandalen, lackweiß wie seine Eingangstür, und ihre Zehennägel pinki.

Sie ist mit zwei Jugoslawinnen aus ihrer Arbeit bei Martina gewesen, und deren Nachbarin hat eine Farbberatung für sie gemacht. Die eine, deren Namen sie nicht kannte, weil sie erst seit zwei Tagen in der Firma war – zwei Tage später war sie wieder weg –, hat mehrmals gesagt: «Rot ist eine schöne Farbe», dabei trug sie alles in Schwarz. Die

Farbberaterin hat Dani gesagt, grelle Farben stünden ihr nicht, wegen ihres blassen Teints. Findet Dani eigentlich nicht. Grelle Farben stehen ihr manchmal sehr gut, sieh dir mal deinen eigenen Teint an, wie Bierschinken und Butter, aber das sagte sie nicht, sie sagte: «Mein Teint ist blass, aber auf eine frische Art», die Farbberaterin sagte nichts mehr dazu, sie sah zur Seite, wo Martinas Sohn in Rot, Gelb, Blau mit den Händen wirbelte und lachte, farblich gesehen war er eine Attraktion. Sonst auch.

«Ich mein ja nur», sagte die Farbberaterin zum Schluss, «muss ja jeder selbst entscheiden, mir ist es ja egal, aber um was zu sagen, wurde ich schließlich gebucht.»

«Ich fand es sehr schön», sagte Dani. «Ich mag nun mal grelle Farben, weißt? Das ist mehr schockig, manchmal.»

Der Wald ist knistertrocken. Ein Streichholz würde genügen.

Die Büsche, der Zaun, der Grasstreifen neben den versetzt angeordneten, bläulich schimmernden Steinplatten, die fettigen Blätter des Rhododendrons, die Tannen vor dem Schlafzimmer … das Fenster würde platzen, die Hauchgardine schmelzen, alles würde brennen, auch der Beton und die Schindeln.

Und er kommt heraus, sieht sein Haus in Flammen aufgehen, zu Asche werden, sein ganzes, schönes Leben.

Sie geht zu ihrem Baumstumpf, ihrem Moosthron hinter dem mattgelben Busch. Sie muss warten. Sie ist schweißnass, er wird es auch sein. Er wird sich ausziehen, alles in die Wäsche – in den Wäschekorb der Familie zwischen die Frauensachen und Kindersachen und Katzensachen und

Hundesachen –, alles von sich schleudern und unter die Dusche gehen.

Sie kann leider nicht in sein Badezimmer sehen. Einmal war er nackt im Wohnzimmer. Das war nur einmal. Da war er total nackt.

Sie streckt die Beine aus und fokussiert einen Fleck zwischen den Gräsern, eine Spiegelung von Himmel im Panoramafenster seines Wohnzimmers. Es verschwimmt und löst sich auf. Sie nimmt das Fernglas.

In seinem Wohnzimmer ist es wie immer, sauber, schwarz-weiß. Schwarz ist das Ledersofa, weiß ist der Teppich. An der Wand ein Aquarell mit einem galoppierenden Pferd. Es galoppiert so daher, seit sie es kennt, und wirbelt in der untergehenden Abendsonne Staub auf, nur – der scheiß Staub bleibt in der Luft hängen. Das ganze Bild ist erfüllt von Staub, Staub, Staub, so sieht man keine Landschaft, obwohl sie gerne wissen würde, welche Landschaft da ist, wo das Pferd langläuft die ganze Zeit.

Es ist nur Leinwand dahinter, das weiß sie eigentlich, aber in echt war da eine Landschaft, und gedacht ist da auch eine Landschaft, es läuft ja nicht in der Luft, das Pferd.

Hinter ihr knackt es, und ein Vogel mit einem richtigen Menschengesicht steht auf dem Moos, ein Bein arrogant angewinkelt, und verharrt. Er will sie überlisten, er glaubt, sie sieht ihn nicht, wenn er sich nicht bewegt, nicht mal die schwarzen Knopfaugen in seinem Gesicht, angenäht an das Federgesicht, das freche. Sie gibt sich Mühe, so zu tun, als würde sie ihn tatsächlich nicht sehen, aber sie kann ihn nicht täuschen, er schreit und fliegt weg. Wahrscheinlich hat sie ihm irgendwas versaut. In die folgende Stille ratscht sorgfältig eine Grille. Schweißrinnsale schlängeln sich an ihrem Körper hinab, zwischen den Brüsten, auf ihren Wirbeln den Rücken hinunter, und dünsten Lockstoffe in die Atmosphäre.

Sie hebt das Fernglas, aber das Sofa steht verlassen auf dem Teppich, die Tür ist geschlossen, das Zimmer leer, das Pferd staubt unermüdlich allein in dem Bild.

Sie legt den Kopf auf ihre Knie.

Als sie vom Baumstumpf kippt, wacht sie auf. Blick auf die Uhr. Gleich sieben. Mist, sie muss los, aber sie sieht noch einmal durch das Fernglas.

Sein weißer Slip leuchtet auf dem schwarzen Leder, sonst ist er nackt.

Nackt, wunderbare Hitze. Er sieht fern.

Seine Frau kommt von irgendwo und setzt sich neben ihn.

Er greift nach der Fernbedienung, hält sie vor sich und schüttelt sie. Er schüttelt, schüttelt wieder. Seine Frau rutscht an das andere Ende des Sofas, beleidigt vielleicht, und schlägt die Beine unter ihren dicken Hintern wie ein Mädchen. Nützt auch nichts, du. Die schlafen dir gleich ein – und dann …

Ihre Lippen bewegen sich, ihr Mund öffnet und schließt sich. Er sieht nicht zu ihr hin, schüttelt nur die Fernbedienung, wirft sie auf den Boden – mach nur, schmeiß alles in Scherben –, steht auf und tritt ans Fenster. Er mit seinem ganzen Körper und seiner Haut und seinen Härchen überall.

Sie nimmt ihr Fernglas von den Augen, dann wieder hoch, er steht noch da, hundert Jahre später, und betrachtet seinen Garten oder die Scheibe oder auch gar nichts, während seine Frau sich im Hintergrund eine Zigarette anzündet. Er streicht sich über den Bauch und über seine weiße Unterhose.

Sie verharrt wie ein Vogel, der andere über sein Vorhandensein täuschen möchte. Sie muss jetzt gehen, Spätschicht, aber sie verharrt. Sie kann sich nicht bewegen, nicht atmen, nicht denken.

Er lässt sich wieder neben seine Frau fallen, die teilnahmslos rauchend ins Nichts schaut, und packt die Fernbedienung wie eine Waffe. Hundertachtundsiebzig Sender. Scheint endlich zu gehen, geht doch, sie lässt die Hände mit dem Fernglas sinken. Sie sieht auf die Uhr. Viertel nach sieben. Renn, Dani, renn!

Beim Sprung über einen Baumstamm knickt sie um, fällt mit dem Knie auf einen Stein. Ihr Schrei bleibt in der Luft hängen. Sie versucht, so einen Schrei nochmal hinzukriegen, aber es gibt einen Unterschied zwischen echten und unechten Schreien. Echte sind echter.

Unecht schreiend humpelt sie weiter.

Als sie die Tür zu ihrem Auto aufmacht, zu ihrem Zuhause, Geruch von Bonbons, Kaugummi und Duschbad mit Meeresalgen, weil ihr das auf den Rücksitzen ausgelaufen ist, murmelt sie: «Scheiße, Mann.»

Der Wagen springt nicht gleich an.

Sie startet und startet, erst mit und dann ohne Gefühl, und bei ohne Gefühl klappt es irgendwann. Sie dreht das Fenster herunter, Nadeln und Äste knacken unter den Reifen, als sie auf die Straße fährt. Im Radio Oasis. (Today is gonna be the day, that they're gonna throw it back to you, by now you should have somehow, realized what you gotta do …) Sie singt leise mit, und ihre Augen tränen vom Fahrtwind.

Sie parkt auf dem Parkplatz vor dem Haus, in dem sie wohnt. Der Fahrstuhl gähnt sie an. Innen, an die Wand gelehnt, liest sie jeden Tag das Gleiche: «Fuck Frau Gör. Frau Gör. ist Sau»

‹Frau Gör Punkt› ist ‹Frau Göring›, abgekürzt. Frau Göring wohnt ganz unten. Sie fegt den Eingang mit einem roten Besen, freiwillig, das wissen alle, weil sie oft sagt: «Ich mach das freiwillig, nicht dass hier einer denkt …», was hier einer denken könnte, sagt sie nicht.

Die Kinder beschmieren ihre Wohnungstür mit Eis. Sie gehen mit Eis vorbei und schmieren es einmal an ihrer Wohnungstür ab. Es ist selbstverständlich geworden. Es ist der Kindereintrittscode in dieses Haus. Dani hat gehört, wie ein Kind das andere fragte: «Schmierst du bei Gör?», und das Kind sagte: «Ich hab heut schon.»

Frau Göring schreit durch das Haus, sie weiß, wer das war.

Aber sie weiß es nicht. Alle waren es.

Oasis immer weiter. (I said maybe, I said maybe, you're gonna be the one that saves me, saves me …) In ihrem Kopf.

Im neunten Stock, wo sie wohnt, ist es feucht und riecht zitronig. Die Frau neben ihr hält Ordnung. Aber sie nimmt zu viel Reiniger, das schmiert schon an den Schuhen. Wo die Frau wohnt, hängt ein Kranz aus getrockneten Blumen und ausgesägten Igeln, und auf ihrem Abtreter steht: «Tritt ein, bring Glück herein.» Kommt aber keiner.

Dani schließt die Tür auf, und dumpfe Luft klatscht ihr ins Gesicht, obwohl sie Durchzug gemacht hat. Sie geht gleich rüber ins Schlafzimmer, wo auf ihrem zerknüllten Bett noch der Overall liegt. Sie zieht ihre verschwitzten Sachen aus, Jeans, T-Shirt, und wirft sie auf den Boden. Auf dem Boden liegen noch andere Sachen, Waschtag naht, Aufräumtag naht, hurra, dann steigt sie in den hellblauen Overall, auf dem Rücken: *natuerlich-sauber-martinariese.de*. Sie krempelt die Beine hoch, Martina legt Wert auf die Overalls. Auch im Sommer. Die Mitarbeiter haben die richtige Einstellung zu haben.

Haben zu haben.

«Wir sind ein Team», sagt sie auch, Nurcan sagt dazu: «Du bist vielleicht ein Team, ich nicht.»

«Türkinnen sind aufmüpfig», findet Martina, aber Nurcan sagt: «Rassistin, ich bin nicht aufmüpfig, ich sag meine Meinung, ich mach meine Arbeit, und Schluss ist.» Aber der Overall kommt Nurcan entgegen, so ist sie bedeckt, dazu trägt sie Kopftuch, freiwillig, weil sie will. Sie hat keinen Mann. «Weil ich keinen will», sagt sie, «ich bin kein Team. Nich mit Mann und nich mit euch.»

Ich bin auch kein Team, Nurcan, ich bin ein Vogel.

Sie geht in die Küche, wo die Gardinen zugezogen sind, weil die Sonne voll auf die Scheiben knallt, aber es ist trotzdem heiß. Sie setzt sich auf ihren einzigen Stuhl – ein Plastikstuhl, den sie auch mit auf den Balkon nimmt, ein Drinnen- und ein Draußenstuhl – und trinkt ein Glas Grapefruitsaft. Sie betrachtet den PVC-Boden, Millionen mikroskopisch kleiner brauner Pünktchen auf einem beigen Untergrund, das ist praktisch, weil man die braunen Pünktchen nicht von Krümeln unterscheiden kann. Falls es irgendwann mal zu Krümeln kommen sollte, falls in dieser Küche mal groß gespeist werden sollte.

Acht auf ihrer Küchenuhr, sie muss los.

Sie stellt das Glas in den Geschirrspüler, in dem schon ein paar Gläser stehen, es dauert immer eine Woche, ehe sie ihn anstellen kann, und die Reste an dem Geschirr verschimmeln manchmal ein bisschen, und dann geht sie in Overall und rosa Nike-Turnschuhen zum Fahrstuhl und fährt hinab.

Fuck Frau Gör.

Sie steigt in ihr hundert Grad heißes Auto und denkt, dass der Overall jetzt schon klitschnass ist. Immer wie ein Schwein rumrennen, Mann.

Dann denkt sie zurück. Dunkelblaue Schweißflecken, milchige Haut. Ein Ausschnitt von Bläue über seinem Gesicht.

Es war spät damals, er saß an seinem Schreibtisch und besah seine Finger, auf dem Schreibtisch Aktenberge, der Computer an, Sauerstoffmangel, bitterer Geruch.

Sie hatte die Tür leise geöffnet, er hatte sie nicht gesehen, sie stand da und wartete, er sah sie immer noch nicht, er stand auf und lief dumme Kreise in seinem Büro, ein kleiner Wolf läuft kleine Kreise in seinem kleinen Käfig. Klein, klein, klein.

Sie stellte sich in der Tür auf mit ihrem Staubsauger und reckte sich, sie bewegte sich, sie wollte seine Aufmerksamkeit erregen, sie erregte seine Aufmerksamkeit in geringem Maße.

Er sagte: «Jaja, hopphopp.»

Sie holte ihren Eimer herein und ihre Sachen, wollte eigentlich saugen, den Staubsauger stellte sie gegenüber von seinem Schreibtisch auf, damit er sich drauf einstellen konnte oder gehen. Er setzte sich wieder hin und starrte und wand sich. Solche Verzweiflung nur wegen Arbeit.

Sie stellte den Staubsauger an. Das riss ihn raus, und er holte eine Apfelsine aus dem Schrank. Sie war so nahe an ihm dran, dass sie das kleine Fell auf seinem Hals sah, und in den Staubsaugergestank mischte sich Rasierwasser.

«Hopphopp», murmelte er.

«Hopphopp, bin ich ein Affe?», murmelte sie, aber er hörte es nicht in all dem Gesumm. Sie saugte zwischen seinen Stuhlbeinen, sie saugte alles weg, was nicht feststeckte. Dann war wieder Ruhe. Er bohrte mit dem Zeigefinger ein Loch in seine Apfelsine und pulte kleine Fitzel von der Schale ab. Er sah sie nicht im mindesten.

Hopphopp.

Hastig verließ sie den Raum. Ein Geruch von Orange in bitterer verbrauchter Luft, das kniff in ihre Eingeweide. Die ganze Verzweiflung in diesem Raum.

Viertel nach acht, sie steckt fest im Straßenverkehr.

Hopphopp.

Zwei fette kleine Türken werfen Wasserbomben. Es wäre eine Abkühlung, aber die Leute sind nicht offen dafür. Sie kurbeln die Fenster hoch. Sie auch, sie gehört auch zu den Leuten. Sie will nicht von etwas getroffen werden, das ist es eher. Nicht die Nässe. «Ihr Kröten», sie hebt den Zeigefinger, und die Kröten lachen und zielen auf ihre Scheibe. Sie dreht die Scheibe runter und schreit: «Ihr sollt nicht so viel Döner essen, ihr Kröten.»

«Du Hure!», schreit der eine.

«Ja, isch fig deine Mudder!», schreit sie zurück und fährt weiter.

Die Hits der Sechziger und Siebziger und Achtziger und Neunziger und Zweitausender. Das Beste von heute. Eine Fahne von Eulenmusik. Immer nur Eulenmusik in dieser Stadt.

Beim Stadthundekackpark biegt sie in die City Nord ein, fährt eine Betonauffahrt hoch, durch eine offene Schranke. Nur Martina hat einen Schlüssel, wer zu spät kommt, hat Pech gehabt. Sie steht rauchend am Eingang, sie raucht autoritär, sie muss den Laden in Schwung halten und alles auf ihre Kappe nehmen, Martina im hellblauen Overall, NY-Cap auf den Zöpfen, *natuerlich-sauber-martinariese.de*.

Die anderen Frauen sitzen auf der Treppe und reden in ihren Sprachen, Nurcan sprüht mit einer Sprühflasche den Frauen Wasser ins Gesicht, sie hat die Sprühflasche von zu Hause mit und sagt: «Das ist meine Klimaanlage.»

«Wo is Tom?»

Tom kommt mit dem Fahrrad. Gerade noch so zur Zeit. Er verspätet sich meistens, und Martina beschimpft ihn dann aufs übelste, aber das macht ihm nichts aus. Er lächelt nur, und Martina sagt, sie schmeißt ihn raus. Nächstes Mal.

Wenn er sein Gesicht wäscht, nimmt er die Brille ab, aber nur dann. Er hat glühend blaue Augen, das glühendste Blau, das jemals jemand bei Augen gesehen hat. Wenn er die Brille abgenommen hat. Seine Brille ist eine große Sonnenbrille mit goldenem Gestell, selbst im Winter, immer trägt er sie. Er kann schlecht sehen, aber dass er immer nur mit der Sonnenbrille rumläuft, das ist sein Ding und macht sein Leben vermutlich etwas dunkel.

«Das ist nur am Anfang, dann gewöhnt man sich dran», sagt er.

«An Blindsein gewöhnt man sich auch, ist auch dunkel am Anfang, und dann gewöhnt man sich dran», hatte sie gesagt, sagt sie öfter zu ihm.

«Ich seh ja was», sagt er, «ich bin nicht blind, ich seh alles, nur anders, im Grunde sieht es besser aus, irgendwie farbiger und mit mehr Kontur.»

Mit mehr Kontur.

Die Gespräche wiederholen sich. Wenn man mit denselben Leuten zusammen ist, wiederholen sich die Gespräche.

«Dann sind wir ja komplett», sagt Martina, auch schon das hundertste Mal, tritt ihre Zigarette aus und klatscht in die Hände. Sie öffnet den Transporter, der vor der Tür parkt, und sie holen ihr Zeug raus, ihre Putzwagen, Eimer, Staubsauger, Lappen und den biologischen Reiniger. Manche Firmen legen Wert drauf, aber kaum welche. Vielleicht später mal. «Das kommt», sagt Martina, «das kommt.»

Die Overalls sind aus der Behindertenwerkstatt, wo Martinas Sohn arbeitet. Deshalb. Leute mit behinderten Kindern sind meistens ökologisch.

«Du nimmst die Linken, Tom die Rechten, und ich gehe mit den anderen in den Dritten und Vierten», sagt Martina.

Da sitzen die Wirtschaftsprüfer, die sind hoffentlich alle weg.

Tom schiebt ihren Wagen und seinen Wagen zu den linken Büros.

«Na», sagt er, weil sie jetzt unter sich sind, und sie sagt: «Na.»

Er sieht rasch in alle Büros. «Sind alle weg», sagt er dann, winkt mit dem Staubsaugersaugteil und geht rüber zu den rechten Büros. Wie sieht er nur immer aus. Wie schlappt er nur da lang.

Das Putzen ist gut. Es ist still und vernünftig. Sie saugt den Boden, leert die Papierkörbe und die Aschenbecher, wischt Fensterbretter und Schreibtische ab, und zuletzt wischt sie den Parkettboden.

Auf den Schreibtischen Fotos von Familie, Freundin, Kind, Hund. Aschereste, Lochkonfetti, Ringe von einer Kaffeetasse. Sie wischt ihre Hände am Overall ab und nimmt Sachen in die Hand. Es ist praktisch eine Sucht von ihr, immer alles ansehen und rumschnüffeln und alles in sich einsaugen.

«Davon kriegt man Kopfschmerzen», sagt Tom.

«Was soll ich machen, das ist Gier nach anderen, sehen, wie die sind und wo die drinstecken. Wie das riecht, wie sich das anfühlt, das Private, das interessiert mich. Ich kann es nicht erklären. Ich bin eben so.»

Er hat einen Holzschreibtisch, poliertes dunkles Holz mit Maserung und Astlöchern, darauf liegt ein Kalender, wo wirklich alles drinsteht. Name, Adresse, Telefon, sämtliche Termine, Arbeit und privat. In seiner eckigen Schrift, mal neigt sie sich nach rechts, mal nach links, schwankt durch die Tage, diese besoffene Schrift.

Sein Name ist Erik. Nachdem sie das erste Mal geschnüffelt hatte, sagte sie beim Saugen und dann wieder beim Ausleeren des Papierkorbs «Erik», und Erik fiel aus ihrem Mund in den Schlund des Müllcontainers.

Sie schreibt seine Termine in ihren Minitaschenkalender. So kann sie sich einrichten. Das ist besser. Erik. Sie ist schon oft umsonst zu seinem Haus gefahren und konnte dann seiner Frau beim Saufen zusehen oder den Kindern beim Fernsehen. Aber die sind nicht oft da, in erster Linie ist es sein Haus. Die anderen sind nur zu Besuch, die haben immer was vor und wollen immer weg. Er aber will dort sein. Er will dort sitzen und fernsehen und vergammeln. Was ist los mit dir? Erik.

Sie schließt die Fenster und sieht hinunter auf die Stadt. Bonbonschimmer auf den Häusern und auf den Straßen. Langsam wird es Abend.

Tom steht hinter ihr.

«Fertig?»

«Jo.»

«Hättest du Lust, nachher ins Kino?»

Sie weiß nicht, ob sie Lust hat, das stellt sich manchmal nicht so schnell ein, das Wissen, wie sie zu Unternehmungen steht. «Ich kann es dir nicht direkt sagen», sagt sie, «es ist auch ein bisschen abhängig davon, wie ich mich nachher fühle.» Tom nimmt die Brille ab, legt sie auf den Schreibtisch und wischt sich an den Augen herum. So geht der jetzt ran. Ohne Brille, mit seinen Augen. Hammerhart. «Was läuft denn heute?», fragt sie.

«Ein Film über die RAF», sagt er. «Würde dich interessieren.»

«Meinst du, ich interessiere mich für die RAF? Ich interessiere mich vielleicht für spannende Sachen, aber nicht, wenn sie politisch sind. Und RAF ist auch überhaupt nicht spannend, weil man ja weiß, wie es ausgeht.»

«Wie es ausgeht?», fragt Tom.

«Dass sie am Ende alle im Gefängnis sind und Flugzeuge entführen und Bomben bauen und wie sie reden und aussehen.»

«Du spinnst», sagt er. «Wenn sie im Gefängnis sind, entführen sie keine Flugzeuge. Und außerdem will man auch mal wissen, wie das wirklich war.»

«Du willst wissen, wie es wirklich war?»

«Ja!»

«Du willst wirklich wissen, wie es war?»

«Ja.»

«Dann frag doch Moritz Bleibtreu, der war dabei.»

«Du bist so dumm.»

«Du auch.»

«Ich hasse dich.»

«Ich hasse dich.» Er hält seinen Brillenbügel in der Hand und biegt daran herum.

«Du machst sie noch kaputt.»

«Geht's dich was an?»

«Nein, aber wir sind ein Team. Dann wischst du wieder den Teppich.» Das hatte er einmal getan, Wasser über einen Teppich gegossen, weil er dachte, es sei kein Teppich, aber da war auch noch was anderes im Spiel.

«Das liegt daran, dass ich blind bin», sagt er.

Sie nickt. «Du bist blind und kannst nichts sehen und hast keine Ahnung. Du hast noch nicht mal Geld. Und dabei bist du ein Mann.»

Tom sagt nichts mehr, er biegt die Brille auf seiner Nase gerade. Sie findet die Brille richtig scheiße, das hat sie ihm schon tausendmal gesagt.

«Halb elf», sagt er, «im Abaton.»

«Ich bin nicht da», sagt sie. Aber sie denkt, sie ist doch da. Sie fährt ihren Putzwagen nach unten, stellt ihn in Martinas Transporter, verabschiedet sich von allen und von Tom, der ihr winkt und dann auf seinem Rad verschwindet.

Im Kino ist es kalt. Sie kauft Schokolade und Bier, setzt sich im Vorraum an einen Tisch und wartet auf Tom, der reingeschlendert kommt in seinem alten Anzug, den hat er immer an, wenn Gelegenheiten sind wie diese, dazu sein weißes Hemd mit dem gelben Fleck auf der Brusttasche. Das ist eklig, der Fleck geht nicht raus, er hat die Form eines Baumes, aber jeder sieht, dass es ein Fleck ist.

Sie hatte ihm zum Geburtstag ein neues Hemd gekauft, ein gutes, weißes Hemd, aber er zog es nicht an. Einmal hat er es angezogen, weil sie gesagt hatte: «Zieh mal dein neues Hemd an», dann hat er es bei sich zu Hause angezogen, aber als sie losgehen wollten, zog er doch schnell wieder das mit dem Fleck an.

Dani würde gerne viel Geld haben und teure Hemden kaufen und sich alles kaufen, was teuer ist. Auch für Tom oder für Martina oder Doreen.

Eigentlich auch nicht. Eigentlich interessiert sie das überhaupt nicht.

Tom sitzt neben ihr am Tisch und bläht seine Nasenlöcher auf.

Eine Frau setzt sich neben Tom und sagt: «Hier ist doch noch frei?»

«Jetzt nicht mehr», sagt er.

«Sie haben da einen Fleck auf dem Hemd.» Er betrachtet den Baum auf seiner Brust und macht dabei ein Doppelkinn.

«Eine Applikation», sagt Dani.

«Ah ja», sagt die Frau.

«Das ist keine Applikation, das ist ein Fleck», sagt Tom.

«Das ist eine Applikation von einem Baum, ein Druck. Er ist Künstler», sagt Dani. Die Frau sagt nichts mehr, sie verrenkt sich nach irgendwem den Hals. «Er schweißt Sachen zusammen», sagt Dani, «er ist Schweißkünstler.» Jetzt haut die Frau ab.

Im Saal setzt Dani sich neben Tom, und auf der anderen Seite häuft sie all ihre Sachen auf. Tom knetet seine Hände. Zum Glück liegen sie in seinem Schoß. Einmal hat er im Kino nach ihrer Hand gegriffen. Dani hat seinen Snickersatem an ihrem Ohr gerochen, er wollte etwas hineinflüstern, und sie schaffte es kaum, seine Hand loszuwerden, die warm und feucht und klebrig von dem Snickers wie ein Frosch auf ihrer Hand hockte. Sie war aus dem Kino abgehauen.

Als er hinterher anrief, sagte sie: «Fass mich nicht an. Fass mich nie wieder an, du!» Sie hatte solchen Hass, solchen Hass, deshalb. Sie wusste schon, dass es nicht ungewöhnlich war, dass man Leute anfasste, sie wusste, dass es Tom normalerweise nicht angekreidet werden konnte, aber sie glaubte auch, er müsste sich auskennen mit ihr.

Jetzt zerbricht sie die Schokolade in der Verpackung, öffnet sie dann und hält sie Tom rüber. Er hat immer Hunger, weil er sich nichts zu essen kauft. Er ist schlecht ernährt, das hat der Arzt gesagt. «Ihr Ernährungszustand ist schlecht», hat er gesagt.

Und er könnte mal Turnschuhe tragen oder irgendwas Normales.

Als der Film zu Ende ist, bleiben sie noch sitzen, bis sie die Letzten sind. RAF. Beng, beng, beng.

Draußen ist es warm, die Frau vom Anfang steht mit einem Mann vor der Tür und sieht dem Mann beim Rauchen zu. Tom läuft blind auf sie zu mit seiner Sonnenbrille, blind in der Dunkelheit und von dem Film, er sieht sie gar nicht. Weil sie nicht mehr wegkann, als er mit der Nase vor ihr steht, fragt sie: «Hat Ihnen der Film gefallen?»

«Moritz Bleibtreu», sagt Tom, «mir gefällt, wie der immer so guckt, wenn einer widerspricht.»

«Den hab ich letztens in einer Bar getroffen», sagt ihr Partner.

«Echt», sagt sie.

«Ja, er war da mit so 'ner Frau.» Dann gehen die beiden.

«Draußen ist heute wie drinnen», sagt Dani.

«Ich weiß, was du meinst», sagt Tom. Er krempelt die Ärmel seines Hemdes hoch. Er fragt sie, ob sie spazieren möchte oder irgendwo was trinken oder nach Hause oder was sie möchte.

«Spazieren hätte ich Lust, komischerweise.»

Er knetet seine Finger. Er sagt: «Kann es sein, dass du einen Freund hast?»

«Wieso?»

Er rüttelt am Gestell seiner Brille. Dann sagt er: «Ich habe so das Gefühl.»

«Wieso?»

«Du sagst Sachen ab, die wir machen wollten, du bist nicht zu Hause, wenn ich dich anrufe ...» Und dann, nach einer Pause, sagt er: «Außerdem denkst du an ihn.»

«An ihn?»

Er nickt.

«Du weißt also, was ich denke und an wen?», fragt sie.

Er rüttelt am Gestell. Er nimmt die Brille ab und schwenkt sie in der Luft, als wollte er sie wegwerfen.

«Du bist ja mein Freund, Tom.»

Er schweigt. Sie gehen eine Straße runter, die sie grad schon mal hochgegangen sind. Dann sagt er: «Du musst mir nichts erzählen.»

Sie dreht die Scheiben vom Opel Corsa ganz nach unten und fährt Tom zu seiner Wohnung in Hasselbrook. Er sagt Werkstatt. Er sagt immer: «Ich lebe in meiner Werkstatt.» Sie sagt: «Bis dann», und er sagt gar nichts mehr.

Sie fährt nach Hause, Frau Göring steht im Dunkeln vor ihr wie eine Erscheinung, durchsichtig irgendwie, und nickt stumm.

«Es gab einen Anschlag», sagt sie und nickt wieder.

«Ja?»

«Da vorne haben sie die ganzen Knöpfe rausgerissen», sagt sie.

Dani starrt in die angewiesene Richtung auf eine Wand frei von Knöpfen. Da waren noch nie welche, oder?

«Ja, hab ich gehört», sagt sie vorsichtshalber, «kann man nichts machen», und geht an Frau Göring vorbei in den beschmierten Fahrstuhl.

«Das knallt heut noch!», ruft Frau Göring ihr hinterher.

Während die Fahrstuhltür sich schließt, sieht sie ihr Gesicht überdeutlich im Neonlicht, sie trägt blauen Lidschatten auf den runzligen Lidern. Das stimmt Dani irgendwie milde in Bezug auf Frau Göring.

«Fuck Frau Gör. Frau Gör. ist Sau»

Willkommen in der Zitronenheimat.

Als sie die Tür öffnet, schlägt mit lautem Knall ein Fenster zu. Grummeln am Himmel über der Stadt. Sie öffnet das Fenster wieder und lehnt sich hinaus. Die Luft liegt wie ein dicker, weicher Lappen zwischen den Häusern. Sie atmet tief ein und spürt einen Schmerz über ihrer linken Augenbraue. Eigentlich war der Schmerz schon lange da, aber er hat sich nicht bemerkbar gemacht. Erst jetzt, wo sie allein ist. Der Schmerz nimmt zu, als ein Windstoß sie streift. Irgendwo da unten kreischt ein Mädchen, und ein Junge lacht, dann ist es still wie nie zuvor. Der graue Beton, der Sandkasten, die Bänke und die parkenden Autos verfestigen sich im Blitzlicht, im Taglicht, und es knallt so gewaltig, dass es ihr schwer durch den Körper fährt.

Am Spielplatz brennt ein Baum.

Während es nun schwächer blitzt und donnert, frisst das Feuer sorgfältig Ast für Ast, der aufkommende Wind will es abdrängen, aber es krallt sich in den Baum, der schwarz wird und dessen verbrannte Äste brechen und zu Boden fallen.

Es klingelt. An der Sprechanlage Frau Göring: «Ich wollte nur sagen, ich hab es Ihnen gesagt», sagt sie.

«Stehen Sie immer noch da unten im Dunkeln?», fragt Dani durch die Sprechanlage.

«Ich geh jetzt mal rein», sagt Frau Göring.

Als sie die Sirene der Feuerwehr hört, schließt Dani das Fenster und setzt sich an ihren Tisch. Sie schaltet die Lampe an, nimmt einen Filzstift aus dem Glas und fängt an zu zeichnen. Sie zeichnet Erik, wie er am Fenster steht. Als sie die schwarze Umrandung fertig hat, malt sie alles mit

Orange aus. Er sieht ein bisschen aus wie ein Affe im Käfig. Das ist so, die Dinge verändern sich beim Zeichnen, die Realität verbiegt sich zauberhaft unter ihren Zauberstiften. Als sie fertig ist, legt Dani die Zeichnung in die Kiste und schiebt sie unter das Bett, sie zieht sich aus und lässt sich hineinfallen. Vor dem Einschlafen fragt sie sich, ob er sie vielleicht bemerkt haben könnte.

## Erik

Erik sieht aus dem Fenster und krault sich ein bisschen am Sack, als er die Gestalt zwischen den Blättern entdeckt. Sie hockt hinter dem Gartenzaun zwischen den Bäumen, fast verdeckt vom Grün, und obwohl er sie kaum sieht, glaubt er, dass es eine Frau ist.

Er bekommt eine Erektion, nimmt erschrocken seine Hand weg und dreht sich zu seiner Frau um, die sich eine Zigarette angezündet hat und mit zurückgelehntem Kopf und angezogenen Füßen raucht. Er setzt sich neben sie und schaltet den Fernseher wieder an, den er gerade ausgeschaltet hatte.

«Doch wieder fernsehen», sagt sie.

Er antwortet nicht. Er starrt auf das Gerät.

Die Erektion legt sich während der Sendung über Käseherstellung in Schweizer Bergdörfern. «Ich freu mich auf den Urlaub», sagt Karin, und es klingt wie eine Drohung. Aber alles klingt mittlerweile wie eine Drohung, was aus ihrem Mund kommt, wann hat das angefangen?

«Hm», sagt er.

«Mal raus», sagt sie. «Malediven. Das war doch letztens auch sehr schön. Und jetzt haben wir ein besseres Hotel.»

«Mal raus», sagt sie wieder, weil er immer noch nichts sagt.

Das Hotel letztes Jahr war auch ein besseres Hotel, erinnert er sich. Gab es Mängel? Er versucht, sich an das letzte Hotel auf den Malediven zu erinnern. Es gelingt ihm nicht, das Gebäude und das Zimmer, er weiß es nicht mehr. Aber an den Hintern der Bedienung erinnert er sich. Eine kleine dunkle Frau, mit einem Hintern wie eine Kugel, unglaublich rund und prall. Er fühlte sich förmlich in die Ritze zwischen ihren Backen hineingesogen, aber es ist niemandem aufgefallen. Und ein Pferd mit kranken Beinen war am Eingang des Hotels angebunden. Es stand steif und starrte, und seine Beine waren mit dreckigen Lappen umwickelt. Das weiß er auch noch. Sonst nichts. Das Zimmer war eins aus einer Reihe von Hotelzimmern, die ein Bett in der Mitte hatten, wo er sich am Abend auszog, sich neben Karin legte, einen im Tee hatte, aber so richtig, Karin abwimmelte oder manchmal auch, wenn es ihn juckte, bestieg. Dann wieder Morgen, der Ventilator, das Frühstücksbüfett, wieder die Bedienung mit dem Po.

Karin raucht. Dann sieht sie ihn an, schnelle Drehung des Kopfes, Angriff. Aufgepasst, Erik!

«Du redest gar nicht mit mir», sagt sie. «Manchmal sagst du den ganzen Tag nichts.»

«Was soll ich denn sagen», sagt er. Er reißt seinen Blick vom Fernseher los und sieht sie an. Ihr kurzärmliger Pulli ist am Bauch etwas hochgerutscht und gibt den Blick auf sonnenbankgebräunte Speckröllchen frei. Sie zündet sich die nächste Zigarette an. «Ich bin heute auf Karlos geritten, der so wild ist, aber bei mir war er ganz ruhig. Er braucht nur die richtige Reiterin.»

«Und das bist du», sagt er.

«Ja. Man muss nur richtig mit ihm umgehen. Wenn ich merke, dass er anfängt auszuscheren, reagiere ich gleich. Und dann klappt es auch. Wenn man es zu spät macht, hat er schon seinen eigenen Willen entwickelt, und dann lässt er sich nicht mehr zurückhalten. Aber dafür muss man eben ein Gespür haben.»

«Toll, wie du das machst», sagt er.

Karin quetscht ihre Augen zusammen. «Das interessiert dich doch gar nicht.»

«Vielleicht solltest du rausziehen, zu deinen Eltern, und das Gestüt übernehmen», sagt er.

«Das meinst du auch noch ernst», sagt sie, «das meinst du auch noch ernst, dass ich hier wegsoll.»

«Ach Quatsch, ich geh jetzt schlafen.» Er schaltet den Fernseher aus, steht auf und tritt noch einmal an die Scheibe. Der Garten liegt stumm im Dämmerlicht, und die Frau ist nicht mehr zu sehen. «Weißt du noch, das arme Pferd damals?»

Karin reißt die Augen auf, «welches Pferd?»

«Das kranke Pferd, das dort immer am Tor angebunden war und so traurig geguckt hat, letztes Mal auf den Malediven, als wir das noch nicht so gute Hotel hatten.»

«Das Pferd, das am Tor angebunden war?»

«Ja. Es hatte verletzte Beine.»

«Das war ein Rennpferd», sagt Karin. «Es war nur einmal da angebunden, und es gehörte dem Besitzer. Es war ein Rennpferd, ein Vollblutaraber, und es war weder alt noch krank.»

«Aber es hatte so verbundene Beine …»

«Ja», Karin hustet, «das stimmt. Ein wunderschönes Pferd, ich durfte einmal drauf reiten, ein ganz wunderschönes Pferd.»

«Du bist auf diesem armen Pferd geritten?»

«Das Pferd war nicht arm.»

«Es sah aber so aus.» Er geht aus dem Zimmer und lässt sie im Dunkeln sitzen.

Er wacht auf, als die Haustür zugeknallt wird, jemand öffnet den Kühlschrank, hantiert in der Küche. Es ist nicht laut, aber er hatte noch nicht richtig geschlafen und war noch halb in der Realität des Zimmers und halb im Schlaf gewesen. Er war einfach zu früh schlafen gegangen. Die Hitze und die Leere des Abends hatten ihn ins Bett getrieben.

Das muss Julian sein, der sich am Kühlschrank zu schaffen macht, denn Marthe isst nur im Notfall und nur außergewöhnliche Dinge wie Knäckebrot mit Sardellenpaste oder Sojawürstchen in Misosuppe. Eigentlich müsste sie auch längst zu Hause sein, aber sie hat einen Freund und kommt oft sehr spät. Er sieht auf die Uhr. Es ist zehn nach zehn. Er liegt im Bett und hat schon fast geschlafen. Zehn nach zehn. Sein Körper klebt in der Bettwäsche, in seinem Mund Taubheit.

Julian erscheint kauend in der Schlafzimmertür, eine Scheibe Brot in der Hand. «Na», sagt er, «bist du schon im Bett?»

«Würde dir auch nicht schaden.»

Julian trägt knallenge Stretchhosen, die die Form seiner leicht nach innen gebogenen Beine nachzeichnen, darüber hat er eine kleine Wampe, in seinem Alter; er müsste Sport treiben, er müsste sich anstrengen und sich wie ein junger Bär mit den anderen jungen Bären raufen und messen, aber nichts: kein Fußball, kein Judo, kein Rennrad, nichts. Bloß Kleidung ist ihm wichtig. Vielleicht ist er schwul.

«Ich war bei Remo», sagt Julian. «Wir haben bisschen gespielt.» Er kommt näher und setzt sich zu Erik. Er kaut an seinem Brot, und die Krümel fallen aufs Bett. Erik kann Remo nicht ausstehen, weil er ein angeberischer kleiner Drecksack ist.

«Wenn wir allein sind, ist er ganz anders», sagt Julian, was immer das auch bedeuten soll. Im Hinblick auf das Schwulsein will Erik sich das lieber nicht vorstellen, aber das spielt sowieso keine Rolle, wenn er jemanden einmal nicht leiden kann, instinktiv, dann ist es eben so, er hat einen Riecher für Menschen. Punkt.

«Remo hat gewonnen», sagt Julian.

«Remo gewinnt immer», sagt Erik.

«Meistens», räumt Julian ein.

«Macht dir nichts aus, oder?»

Julian schüttelt den Kopf. «Er ist einfach besser.»

«Du hast keinen Ehrgeiz.»

Julian schüttelt wieder den Kopf. «Wenn er besser ist. Ist doch egal.»

«Du hast überhaupt keinen Ehrgeiz», sagt Erik nochmal, «in nichts.»

«Ach komm», sagt Julian, «lass mich doch in Ruhe mit der Scheiße.» Er steht auf, und beim Rausgehen sagt er: «Mama sitzt unten vorm Fernseher und säuft.» Er hinterlässt den Geruch von Käsefüßen.

Erik versucht wieder einzuschlafen, aber er kann nicht, weil er sich verantwortlich fühlt. Ist das Ehe? Nochmal aufstehen, in Unterwäsche, und runtergehen und Schlimmeres verhindern? Wie oft hat er das schon gemacht? Zehnmal, hundertmal, tausendmal? Und das Zögern vor dem Aufstehen, das sich Ausmalen der Tatsachen unten auf dem Sofa. Und der immer selbe Gedanke, ein Satz wie eine Axt: Lass sie doch.

Das könnte sogar lieb gemeint sein, lass sie doch.

Er steht auf, geht runter ins Wohnzimmer, süße, verbrauchte Luft, Kochsendung, immer sieht sie Kochsendungen und kocht nie auch nur irgendwas von den leckeren Sachen nach. Er schaltet den Fernseher aus, nimmt die fast leere Flasche Baileys und wirft sie demonstrativ laut in der Küche in den Mülleimer. Etwas in ihm wehrt sich dagegen, eine nicht vollkommen geleerte Flasche wegzuwerfen. Er holt sie wieder raus und kippt den Rest. Ekliges Zeug, süß, klebrig, Schleckerzeug.

Im Wohnzimmer sitzt Karin immer noch auf dem Sofa und betrachtet mit kleinen Augen den toten Fernseher. Sie weiß, wie es ihr geht, deshalb bewegt sie sich nicht – als könnte sie dadurch etwas Unausweichliches aufhalten.

«Komm, Karin», sagt Erik.

Sie steht auf, ohne ihn anzusehen, konzentriert allein auf das Aufstehen, das nicht über den allzu nahen Couchtisch Fallen, das auf gerader Linie Erik und dem Ausgang Zustreben, und folgt ihm schließlich wortlos.

Vor der Treppe treffen sie auf Marthe. «Es ist halb elf», sagt Erik.

«Meine Uhr ist kaputt», sagt Marthe.

Erik runzelt die Stirn.

«Aber wirklich, die ist echt kaputt», sagt Marthe und hält den Arm mit ihrer Uhr hoch. Sie steht auf halb drei.

«Seit wann?»

«Seit letzter Woche.»

«Du trägst eine seit letzter Woche kaputte Uhr?»

«Ja. Ich trag sie immer. Ist doch egal.»

Das Argument kann er gefühlsmäßig nachvollziehen, aber intellektuell nicht. «Du trägst deine Uhr also nicht aus Gründen der Zeitmessung?»

«Wat?» Marthe zeigt ihm einen Vogel.

«Hat dein Joschi keine Uhr?», versucht er es anders.

«Der doch nicht», sagt sie, und Erik glaubt ihr, so, wie der rumrennt, hat der keine Uhr, das würde ihn bestimmt einschränken.

«Handy?»

«Das Handy hast du», sagt sie.

Das stimmt, er hatte es ihr weggenommen, aus finanziellen Gründen. Er konnte sich nicht erklären, wie sie die stundenlangen Telefonate bezahlte. Falls Karin ihr nicht ständig neue Telefonkarten kaufte, was er sich kaum vorstellen konnte, ging das nicht mit rechten Dingen zu. «Wenn du keine Uhr hast, die geht, musst du eben zu Hause bleiben», sagt er.

«Sicher», Marthe tippt sich wieder an die Stirn, während sie die Treppe hochsteigt und damit demonstriert, dass dieses Gespräch beendet ist. Aus dem Bund ihrer Hüfthose lugt ein lila String.

Erik sieht hilfesuchend Karin an, die sich grinsend am Geländer festhält, er sieht wieder hoch zu dem String, und etwas Unkontrollierbares braut sich zusammen. «Du rennst rum wie eine Nutte!», ruft er ihr hinterher.

Marthe bleibt oben stehen, sieht zu ihm herunter und verzieht ihren fast dunkelblau geschminkten Mund.

«Du spinnst so was von», sagt sie.

Karin sackt am Geländer zusammen. «Reiß dich doch mal zusammen!», brüllt er sie an und zieht sie hoch, während ihm ihr Atem ins Gesicht schlägt.

«Das musst du grad sagen», hört er Marthe oben murmeln, dann Türknallen, Musik.

Erik bringt Karin ins Bett und legt sich daneben. Beim erneuten Einschlafen, das sich etwas hinzieht, taucht wieder das Bild von der Frau in den Büschen auf. Es erregt ihn, und er wichst ein bisschen.

Karin reitet auf einem Pferd davon, das alt und krank ist. Es zittert, und Schaum tropft von seinen Lefzen, als es sich aufbäumt, um sie abzuschütteln. Aber sie lacht nur, und er starrt ihr hinterher, unfähig, sich zu bewegen oder etwas zu tun.

Das Donnern weckt ihn auf. Karin schläft ruhig. Ihr Atem geht gleichmäßig, die Bettdecke bewegt sich auf und ab, wie eine Pumpe, die alten Baileys-Geruch verteilt.

Die Haare kleben ihm am Kopf, seine Schläfen stecken in einer Zwinge, und seine Mundhöhle ist mit stinkendem Atem gefüllt. Marthe fällt ihm ein, als sie ein zerknittertes, rotes Baby war und roch wie Samt und Seide. Wie frisches Obst. Aber an Karins Klamotten wurde sie immer gleich mit Chanel beschmiert.

Er steht auf und geht runter in die Küche. Mit dem Wasserglas in der Hand geht er rüber ins Wohnzimmer und stellt sich vor das Fenster.

Im Blitzlicht liegt sein Garten vor ihm wie sein Leben. Das letzte vertrocknete Pink zwischen den glänzenden Rhododendronblättern, das künstliche Grün des geschnittenen Rasens, die kalte Bläue der Tannen. Es donnert, er zuckt zusammen und verschüttet Wasser auf seinen nackten Fuß.

Hilfesuchend sieht er sich im Zimmer um, fahndet nach einem Anhaltspunkt, nach etwas von Wert, das mit ihm zu tun hat, sein Blick bleibt an dem Pferd hängen, das unaufhörlich galoppiert. Er wünscht, es würde sich niederlegen und ausruhen, er ist so müde. Immer der Galopp, immer der Staub.

«Ich schlag dir gleich die Keule über den Schädel, dann hast du aber Ruhe», flüstert er.

Ein Blitz schlägt ein. Der Rums geht durch seinen Körper, als würde es ihn betreffen, aber er kann nichts erkennen. Kein Feuer, keine Katastrophe, alles beim Alten. Das muss woanders gewesen sein, in der Stadt irgendwo. Dann endlich Regen, in einer großartigen Ausschüttung. Er öffnet die Terrassentür. Kalte Luft schlägt ihm entgegen, er schaudert und kann der Versuchung kaum widerstehen, seinen ausgetrockneten Körper dem Regen auszusetzen, aber er reißt sich zusammen. Er kippt den Rest Wasser auf die Terrasse, schließt die Tür und geht wieder in sein Schlafzimmer zu seiner schlafenden Frau.

Liegt da und schläft und macht sich keine Gedanken.

Die Vorhänge blähen sich vor dem geöffneten Fenster, frische Luft liegt auf seinem Bett. Er legt sich hin und schläft jetzt sofort ein.

Es bleibt heiß.

Er fährt ins Büro. Er schwitzt und fährt wieder nach Hause. Er fährt zum Gericht. Er redet mit Mandanten, die schwitzen, er bietet Getränke an. Er trinkt selbst viel, hauptsächlich Wasser. Er hat einen Durst, der sich nicht stillen lässt. In der Toilette der Kanzlei riecht es nach Schweiß, Urin und Raumspray.

Über seinem Tun liegt ein Schleier, den er der Hitze zuschreibt. Er lacht und erzählt den Kollegen Witze, was sonst gar nicht seine Art ist. Witze, die früher jemand erzählt hat, als er noch jünger war und es üblich war, witzig zu sein, besonders unter jungen Juristen. Ein junger Jurist war ganz sicher nicht spießig oder konservativ, neeeiiin, ein junger Jurist war so locker, davon konnten die Geisteswissenschaftler nur träumen, und feierte jede Menge ausgelassener Partys, wo dann Berit Sievert der Po mit Plakatfarbe angemalt wurde und alles grölte, wenn schon, dann richtig.

All dieser Humor fällt ihm ein und fällt ihn an, und er erzählt Witze. Die Kollegen lachen nicht immer. Er sagt: «Die Hitze macht einen ganz verrückt.» Zu Karin ist er nett und bemüht sich, sie zu respektieren, das Reiten und was sie so macht. Er sagt: «Der Pullover steht dir», sie starrt ihn an, er sagt, «ehrlich.»

Wenn sie vor dem Fernseher hockt, zwingt er sich, ein bisschen neben ihr zu sitzen. Sie sehen Kochsendungen, und er sagt: «Das können wir doch mal kochen.» Karin hat immer noch ihren Reithut auf dem Kopf, und er fragt sich, ob sie es nicht merkt, oder ob es ihr gefällt, ihn in der Wohnung zu tragen. «Schwitzt du nicht?», fragt er sie.

«Doch», sagt sie, «aber darunter hab ich so plattes Haar.»

Dass es ihr was ausmacht, wenn er ihr plattes Haar sieht, rührt ihn, und dass sie es auf sich nimmt, ihren Reithut in dieser Hitze aufzubehalten. «Das können wir doch mal kochen», versucht er es noch einmal.

Karin nickt.

Er weiß, was Nicken heißt.

Aber sie bemüht sich auch, deckt morgens den Tisch, holt griechisches Essen und bügelt sein blaues Hemd, aber sie trinkt immer noch und mehr als sonst. Marthe und Julian lassen sich kaum blicken. Sagen «Hallo» und «Tschüs». Erik denkt: Die gehen jetzt ihre eigenen Wege, und: Man muss auch loslassen können. Das sind Floskeln, Ersatzsätze für, was man nicht weiß. Aber sie sind tröstlich.

Am frühen Nachmittag muss er ins Gericht. Sein Mandant, Herr Menke, riecht übel und erwartet unentwegt etwas von ihm, das er nicht erfüllen kann. Erik glaubt noch nicht mal, dass Herr Menke im Recht ist, dass sie im Recht sind. «Meinen Sie, wir können die fertigmachen?», fragt Herr Menke. Am liebsten würde er ihn stehenlassen und rausgehen in die heiße Sonne. «Ich bin nicht Tom Cruise», antwortet er ihm, «hier in Deutschland ...», dann gehen ihm die Argumente aus.

Hinterher muss er eigentlich nochmal ins Büro, aber er fährt nach Hause.

Vor der Tür lockert er die Krawatte, stolpert über die Schwelle in die Wohnung, trinkt in der Küche Saft, knöpft sein Hemd auf und lässt sich im Wohnzimmer auf das Sofa fallen, auf das kühle Leder.

Er nimmt die Fernbedienung in die Hand und schaltet sich durch die Talkshows. Leute reden über Brustvergrößerung. Das Thema behagt ihm. Zur Anschauung treten nacheinander Frauen mit kleinen (natürlichen) und Frauen mit großen (vergrößerten) Brüsten in die Runde. Bei den Frauen mit den großen Brüsten pfeifen einige Männer.

Eine Frau mit Brüsten wie Ballons behauptet, ihr Freund hätte ihr die geschenkt, eine andere schreit sie an, ihr Freund hätte gar kein Geld, aber Schulden. Und so fort. Leute schreien sich auf ganz natürliche Art an. Sie sagen alle du und nehmen kein Blatt vor den Mund.

Erik fährt sich mit der Hand über den verschwitzten Kopf und lehnt sich zurück. Er schließt die Augen, seine Gedanken torkeln durch den Raum, werden gütiger, seine Arme werden schlaff, sein Körper wird weich, und widerstandslos gleitet er in eine Welt von angenehm einfacher, silikongestützter Geilheit. Dem folgt eine gewaltige Erektion, und sofort erinnert er sich wieder. Er reißt die Augen auf, aber sein Blick ist noch verschwommen. Also steht er auf und stellt sich an das Panoramafenster. Er sieht vor Hitze gewellte, glühende Grasmatten, weiter hinten die Fichtenstämme und die gelb dampfenden Büsche, dahinter – sie!

Sein Herz beginnt zu schlagen, plötzlich beginnt es tatsächlich einmal zu schlagen, kommt richtig in Fahrt und wummert schmerzhaft gegen die Rippen. Zitternd knöpft er sein Hemd auf, zieht es hastig von den Armen, streift das Unterhemd über den Kopf, entfernt auch den Rest und verharrt dort am Fenster, die nackten Füße im Flor des weißen Teppichs vergraben. Im Fernseher hinter ihm Geschrei. Immer noch zitternd legt er Hand an sich, massiert die Spitze, greift dann zu, sieht dabei immer sie, ein Fleck Gesichtchen zwischen den Blättern, führt es fort, die Luft, die Wellen von heißer Luft über der Erde, die Vibrationen von Angst, der Kampf der unnatürlichen Brüste, seine eigene Hand, seine eigene wellige Haut, vor den Blumen und den Blättern, vor dem Vogel auf dem Stein, vor ihrem Gesicht, sein Sperma an der Scheibe macht sich auf den Weg der Schwerkraft.

Er sieht die Scheibe, er sieht seine Hand, seinen matten Schwanz und lässt sich auf das Sofa fallen.

Du willst doch nicht sagen, dass du dir gefällst, so wie du aussiehst, sagt eine Supertittenfrau zu einer Keinetittenfrau.

An der Haustür Geräusche, er rennt in die Küche nach Küchenpapier. Während er die Scheibe abwischt, sieht er immer noch den Fleck von Gesichtchen, es hat ein Fernglas.

«Ich kann nicht mit», sagt er, und Karin starrt ihn an. Wozu Malediven oder Bahamas? Sie ist braun wie ein Känguru. Und sie sieht aus, als ob sie ihn durchschaut. Weil sie nichts dazu sagt, wiederholt er es: «Ich kann wirklich nicht mit.» Er zuckt mit den Schultern.

Karin lässt sich in einen Sessel fallen und gießt sich Kognak ein. Sie trinkt, überlegt kurz und sagt dann: «Das kann nicht wahr sein. Wir haben den Urlaub lange geplant. Es kann nicht wahr sein, dass du jetzt nicht kannst.»

«Aber das konnte keiner absehen, dass sich das so entwickelt», sagt er. «Du weißt doch, mit der Clarencefamily, das ist eine schwierige Sache, da bin ich drin, und wer soll das jetzt machen, das ist richtig am Dampfen, da.»

Sie hört kaum hin.

Sie schüttelt nur den Kopf. «Dann muss das ein anderer für dich übernehmen», sagt sie. «Du wirst doch nicht unersetzlich sein.»

Er ist so ersetzbar wie nur irgendeiner, das ist der Witz

dabei, ob die Clarencefamily von ihm oder vom Hausmeister bearbeitet wird, das kommt auf das Gleiche heraus. «Das ist nicht so einfach», sagt er, «ich hab mich da eingearbeitet. Da kommt jetzt keiner so schnell rein, und die andern sind ja auch fast alle weg, im Urlaub. Manchmal geht das nun mal nicht anders.»

«Dann bleibe ich auch hier», sagt sie.

«Und die Kinder», sagt er. (Die Kinder, das sind eigentlich gar keine Kinder mehr, das sind riesige Menschen auf ihren eigenen Wegen.) Die Kinder sollten mit, wahrscheinlich zum letzten Mal. Karin hat eine eigene Bambushütte für sie gebucht.

«Soll ich mit den Kindern allein fahren?», fragt sie. «Die scheren sich doch einen Dreck um mich. Die lassen mich doch allein am Strand liegen.»

Er denkt, dass das im Großen und Ganzen wohl so stimmt. «Es tut mir leid», sagt er.

«Ach komm», sagt Karin, «es tut dir leid, nichts tut dir leid.» Sie gießt sich einen Kognak ein und trinkt ihn aus. «Fahren wir eben allein.»

«Vielleicht kannst du dich mit jemandem anfreunden», sagt er.

«Na klar, bestimmt», sie knallt das Glas auf den Tisch.

Er atmet tief durch.

Er fühlt sich nicht wohl, als er sie am Flughafen verabschiedet. Karin trägt Klamotten in Weiß und einen gigantischen Strohhut. Auf ihrem Koffer ein Aufkleber, *3 × Honolulu und zurück + eine Katze mit Koffer*.

«Was soll das?», er deutet auf den Aufkleber.

«Was? Den hast du doch draufgeklebt. Du warst das

doch. Von der Frau mit den roten Haaren, die das in ihrer Mappe hatte, die uns betreut hat, von TUI.» Seine Gedanken rollen sich zusammen angesichts dieser grandiosen Erinnerungsleistung. Er weiß nichts mehr davon, wie kann sie ihr Gehirn nur mit so was anfüllen?

Unter dem Strohhut der untere Teil ihres Gesichts. «Willst du dein Gesicht vor der Sonne schützen?», fragt er und muss urplötzlich lachen, das Lachen kommt von ganz unten, aus seinen Eingeweiden, und schüttelt ihn still durch.

Braun wie ein Känguru.

Karin lächelt nur und wackelt ein bisschen mit dem Kopf. Das erinnert ihn an früher, an eine Geste von früher, wenn er versucht hat, sie aufzuheitern, wie sie dann so mit dem Kopf wackelte, wie süß sie da war. In ihren T-Shirts und mit ihren Reitkappen. In der engen Hose ein knackiger Hintern. Roch nach Pferd, sehr sexy, sehr süß.

Er trägt die Koffer in die Halle.

«Gutes Wetter brauche ich euch wohl nicht zu wünschen», sagt er, und Karin krächzt einmal fröhlich auf, aber auch nicht so richtig fröhlich.

«Essen hast du erst mal noch genug», sagt sie, «mach dir einen Zettel, wenn du einkaufen fährst, und denk an die Blumen.»

«Ich denke an die Blumen.»

Marthe tippt eine SMS in ihr Handy und stöhnt, als sie sich vertippt. Julian beobachtet sie voller Abscheu und macht Knutschgeräusche.

Dann nimmt er die Koffer an sich wie ein Mann, seine mickrigen Schultern gebeugt, und macht sich auf den Weg durch die Absperrung.

Karin lächelt Erik immer noch an, sie zeigt ihm ihre Zuversicht. «Dann woll'n wir mal», sagt sie und umarmt ihn zum Abschied. Matt erwidert er den Druck. Sie riecht nach ihrem Chanel. Als ihr der Strohhut runterrutscht, hebt er ihn auf, das Stroh fühlt sich an wie Plastik, er drückt ihn auf ihren Kopf und winkt dann mit übertriebenen Armbewegungen.

Während der Rückfahrt denkt er, denk an die Blumen, denk an die Blumen, ich denke. An die. Blumen. Im Rhythmus der Musik, die gerade im Radio läuft. Die Gesichtchenfrau taucht zwischen den Gedanken an die Blumen auf. Eine gefährliche kleine Knospe. Er öffnet das Fenster, und der Fahrtwind kühlt seinen Kopf.

Er stellt den Wagen in die Garage, geht ins Haus und holt sich ein Bier. Mit der Flasche setzt er sich auf das Sofa und entspannt sich. Fernsehen hat noch Zeit, das liegt noch vor ihm: den Fernseher anschalten, irgendwann, wenn er will, wenn es ihm öde wird.

Vor dem Fenster stehen ein grüner Plastikgartentisch und vier grüne Plastikgartenstühle. Auf dem Tisch liegt wie eine sehr kleine, feine Skulptur ein weißes Häufchen Vogeldreck. Im Garten ist es still und grün. Still und grün wächst es vor sich hin, nicht interessiert an ihm.

Pflanzen.

Eine beinahe unmerkliche Verwilderung hat eingesetzt. Er könnte den Gartendienst anrufen oder das auch selbst in Ordnung bringen, er hat jetzt Zeit.

Sein Blick wandert zu den Büschen jenseits der Gartengrenze. Sie stehen dicht und sind teilweise vertrocknet und strohig. Karins Hut fällt ihm ein. Ihr Parfüm. Schon immer mochte sie Dinge, die einen starken Reiz ausüben. Sie hat deshalb kein schlechtes Gewissen.

Er ist immer misstrauisch, wenn Dinge auf eine primitive Art ansprechen. Aber Karin kennt solche Feinheiten nicht. Im Grunde hat er sie dafür immer verachtet, auch wenn ihm gefiel, dass sie allem gegenüber offen war, im Gegensatz zu ihm, der sich immer erst vergewisserte, ob es im gesellschaftlichen Kontext in Ordnung war, etwas Bestimmtes gut zu finden. Schlechten Geschmack kann man niemandem vorwerfen.

Ihm fällt ein, dass auch er einmal nach ihrem Geschmack gewesen ist. Worauf war sie bei ihm angesprungen?

Hatte sie sich in ihm getäuscht – oder er sich in sich?

Er schließt die Augen.

Er wartet.

Er weiß nicht genau, worauf, sagt sich, dass er nichts zu erwarten hat. Aber die Erwartung verschwindet nicht. Er läuft durch die Wohnung, trägt Bücher durch die Räume, will Ordnung schaffen, legt die Bücher auf den Schuhschrank, schaltet den Fernseher an, dann Musik, Elvis Presley, eine Platte von Karins Vater, schaltet alles wieder aus.

Erik setzt sich in seinem Arbeitszimmer an den Schreibtisch, um etwas zu arbeiten, aber er kann sich nicht konzentrieren.

Er springt wieder auf, läuft durch die Wohnung.

Er hat Bedürfnisse. Trinken muss er, essen muss er, und als das erledigt ist, juckt es am Rücken, wo er nicht rankommt. Er schiebt seine Hand unter den Kragen, aber das Hemd ist zu eng. Er knöpft es auf und zieht es aus. Er versucht, die juckende Stelle zu erreichen, aber er findet sie nicht, obwohl sie immer weiter juckt. Also zieht er sein Hemd wieder an, setzt sich an den Schreibtisch.

Disziplin!

Egal, was kommt, er wird arbeiten. So einfach ist das. Er liest in den Akten, liest sich richtig fest, bis er merkt, dass er an etwas ganz anderes denkt und gar nicht mehr merkt, was er da eigentlich liest. Er kann lesen, ohne zu lesen. Das muss man sich mal vorstellen. Vielleicht kommt sie auch einfach gar nicht mehr, denkt er, und jetzt weiß er, worauf er gewartet hat.

Du bist nicht normal. Das ist der Satz, der ihn umtreibt, das ist der Satz, der sich in dem Tag festhakt. Nicht. Normal.

Ach, das machen viele, Erik. Ein bisschen wichsen.

Vor dem Fenster, vor fremden Menschen?

Vor einem nur.

Versuch es mal so zu sehen: Sie interessiert sich für dich. Das ist ja nicht abwegig. Vielleicht hat sie dich irgendwo gesehen und sich in dich verliebt, ist dir gefolgt und bums.

Und bums?

Er stellt sich vor den Spiegel im Flur. Er findet sich ganz gut. Bisschen wenig Muskeln vielleicht. Die Achselhaare zu lang. Wie Kopfhaare fast. Müsste man mal abschneiden.

Aber wie sieht sie aus? Das wäre doch sehr wichtig zu wissen. Er muss es so anstellen, dass er sie sieht, bevor sie ihn sieht. Falls sie noch einmal kommen sollte. Er sucht nach dem Fernglas, legt es auf seinen Schreibtisch und beginnt, an der Gütertrennung zu arbeiten.

Als er ins Wohnzimmer kommt, ist die Dämmerung heraufgezogen.

Er fühlt sich gut, weil er gearbeitet hat. Er ist ein guter Angestellter.

Er kann das nur oft nicht. Manchmal fühlt er sich nicht so. Er ist nicht der Typ, kontinuierlich zu arbeiten. Aber er ist derjenige, der am meisten weiß, wenn die anderen was nicht wissen, jedenfalls im Familienrecht, hätte mal den Fachanwalt machen sollen, das wär schon was, obwohl, nein, er ist nicht der Typ.

Zufrieden blickt er auf seinen Garten. Es wird dunkel. Hier drinnen ist es das schon: dunkel. Dennoch sieht er sie hinter dem Busch sitzen. Früher wäre ihm das nicht aufgefallen, aber jetzt ist er sensibilisiert für den Busch.

Sein Herz fängt wieder an.

Sein Vorsatz, sie zu beobachten, fällt ihm ein, und ihm wird klar, dass es schwierig ist, sie zu beobachten, wenn sie ihrerseits ein Fernglas auf ihn gerichtet hat. Jetzt ist es eher wichtig, dass sie ihn sieht, sie soll bleiben.

Er dreht sich nach dem Lichtschalter um. Soll er die große Lampe anschalten? Erik zögert. Dann schaltet er die kleine Lampe auf dem Fernseher an. Er setzt sich aufs Sofa und blättert in der Brigitte. Sein Herz ist immer noch am Ackern, unglaublich. Er schlägt ein Bein über und wirft die Zeitschrift lässig auf die Erde. Er verschränkt die Ellenbogen hinter dem Kopf und gähnt. Er zieht den Bauch ein.

Vermutlich könnte er sie durch das Fenster im Wäschezimmer sehen, das liegt günstig.

Also holt er sich das Fernglas aus dem Arbeitszimmer und schlüpft ins Wäschezimmer, in dem es finster ist. Er setzt das Fernglas an, braucht eine Weile, bis er den Busch gefunden und die Schärfe eingestellt hat. Das ist ein sehr gutes Fernglas, von Karins Eltern für Karin, für ihre Reitausflüge in der Natur. Als würde Karin sich für Natur interessieren.

Er sieht sie nicht ganz, sie ist verdeckt, sie ist klein. Möglicherweise sieht sie hübsch aus, möglicherweise.

Er legt das Fernglas weg und geht ins Wohnzimmer. Er schaltet das große Licht an. Im gleißenden Licht der Deckenstrahler zieht er Stück für Stück seine Kleidung aus, denk an die Blumen! Denk an die Blumen! Ich denke an die Blumen – wie verrückt.

Die Scheidung der Clarences zieht sich hin, und er fragt sich, ob es damit zu tun hat, dass er so konzentriert daran arbeitet. Er sitzt in seinem stillen Arbeitszimmer in seinem stillen Haus und überlegt sich Varianten, die für Mann und Frau gerecht wären, obwohl es die Frau ist, die er vertritt. Er telefoniert mit dem Anwalt der Gegenseite.

Da er eigentlich Urlaub hat, empfindet er es als sein Recht, zu Hause zu arbeiten.

Macht Ihnen Ihr Beruf Freude? Sind Sie mit Elan bei der Sache?

In der Schule hatten sich alle für irgendwas interessiert. Er hatte zwar gute Zeugnisse, interessierte sich aber für nichts, selbstverständlich sollte einer wie er studieren. Er hatte geglaubt, er würde noch herausfinden, was ihn interessierte, aber es kam nie dazu. Weil ihm jemand zu Rechtswissenschaften riet, Patrick Schneider, der das auch machen wollte und nach zwei Semestern zu Kunstgeschichte wechselte, deshalb hatte er das also studiert. Es hörte sich gut an, und er verband damals etwas damit: Gerechtigkeit.

Jetzt hat es eher damit zu tun, dass man in einem sauberen Büro sitzt, mit trockenem Mund, vor einer Hibiskuspflanze in einem achteckigen Kübel. Es hat etwas damit zu tun, dass eine Frau mit verbogenem Rückgrat unter ihrer Strickjacke die Tür öffnet und sagt: «Doktor Weiß ist da», und er will Doktor Weiß nicht sehen, weil Doktor Weiß ihn für nicht besonders fähig hält. Doktor Weiß wäre nämlich lieber zu seinem Kollegen gegangen, aber sein Kollege hat bereits so viele Termine, er ist voll. Und daran kann man die Fähigkeit seines Kollegen erkennen, daran, dass er voll ist. Er selbst ist nie voll, obwohl es ihm stets so vorkommt.

Er sitzt in seinem Arbeitszimmer und arbeitet gern an der Scheidung der Clarencefamily.

Gleich wird er aufstehen und ins Wohnzimmer gehen. Er wird sich auf das Sofa setzen und warten, denn sie wird vielleicht bald kommen. Die Vorfreude, die Erwartung, das durchdringt den ganzen Tag, das macht ihn licht und weit.

Der Garten wächst zu.

Es sieht aus, als ob lange nichts getan worden wäre, dabei war es doch erst gestern, dass … oder? Das Gras steht hoch, die Büsche strecken ihre Arme durch den Zaun, die Rosen schwanken, und die gelben Blumen, von denen er nicht weiß, wie sie heißen, sind umgekippt und liegen betrunken über dem Gartenweg.

Das alles nimmt er wahr, und es amüsiert ihn ein bisschen, aber dahinter steht eine Drohung. Der Garten ruft ihm zu: Hey, hey, das nimmt ein schlimmes Ende mit uns beiden. Jetzt, wo er allein mit ihm ist, fängt der Garten an zu reden, ist nicht einverstanden mit dem, was vor sich geht, das ist schon komisch. Na, da kann er jetzt auch nichts machen. Der Garten ist ein Spießer, das ist ja wohl klar.

Sie ist herangekommen. Höchstens zwei, drei Meter, aber zwei, drei Meter sind ein Fortschritt und sehr viel wert, wenn es noch nicht so dunkel ist und man im Wäschezimmer durch das Fernglas sieht.

Sie hat ein klares, freundliches Gesicht, etwas blass.

Sie trägt immer noch Tarnkleidung.

Vielleicht kommt sie noch näher heran, irgendwann.

Das Licht wird matter und wärmer, ein orangefarbener Frieden legt sich über seine Arbeit als Scheidungsanwalt. Er geht hinüber ins Wohnzimmer. Dann sitzt er ruhig auf der Couch, im vollen Bewusstsein seiner selbst. Als sich hinter den trockenen Blättern etwas bewegt, hält alles an.

## Tom

Er steigt aus, schlägt die Tür zu und sieht ihr nach. Silhouette ihres Hinterkopfs, flattriges Haar, ihr Fahrstil abgehackt, sieht, wie ihr Wagen kleiner wird und weg ist. Wind kommt auf.

Er geht durch eine betonierte Durchfahrt, aus den Fenstern blaues Fernsehlicht, über den Hof zu seiner Wohnung.

Seine Wohnung war früher mehrere Garagen, dann wollte keiner mehr Miete für eine Garage bezahlen, nicht hier, in dieser Gegend, also baute der Eigentümer um und versuchte, an Personen zu vermieten. Außer Tom wollte nur ein Mann ohne Schuhe in dieser Wohnung leben, deshalb nahmen sie Tom, außerdem hatte er ein Einkommen. Tom strich die Wände gelb, er ließ den Fußboden Beton sein, stellte ein Sofa, einen Tisch und einen Stuhl in die kleine Halle, zwei Scheinwerfer an die Wand, und damit hatte es sich.

Die Küche ist klein, das Klo mit Dusche noch kleiner. Es riecht nach Farbe und Schweißen. Jetzt wegen der Hitze besonders intensiv.

Er geht zum Fenster und öffnet beide Flügel weit. Dann setzt er sich auf das Sofa und betrachtet sein Werk von gestern Nacht. Er hatte eine Platte mit einer Stange verschweißt. Dann die Form gefräst, es sollte etwas Verdrehtes haben, die Verbindung war nur minimal, eine ganz zarte Berührung, er hatte jede Menge billiges Speed dazu verbraucht, die ganze Nacht gearbeitet, es war phantastisch, gestern Nacht noch, jetzt sieht Tom, dass die Schweißstelle viel zu klumpig ist. Er tritt mehrmals mit dem Fuß dagegen, bis der Fuß wehtut, sich die Stange von der Platte löst und mit Getöse umfällt.

Wenn er sich beruhigt hat, wird er sie wieder anschweißen, das weiß er schon. Es war doch ganz gut.

Erschöpft lässt er sich aufs Sofa fallen, irgendwo schlägt der Wind ein Fenster zu.

Ihr Haar, wie Federn um ihren Kopf, jedes einzelne Haar glänzend und fein. Manchmal steht er ganz dicht hinter ihr. Und sie merkt es nicht.

Er fasst schon lange niemanden mehr an. Er hat keine Lust dazu.

Ich berühre Eisen.

Sie hat gesagt, er wäre ihr Freund, und sie lügt nicht. Er schließt die Augen. Ihr dreieckiges Gesicht, wie sie mit ihm spricht, die Schultern hochzieht, als ob sie nichts weiß, oder als ob sie was weiß und es ihm nur nicht sagt.

Es kracht. Er setzt sich auf. Die Fensterscheibe ist gegen die Wand geknallt. Er steht auf, um das Fenster zu schließen. Ein Blitz am Himmel, ein weißer Riss.

Sie hat gesagt, er wäre ihr Freund, und sie lügt nicht.

Aber sie war nicht zu erreichen. Immer wieder hat er versucht, sie anzurufen, und sie war nicht zu erreichen. Normalerweise ist sie immer zu erreichen. Und eigentlich ist es auch gar nicht das, was ihn unruhig macht.

Es ist einfach das, dass er es weiß.

Eigentlich wollte er auf dem Sofa liegen bleiben und einschlafen. Er wollte nicht ins Bett gehen, sich nicht ausziehen und sich nicht waschen, er wollte morgen früh hier aufwachen und gleich an seinen Sachen arbeiten. Aber jetzt geht das nicht mehr.

Er schließt die Augen, und sie ist da, auf der Innenseite seiner Lider, in küssender Umarmung. Er weiß, dass das nicht geht, weil sie nicht umarmt und schon gar nicht küsst. Und wenn doch? Wenn er all die Jahre als Einziger nicht durfte und jetzt einer kommt und darf? Die Sau! Vielleicht ist sie vorhin noch zu ihm gefahren, hat Tom erst abgesetzt und ist dann zu ihm gefahren. Schnell Tommi loswerden. Dann zu ihm. Zu ihrem Liebsten.

Das Wort brennt in ihm. Liebsten, die Sau.

Er schläft ein und wacht im Morgengrauen auf.

Auf dem blassrosa Hof steht ein rostiges Dreirad. Er dreht sich um zu den Eisenteilen, sieht sein Zimmer in Beton, sein altes Sofa mit der flusigen Decke, er legt sich wieder hin und schlägt mit der Faust matt auf das Sofa, aus dem Wolken alten, verlorenen Lebens aufsteigen.

In den nächsten Tagen wird es nicht besser.

Er ruft sie jeden Abend an, nicht, weil er hofft, sie würde etwas mit ihm unternehmen, sondern nur noch, um bestätigt zu finden, dass sie nicht da ist. Dass sie wirklich nicht da ist.

Jeden Tag sieht er sie beim Putzen. Und alles ist normal. Sie verhält sich, als ob nichts wäre, und er verhält sich auch so. Natürlich beobachtet er sie, ob sie sich irgendwie verrät, ob sie sich anders verhält. Aber sie verhält sich nicht anders. Einmal sagt er zu ihr: «Wo bist du eigentlich immer?»

Sie sieht ihn an, mit großen Augen, hat keine Ahnung, was er meint. Sie scheint überhaupt nicht zu merken, dass sie nicht da ist.

«Ich habe dich gestern Nachmittag angerufen», sagt er.

«Wann?», fragt sie arglos.

«Gegen sieben. Du warst nicht da.»

«Ich war einkaufen», sagt sie. Einkaufen, was soll er dazu sagen. Vielleicht stimmt es sogar. In kürzeren Abständen ruft er an, am frühen Nachmittag, am späteren Nachmittag, nach der Arbeit, sehr spät.

Dann ist sie dran.

Sie sagt «Hallo?», als wäre es ganz normal, dass sie zu Hause ist.

Er weiß gar nicht, was er sagen soll, er sagt: «Hallo, ich bin's.»

Und dann passiert etwas Schlimmes. Sie fragt: «Wer?» (Sie fragt: Wer!!!)

Er sagt: «Ich, Tom.»

«Tom, was gibt es denn?»

«Gar nichts gibt's», sagt er wütend.

Schweigen im Walde. Ihre Atemzüge. Ein Kind fährt Dreirad auf dem betonierten Hof.

«Ist was?», fragt sie schließlich.

«Was soll denn sein?»

«Ich dachte nur. Weil du so komisch bist.»

«Ich bin nicht komisch, ich wollte nur mal anrufen und fragen, ob wir vielleicht ins Kino gehen wollen.»

«In welchen Film denn?»

In welchen Film? In welchen Film? Das weiß er jetzt auch nicht.

«Ja, nur so, in irgendeinen Film.»

«In irgendeinen Film», sagt sie, «und wann?»

«Ich dachte, heute.»

«Heute kann ich nicht», sagt sie.

«Wie sieht's mit morgen aus?»

«Auch schlecht.»

«Ach so?»

«Ja», sagt sie.

Will sie ihm nicht endlich sagen, wo sie immer ist?

«Morgen bin ich bei Doreen», sagt sie.

Soll er das glauben? Und wo ist sie heute? «Ist mir auch egal», sagt er. «Dann ein andermal.»

«Gerne», sagt sie.

‹Gerne›, so was sagt man doch nicht zu seinem Freund.

«Gruß an Doreen», sagt er und legt auf.

Sein Cousin Johannes sitzt im Wintergarten, über die Akten gebeugt, und trinkt dazu Beck's. Neben dem Schreibtisch aufgereiht eine Linie leerer Beck's-Flaschen. Ringsherum beschlagene Scheiben, an denen Wassernasen herunterlaufen, in einer Ecke etliche große, vertrocknete Pflanzen in goldverzierten Keramiktöpfen. Merkwürdig, dass in dieser ganzen kühlen Feuchtigkeit die Pflanzen vertrocknen. Aber Luftfeuchtigkeit reicht wahrscheinlich nicht aus, um sie zu erhalten, da muss man dann wohl doch noch gießen.

«Willst auch eins?», sagt Johannes.

Tom macht sich auch ein Beck's auf und stößt mit Johannes an.

«Auf die Frauen», sagt Johannes, das sagt er immer und hat aber keine. Deshalb vielleicht.

«Und, wie geht's so?», fragt Johannes, «stellt sich Erfolg ein?»

Tom seufzt. Johannes ist wahrscheinlich der einzige Mensch auf der Welt, der noch an einen künstlerischen Erfolg von ihm glaubt.

«Erfolg stellt sich nicht ein», sagt er. «Erfolg klopft bei mir nicht an und kommt bei mir nicht vorbei.» Johannes zieht seine Bierflasche weg.

«Darauf stoß ich nicht an, das bringt Unglück.» Dann tätschelt er ihm den Arm. «Musst nicht aufgeben», sagt er. Mit der beringten Hand deutet er auf seinen beschlagenen Wintergarten. «Alles hier hab ich mir selbst aufgebaut, und das ging auch nicht von heute auf morgen. Jetzt denk ich darüber nach, mich zu erweitern.» Er schweigt bedeutungsvoll. Als Tom nichts sagt, setzt er hinzu: «Osterweiterung.»

«Ich bräuchte mal dein Auto», sagt Tom.

Johannes strahlt ihn an. «Aber sicher», sagt er. «Kannst du immer haben. Hättest du gleich sagen können.» Dann zwinkert er. «Hast du was vor? Ausflug mit der Kleinen?»

Tom seufzt. Hätte er Johannes nur nie von Dani erzählt. Der macht sich da ein völlig falsches Bild. Aber wie soll man das auch erklären?

«Auf die Frauen», sagt Johannes und hebt sein Bier. Dann legt er ihm den BMW-Schlüssel hin und wischt sich mit dem Arm den Schaum von der Backe. Schließlich steht er auf, verschwindet in seinem Haus und kommt mit einer Flasche wieder. «Gutes Zeug», sagt er, «aus Polen, Zubrowka, da ist ein Halm drin.»

Tom nimmt die Flasche und sagt: «Danke, Johannes.»

Johannes lächelt. Er ist froh, Tom helfen zu können. «Du musst sensibel mit den Frauen umgehen, die sind nicht so wie wir. Als Mann kann man sich in sie nicht hineinversetzen. Aber wenn du von vornherein sensibel bist mit ihnen, dann ist es das Beste, mein Lieber.»

Tom nickt. Wenn Johannes nur wüsste, wie sensibel er mit Dani umgeht, aber das würde seine Vorstellungskraft übersteigen.

Der BMW hat verspiegelte Scheiben und ist auch sonst ein bisschen nach Johannes' Vorstellungen getunt worden, die verspiegelten Scheiben sind jetzt jedenfalls von Vorteil. Tom fährt auf den Parkplatz vor ihrem Haus. Warten. Hitze. Schweiß.

Es rinnt seinen Rücken hinunter, seine Beine schlafen ein, und er fragt sich, wieso er sich nicht eins von den Beck's mitgenommen hat. Er schaltet das Radio ein. «Es ist nur Müll», murmelt er, «nur Müll», und schaltet es wieder aus. Musik hat er noch nie ausgehalten, aber es immer wieder mit ihr versucht.

Eine Familie in pastellfarbenen Poloshirts geht über den

Parkplatz zum Familienwagen. Die Kinder haben glänzend braune Beine, wie Wiener Würstchen, der Vater trägt eine Palme im Arm, in deren Topf auch eine Holzsonnenblume steckt. Sonnenblume in Palme? Und Poloshirts? Von Aldi? Gab es die bei Aldi? Und die Palme auch? Denken die vielleicht, es kann ihnen nichts passieren, nur weil sie alle in Polo stecken und weil sie eine Familie sind?

Er kurbelt das Fenster runter, schreit: «Bombenalarm!» und duckt sich.

Die Familie hält inne. Aber der Parkplatz ist groß. Die Mutter tippt sich an die Stirn und schüttelt den Kopf. Dann wandern sie weiter.

Es wird heißer und heißer, er fragt sich, ob das gesundheitsschädlich ist, ab einer bestimmten Temperatur ohne Flüssigkeit. Er trinkt zu wenig, immer trinkt er zu wenig. Hat er heute schon etwas getrunken? Ein Beck's. Also. Das geht ja.

Als Dani im Abendlicht aus der Tür tritt, ist er so froh, dass die Warterei vorbei ist. Sie trägt grüngefleckte Hosen und ein braunes T-Shirt. Die spinnt irgendwie, oder was? Was soll das?

Sie startet ihren Wagen, und als sie den Parkplatz verlässt, folgt er ihr in einigem Abstand. Es geht Richtung Niendorf, und als sie plötzlich hält, fährt er vorbei. Er kann gerade noch sehen, wie sie einen Weg ins Niendorfer Gehege einschlägt, wendet und folgt ihr. Er parkt ein Stück weiter vorn und geht ihr nach.

Die Luft flimmert zwischen den Stämmen. Mücken greifen seine schweißnasse Stirn an. Es riecht nach Harz. Eine alte Frau in einem karierten Rock mit weißen Gummistiefeln kommt ihm mit ihrem Hund entgegen. Der

Hund, eine Art dicker Schäferhund, zerrt an der Leine und hechelt sich fast tot. «Der will nur spielen», sagt die Frau, «nicht, Bobbi, du willst nur spielen?»

«Werfen Sie doch ein Stöckchen», sagt er. Warum hat er das gesagt? Er weiß es auch nicht. «Haben Sie eine Frau hier langgehen sehen?», fragt er. «Mit einer gefleckten Hose und einem braunen T-Shirt?»

Sie schüttelt stumm den Kopf.

«Das ist meine Freundin», sagt er, «meine Freundin Dani», als er das Misstrauen in ihrem Gesicht sieht. Ihr Kopf wackelt hektisch hin und her. Was geht sie auch allein in den Wald, wenn sie Angst hat?

«Wir arbeiten in einer Reinigungsfirma zusammen», sagt er. «Es ist eine umweltfreundliche Reinigungsfirma.» Glaubt er, dass sie das beruhigt?

«Ihre Freundin hab ich gesehen», sagt sie und deutet zurück, von wo sie kam. Auf dem Weg ist niemand, aber zwischen den Bäumen sieht er Licht von einem Fenster, er verlässt den Weg und geht auf das Licht zu, er hat eine unbestimmte Ahnung. Erst kann er nichts Genaues erkennen. Er geht näher, zwischen Bäumen und Büschen ein Einfamilienhaus, Spießerhaus, mit Spießergarten, ein riesiges, hell erleuchtetes Fenster, an dem ein Mann steht und onaniert. Es wird immer lauter, Tausende Vögel schreien durcheinander.

Dann sieht er etwas, was er erst nicht gesehen hat, im Garten ist jemand. Ein Mensch, Dani. Regungslos hockt sie in ihrer Tarnkleidung hinter einem Bäumchen. Tarnkleidung zur Tarnung.

Sie sitzt Tag für Tag da und schaut dem Penner beim Wichsen zu. Das kann doch nicht sein.

Immer, wenn er sie angerufen hat.

Saß sie hier.

Und sah zu.

Er läuft in die andere Richtung, wo der Weg ist, zurück zur Straße, läuft und keucht und kriegt dabei das Bild nicht mehr aus dem Kopf.

Er startet den BMW, tritt aufs Gaspedal, dass es quietscht. Weg von hier. Der Weg, der Wald, alles so ekelhaft.

Und er darf ihr nicht einmal freundschaftlich die Hand reichen. Nicht einmal das.

Sein Sichtfeld ist eingeschränkt, scheiß Heulerei; als der Polizeiwagen ihn überholt und auffordert, an die Seite zu fahren, bremst er quietschend.

«Ist mir doch egal», murmelt er, «mir doch egal.» Und irgendeine Konsequenz muss doch haben, was hier passiert.

«Dann wollen wir mal pusten», sagt ein dicker Polizist mit rötlichen Locken und Knobigeruch, und ein normalgewichtiger anderer Polizist reicht ihm das Röhrchen. Sie können nichts feststellen und beraten sich.

Dann sagt der Dicke: «Bisschen müde, was?» Und als Tom wieder nicht antwortet: «Oder bisschen Ärger gehabt mit der Freundin?» Tom sieht bunte Flocken vor seinen Augen, er hat sich bis hierhin zurückgehalten, aber er sieht, wie sich der dicke fette Polizist mit der Hand an den dicken, fetten Sack fasst, wie er grinst, weil er alles weiß und weil er ein Schwein ist. Alle wissen Bescheid, alle machen da mit, bei diesen Schweinereien, die Flocken werden mehr, er sagt: «Du perverses Schwein» und noch einige andere Sachen, und dazu haut er in die elastische Masse von Polizistenmensch rein, so gut es geht.

Jemand haut ihm auf den Kopf. Das tut weh. Dann Rauschen und dann gar nichts mehr.

Die Vögel singen, als er wach wird. Sie singen wunderschön, so etwas Schönes hat er noch nie gehört. Aber nach einer Weile reicht ihm der Genuss nicht mehr, er muss denken und erkennen. Er setzt sich auf und sieht sich um.

Ein heller Raum, an der Wand ihm gegenüber ein knorriger Baum auf einem abgeernteten Feld, dahinter die auf- oder untergehende Sonne, ansonsten keine Möbel, hellblauer Teppichboden, ein vergittertes Fenster. Ein vergittertes Fenster?

Ist es nicht unglaublich komisch, hier so aufzuwachen, in einem vergitterten Zimmer? Er muss lachen, er könnte sich ausschütten vor Lachen, als sich in sein Lachen hinein die weiße Tür öffnet und schwungvoll eine kräftige, blonde Schwester auf ihn zukommt.

«Na, haben wir ausgeschlafen?», fragt sie und lächelt ihm zu.

«Ich schon», sagt er und lacht jetzt über seinen Scherz. «Ich musste das sagen», sagt er, «das sind die Medikamente, die Sie mir gegeben haben. Oder Ihr Oberarzt.»

Sie sieht ihn angewidert an, macht an ihm rum, misst ihm den Puls, nimmt ihm Blut ab und legt ihm zwei Tabletten auf die Zunge, die er mit einem Glas Wasser hinunterschlucken muss. An ihrem Kittel steckt ein Schmetterling, dessen Flügel bei jeder Bewegung zittern. Das liegt daran, dass sie an kleinen Federn befestigt sind. Der zitternde Schmetterling interessiert ihn, und ohne ihn aus den Augen zu lassen, fragt er: «Macht Ihnen Ihre Arbeit eigentlich Spaß?» Die Schwester, sie heißt Patricia, das steht auf einem Schild an ihrer Brust, sieht sich um, aber die Tür ist zu. Sie sagt: «Verarschen kann ich mich alleine.»

Er wird das Grinsen einfach nicht los. Seine Mundwinkel schmerzen schon. «Manche machen ja so was gerne», sagt er.

«Wie meinen Sie das?», fragt sie, jetzt ist sie also zum Sie übergegangen.

«Na, so mit Bekloppten rummachen», sagt er.

Er hört, wie sie tief ausatmet, und er sieht, wie sich ihr Patricia-Schild dabei hebt und senkt. «Mit so Bekloppten wie dir», sagt sie und ist offensichtlich wieder zum Du zurückgekehrt.

«Genau», sagt er und kichert. «Schicker Schmetterling», sagt er.

Sie sieht den Schmetterling an und wird rot. «Schickes Hemd», sagt sie und wendet sich zum Gehen. Er hat einen Kittel an. Er hat einen verdammten Krankenhauskittel an, und sie macht sich darüber lustig! «Der Doktor wird gleich kommen», sagt sie und geht raus, er hört, wie sie abschließt.

Er ist in der Klapse. Aber das regt ihn nicht besonders auf. Die Vögel singen, und während er auf den Doktor wartet, nickt er nochmal ein.

Der Doktor geht gebeugt. Er hat was mit dem Rücken.

«Sie hatten Ärger?», fragt der Doktor.

Er reißt die Augen auf und versucht, sich zu erinnern.

«Sie haben sich mit der Staatsgewalt angelegt», hilft ihm der Doktor auf die Sprünge. «Sie haben einen kleinen Anfall gekriegt, und dann sind Sie zum Glück ohnmächtig geworden.» Der Doktor schweigt eine Weile und zündet sich eine Zigarette an. Tom kann sich nicht vorstellen, dass das erlaubt ist, aber er entschließt sich, nichts dazu zu sagen. Er möchte nicht provozieren.

«Ein Penner sind Sie nicht?», fragt der Doktor.

Er schüttelt demütig den Kopf. Der Doktor schüttelt auch den Kopf. «Drogen?», fragt der Doktor scharf.

Er schüttelt tapfer weiter. Der Doktor schüttelt auch seine weißen Haarfäden. Die Ansätze seiner Haare sind fettig und kleben an der Kopfhaut, der Rest weht im Schütteln hin und her. Der Doktor schlägt mit der Hand auf den Nachttisch. «Sie sind unterernährt», sagt er triumphierend, «dürr und unterernährt. Und dehydriert, alles. Eisenmangel wahrscheinlich, Vitaminmangel. Ihnen fehlt die Kraft zum Leben.»

«Essen ist mir nicht so wichtig», sagt Tom.

«Ha!», schreit der Doktor und pustet ihm seinen Zigarettenatem ins Gesicht. «Und was hatten wir sonst für Probleme. Bisschen Ärger mit der Freundin?»

Und da ist es wieder. Ihm fällt alles wieder ein, aber es regt ihn nicht auf, das müssen die Tabletten sein. Er nickt dem Doktor traurig und ergeben zu. Er kommt sich vor wie ein Wackeldackel. Aber es tut gut, so einverstanden zu sein. Der Doktor erhebt sich. Er beugt sich vertraulich zu ihm herunter, und Tom kann seinen Atem riechen.

«Ich hab auch schon mal eins über die Rübe gekriegt», sagt er, «einundachtzig, in Brokdorf, das war was anderes, da habt ihr keinen blassen Schimmer von.»

Tom würde ihm gerne erklären, dass er nicht grundsätzlich auf der anderen Seite der Staatsgewalt steht, aber etwas sagt ihm, dass es klüger ist, zu schweigen. Der Doktor macht eine Handbewegung durch die Luft. «Jedenfalls können Sie da durchaus Ärger kriegen. Sie sind da ganz schön ausgetickt, mit dem Polizisten da. Anzeige wegen Körperverletzung. Ich soll was schreiben. Aber das kriegen wir schon hin. Ich weiß ja, wie das ist.» Er schweigt eine Weile und überlegt wahrscheinlich, wie es war, als er damals eins über die Rübe gekriegt hat von dem Polizisten in Brokdorf. Dann schüttelt er den Kopf, sagt: «Gut» und geht zur Tür. «Sie sind wohl krankenversichert?»

«Bei der Barmer», sagt Tom.

«Gut», sagt der Doktor nochmal und schließt die Tür.

Am Nachmittag wird Tom mit einem Päckchen Tabletten in der Hand entlassen. Es ist heiß in Ochsenzoll. Er ist tatsächlich in Ochsenzoll, das findet er ein bisschen übertrieben. Als er in den Bus steigt, schwankt er, und die Leute sehen alle schnell woandershin.

Zu Hause kommt es ihm vor, als wäre er lange weg gewesen.

Die Luft ist abgestanden, die schwarzen Jalousien sind zu. Die beiden Scheinwerfer erhellen das Zimmer auf eine kalte Art, als wäre es Nacht. Der Tisch am Fenster ist viel zu klein. Die Gegenstände passen nicht zueinander. Der BMW fällt ihm ein, Johannes' BMW. Wo ist der jetzt geblieben? Er ruft bei der Polizei an. Seine Zunge ist plötzlich geschwollen, und das Formulieren fällt ihm schwer, aber der Polizist ist sehr nett und gibt ihm eine Telefonnummer. Dort sagt ihm eine auch sehr nette Frau, dass er persönlich kommen soll. Er verschiebt das persönlich Kommen auf den nächsten Tag, weil er sich noch nicht so gut fühlt, und ruft Johannes an. Er will ihm erzählen, wie alles war, aber Johannes begreift nur, dass er in Ochsenzoll war, nach Ochsenzoll hört er nicht mehr zu. Er sagt: «Das spielt doch keine Rolle, mit dem BMW, ich hab ja noch den Wagen von Eddie, ich nehm sowieso immer den, Hauptsache, dir ist nichts passiert.»

Tom sagt ihm, dass er ihn morgen wieder anruft, wenn er besser sprechen kann. Woher kommt das eigentlich, er war doch nicht beim Zahnarzt? Er fasst sich in den Mund, aber alle Zähne sind noch da, das fasst sich gut an, den Mund voller Zähne zu haben.

In den nächsten Tagen versucht er, die Dinge in den Griff zu kriegen. Das Auto hat er schon zurück. Er geht in den Supermarkt und kauft Kartoffeln, Paprikaschoten, Milch und ein paar Pakete eingefrorenen Fisch. Er räumt seine Wohnung auf, soweit es geht, fegt und wischt und wundert sich, dass das so schnell geht und so wenig Arbeit macht.

Die Paprikaschoten verschrumpeln im Kühlschrank, und die Kartoffeln bekommen lange weiße Triebe, sein Gefrierfach ist voller gefrorenem Fisch, das ist mal sicher, die Milch trinkt er immerhin aus. Milch ist gesund. Und nahrhaft.

An einem Tag, als die ersten Blätter auf die Erde segeln, fährt er nach Niendorf. Er findet das Haus, er betrachtet es aus der Ferne. Ein hässliches Haus. Ein Haus mit blauem Dach. Ein Haus mit Wohnzimmer und Schlafzimmer und praktischen Haushaltsräumen. Ein Haus mit Fliesen im Eingangsbereich und Rhododendronbüschen im Garten. Scheint niemand da zu sein. Er macht einen Bogen, um auf die vordere Seite zu gelangen. Eine Katze läuft ihm über den Weg.

«Miemie», sagt er, «wohnst du hier, du kleines Vieh?»

Die Katze streicht ihm schnurrend um die Beine, ihr Rücken krümmt sich ihm entgegen, aber dann hat er keine Lust mehr. «Kusch, ich bin ein Feind», sagt er, «mach dich fort, kleine Mulle.» Er muss lachen, innerlich, weil er der Feind einer Katze ist. Falls sie zum Familienverbund gehört. Zum Spießerwichserhaushalt. Vor dem Haus gibt es eine Einfahrt und ein Gartentor, Hausnummer, Namensschild neben der Klingel. Ein Straßenschild, er notiert sich alles in sein Handy und fährt nach Hause zurück. Im alten Telefonbuch findet er Vor- und Zunamen wieder, Erik und Karin Herzog, und Erik nochmal unter einer anderen Nummer: Rechtsanwalt Erik Herzog.

Herr Anwalt. Frau Anwältin. Feine, nette Familie. Süße, graue Katze.

Er putzt mit ihr die Wirtschaftsprüferbüros. Eine kleine Jugoslawin in dicken rosa Turnschuhen hilft ihnen. Tom redet nicht mit Dani, aber sie scheint es gar nicht zu merken. Sie putzt verträumt vor sich hin, sie ist langsam, die Jugoslawin schafft das Doppelte. Er sagt: «Kannst du dich vielleicht ein bisschen beeilen?»

Sie starrt ihn an. Er tritt mit dem Fuß gegen den Wischwagen, der ihm im Weg steht, sodass die Flasche mit dem biologisch abbaubaren Reiniger umfällt und ausläuft. «Spinnst du?», fragt sie.

«Ob *ich* spinne, ob *ich* spinne? Wer hier spinnt …», weiter kann er nicht reden. Er rast die Treppen runter. Er schwingt sich auf sein altes Fahrrad, und während er die Auffahrt runterrollt, hört er sie aus dem Fenster rufen, aber er dreht sich nicht um. Er tritt in die Pedale, so stark er kann, und die Tränen tropfen von ihm runter.

Bei ihm ist es so, dass er schnell heult. Da kann er nichts machen. Das Problem beschäftigt ihn öfter, weil er meint, dass andere Männer nie weinen, er hat jedenfalls die Erfahrung gemacht, dass sie es sich zumindest irgendwann abgewöhnt haben, mit zehn ist es ja noch in Ordnung zu weinen, wenn man sich verletzt. Da weinen noch alle. Aber später hören sie irgendwann damit auf. Er hatte den Übergang verpasst.

Während er nach Hause radelt und sich mit der Hand die Tränen von den Backen wischt und dann die Hand an seinem Overall muss er daran denken, wie er einmal gar nicht mehr aufhören konnte zu weinen, das war, als seine Mutter starb.

Seine Mutter.

Er sollte Angelika zu ihr sagen. Sie spielte Geige in einem Orchester. Er durfte die Geige nicht anfassen, weil sie wertvoll war, aber heimlich tat er es doch. Er nahm sie in die Hand und zupfte an den Saiten. Die Geige knurrte ihn an.

Angelika versuchte nicht, ihm die Musik nahezubringen, sie versuchte überhaupt nichts mit ihm. Aber sie sah schön aus, sie roch gut, sie saß auf der Bühne und strich mit dem Bogen über die Geige, als würde sie jemanden streicheln. Er saß mit seinem Vater im Publikum und bewunderte sie, wie jeder andere auch. Bei der Beerdigung standen weinende Männer herum und sagten persönliche Worte. Sein Vater sagte nichts. Tom war siebzehn und warf seinem Vater vor, er hätte nichts dagegen getan, dass sie mit dem Immobilienspinner im Ferrari durch die Gegend und sich zu Tode raste. Wie hätte sein Vater etwas dagegen tun sollen? Sein Vater war schwach, das hatte Tom von ihm. Er schluchzt auf, in letzter Zeit muss er andauernd weinen.

Zu Hause angekommen, wirft er sich auf das Sofa und weint über das ganze beschissene Leben. Als das Telefon klingelt, geht er nicht ran.

Wie konnte sein Vater damit leben, dass seine Frau ihn betrog? Wie konnte er das aushalten?

Er denkt an Dani und an die Szene im Wald. Er ruft sich jedes Detail ins Gedächtnis. «Erik und Karin Herzog», sagt er, «feine Familie», aber dann fällt ihm ein, dass die Frau gar nichts dafür kann. Die arme Frau, die hat sicherlich gar keine Ahnung, was ihr Mann so treibt.

Er steht auf und kramt in seinem Schrank. Dort liegt noch die Flasche Zubrowka von Johannes. Er schraubt sie auf und nimmt einen Schluck. Er nimmt noch einen Schluck und noch ein paar, und dann fühlt er sich schon besser. Er geht durch sein Zimmer, betrachtet seine letzte, halbfertige Installation, und ihm kommt eine grandiose Idee: Er setzt sich an den kleinen Tisch am Fenster, um einen Brief an Frau Karin Herzog zu entwerfen. Einen sehr netten, kunstvollen Brief an die Dame des Hauses.

## Karin

Sie sieht Marthe mit durchgedrücktem Rücken am Strand entlanglaufen, barfuß und sich wie ein Model wiegend. Sie trägt einen gelb-rosa gestreiften Badeanzug und eine riesige Sonnenbrille. Karin weiß, wohin sich das mit ihr entwickeln wird, der Hintern wird dick, so wie Karins eigener

Hintern, das ist abzusehen, eigentlich ist er jetzt schon eine Spur zu dick für eine Fünfzehnjährige. Pech. Irgendwann geht alles den Bach runter, das fängt ziemlich früh an, lange bevor einer das merkt. Wenn einer noch modelmäßig unterwegs ist.

Ein gebräunter Junge mit langen, krummen Beinen schleicht sich an und klatscht Marthe auf den Po. Marthe dreht sich um, greift in sein zottiges Haar und reißt daran. Sie kennen sich seit ein paar Tagen. Er sieht aus wie ein Troll, hat hellbraunes, fast schon orangefarbenes Wuschelhaar, kann man nur abrasieren, ganz kurz, anders geht es nicht, wenn man vernünftig aussehen will, aber das wollen die ja nicht.

Könnte es sein, dass da was läuft? Könnte es sein, dass schon was gelaufen ist? Und Joschi in Vergessenheit gerät? Das Schlechteste wäre es nicht. Aber eigentlich glaubt sie nicht dran, der Junge ist fröhlich und unbeschwert. So etwas gefällt Marthe nicht, sie mag schwermütige Jungs, mit denen es Schwierigkeiten gibt.

Wann war das, als sie mit der kleinen Marthe den Strand entlanglief: Arielle-Badeanzugbauch, winzig kleine Nagellackzehen, von Meer und Wind verfilztes Haar, Hand in Hand, auf der Suche nach Kaktuseis?

Wer hat ihr das kleine Mädchen weggenommen, dem sie Kleider und weiße Feinstrumpfhosen anzog, dem sie Flechtfrisuren machte und duftende Haarspülungen von Budni?

Jetzt liegen Strähnen abgeschnittenen schwarz- und lilagefärbten Haares in den Ecken ihres Badezimmers. Dunkler Lippenstift, Tampons, tote Marienkäfer. Jetzt ist alles anders und für andere da.

Und sie? Sie geht vormittags ins Fitfire, um an den Geräten zu trainieren, um in Schuss zu bleiben, um unter Leute zu kommen, «ich muss mal unter Leute kommen», sie geht reiten, Reiten ist ihr wichtig, oder sie geht in die Stadt, rumlaufen. In der Stadt rumlaufen ist auch unter Leute kommen. Manchmal kauft sie auch was Sinnloses, aber kaufsüchtig ist sie nicht, wie manche, wie Erika, die ständig was fürs Haus kauft, aber nie für sich selbst, im Keller stapeln sich die Läufer und Gardinen, und ihr Mann verkauft das Zeug später mühselig bei eBay. Erika muss immer kaufen, «das musste ich einfach kaufen», und alle sagen: «Das ist aber hübsch, wo hast du das her?» Kaufsüchtig ist sie jedenfalls glücklicherweise nicht. Sie lässt sich Sachen zeigen und sich beraten, wegen Koffern oder Sesseln oder Matratzen, aber sie kauft selten was, sie ist vernünftig.

Im Gegensatz zu Erika.

Natürlich hat sie darüber nachgedacht zu lesen. Mal ein Buch nehmen und lesen. Eventuell könnte sie einen Vorsprung rausholen, einen bildungsmäßigen Vorteil gegenüber Erik, wenn sie viel und oft lesen würde und gute Bücher. Nur, wenn sie zu Hause sitzt und liest, dann würgt die Stille sie. Die Stille ist das gefährlichste von allen Problemen, die sie hat. Deshalb geht sie unter Leute. Oder schaltet den Fernseher an. Oder …

Wenn es ihr schlechtgeht, dann trinkt sie ein bisschen was. Herrgott. Ein bisschen was trinkt doch jeder. Sie trinkt ja auch nicht immer. Nur oft.

Ihr eigentliches und schönstes Leben ist das Leben auf dem Gestüt ihrer Eltern. Pferde. Wie sehnig und samtig sie sind, wie sie aus allen Poren Freude dampfen und wie sie einen ansehen. Sie hat ein eigenes Pferd, Heider von Gossenhaupt. Er ist ein aufmüpfiges, wildes Pferd, ihr kleiner Heide, er fehlt ihr.

Für Geld kann man auch hier, auf den Malediven, reiten, für Geld kriegt man hier alles, was gelangweilte Hausfrauen aus Europa sich nur wünschen können. Sie geht in ihr Hotelzimmer, um sich für das Reiten zurechtzumachen. Halbwegs gut aussehen. In maßgeschneiderten Reitsachen, das hat außer ihr keine.

Der Australier, der die reitenden Frauen betreut, heißt Nick, wahrscheinlich hat er auch einen richtigen Namen. Die Frauen, alle nicht besonders schlank, fast alle dicker als sie, lieben ihn. Karin liebt ihn auch. Die einzige dünne Frau hat ein Gesicht wie ein Äffchen. Vermutlich hat sie irgendwas damit machen lassen und sieht nun aus wie ein altes, sehr dünnes Äffchen. Eine scherbige Stimme dringt aus ihrem Frätzchen, sie ist ganz sicher in Therapie, und ihr Mann bumst seine stämmige Sekretärin, mit so was kennt Karin sich aus.

Im Großen und Ganzen läuft es also gut für Karin in ihren maßgeschneiderten Sommerreitsachen und mit einem Talent zum Reiten wie keine hier. Plötzlich ist sie die Normalste und Vitalste von allen, dazu der Rhythmus des Pferdekörpers und der Rhythmus der schäumenden Wellen, das trägt sie, und sie macht den Frauen Komplimente und lässt sie vor und vorbei und will der netteste und liebenswürdigste Mensch der Welt sein.

«Ist es nicht wunderschön hier?»

«Wie das Wasser glänzt – wie Gold.»

Wie Gold, Gold, Gold.

«Das ist ein schönes Tier, passt sehr gut zu Ihnen, sieht

ein bisschen aus wie Eisstern aus unserem Stall, der hat schon zwei Rennen gewonnen.»

Sie reiten durch das flache Wasser – der untergehenden Sonne entgegen, erreichen schließlich diese Bucht, in der es festen, grauen Boden gibt und in der sie ihre Stute immer ein Stück galoppieren lässt. Sie ist die Einzige, die das wagt. Und natürlich Nick auf seinem grauen Hengst. Er lächelt ihr zu, als sie halten, weit weg von den anderen. Er sagt: «Sie können gut reiten.»

Was soll sie dazu sagen? Klar kann sie gut reiten, wenn sie was gut kann, dann reiten. Nick sieht sie immer noch an, schließlich sagt sie: «Meine Eltern haben in Deutschland ein Gestüt.»

«Ein Gestüt», sagt er, «Sie Glückliche.»

Ihr wird klar, was er ist, eine Art Animateur für Frauen. Vermutlich leidet er unter seinem Beruf, sie fühlt sich ihm verbunden, obwohl sie kein Animateur ist. Sie fragt: «Kann ich Sie heute Abend zu etwas einladen?» Sie fragt kühl, aus einer Notwendigkeit heraus.

«Oh, Madame, ich arbeite hier.»

«Dürfen Sie nicht ein Glas Wein mit mir trinken?»

Er wiegt den Kopf, dann sagt er: «Vielleicht, wenn wir auf eine andere Insel fahren, hier kennen mich alle.»

Auf eine andere Insel ist ein bisschen viel Aufwand, aber was soll's, warum nicht, ehe sie sich heute Abend wieder zu Tode langweilt. Sie zuckt mit den Schultern und nickt.

«Ich warte dann nachher am Anleger», sagt er. «Passt es Ihnen um acht Uhr?»

Sicher passt ihr das. Wird er mit dem Siezen mal aufhören? Klar wird er. Weil sie mit ihm anstoßen und ihm das Du anbieten wird. Dann wird er ihr von seinem Leben erzählen. Wie es so kommen kann. Wie man zu dem wird, was man ist. Sie wird nicht so viel erzählen. Wovon auch? Von der neubetonierten Garagenauffahrt? Von ihrem Ehemann, der seine Freizeit schlafend oder fernsehend verbringt, möglichst ohne sie? Vom herrlich blühenden Rhododendron in ihrem Garten – der Rhododendron blüht so herrlich – oder von Erika, die zwanghaft Bettwäsche und Handtücher bei Möhring am Neuen Wall kauft? Vom Gestüt natürlich, sie kann vom Gestüt erzählen, wie sie im Stall aufwuchs, zwischen Stroh und Mohrrüben und Äpfeln, wie ein Hündchen, das winselnd und ein bisschen nervig den Arbeitern zwischen den Beinen herumstolperte, so könnte sie das formulieren, mit ironischem Abstand. Wie sie als Siebenjährige schon ohne Sattel ritt, Indianerkind, dann runterfiel, sich alle Zehen am linken Fuß brach und gleich wieder aufs Pferd. Immer wieder gleich aufs Pferd, mit gebrochenen Zehen. Und wie ihre Eltern das erste erfolgreiche Pferd ins Rennen schickten, Sharan. DER Sharan. Vielleicht kennt er Sharan, wenn er sich mit Pferden auskennt.

Auf der anderen Insel scheinen Nick sogar mehr Leute zu kennen als auf ihrer, aber sie nimmt an, dass es ihm hier egal ist. Sie winken und rufen ihm etwas zu. Die Insel ist anders als ihre, am Strand ein Haufen roter Plastikkübel, angeschwemmte Fische und ein Schuh. Außerdem mehr Betrieb, mehr Leute auf einem Fleck, quadratische kleine Hotels in Schmutzigrosa oder Hellblau, vor denen kaum Europäer sitzen. Lokale am Strand, Stühle im Sand, europäische Popmusik aus einer Ministereoanlage und eine Frau in einem langen Rock, die neben dem Lokal zuckend tanzt. Sie setzen sich, und Nick bestellt Wein. Sie prosten sich zu, Nick erzählt von seiner Schwester in Australien, die im Fernsehen Kindersendungen moderiert, sie hört ihm zu, sie würde gerne über Pferde reden. Pferde wären ihre moderierende Schwester. Aber je länger er redet und redet und redet, desto müder wird sie. Ihr linker Knöchel tut weh; vorhin, als sie aus dem Boot stieg, ist sie umgeknickt.

Ein warmer Wind weht, die Frau tanzt wie in Trance, ihr langer Rock bauscht sich, ihre Augen sind kaum geöffnet, die Wärme und der Schmutz sind wie eine Hülle. Karin sieht, wie Nicks Blick auf ihr ruht, wie er gar nicht versucht, ihr etwas vorzumachen, er zieht ihren Arm am Handgelenk zu sich her. Nimm meinen dicken alten Arm. Nimm meine mühevoll gebräunte Haut, wenn du willst, schneid dir ein paar saftige Scheiben ab. Sie lächelt ihn an. Wer ist sie schon? Wie viele Chancen hat sie denn noch?

«Was ist mit der Frau?», fragt sie, «ist sie verrückt?»

Nick schaut auf die zuckende Frau. «Wieso verrückt?»

«Sie sieht so aus.»

«Sie mag diese Lieder.»

O.K. Sie mag diese Lieder.

«Du verstehst?»

«Ich mag diese Lieder auch, aber ich tanze nicht», sagt sie.

Er schüttelt den Kopf. «Du nicht.»

Sie sagt: «Wir sollten wieder fahren, es wird spät!»

Er antwortet nicht.

Sie sagt: «Es wird spät.»

«Ja.»

Kann er nicht etwas sagen, etwas Nettes?

Als sie aufstehen, nimmt er ihre Hand und nimmt sie einfach mit, als wüsste er ganz genau Bescheid über sie und über das, was möglich ist. Alles, was sie wirklich will, ist nachgeben, egal, worum es geht.

Er geht mit ihr in eines der Hotels, offenbar kennt er jemanden an der Rezeption. Er wirft sie auf eine riechende Matratze, er zieht sie gekonnt aus, schiebt ihre Schenkel auseinander und steckt seinen Schwanz in sie rein. Es tut ein bisschen weh, aber ein wohliges Grunzen entfährt ihr, wofür sie sich sofort schämt. Er reitet sich rasch zum Höhepunkt und rollt dann von ihr runter. Eine Weile liegen sie so auf dem Bett, sein Körper neben ihrem, sein Körper ist braun und fest, sie schämt sich für ihre weichen, zur Seite fallenden Brüste und den breiten Bauch, sie fängt von dem Reitstall an, von den Möhren und Äpfeln, von den gebrochenen Zehen und von Sharan; Sharan ist ihr letzter Trumpf, er sagt nichts, über ihnen rattert ein Ventilator; noch während sie redet, besteigt er sie ein zweites Mal. Jetzt gibt er sich mehr Mühe, er streichelt sie und küsst sie auf den Mund, sie beginnt zu keuchen und schafft es schließlich auch.

Erschöpft liegt sie auf dem Bett, Tränen laufen über ihre Wangen, sie versteht das auch nicht und muss immer noch an Sharan denken. Er wischt ihr die Tränen mit dem Daumen weg und sucht nach seinen Sachen. Jemand klopft an die Tür und sagt etwas, was sie nicht versteht. Draußen vor dem Fenster meckert eine Ziege.

Am nächsten Abend, während sie wieder der untergehenden Sonne entgegenreiten, zwinkert er ihr verschwörerisch zu. Er trägt eine zerschlissene Reithose und ein hellgrünes

Shirt mit einem orangefarbenen Aufdruck des Hotels und den Worten *Fun & Action.*

Fun & Action. Als sie auf dem grauen Streifen allein sind, fragt er: «Alles klar?»

Sie nickt.

«Geht's dir gut?», fragt er weiter.

«Ja, mir geht es gut.»

«Ich habe an dich gedacht», sagt er, «du bist eine gute Reiterin.»

Sie sagt nichts mehr.

Fun & Action.

Nach dem Reiten betrinkt sie sich an der Hotelbar. Sie sieht Nick mit der Äffchengesichtfrau zum Strand gehen, die Äffchengesichtfrau trägt ein weit ausgeschnittenes lila Trägerkleid, sie lacht wie ein Scherbenhaufen und schwingt eine weiße Handtasche. Karin wird schlecht. Sie schleppt sich in ihr Zimmer, um sich in die Marmorimitation einer Klosettschüssel zu übergeben.

Den Rest des Maledivenurlaubs übersteht sie ohne Reiten mit Gin Tonic und Wodka Orange. Marthe und Julian sehen ihr nicht mehr ins Gesicht, wenn sie flüchtige Nachrichten über ihr Tun abgeben. Sie sagen: «Ich gehe schwimmen», «Bin am Pool», «Komme später ans Büfett» oder einfach nur «Tschüs».

Aber der letzte Tag kommt. Sie packt ihre Sachen, sie steigt in ein Boot, dann in einen Bus, dann in den Flieger, und irgendwann ist sie in Hamburg-Fuhlsbüttel in Eriks Armen. Ihr Strohhut verrutscht, Eriks Arme sind blass und lassen sie sofort wieder los. Er sieht verändert aus, aber sie weiß nicht, was genau es ist. Er ist im Ganzen ungeheuer blass. Seine Blässe kommt ihr arrogant vor. Sein Haar ist länger, er hat es zur Seite gekämmt, er sieht sie nicht an. Er lädt die Koffer ein, hält ihr die Wagentür auf, er sieht sie nicht an dabei. Julian kommt gerannt. Er wollte unbedingt auf dem Flughafen noch Eis kaufen und reicht ihr jetzt ein riesiges Magnum Mandel, sie lutscht das Eis, während ihr Kiefer sich zusammenkrampft. Marthe wirft ihr Eis in den Mülleimer. «Ich hab dir doch gesagt, dass ich keins will.»

Julian zuckt mit den Schultern.

«Ich hab extra vegetarisches genommen. Ohne Knochen.»

Marthe verdreht die Augen, steigt ein und ruft Joschi auf dem Handy an. Sie berichtet von dem Jungen mit den Wuschelhaaren. Sie lacht, und sie sagt: «Ja, er war süß. Und er wird mich vielleicht besuchen. Nein. Wieso? Ist doch wunderbar. Arschloch.» Aber sie lacht dabei. Dann nochmal: «Arschloch.»

Karin überlegt, wie sie sagen würde: Ich habe mit einem Animateur geschlafen, er war süß. Arschloch.

Fun & Action.

«Und du?», fragt Erik, und sie erschrickt, aber er meint Julian. Julian ist braun geworden, sein Haar heller, fast blond an einigen Stellen. Sie hat ihn kaum gesehen, sie weiß nicht, wie er den Urlaub verbracht hat. Julian sagt: «Ich hatte viele Drogen und dann Sex mit einheimischen Frauen für Geld.»

«Das muss sehr viel Geld gewesen sein», sagt Marthe.

«Und Marthe ohne», sagt er, «mit einem Würmerfresser.»

«Das stimmt nicht», sagt Marthe.

«Dabei würde ich das noch am ehesten geglaubt haben», sagt Erik.

«Er isst überhaupt keine Würmer.»

«Reißt euch mal zusammen!» Karin könnte heulen. Aber sie heult nicht. Sie sieht die Stadt an sich vorbeiziehen, und alles ist wie immer und doch anders, es zieht vorbei, vorbei ohne Stopp, und das ist ganz, ganz furchtbar. Als es die Auffahrt zu ihrer Garage hochgeht, muss sie sich doch freuen. Zu Hause. Zu Hause ist es besser, hier kommt alles in Ordnung. Der Läufer im Flur, die Küchenstühle, die hellblaue Glaslampe, der Geschirrspüler, die Obstmagnete am Kühlschrank, das Ledersofa, die Keramikvase auf dem Boden, der Garten ... Als sie den Garten sieht, erschrickt sie.

Sie lässt sich auf das Sofa sinken, den Blick auf den Garten geheftet. Erik kommt herein, er sieht ihren Blick, er lächelt, aber sie lächelt nicht zurück. Er sagt: «Der Garten ist ein bisschen verwildert.» Sie sagt nichts dazu. Sie kann nicht.

Irgendwann steht sie auf, um die Koffer auszupacken, sieht, dass er das Pferdebild von der Wand genommen hat, sagt auch dazu nichts. Sie geht hoch ins Schlafzimmer, wo der Koffer auf dem Boden steht, öffnet ihn, und ein fremder Geruch steigt aus ihrer eigenen Kleidung auf. Sand rieselt beim Sortieren aus den Sachen. Sie bringt eine Ladung nach unten. Während die Waschmaschine hinter dem Bullauge das bunte Päckchen dreht und schäumt, raucht sie eine Zigarette. Es ist still im kleinen Waschkämmerchen. Die Maschine arbeitet, und das Geräusch verstärkt die Stille noch, Waschpulvergeruch mischt sich mit dem Qualm ihrer Zigarette. Sie öffnet das kleine Fenster und betrachtet den Garten. Es ist nicht so schlimm, wie sie erst dachte. Die Blumen sind ausgeschlagen und liegen jetzt über dem Weg. Der Rasen ist höher, aber in drei Wochen wächst nicht alles zu, das war nur ihr erster Eindruck. Sie wird das wieder hinkriegen. Sie sieht der Waschmaschine zu und inhaliert tief den Rauch ihrer Zigarette. Hier drin ist es sauber und klar, sie sitzt manchmal ganz gern hier. Andere Räume haben etwas Kompliziertes. Das Schlafzimmer hat etwas Verlogenes, weil sie keinen Sex mehr haben und trotzdem in einem Bett schlafen. Das Wohnzimmer ist schwierig. Es kommt vor, dass Erik den Raum verlässt, sobald sie auftaucht, aber auch sie ist schon gegangen, damit er ihren Alkoholgeruch nicht bemerkt. Ihr fällt ein, dass er das Pferd abgehängt hat. Es ist ein Bild von Heide, sie selbst hat es damals beim alten Herrn Mahnhardt in Tötensen in Auftrag gegeben, er hat sich auf Tiermalerei spezialisiert. Sie findet es richtig gut, wie Heide so läuft, und es staubt, und die Sonne geht auf. Warum hat Erik das Pferd abgehängt? Er hat nie was dazu gesagt, und sie hätte gedacht, er interessiert sich nicht für Bilder, also, er ist nicht dafür und nicht dagegen, noch nie hat er sich für ein einziges Bild interessiert. Fürs Fernsehbild höchstens. Sie grinst.

Hinter dem Weichspüler steht eine Flasche Baileys. Sie nimmt einen kleinen Schluck. Nick. Die zuckende Frau, der Müll, der Ventilator, die Ziege. Immerhin hatte sie Sex in ihrem Urlaub. Manchmal hat sie daran gedacht, wieder mit Erik zu schlafen. Aber sie kennt ihn so lange. Sie kennt, wie er abends seine Socken auszieht. Er rollt sie herunter, rollt sie ganz langsam über die Knöchel, lässt sie als Röllchen vor dem Bett liegen. Dann sein Geruch am Morgen, seine am Kopf angeklebten Haare, wie er immer seine Finger anstarrt, mit offenem Mund vor dem Fernseher schläft, wie er seine verschwitzten Hemden auf die Fliesen wirft, vor die Dusche und nie, nie in den Wäschekorb, und dieses Gejammer, wenn er mal einen Tag im Büro verbracht hat … Sie gibt sich Mühe, gut auszusehen, sie isst kaum was, sie reitet, sie geht ins Fitnessstudio, sie kauft sich ständig neue Klamotten, aber Erik interessiert das nicht.

Er mag sie vielleicht, aber eher so, wie man Inventar mag oder alte Hausangestellte oder Eltern. Karin weiß, sie sollte mit ihm schlafen, aber sie kann sich nicht dazu aufraffen, schon, weil er es wahrscheinlich auch nicht mehr will. Sie drückt die Zigarette aus und sieht noch einmal durch das Klappfenster auf den Garten. So verwildert hat er etwas Schönes, etwas Verwunschenes.

Am nächsten Morgen, als alle weg sind, macht sie sich im Garten an die Arbeit. Sie reißt gerade die langen Blumen raus, als sie den Postmann sieht, der einen Brief in den Kasten am Gartentor wirft. «Hallo, Postmann», sagt sie.

«Hallo, schöne Frau», sagt Horst Klüter, er ist dick und wohnt am Anfang der Straße. Seine Frau ist Hauserbin und noch dicker. Seine Frau ist so dick, dass sie kaum noch gehen kann. Deshalb holt Karin ihr manchmal was ab oder bringt ihr was mit. «Kannst du mal eben bisschen Sahne von Edeka mitbringen? Ich weeß, ich sollte Knäggebrot essen, aber bringst mal mit, Karinchen, ich bin 'ne fette Kuh, ich kann nicht laufen heute, meine Beene sind wie am Platzen.» Rosi Klüter.

«Geheimpost», sagt Horst, «vom Liebsten.»

«Sag's nicht weiter.» Sie wischt sich den Schweiß von der Stirn und reißt die restlichen Blumen raus. Sie ist nicht neugierig. Sie bekommt nie Post, außer wenn sie Dinge gewonnen haben soll oder eine günstige Reise antreten oder Versicherungen abschließen.

Am Mittag sieht der Garten fast wieder ordentlich aus. Sie streckt sich und stöhnt. Die Erde ist jetzt dunkel und duftend, die knittrigen Rosen sind gerodet und die Ränder der Beete begradigt. Zufriedenheit in ihrem Körper, alles selbst erarbeitet, alles Schlechte kommt von außen, alles Gute kommt von innen. Post kommt von außen. Der Briefkasten muss gestrichen werden, Rost am Rand, die Farbe abblätternd. Der Briefkasten in einer streng umrissenen Deutlichkeit vor ihr. Sie nimmt die Post heraus, die Post ist ein Brief, an sie adressiert, in einer fremden Handschrift, in einer fahrigen, schräg geneigten Handschrift, auf der Rückseite ein Fleck, kein Absender. Erst überlegen, von wem der Brief sein könnte, schon fertig: von niemandem, den sie kennt. Ihre schmutzigen Finger waschen. Sie geht ins Haus, schließlich kann sie einen weißen Brief nicht mit schmutzigen Fingern öffnen, die Schmutzigkeit würde sich niemals wieder rückgängig machen lassen. Also legt sie ihn in der Küche auf den Tisch, wäscht sich die Finger mit Seife, Duft in der Luft, Seifenduft, Sauberkeit, sie trocknet sich die Finger ab, geht in die Küche, setzt sich vor den Brief und wartet.

Öffne mich, Frau.

Sie steht auf und schaltet das Radio an. Die Ozonwerte … vor einer Woche … irakische Kampfbomber …

Karin, öffne diesen Brief. Du feige, feige, alte Frau.

Sie könnte ihn zerreißen.

Es interessiert mich nicht, was Fremde mir schreiben. Ich könnte aufhören zu trinken und neu anfangen. Ganz. Neu. Anfangen. Ich rede mit Erik. Er hört mir zu. Unsere

Beziehung wird gut werden. Es heißt doch, dass Beziehungen besser werden können, wenn man lange zusammen ist und viel durchgestanden hat.

Ich zerreiße diesen Brief.

Braune Flecken auf der Außenseite ihrer Hand. Seit wann das? Seit wann Altersflecken auf ihren Händen? Sie lässt die Hände sinken, und der Brief fällt auf den Tisch. Sie ist müde und alt, sie kann nicht mehr neu anfangen.

Sie hat den verflixten Brief gelesen. Haha. Selten so gelacht. Was für ein Scherzkeks, der sich sie als Opfer ausgesucht hat, um, um, um irgendwas. Sie lacht. Sie ruft Erika an und erzählt ihr, dass sie einen Brief bekommen hat, von einem Verrückten, endlich mal was los. Erika sagt: «Wir sitzen gerade beim Kaffee, worum geht es denn? Ich hab diesen dunklen Kuchen gebacken, und wir wollen gleich zu Giulio's, meine Mutter ist leider auch da», das Letzte geflüstert.

Karin sagt: «Es ist ein Brief von einem Mann, glaube ich, er sagt, er hätte gesehen, dass Erik …»

«Ja?»

«Dass Erik …» Das Lachen schüttelt sie erst behutsam und dann immer stärker.

«Du … kannst … es dir nicht vorstellen. Erika.»

«Was denn nun?»

Sie keucht, und das Lachen treibt ihr die Tränen in die Augen. Aber sie kann Erika nicht erzählen, was in diesem Brief steht. Erikas Mutter sitzt mit im Zimmer, und sie wollen zu Giulio's, und sie sitzen da und essen Kuchen, sie kann es Erika einfach nicht erzählen. Es ist nämlich so, dass sie Erika etwas Unglaubliches hatte erzählen wollen, aber es ist plötzlich zu etwas Glaubhaftem geworden. Es ist wahr. Das ist der Satz, der sich in ihr festhakt.

Vor ihr der Brief: «Sehr geehrte Frau Herzog, ich schreibe Ihnen, weil ich Ihnen etwas Ungeheuerliches über Ihren Mann berichten muss, es tut mir leid, aber es betrifft mich ebenso wie Sie, und Sie sollten es wissen.» Und ihre Hände wie Lappen. Sie hat den Brief mehrmals gelesen. Es ist wahr. Es ist wahr, Karin, da kann man nichts machen. Sie muss an Erik denken. Sie kennt ihn doch, ich kenne ihn doch, er dreht sich weg, wenn er sich auszieht, und er geht immer im Bademantel zur Dusche. Immer im Bademantel. Blau-schwarz gestreift, Taschentücher in der rechten Tasche. So was würde er nicht tun. Niemals.

Aber manchmal sitzt er halb nackt auf dem Sofa.

Das ist normal, jeder sitzt mal in Unterwäsche bei sich zu Hause rum.

Sie selbst allerdings nicht. Erik dreht sich weg, wenn er sich auszieht, aber er sitzt halb nackt im Wohnzimmer, obwohl sie dieses große Fenster haben, jeder könnte ihn sehen. Sie nimmt den Brief noch einmal in die Hand, obwohl sie ihn fast schon auswendig kann. «Sehr geehrte Frau Herzog», anstrengende Handschrift, betrunkene Anordnung der Wörter, dringende Ehrlichkeit.

Es ist wahr, Karin, es ist wahr. Ich sag es dir. Von ich zu ich.

Wahrscheinlich ein Mann. Und es geht ihm wahrscheinlich um die Frau. Hätte sie erfahren, dass Erik eine Affäre hat, dann hätte sie das gekränkt, aber sie hat sowieso damit gerechnet. Alle haben Affären, alle ihre verheirateten Freunde, früher oder später, wenn die Ehe nicht mehr das ist, was sie mal war.

Aber so etwas.

Sie kann jetzt nichts essen, darum versucht sie, noch im Garten zu arbeiten. Irgendwie etwas tun. Das Unkraut am Zaun muss noch weg. Sie sieht den Garten jetzt neu und versteht, dass es zwischen dieser Sache und dem verwilderten Garten einen Zusammenhang gibt. Sie lässt die Hacke fallen und betrachtet die Büsche. Sie untersucht sorgfältig die Erde nach Fußspuren. Fußspuren? Sie kriecht auf den Knien herum und muss schließlich lachen. Es ist lächerlich. Sie geht wieder hinein, um den Brief ein x-tes Mal zu lesen, sie sitzt am Küchentisch mit ihren altersfleckigen Händen. Sie holt sich ihren besten Freund, den alten Tröster, und setzt sich damit auf das Sofa im Wohnzimmer. Jetzt wird es besser. Sie kann sogar ein bisschen weinen. Bis Erik kommt, hat sie einen kleinen Mittagsschlaf auf dem Sofa gehalten, den Brief versteckt und ist sogar fast wieder ausgenüchtert.

Ist doch alles prima.

Es gibt nur eine Möglichkeit, sich Klarheit zu verschaffen.

Sie packt ihre frischgewaschenen Reitsachen. Sie holt die glänzenden Stiefel aus dem Schrank, ich liebe diese Stiefel. In der Küche nimmt sie sich eine Flasche Wasser aus dem Kühlschrank.

Marthe kommt von oben herunter. Karin sagt: «Im Kühlschrank sind Koteletts.» Marthe macht ein angewidertes Gesicht.

«Sind schon gebraten.»

«Ich geh nachher zu Judith, da gibt es Essen, Geburtstag», sagt Marthe. Julian kommt und reißt den Kühlschrank auf. «Geil», sagt er, «kann ich die essen», und beißt noch vor einer Antwort in ein Kotelett wie in ein Stück Brot. «Gehst du heute Abend auch weg?», fragt Karin ihn. Julian sieht sie verständnislos an. Er geht jeden Abend weg, meist zu Remo. Aber auf jeden Fall geht er jeden Abend aus dem Haus. Kauend nickt er.

«Fühlst du dich hier nicht wohl?», fragt sie.

«Nein», sagt er und frisst das Fleisch und trinkt dazu Milch.

«Ich fühle mich hier auch nicht wohl», sagt Marthe.

«Du auch nicht, Mama», fügt sie hinzu und: «Ich fühle mich niemals irgendwo wohl.»

«Da bin ich ja beruhigt.»

«Du musst dir keine Sorgen machen», sagt Julian, «sie hat es nicht ernst gemeint, ich fühle mich sehr wohl, wenn Koteletts im Kühlschrank liegen.»

Karin seufzt. Aus ihm wird nie etwas werden, nie wird er sich für etwas begeistern. Ihr Sohn macht nicht den Eindruck, als ob er jemals wirklich nachdenkt. Ob es da draußen Mädchen gibt, die so einen wollen? Schwer vorstellbar, aber was weiß sie schon, wie die heute sind, vielleicht reicht es, dass er diese Sachen trägt und mit Remo rumhängt. Julian grinst sie an, und Fett läuft ihm an den Mundwinkeln runter. Marthe starrt ihn angeekelt von der Seite an. «Du bist ein Schwein», sagt sie und geht raus. Karin nimmt ihre Sachen und geht ins Arbeitszimmer, um sich von Erik zu verabschieden. Erik sitzt mit gerunzelter Stirn am Schreibtisch und füllt ein Formular aus. Er riecht etwas nach Schweiß.

Sie sagt: «Ich geh mal reiten.»

«Jo.»

Er sieht nicht hoch. Er hebt nur die Hand, ganz in das

Formular vertieft, vor sich eine Tasse mit rotem Saft und eine Packung Schokoladenkekse.

«Ich bleibe draußen», sagt sie, «ich komme morgen wieder, ist sonst so spät.»

«Klar. Mach ruhig. Ich muss sowieso arbeiten.»

«Du musst mal duschen.»

«Was?»

«Du riechst.»

«Ich stinke.»

«Ja.»

Sie kann nicht in seine Augen sehen, aber sie registriert sein Gesicht, seine Falten und die schmalen Lippen, die Bartstoppeln.

«Ich fahr dann mal», sagt sie.

«Ist gut», sagt er.

Sie fährt nicht raus zu ihren Eltern, sie fährt zu ihrer Freundin Jannett nach Poppenbüttel. Walther öffnet ihr die Tür, er ist groß und dick. Er hat eine laute Stimme, mit der er sie jetzt anbrüllt: «Karin, du schmuckes Weib!», brüllt er, «welcher Glanz in meiner Hütte!»

«Walther, verzieh dich», sagt Jannett, die sich an ihm vorbeidrängelt. Jannett ist nur ein Hauch von einer Frau. Sie ist so dünn, dass selbst Größe sechsunddreißig zu groß für sie ist und Karin nie, nie mit ihr einkaufen geht. Denn das würde sie fertigmachen.

Jannett erzählt ihr im Wohnzimmer von ihrer aktuellen Affäre. Sie hat einen vierundfünfzigjährigen Anlagenmonteur. «Heutzutage kriegt man als verheiratete Frau problemlos einen Single», sagt sie, «es interessiert die gar nicht, ob man verheiratet ist oder nicht.»

«Und wie ist er so?», fühlt sich Karin verpflichtet zu fragen.

Jannett zuckt mit den Schultern. «So mittel», sagt sie, «er nervt ein bisschen.»

«Wieso?»

«Ach, er ruft manchmal an und will, dass ich vorbeikomme, weil er Sehnsucht hat. Ich hasse das, wenn er so sentimental wird. Und er soll nicht hier anrufen, verstehst du? Wir sitzen hier und sehen *Tatort*, und der ruft an.»

«Was sagt Walther denn dazu?»

«Ach, der», Jannett winkt ab, «das interessiert den doch nicht. Was er nicht wissen will, das kriegt er nicht mit.»

Sie überlegt, ob sie Jannett die Sache mit Erik erzählen soll, aber sie entscheidet sich dagegen. Wenn es sich um etwas Normales gehandelt hätte, wenn er sie normal betrogen hätte, dann hätte sie es erzählen können. Aber so hört sie lieber zu und raucht ein bisschen. Trinken will sie ausnahmsweise mal nicht. Jannett trägt einen lila Hausanzug und Plüschpantoffeln. Ihr Haar ist dunkel gefärbt, aber die hellen Ansätze wachsen schon raus, mittlerweile ist sie auch nicht mehr wählerisch mit ihren Affären, aber Karin sagt nichts dazu. Das ist eben so, dass alle immer so weitermachen, auch wenn es mit der Zeit nicht leichter wird.

«Er hat ein bisschen Bauch», sagt Jannett und trinkt ihren Wein.

Karin zuckt mit den Schultern.

«Aber er ist sehr ordentlich. Alles sehr sauber bei ihm. Bettwäsche und so.»

«Ist das alles?»

Jannett grinst.

«Natürlich nicht.»

Sie lacht und gießt sich Wein nach.

«Nein, ehrlich, macht Spaß mit ihm.»

«Na dann.» Tief inhaliert sie den Rauch. Ihr Herz rast ein bisschen. Sie denkt an Erik, dann wieder an Jannett und ihren Spaß. Wenn Jannett damit froh ist, aber wer weiß, vielleicht wäre es für Jannett besser, sich mit Walther zu begnügen. Sicher, er ist fett und unsensibel, aber er ist da und redet mit ihr und sieht mit ihr *Tatort*.

Als es dunkel wird, verabschiedet sie sich und fährt zu ihrem Haus zurück. Sie parkt den Wagen an der Straße und schleicht sich von der Seite an.

Vielleicht habe ich Glück, denkt sie und muss im selben Moment lachen, das wäre dann wohl ihre Sorte Glück. Wann hat das angefangen, so zu werden? Wann hat sie angefangen, so zu lachen?

Es raschelt, und sie erschrickt. Eine kleine graue Katze läuft über den Beton der Garagenauffahrt. «Du», flüstert sie und sehnt sich danach, das Fell zu berühren, aber das Fell flitzt weg. Katzen hauen bei ihr immer ab. Los, jetzt aber. Sie presst sich an die Hauswand. Vorsichtig setzt sie einen Fuß vor den anderen und schiebt sich vorsichtig um die Ecke. Nichts. Nur der Garten: der Weg, die Beete nun wieder scharf gezogen, alles aufgeräumt von ihr, dunkle Schatten, kaum Umrisse erkennbar, niemand ist in ihrem Garten. Sie seufzt, die Angst verkrümelt sich, aber dann sieht sie das Mädchen.

Viel näher an ihrem Wohnzimmerfenster, als sie sich das vorgestellt hatte. Sie hockt in ihrem Garten vor ihrem Fenster.

Einfach nur ein Mädchen, so ein Biest.

Weil sie von hier aus nicht in das Fenster blicken kann, geht sie an der Wand zurück, um in einem weiten Bogen hinter ihren Garten und vor ihr Wohnzimmerfenster zu gelangen. Im hell erleuchteten Zimmer steht Erik und sieht im Grunde aus wie immer, nur eben nackt und mit seinem Penis in der Hand. Das Mädchen hockt da und tut nichts. Erik macht, und Karin sieht ihm vom Wald aus nun ebenfalls zu, sieht ihn und das Mädchen und die Bäume. Rascheln, Geruch von würzigen Kiefern, ein Auto weiter weg, dann ist er fertig und geht raus. Bums, aus, fertig. Ins Bad, denkt sie, er geht ins Bad und duscht.

Das Mädchen, dunkler Schatten, kommt auf sie zu. Sie ist über den Zaun geklettert und kommt genau auf Karin zu. Karin erschrickt, aber sie denkt nicht daran, von ihrem Platz zu weichen. Nicht vor der. Das Mädchen summt etwas vor sich hin, irgendein Radiolied, und sieht sie gar nicht im Schatten. Aber soll sie. Aber soll sie aber.

Karin stampft kräftig auf. Das Mädchen zuckt zusammen, wendet sich ihr zu und starrt sie an, mit offenem Mund.

«Na», sagt Karin, mehr fällt ihr nicht ein.

«Na», sagt das Mädchen heiser und läuft weg.

Karin geht ins Haus. Glück gehabt, denkt sie und lacht lautlos. Sie schließt die Haustür auf, sie geht ins Wohnzimmer, wo Erik gerade aus dem Bad kommt, in seinem schwarz-blau gestreiften Bademantel, er weiß nicht, was los ist, starrt sie völlig wehrlos an, sie starrt zurück, und sie sagt: «Na, Erik.»

Und er begreift, weil sie sonst nie was so sagt.

Auf dem Boden sieht sie Tröpfchen seines Spermas. Er geht hoch, ins Schlafzimmer, und kommt in seinem Van-Laack-

Hemd wieder runter. «Ist das jetzt der richtige Zeitpunkt, dein Van-Laack-Hemd zu tragen?», fragt sie ihn, «fühlst du dich gut, geht es dir gut?» Erik sieht sie an. «Was für ein Hemd?», fragt er. Er setzt sich aufs Sofa. Rosig sieht er aus, elegant, gut irgendwie.

Und sie? Wer ist sie denn jetzt heute Abend und überhaupt?

Sie, deren Hände anfangen fleckig zu werden, und sie hat jetzt einen Zorn wie eine Wand vor sich. Das ist real, damit kann sie etwas anfangen. Sie sagt: «Wichser, hast du keine gefunden, der du ihn reinstecken konntest?» Sie greift nach der großen Keramikvase, die auf dem Boden steht, wirft und sieht sich nach dem nächsten Teil um, sie greift und wirft, es knallt, sie wirft – alles, was geht –, sie arbeitet verbissen daran, ihr Wohnzimmer zu zerstören, sie denkt: Das ist mein Glück, das ist doch wirklich mein Glück, sie lacht ein bisschen, sie macht weiter, bis alles in Scherben liegt und bis sie merkt, dass er längst nicht mehr im Zimmer ist.

Irgendwie zufrieden jetzt endlich, lässt sie sich auf das Sofa fallen, springt sofort wieder auf, um sich die Flasche Martini aus dem Schrank zu holen, Martini trinkt sie nicht so gern, aber die Flasche steht im Wohnzimmerschrank und ist noch voll. Sie wird ihm zeigen, dass sie machen kann, was sie will. Sie braucht nicht heimlich zu trinken. Das wäre ja noch schöner. Sie kann trinken, soviel sie will, wer sollte was dagegen sagen, er vielleicht? Der Wichser? «Das ist also mein Glück», sagt sie vor sich hin und gießt ein.

# Erik

Die Sonne scheint der alten Frau schräg ins Gesicht, und jede Runzel wirft Schatten, eine Berglandschaft von Gesicht. Ihr strähniges, graues Haar ist zu durchscheinendem Gestrüpp hochtoupiert, unter ihrer orangefarbenen Bluse hängt faltiges Fleisch. Ihre Hände, fleckig und trocken wie Pergament, halten eine Tasche. Sie starrt ihn aus verschwommenen Augen an. Sie hasst ihn. Sie hasst alle. «Frau Meske, wie geht es Ihnen», sagt er matt. Sie nickt mit dem Kopf, als wäre die Frage damit beantwortet, und es sieht aus, als würde ihr Kopf auf einem Stängel sitzen und als könnte der Stängel jeden Moment abbrechen. Umständlich öffnet sie ihre Handtasche und holt ein Papier heraus. Das Papier ist ihr Mietvertrag. Er weiß das schon. Ihr Kopf wackelt gefährlich, während sie ihm den Mietvertrag reicht. «Der Mietvertrag?», fragt er und sieht hinein, damit sie nicht böse wird.

«Lesen Sie», sagt sie, und ihre Stimme, krank und rostig, fährt ihm in die Eingeweide. «Lesen Sie», sagt sie wieder. Resigniert starrt er auf das Papier. Seine Gedanken sind woanders. Karin ist verrückt geworden. Sie schlägt die Wohnung kaputt. Und die Frau aus den Büschen ist weg. Sie kommt nicht mehr. Frau Meske schlägt mit ihren Knochen gegen das Papier. «Steht da was von Tieren drin?»

«Von Tieren?»

Sie öffnet den Mund, sagt aber nichts.

«Wollen Sie sich ein Tier anschaffen?» Das Tier tut ihm leid, jetzt schon, bevor es angeschafft wurde. «Der Grieche», sagt sie, und er kennt den Griechen schon, der Grieche heißt Sotiropoulos, auch das weiß er schon. Eine Weile keucht sie vor sich hin, dann holt sie ein zusammengefaltetes Stofftaschentuch aus ihrer Tasche und hustet dort etwas hinein. Ihre gelben Stecknadeläugelchen tauchen wieder aus der Tasche auf. «Er hat sich einen Hund gekauft», sagt sie mit ganz normaler Stimme. «Er hält einen Hund in der Wohnung, und das ist nicht erlaubt. Ich habe mit dem Vermieter gesprochen, und der will nichts unternehmen.»

«Bellt der Hund?», fragt Erik.

«Ab und an», sagt sie, «er bellt manchmal in meiner Mittagsruhe, das geht mir durch und durch, ich schlafe doch so schlecht, die ganze Nacht liege ich wach, und Mittagsruhe ist von eins bis drei, das steht im Vertrag.»

Er starrt auf den Vertrag. Wenn sie nun nicht wiederkommt, denkt er, wenn sie wirklich nicht wiederkommt. Er hat es versucht ohne sie, ging doch früher auch ohne sie, aber es ist ganz was anderes, es ist das Normale, es ist wie Graubrot essen, ohne sie.

«Ich will ihn verklagen», sagt Frau Meske.

«Ach», sagt er.

«Ich lass mir das nicht gefallen, wir leben hier schließlich nicht in Mümmelmannsberg», sagt sie.

Sicher, er kennt sie nicht, er hat noch nicht mit ihr geredet, er hat noch nicht mal mit ihr geredet, und vielleicht ist er nicht normal, aber ist das wichtig? Vielleicht … Wenn er durch die Stadt fährt … Manchmal trifft man zufällig Leute, er hat ja noch gar nicht mit ihr geredet.

«Hören Sie mir zu?», fragt Frau Meske, und ihr Kinn zittert.

Bitte, bitte lass sie wiederkommen. Sonst ist alles aus, und er weiß gar nicht, wie das zusammenhängt, aber er will das auf jeden Fall nicht, dass alles aus ist.

«Sie sollten das nicht tun», sagt er, «Sie sind alt, und Sie ziehen sicher nicht mehr um, Sie sollten sich nicht immer mit allen Nachbarn anlegen.»

Frau Meske reißt ihre glasigen, kleinen Augen auf. «Wie?», sagt sie.

«Sie sind doch ganz allein.»

Allein, denkt er.

Allein, allein, allein.

Er muss diese Frau vor sich ansehen. Das gehört zu seinem Beruf. Langsam steht sie auf. Langsam alles. Langsam ihr Leben. Ihr Kopf nickt auf dem Stängel. «Wir werden sehen», sagt sie leise. «Wir werden sehen, Sozi. Gehen Sie zu den Sozialdemokraten. Sozi.» Dann ist sie weg, und ihr Geruch liegt im Zimmer wie ein Stein. Er steht auf und macht das Fenster weit auf. Er lehnt sich hinaus. Trübes, schwarzes Wasser, bewegt sich kaum. Hinter ihm öffnet sich die Tür. Jörg. «So geht das nicht, Erik», sagt er. Jörg hält den Mietvertrag von Frau Meske in der Hand. «Sie hat mich Sozialdemokrat genannt.» Er sieht, wie Jörg schwankt: zwischen Zuneigung und Wut. «Das machst du nicht nochmal», sagt Jörg und knallt die Tür zu.

Er starrt auf den dunklen Kanal. Ein paar Ruderer rufen sich etwas Fröhliches zu. Gleichmäßig ziehen sie die Ruder und gleiten still in dem trüben Wasser voran. Dann verschwinden sie unter der Straßenbrücke, werden von der Sozistadt verschluckt. Ruderer sind Sozis, trübes Wasser ist ein Sozi, er ist ein Sozi, für immer und alle Zeiten, ohne Glanz und Gloria und ohne Durchsetzungskraft. Er setzt sich an seinen Schreibtisch und schnappt nach Luft.

Er hebt mit den anderen sein Glas, der Champagner läuft ihm in den Ärmel.

«Auf unsere neue Teilhaberin», sagt Jörg, und Britta lächelt verschämt und stolz. Sie trägt einen engen, schwarzen Rock und eine hellblaue Bluse, die so eng anliegt, dass man die Brustwarzen aus ihren kleinen Brüsten hervorstechen sieht, wie Nägelchen. Sie ist einundvierzig, und sie hat es endlich geschafft. Jetzt, wo sie Teilhaberin ist, wird sie wohl keine Kinder mehr bekommen. Auf dem Sommerfest ist sie betrunken gewesen und hat, neben den Rindersteaks, mit der Grillzange in der Hand, geweint, weil sie keine hat.

«Kannst du doch machen», hat er gesagt und gedacht, was will die denn mit Kindern? Sie hat genickt und geheult und getrunken. Später, im Dunklen, wollte sie Erik küssen. Er hat die Hand auf ihren Hintern gelegt, das fühlte sich nach viel Fleisch an, da ließ er lieber wieder los; wenn sie nicht so betrunken gewesen wäre, hätte er vielleicht mitgemacht, aber dieses Weiche, Heulige, sie wollte einen Mann, der sie in den Arm nahm, er ist kein solcher Mann, wahrscheinlich ist kein Mann ein solcher Mann, sieh das doch ein, Britta!

Jetzt ist ja alles klar, jetzt ist sie Partnerin. Brüste sind hier nicht entscheidend, Hintern auch nicht. Er ist zwei Jahre länger als sie in der Kanzlei. Er wäre der Nächste gewesen, aber er ist nicht der Nächste geworden. Jörg hat ihn nicht gefragt. Karin ist ihm damit schon auf die Nerven gegangen. «Wirst du nicht auch bald mal …?», «Bist du nicht ..?», «Oder was …?» Nun wird es ihr wohl egal sein. Nun schlägt sie die Wohnung kaputt. Er ist froh, wenn sie bei ihren Eltern auf dem Gestüt ist.

Brittas Wangen glühen, ihre Bluse hat einen tiefen Ausschnitt, die Haut sieht matt und ein bisschen knittrig aus. Kleine Trockenblume. Er weiß, dass Britta eine ausgezeichnete Anwältin ist. Er weiß, dass sie es verdient hat, Partnerin zu sein, mehr als er.

Ja. Ich weiß.

Aber er mag keine Frauen, die besser sind als er und keine Kinder kriegen und nicht in erster Linie gut aussehen. Irgendwie mag er diese Frauen nicht.

Er hat alles: Kinder und Frau und Garten und Mercedes-Benz, gebraucht, etwas älteres Modell, aber trotzdem. Dann fällt ihm ein, dass jetzt alles kaputt ist und die Kinder meistens unerträglich. Er gießt sich noch ein Glas Champagner ein. Britta. Sie hat es verdient, versucht er zu denken und prostet ihr zu. Jeder hier weiß, dass Erik der Nächste hätte sein müssen, und jeder weiß auch, dass er nicht ohne Grund übergangen wurde. Er hat aufgehört, Champagner zu trinken, er sieht auf die Uhr. Termine. Draußen sagt Britta zu ihm: «Tut mir leid, Erik, du hättest es verdient.» Dabei drückt sie sein Handgelenk.

«Wohl nicht», sagt er.

«Du hast recht.»

«Ich bin schlecht.»

«Das bist du.»

«Ich muss mich mehr bemühen. Ich bin ein bisschen aus der Bahn.»

«Ja, diese Wernersache.»

«Die Wernersache war aber nicht nur meine Schuld.»

«Nicht nur.»

«Es ist der private Ärger.»

«Ich weiß.»

«Woher?»

«Es ist immer der private Ärger. Ich wünschte, ich hätte ein bisschen mehr privaten Ärger.»

«Wünsch dir das nicht, wir trennen uns, Karin und ich trennen uns.» Bis zu diesem Zeitpunkt haben weder er noch Karin diesen Satz gesagt, jetzt ist er da. Jetzt ist er wahr. «Wir trennen uns», sagt er noch einmal.

«Echt?», sie ist jetzt neugierig. Ihm tut leid, dass er es gesagt hat. «Echt», sagt er darum nur und lässt sie stehen.

Besorg dir eigenen privaten Ärger!

Es wird kälter. Es regnet und regnet.

Ein Fall läuft schief. Er macht Fehler. Er versäumt einen Gerichtstermin bei einem Richter, mit dem die Kanzlei sowieso Schwierigkeiten hat. Es handelt sich um eine Scheidung, die eigentlich gar nicht so schwierig war, bis die Frau schwanger wurde – von ihrem zukünftigen Exmann. Man stelle sich das mal vor. Geht kaum. Der Noch-Ehemann sieht aus wie ein Hamster, hat furchtbare Angst vor der Noch-Ehefrau, tut aber alles, um ihr, die ihn genauso hasst wie er sie, eins auszuwischen. Wie ist es also zu dieser Vereinigung gekommen? Menschen sind nicht das, was man über sie denkt, sie sind manchmal genau das Gegenteil, und das Schlimme ist, sie wissen selbst nicht, was sie sind und was sie wollen. Eine höhere Macht schleudert sie durch das Universum, und Erik will sich da nicht ausnehmen, ihn schleudert es nackt vor sein Wohnzimmerfenster, mitsamt seinem Penis. Alles Formen von unergründlicher universaler Willkür.

Er vertritt die Frau, sie wälzt ihren fetten Hintern auf seine Schreibtischplatte und schüttelt ihr Haar. Warum setzen ausgerechnet Frauen mit solchen Hintern sich so gern auf Tische? Er geht im Zimmer auf und ab, vor dem Fenster siecht der Kanal, er redet über die Dinge, die auch der fetten Mandantin klar sind: Er hat es verbockt. Aufgrund der Fehler, die Erik unterlaufen, wird sie sich wohl genötigt sehen, so hat sie das zu Jörg gesagt, den Anwalt zu wechseln und Eriks Kanzlei zu verklagen. Da die Sache klar auf ein Verschulden Eriks zurückzuführen ist, muss sie über die Anwaltshaftpflicht reguliert werden. Der Frau ist finanzieller Schaden entstanden, und die von der Anwaltshaftpflicht stellen sich an.

«Die stellen sich an», sagt Jörg, und es klingt wie: Du hast das absichtlich gemacht. Vielleicht hat er das auch, wer weiß das schon? Man weiß so wenig über die Menschen. Das denkt er ja die ganze Zeit schon. Und an seinen Penis.

Der Regen reißt nicht ab, und morgens wird es gar nicht hell. Sie ist nicht mehr gekommen. Er ist durch die Stadt gefahren, stundenlang, tagelang, wochenlang, er hat sie nicht gesehen. Er kann nicht aufhören, durch die Stadt zu fahren, denn wenn er damit aufhört, dann ist es vorbei. Aber er muss aufhören, weil es ihn fertigmacht. Zumindest muss er ohne Hoffnung losfahren. Er sagt sich: Ich fahre aus Gewohnheit durch die Stadt, er überlegt sich, dass es doch ganz schön ist, durch die Stadt zu fahren – ziellos sich treiben lassen, das ist ein Zeitvertreib, ein Hobby, vielleicht sogar ein Sport. Er denkt: Inzwischen mache ich das gar nicht mehr wegen ihr, aber jedes Mal, wenn er in die scheiß Garage fährt, dann knallt er das Tor mit voller Wucht runter, soll doch alles kaputtgehen, der ganze neue Beton!

Jörg betritt sein Zimmer. Seit langer Zeit lächelt er mal wieder, er sagt: «Hallo, Erik», mit der Betonung auf der ersten Silbe, der Rest sackt so ab. Erik starrt ihn an. Er kennt ihn ziemlich gut. Sie haben zusammen studiert. Er war besser, aber Jörg hat sich durchgebissen. Als er noch bei einer Versicherung arbeitete, hatte Jörg schon die erste kleine Kanzlei in Winterhude. Des Weiteren hat er Sina, eine schwarzhaarige Ehefrau, die er sehr gut vorzeigen kann, Erik hat sich bei einem Kanzleiessen mit ihr unterhalten. Sie war wirklich nett. Sina ist das eine, das andere ist Jörgs Homosexualität. Britta meint: Nicht homo, er ist bi. Erik meint: Nein, homosexuell, die Frau ist nur Platzhalter. Genau genommen weiß er es von Jörg selbst. Jörg selbst hat es ihm gesagt: «Ich bin schwul, Kamerad», sie waren betrunken, er hatte gesagt: «Ich bin ein schwuler Mann, aber ich verehre Frauen, ich muss eine abkriegen.»

Alles war perfekt gelaufen.

Früher hat Erik sich eine Weile mit dem Gedanken rumgeschlagen, dass Jörg ihn mehr mochte, als ihm lieb war, und ihn überhaupt nur deshalb in seiner Kanzlei angestellt hatte. Aber das gab sich. Jörg verhielt sich nicht schwul zu ihm. Jetzt setzt Jörg sich auf den Mandantenstuhl ihm gegenüber und sieht ihm in die Augen.

«Erik», sagt er.

Erik nickt stumm.

«Ich hab gedacht, du bist gut. Warst du ja auch, früher,

und hättest du vielleicht weiter sein können. Ich hab gedacht, du könntest uns nützen.»

Eine lange Pause, in der er seine Fingernägel anstarrt.

«Und ich hab gedacht, du bist scharf auf mich.»

Jörg lacht nicht mal, nichts. «Du bist mies», sagt er. «Du bist der schlechteste Anwalt, den wir hier haben. Du gibst dir keine Mühe, dir liegt nichts an dem Job. Ich habe mir gesagt, vielleicht bist du in einer Krise. Aber ich kann mir keine Krisen leisten, ich bin Unternehmer.»

«Du gibst mir den letzten Schrott», sagt Erik, «Omas, Scheidungen.»

«Ja, ich weiß, ich gebe dir das, wo du keinen Schaden anrichten kannst.»

«Okay», sagt Erik, «okay, verstanden.»

«Dann ist ja gut», sagt Jörg, «ich will, dass du gehst. Du kannst dir Zeit lassen, kannst erst mal was anderes finden, aber dann musst du gehen. Ich kann dich hier nicht mehr gebrauchen.» Er steht auf. Erik grinst ihn immer noch an. «Ein offenes Wort», sagt er. Jörg atmet einmal tief durch. Dann geht er hinaus.

Erik macht ein paar Notizen für Britta. Sie soll seine Sachen übernehmen. Aber in seinen Akten herrscht ein ziemliches Durcheinander. Das fällt ihm jetzt auf. Er will heute hier fertig werden. Er hat noch nichts Neues, aber er schafft das einfach nicht mehr, jeden Morgen hierherzukommen, in das Gesicht von Frau Bansmer zu sehen, ihr falsches Lächeln und wie sie «Guten Morgen, Herr Herzog» sagt. Sie weiß ja, dass er gekündigt ist, und an kleinen Dingen merkt er schon eine Weile, dass er abgestiegen ist. Sie erlaubt sich Sachen, sie sagt: «Das können Sie doch sicherlich selbst,

Herr Herzog», und dann lächelt sie verschmitzt, steht kerzengerade da in ihrer Strickjacke, in ihrer gebügelten Hose und sagt ihm ins Gesicht: «Das hat der Herr Feseker aber gar nicht gerne, wenn hier vorne vor den Kunden geraucht wird.» Frechheiten, die sie sich nur ihm gegenüber erlaubt.

Aber im Grunde kann er es verstehen. Das ist ihre Chance, ihr Zeitpunkt ist gekommen. Immer musste sie ihn bedienen, für ihn da sein und ihm die Gespräche durchstellen. Er hatte Jörg geraten, sich eine andere zu besorgen, unter dreißig und mit ein bisschen mehr Pep. Er hatte zu ihm gesagt: «Dir kann es ja egal sein, aber wir sind auch noch da.» Jörg hatte ihn nur mitleidig angesehen. «Darum geht es hier nicht», hatte er gesagt.

Heute wird er bleiben, bis alles fertig ist, und morgen wird er die Sachen Britta rüberreichen, alles mit ihr besprechen und dann: Punkt, aus. Es ist spät geworden. Außer ihm ist keiner mehr im Büro. Im Flur sind schon die Putzleute am Werk. Eimerklappern, Lachen, die Tür geht, jemand kommt rein, verharrt, er sieht hoch, und da steht sie, in einem Overall mit der Aufschrift *natuerlich-sauber-martinariese.de*.

So also.

Er hat sie nie richtig angesehen. Auf dem Tisch sein ledergebundenes Buch, aufgeschlagen, so war das. Er weiß es sofort, er kann es vor sich sehen, wie sie hier war, an seinen Sachen, an seinem Buch, näher, als er sich das jemals hätte denken können. Nicht verloren in der Stadt oder vielleicht nur Teil seiner unglaublichen Träume. Sie ist immer hier gewesen, immer dicht an ihm dran, in seinem Zimmer, in seiner Luft, hier drin. Jetzt sieht er sie an. Gelbes Deckenlicht auf ihrem Gesicht, er kann jetzt alles ganz genau sehen. Wonach er sich verzehrte.

Eine Putze, einfach nur eine kleine Putze.

Sein ganzer Wahn, seine Hoffnung und Sehnsucht und Trauer, seine ganze verrückte Wut, galten ihr: klein, dünn, blass, helle Augen, in blauen Stoff gehüllt.

«Bist geschockt?», fragt sie.

Er schüttelt stumm den Kopf.

«Gut. Denn es sieht aber so aus.»

Sie starrt ihn an und runzelt die Stirn. «Ich mumuss hier putzen nämlich. Ich kann es auch nicht ändern, ich muss hier putzen nämlich, ich bin in solcher Firma angestellt.»

In solcher Firma?

Mein Gott, sie ist nur eine schmutzige, kleine Putze, das ist alles vollkommen absurd, er sollte sie rausschmeißen oder anschwärzen, sie durchwühlt die Unterlagen, vielleicht hat sie auch was genommen, fehlte was?

«In einer Reinigungsfirma.»

«In einer Reinigungsfirma?»

«Ja. Es ist natürlichsaubermartinariese, Putzen ist mein Beruf, findest du deinen Beruf vielleicht besser? Ich schätze, aber mir … … … … … ist es sehr egal, die Leute sind mir immer egal, wenn sie denken, sie denken sich was aus, aber sind mir egal, sollen sie doch, das kotzt mich jetzt richtig an, entschuldige, so ein Schschscheiß … Und ich bin nicht schuld daran, das kannst du nicht behaupten. Nicht total jedenfalls.» Sie schüttelt den Kopf mit den fusseligen, hellen Haaren. Wie die redet. Erik, überleg dir das mal! Hör dir das doch mal an! Mann, Mann, Mann. An einer anderen Stelle in seinem Kopf läuft ein anderer Film, was könnte er Schlechtes über sie sagen, Fäkalsprache, Stottern, na und? Sie hat fliegendes, blondes Haar, ein wütendes kleines Gesicht, einen Körper, Körper mag er gar nicht denken, natürlichsaubermartinariese.de auf ihren Körper geschrieben, auf ihren kleinen Körper ... Denk nicht das Wort, denk lieber nicht das Wort. «Ja, so sieht man sich wieder», sagt er schließlich und erschrickt gleichzeitig über seine grenzenlose Dummheit. Gerade in entscheidenden Situationen übernimmt immer die Dummheit das Ruder.

«Ja», sagt sie, «hier auf deiner Arbeit, das suchst du dir nicht aus, wie es kommt, ich hätte es auch lieber gelassen, a-aber vielleicht auch nicht, vielleicht war es ja klar, was sagst du, oder? Shit.» Sie schließt die Tür und macht zwei Schritte auf ihn zu.

«Musst du immer solche Sachen sagen? Das ist wirklich nicht kultiviert.»

«Was?» Sie starrt ihn an. «Was meinst du, Shit und das? Das stimmt, ich sag es nur so, weil mir nichts anderes einfällt, ich sag es nur so in den Lücken, ich will nichts Besonderes damit ausdrücken.»

«Ja. Klar.» Er seufzt. «Ich bin Erik», sagt er und hätte ihr beinahe die Hand gegeben.

Sie sagt: «Ich weiß es schon, ich bin Dani.»

«Dani», wiederholt er.

«Es kommt von Daniela.»

«Daniela also eigentlich.»

«Nein eigentlich, es kommt nur daher, eigentlich Dani, wo ist das Problem? Dani. Das ist der Name.»

«Und machst du das öfter, Dani?»

«Was?»

«Leuten nachspionieren.»

«Leuten nachspionieren? Was ist das denn für eine versponnene Scheiße? Ich soll Leuten nachspionieren, ich bbbin doch, ich glaube, du hast überhaupt kkkeine Ahnung von mir. Was denkst du dir eigentlich?»

«Wie soll ich das denn nicht denken?»

«Weil man nicht immer das Schlechte von Leuten denken muss? Weißt du, was ich von dir denke? Ich denke, du gehst abends durch den Park, wenn es dunkel ist, und dann reißt du deine Hose auf und zeigst den Leuten dein.»

Er hustet.

«Jajaja», redet sie weiter.

Er hustet stärker. Er verschluckt sich und hustet, und Lachen kugelt sich hervor und holpert zwischen den Hustern, und er lacht und hustet und lacht, alles willenlos, schwach, seinem fremden Körper ausgeliefert.

«Jajaja», macht sie weiter, gnadenlos, ihre Augen aufreißend, ihren Körper reckend, «das ist, ich weiß, es ist Exhibitionist.»

Es ist Exhibitionist, ohne Artikel, es ist Exhibitionist ohne Artikel, was du bist, Erik, mach es dir bewusst!

«Du fühlst dich sehr kultiviert, du gehst herum und bist exhibitionistisch und fühlst dich kkkultiviert, aber es ist mir eigentlich auch scheißegal, ich will nur nicht, du sollst nicht zu mir solche Sachen sagen, wenn du selber.»

Er wischt sich die Augen, er braucht ein Taschentuch, sein Gesicht ist voller Rotz und Spucke, er ist in einer beschmierten Lage, wo ist das Taschentuch, während es am Abklingen ist, aber ihn immer noch schüttelt, das Unwetter in ihm drin von Husten, Lachen, Weinen, er versucht, sich mit einem Schriftstück abzuwischen, er kann es nachher noch einmal ausdrucken, es ist hart an seiner Haut, er sagt:

«Möglich, dass ich ein Exhibitionist bin, aber ich möchte so etwas gar nicht diskutieren. Es ist ja auch. Egal.»

«Dann sag nicht so was. Es interessiert sowieso niemanden auf der Welt, glaube mir, und ich habe auch nichts gemacht.»

«Du hast dich getarnt.»

«Das ist meine Alltagskleidung.»

«Aha.»

«Tarnen ist nichts Verbotenes.»

«Das habe ich auch nicht behauptet.» Er weiß nicht mehr, was er mal von ihr gewollt haben könnte, wo sie jetzt so ist, wie sie ist, vielleicht wollte er sie einfach vögeln, so unnormal ist er doch eigentlich gar nicht, oder doch? Oder doch?

«Ich schäme mich jedenfalls nicht», sagt sie.

«Nein, wofür auch», sagt er. *Er* schämt sich nur, denn *er* hat ja getan, was er getan hat. «Andere machen ganz andere Sachen», sagt er.

«Ja? Was denn für Sachen?»

«Ich weiß nicht, woher soll ich das wissen? Ich kenne dich gar nicht. Aber du kannst mir vertrauen. Ich bin selbst nicht froh über diese Sache.»

«Ich dachte, du *warst* froh, und du hast es *gern* getan», sagt sie.

Er sieht auf seine Schreibtischplatte, die leer ist und etwas abgeschabt.

«Ich habe es gern getan.»

«Gut.»

Pause. Fremder Atem und fernes Klappern.

«Was sagt deine Frau?»

Karin, mein Gott, Karin, sie ist ja seine Frau.

«Meine Frau …»

«Sie hat mich gesehen», sagt Dani.

«Sie hat die ganze Wohnung zerschlagen», sagt er traurig.

«Echt», sagt sie.

«Ja», sagt er und findet, dass sie einfältig klingt. Als er wochenlang traurig durch die Stadt gefahren ist, um sie zu suchen, da hat er sich bis ins kleinste Detail ausgemalt, wie die Begegnung mit ihr sein würde. Und jetzt sagt sie: «Echt.» Aber ihm fällt ja auch nichts Besseres ein. Nichts geht. Nichts passt.

Sag doch mal: «Scheiße», Erik, das geht, das passt.

In der Tür steht ein Mann. Er ist groß und dünn, er trägt auch den Overall, den sie trägt, und starrt sie durch Sonnenbrillengläser hindurch reglos an, kurz denkt er noch nach, man sieht es ihm an, bevor er handelt. Dann wirft er Erik einen Wischmopp an den Kopf. Der Wischmopp ist an sich weich und nass, aber irgendwo muss er auch eine Kante haben, denn Erik fühlt einen stechenden Schmerz an der Schläfe. Er ist in letzter Zeit in dieser Kanzlei so schlecht behandelt worden, dass sich sofort das Gefühl einstellt, diese Demütigung stünde ihm zu. Dani kaut ungerührt auf ihrem Finger, sie sagt: «Mann, Tttom. Du bist so dämlich, Mann.» Sie sagt es seufzend, tragisch, enttäuscht, sie sagt es so, dass der junge Mann den Kopf hängen lässt, wie ein Hund, der schon vorher wusste, welche Strafe ihm das einbringen würde, der aber tun musste, was er getan hat.

«Das ist Blut, Tom, du Arschloch, das ist Blut!», schreit sie jetzt, «du holst sofort Verbandszeug, so dämlich bist du, ich kann es nicht glauben!»

Dieser Tom geht. Erik kann das verstehen, er wäre auch gegangen bei dem Ton. Als er draußen ist, kommt sie näher, ihr Gesicht, ihre Haut spannt sich über den Wangenknochen, ganz feine Poren, zarte Fältchen an den Augen. Sie kommt näher, wahrscheinlich, um seine Wunde zu besehen. Ein leichter Geruch nach Schweiß, ganz schwach nur, er will sie berühren, ganz vorsichtig, wie zufällig, eine Geste beim Reden, an der Hüfte vielleicht, am Arm, wo er doch verletzt ist und schwach, er will das ausnutzen, aber sie weicht zurück und starrt ihn an, als wäre er es eben doch: ein Lustmolch, ein schmutziger alter Mann. Exhibitionist. Das trifft ihn härter als der Wischmopp.

Tom kommt mit einer Verbandstasche zurück und hält sie ihr hin. «Ich doch nicht», sagt sie, «bist du kkomplett verrückt, das musst du.» Tom wischt mit einem Handtuch über Eriks Stirn, nicht sehr liebevoll, grob geradezu, und klebt ihm ein breites Pflaster darauf. Sie besehen ihn sich, von beiden Seiten, er sieht bestimmt aus wie ein Idiot. Er ist nass, seine graue Anzughose ist nass, als hätte er eingepischt, und das Pflaster auf der Stirn macht es nicht besser.

Tom sagt: «Du siehst dämlich aus, du Wichser.»

«Guck dich an, Selberwichser!», sagt Dani.

«Ich wichs für mich allein», sagt Tom.

«Sei stolz! Sssei sehr stolz dabei!»

Erik tut der Kopf weh, Tom stützt sich auf den Stiel seines Wischmopps und grinst. «Ich habe den Brief an deine Frau geschrieben», sagt er.

«Vielen Dank», sagt Erik, «sie bekommt so selten Post.» Dann begreift er, es dauert eine Weile – sein verletzter Kopf –, dass alles, wirklich alles, inklusive seiner Kündigung, durch Tom ausgelöst wurde. «Du Schwein», flüstert er, «du Schwein», und er stürzt sich auf ihn, Tom fällt, er prügelt auf ihn ein, einiges hat sich angesammelt in letzter Zeit oder auch schon länger, noch nie, nie hat er sich geprügelt, und er hätte auch gar nicht gewusst, wie das geht und dass er das kann. Aber Tom verprügeln geht, der wehrt sich nur matt, und Erik schlägt zu, bis Dani brüllt, er soll aufhören, bis auch Tom zu brüllen anfängt. Das Deckenlicht geht an, der Wachschutz und ein paar Reinigungsfrauen stehen über ihnen, der Eimer ist umgekippt, sie wälzen sich im schaumig braunen Wasser.

Während einer Sekunde des Verharrens im Deckenlicht fällt Erik ein, dass dies sein letzter Tag im Büro ist, und er muss schon wieder lachen. Da haut Tom zu, aber richtig, mitten hinein. Bäng! Er fällt zur Seite, knallt mit dem Gesicht gegen ein Tischbein und hat einen Zahn im Mund.

«Der Zahn muss in H-Milch», sagt eine der Putzfrauen, «sofort in H-Milch und nach Eppendorf, dort ist zahnärztlicher Notdienst bis zwei.»

Der Zahn liegt auf der Ablage in einer Margarinedose. Es ist nett, neben Dani in ihrem dunklen, kleinen Auto zu sitzen und durch die dunkle, kleine Stadt zu fahren. Es riecht nach Duschbad oder Seife. Das Radio spielt George Michael, und das erinnert ihn an seine Jugend, die er irgendwie ein bisschen versäumt hat. Wieso hat er sich früher überhaupt nicht geprügelt? Früher hat er auch schon George Michael gemocht, die anderen mochten vielleicht eher Robert Smith oder was Düsteres. In letzter Zeit ist er ein Stück neben sich. Das ist nicht unangenehm, das ist in gewisser Weise, oder vielmehr in eigentlich sehr direkter Weise angenehm. Er betrachtet auf der Ablage die Dose mit seinem eingeweckten Zahn und lächelt. Das ist wirklich passiert. Er ist entlassen, Karin zerschlägt ihre Ehe, er fährt mit seinem Zahn durch die Nacht und ist wahrscheinlich hoffnungslos, aussichtslos, unsterblich in ein stotterndes Mädchen in einem Overall der Firma *natuerlich-sauber-martinariese.de* verliebt.

Das gewaltige Eppendorfer Krankenhaus nähert sich, Neonlicht, parkende Notarztwagen, Nüchternheit. Dani geht mit ihm hinein. Die Schwestern in der Notaufnahme starren ihn an, sie sollten doch wohl gewohnt sein, dass Leute aussehen wie gerade geschlachtet.

Dani reicht ihnen den Zahn in der Margarinedose. «Ist nur der Zahn, nichts Schlimmes weiter», sagt sie, «eine Schramme am Kopf, eine kleine Verletzung.» Sie sieht so süß aus in ihrem Overall. Ihre Haare kringeln sich über den Schultern, an den Spitzen sind sie ein bisschen blutig. Sind sie in sein Blut gestippt? «Ich fahr nach Hahause», sagt sie zu ihm, «ich bin müde. Du kannst dir sicher später ein Taxi nehmen. Du hast ja Geld und bist mobil. So ein Scheiß alles, ich gehe.»

Er nickt und sagt: «Mufhjf», Blut tropft auf den Boden. Er sieht sich um. Auf der Theke liegt ein Stift. Den nimmt er und schreibt auf seinen Arm: «Telefon?»

Sie nickt, sie schreibt ihre Nummer auf seinen Arm, ohne ihn auch nur zu berühren. Sie hätte seinen Arm mit ihrer linken Hand festhalten sollen, jeder normale Mensch, Betonung auf normal, hätte das gemacht, aber sie schreibt ihre Nummer so auf, alles ohne Anfassen.

Die Schwestern nehmen ihn mit in ein Zimmer, sein Kopf tut plötzlich so unglaublich weh, er teilt mit, dass er privat versichert ist, sie kümmern sich um einen Zahnarzt, der ihm den Zahn einsetzt, sie untersuchen seinen Kopf, sie geben ihm ein Bett, ein weißes, kühles Bett in einem weißen, kühlen Zimmer, fremde Dunkelheit vor dem Fenster, müde Menschen auf dem Flur, Flüstern, Schlurfen. Mit dickem Kopf erwacht er im Morgenlicht in dem weißen Bett. Er bewegt sich leicht und muss stöhnen, sein Gesicht ist sehr bewegungsempfindlich.

Vorsichtig hebt er den Arm vor sein Gesicht, und dort steht: «Telefon? 38987», welche Freude.

Merkwürdig, dass seine Frau nicht angerufen hat. Sicher, sie zerschlägt die Wohnung und spricht nicht mehr mit ihm, aber er ist die ganze Nacht nicht nach Hause gekommen. Sein Handy liegt auf dem Tischchen an seinem Bett. Jemand muss es ausgeschaltet haben. Dann fällt ihm ein, dass es in Krankenhäusern nicht gestattet ist, mit dem Handy zu telefonieren. Er stellt es trotzdem an und tippt die Ziffern seiner Telefonnummer ein, als sich die Tür öffnet und eine Schwester ins Zimmer tritt. Schnell lässt er das Handy unter die Decke gleiten.

«Wie geht es Ihnen?», fragt die Schwester.

«Mir geht es gut.»

«Keine Kopfschmerzen mehr?»

«Kopfschmerzen? Nein. Ich muss sofort nach Hause.»

Die Schwester zuckt mit den Schultern. «Ich sage Bescheid. Wenn Sie wollen, können Sie sicher nach Hause.» Er wird entlassen, er soll auf sich achten, wegen des Kopfes, aber eigentlich ist nur der Mund noch geschwollen und schmerzt. Er bekommt Tabletten, zieht sich an und fährt mit dem Taxi nach Hause. Sein Auto steht noch vor dem Büro. Das Haus riecht nach Unglück. Im Wohnzimmer liegt Karin in einer Pfütze Erbrochenem. Auf dem Tisch die leere Flasche. «Mensch, Karin», sagt er, «was machst du denn? Kannst du denn nicht aufpassen?»

Karin sagt nichts dazu.

Wo sind denn die Kinder, können die sich nicht kümmern? Hektisch wählt er die Nummer des Notdienstes und bestellt einen Krankenwagen. Dann geht er wieder zu ihr.

«Karin?»

Ihre Haut sieht wie geronnene Milch aus, speckige Falten an den Wangen, Speichel rinnt aus ihrem Mund, die Augen sind geschlossen, ihr Körper hebt und senkt sich leicht, ein Zeichen dafür, dass sie lebt.

Der Gestank ist unerträglich. Er öffnet die Terrassentür, der Wind schlägt sie gleich wieder zu. Er stellt einen Stuhl davor. Blätter werden hereingeweht, und ein großes, rotes Blatt verhakt sich an Karins Pullover. Sie bewegt ein wenig die Lippen. Er versucht, etwas zu fühlen, er versucht, sich vorzustellen, sie würde sterben, aber nichts ist in ihm, keine Regung; wenn sie tot wäre, wäre sie halt tot.

«Karin?»

Nichts.

Er streift den Ärmel seines Hemdes hoch, und da fängt sein Herz an, fühlbar zu schlagen. 38987. Nachher, wenn die Notärzte weg sind.

Vielleicht nehmen sie sie mit. Er will sie eigentlich nicht mehr, er will sie aussortieren. Sie widert ihn an. Und dann bleibt sein Blick am Telefon hängen. Er zögert nur kurz, dann wählt er die Nummer.

Sie sagt: «Hallo?»

Er antwortet: «Hallo, ich bin's», der Mund tut ihm weh.

«Wer?», fragt sie.

«Erik», sagt er.

Karin schnauft.

«Ach, du», sagt Dani und schweigt eine Weile. «Geht es besser», sagt sie dann.

«Ja, geht gut.»

Es klingelt, vermutlich der Notarzt.

«Besuch», sagt sie.

«Ja», sagt er, und das Tsch von Tschüs kriegt er nicht raus. Darum sagt er so was wie «Füff» und legt auf. Er ärgert sich, weil dieses Gespräch nicht so verlaufen ist, wie er sich das gewünscht hätte. Ärgerlich öffnet er den Notärzten die Tür. Er zeigt ihnen Karin auf dem Teppich. Die Männer sehen sich Karin an.

«Haben Sie sie gar nicht angefasst?», fragt einer.

«Ich wusste ja nicht, ich wollte ja nichts verkehrt machen.»

«Sie hat sich erbrochen, da hätten Sie sie in die stabile Seitenlage legen müssen, da kann man ersticken, haben Sie das nicht gewusst?»

«Nein.»

«Herrgott, die Leute», sagt der eine Mann, er ist groß und mächtig und wischt Karin mit Papier den Mund ab, während der andere ihren Puls misst.

«Wie viel hat sie getrunken?»

Erik zuckt mit den Schultern. «Die Flasche wahrscheinlich.» Auf dem Tisch steht Whisky.

«Hat sie die ganze Flasche ausgetrunken?»

«Ich war nicht hier», sagt er, «sonst wäre das nicht passiert.»

Der Arzt oder Helfer oder was er ist, sieht sich im Zimmer um. In der Ecke liegen Scherben, es ist staubig, unaufgeräumt.

«Hier sieht's nicht immer so aus. Sie hat eine Krise.»

Der Große nickt. «Ist mir auch egal, was die Leute machen. Nur, stabile Seitenlage ist nicht verkehrt, bevor die Frau stirbt. Beim nächsten Mal.»

«Ein nächstes Mal wird's nicht geben.»

«Jaja.» Der glaubt ihm nicht. Sie nehmen Karin mit. Erik wirft ein paar Sachen in eine Tasche und gibt sie ihnen. Irgendwelche BHs und Schlüpfer, ein T-Shirt, Zahnbürste, einen Bademantel.

«Wollen Sie mit?» Er schüttelt den Kopf. Wird das erwartet? «Ich bin selbst krank. Ich komme eben gerade aus dem Krankenhaus, ich hatte Gehirnerschütterung, deshalb war ich auch nicht hier, ich muss jetzt erst mal liegen.»

Sie nehmen Karin mit. Mit Blaulicht verschwinden sie zwischen den Bäumen. Dann erst fallen ihm die Kinder ein, die immer noch nicht zum Vorschein gekommen sind. Und ihm fällt ein, was Karin gesagt hat, als sie mit den Kindern allein auf die Malediven fahren musste. Die scheren sich doch einen Dreck um mich. Die lassen mich doch alleine am Strand liegen, hat sie gesagt, und so war es auch.

Er geht nach oben. Marthe ist nicht in ihrem Zimmer, was erklärt, dass sie nichts mitbekommen hat. Sie ist einfach nicht nach Hause gekommen, ist bei ihrem Joschi geblieben. Julian liegt in seinem Bett und schnarcht. Es riecht nicht viel anders als unten im Wohnzimmer, er ist also auch betrunken nach Hause gekommen, das erste Mal, soweit Erik weiß. Aber wer kann es ihm verdenken? Erik deckt ihn vorsichtig zu, etwas Blaues zwischen Wand und Bett, immer noch der Elefant mit dem abgekauten Rüssel, als wäre er fünf. Nillefan. Gib mir mein Nillefan.

Vor dem Bett liegen seine Turnschuhe. Riesige Dinger von Turnschuhen. Er lässt sich neben das Bett plumpsen, au! Sein Körper schmerzt, der Kopf, der Mund, alles tut plötzlich wieder weh. Er dreht die Turnschuhe in seinen Händen, sie riechen nach seinem Sohn. Wie der Atem hinein- und hinausgeht, wie er schnauft und wie er nichts, nichts von alldem merkt. Auf Julians Füßen unterwegs sein. Er schnürt sie auf und probiert sie an. Er läuft ein paar Schritte. Es federt, läuft sich gut. Er sollte sich auch Turnschuhe kaufen. Er hat überhaupt nur diese eine Sorte schwarzer Schuhe, die sind im Grunde scheiße. Um die Schuhe auszuziehen, setzt er sich wieder auf den Boden vor Julians Bett, er lehnt den Kopf auf Julians blau-grün gestreifte Bettdecke und schließt die Augen.

Es ist Mittag, als Marthe ihn weckt. «Was ist denn hier los?», fragt sie, «was macht ihr denn hier?» Erik versucht aufzustehen. Sein Kopf brummt, sein Mund tut weh, seine Beine sind eingeschlafen. Hinter ihm richtet Julian sich auf und gähnt. Marthe verzieht das Gesicht, «Ihr stinkt», sagt sie, «wie … Ihr seid so eklig.»

«Hey», sagt Julian, «bin ich mehrere?»

Erik schaut auf seine Armbanduhr. «Es ist eins», und seine Stimme wird langsam lauter, «es ist ein Uhr, Fräulein.»

«Ja?», sagt Marthe, «ein Uhr, und?»

«Wo warst du?»

«Bei Joschi.»

«Bei Joschi, bei Joschi, was hast du nachts bei dem zu suchen?»

Marthe verschwindet vom Türrahmen. Sie murmelt was von «Bekloppte» und «ausziehen». Julian brüllt fröhlich: «Es ist ein Uhr, Fräulein, ein Uhr!»

Er hat den Ernst der Lage wieder mal nicht erfasst, oder er ist noch betrunken. «Was hast du gesagt?» Erik ist aufgesprungen und hinter Marthe her. Ihr dünner Körper, der runde Po in der Jeans. Ihr feines, langes Haar, schwarz gefärbt, lila Strähnchen. Sie dreht sich um. «Ich zieh aus. Zu Joschi.»

«Das glaubst du nur», sagt Erik.

Marthe zuckt mit den Schultern, seine Gefühle sind ihr egal, er ist ihr egal, so wie es aussieht.

«Hast du dich geprügelt?», fragt sie und starrt in sein Gesicht. Erik fasst sich an seine schmerzende Stirn.

«Wo ist Mama?» Er presst die Lippen zusammen. «Sie wurde ins Krankenhaus gebracht», sagt er. «Sie hat etwas zu viel getrunken.»

«Warst du nicht hier?», fragt Marthe.

Erik schüttelt den Kopf.

«Wo warst du denn?», schreit sie plötzlich.

Wie soll er ihr das erklären? Marthe, die fünfzehn Jahre alt ist. «Es ist nicht meine Schuld.»

«Natürlich nicht. Es ist nie deine Schuld. Ich zieh aus, Joschi hat zwei Zimmer, er hat gesagt, ich soll zu ihm kommen. In dem Irrenhaus bleib ich jedenfalls nicht mehr.» Erik ist müde. Zu müde, um irgendwas zu antworten. Sie kann doch nicht ausziehen. Sie ist fünfzehn. Man zieht nicht mit fünfzehn Jahren aus. Aber was kann er ihr sagen? Das Haus ist schmutzig, vieles ist zerstört, im Wohnzimmer noch immer Erbrochenes auf dem Teppich, und hier steht er, mit zerschlagenem Gesicht, ein Exhibitionist, arbeitslos und verzweifelt. Im Grunde glaubt auch er, dass es besser für sie wäre, zu ihrem Joschi zu ziehen. Er sagt: «Du wirst auf gar keinen Fall ausziehen», und geht ins Schlafzimmer, um sich dort auf das Bett zu legen.

Die Welt ist ein Kürbis, ist das der Anfang vom Ende, wenn man solche Sachen denkt? Aber auf dem Fensterbrett steht ein Keramikkürbis als Teelichthalter. Wann haben sie je Teelichter im Schlafzimmer angezündet – und dann in einem Kürbis? Vielleicht sind sie alle am Verrücktwerden, vielleicht nicht nur er, vielleicht auch Karin. Aber dann fällt ihm ein, dass es Karin tatsächlich nicht so gut geht. Dass sie im Krankenhaus ist. Und ihm fällt ein, dass er sich gar nicht richtig gekümmert hat. Er hätte doch wenigstens mal anrufen sollen, oder? Er springt auf und rennt zum Telefon. Eine Frau sagt ihm, dass er sie morgen früh abholen kann, eine Nacht noch, zur Beobachtung, wegen der schlechten Werte und wegen der schlechten psychischen Verfassung.

Es geht ihr also besser.

Dann sieht er Marthe mit ihrer hellblauen Reisetasche aus dem Haus gehen. «Du bleibft hier!», schreit er hinter ihr her. Sie dreht sich nicht mal um. Er öffnet die Haustür und schreit: «Du kommft wofort furück!», und alles tut so weh in seinem Mund.

Aber sie dreht sich gar nicht um.

Die Welt ist ein Kürbis.

Er lässt sich im Wohnzimmer in den Sessel fallen, betrachtet den Garten, der alles in allem wild aussieht. Die Welt ist ein Kürbis, und er weiß auch warum, weil sie außen hart und innen matschig ist. Er sieht die Blätter auf dem Rasen, die in den kitschigsten Farben da rumliegen, und er muss an Jörg denken und daran, dass er mal darüber nachgedacht hat, wie es wohl wäre, Sex mit einem Mann zu haben. Nur wegen Jörg hat er sich das vorgestellt, weil der immer so getan hat, als wäre Erik ihm egal, das konnte doch eigentlich nicht sein, wenn Jörg schon schwul war, wieso wollte er dann nichts von ihm? Er hat sich den Sex sehr genau vorgestellt. Das Merkwürdige war, dass er bei der Vorstellung eine Erektion bekam. Dann fällt ihm Dani ein, das Blut, der Zahn in der Margarinedose, das Sperma am Panoramafenster, das Karin schließlich auch gesehen hatte. Und sein Garten, der unschuldige Garten, war Zeuge von alldem gewesen. Er starrt hinaus auf die Blätter und Blüten. Die hatten ihn alle wichsen sehen.

Karin hatte ihn wichsen sehen. Sonst taten sie es immer im Dunkeln, obwohl – in letzter Zeit eigentlich kaum noch. Hatten sie dieses Jahr schon Sex gehabt? Ob sie es sich auch selbst macht? Bestimmt. Und sie säuft. Beides Tätigkeiten, bei denen sie niemanden braucht. Er sieht wieder ihr weißes Puddinggesicht vor sich. Wie soll er mit so einem Gesicht schlafen?

Karin packt ihren Koffer. Sie sammelt ihre Unterwäsche sorgfältig aus der Schublade. Sie faltet ihren Cordmantel und verstaut ihre silbernen Sandalen und ihre Wildlederstiefel und ihre Hallenturnschuhe. Sie unterbricht den Ladevorgang ihrer elektrischen Zahnbürste und schüttet Tampons in ihr rotes Kosmetiktäschchen. Sie legt eine Postkarte als Lesezeichen in ihr Buch und holt das Nachthemd unter dem Kopfkissen hervor. Sie zieht den Reißverschluss zu und kratzt einen kleinen Fleck vom hellen Leder des Koffers. Sie hat bereits die große Reisetasche, seinen blauen Koffer und die Sporttaschen aller Familienmitglieder gepackt. Aber sie bräuchte einen Container, wenn sie alles mitnehmen wollte.

Er steht in der Tür und beobachtet sie. Er vermutet, es müsste irgendwie wehtun, ihr dabei zuzusehen.

Während des Packens weint sie. Tränen laufen ihr die Wangen hinunter und tropfen auf den Fußboden. Wahrscheinlich merkt sie gar nicht, dass sie weint. Seit einiger Zeit weint sie sowieso ständig. Er muss sich eingestehen, dass ihm das auf die Nerven geht. Seine ganze Familie geht ihm momentan auf die Nerven. Er ist froh über jeden, der verschwindet. Marthe ist weg. Karin ist bald weg. Sollen sie nur alle weggehen. Dann hat er endlich seine Ruhe.

Endlich meine Ruhe.

Im Schlafzimmer ist es staubig. Karin hat nicht mehr sauber gemacht. Er hat es auch nicht getan. Er weiß gar nicht, wie das geht, sauber machen. Durch das Schlafzimmerfenster dringt ein müder Sonnenstrahl herein, in dem die Staubflusen taumeln. Jede heftige Bewegung von Karin gibt ihnen neuen Auftrieb.

«Bleib doch hier», sagt er und meint es nicht so.

«Lass sein», sagt sie, «hör auf damit.»

Er geht ins Wohnzimmer hinunter. Warum soll er sich das ansehen? Es bringt ihm nichts. Das bringt mir nichts hier. Lasst mich doch alle in Ruhe. Er sieht fern, bis sie fertig ist und nach unten kommt. Sie stellt sich im Wohnzimmer vor ihn hin und fragt ihn: «Hast du mir noch irgendetwas zu sagen?»

Gibt es Regeln für Männer, deren Ehefrauen ausziehen? Soll man sie streicheln, küssen, schlagen, wollen sie zurückgehalten werden? Er will sie nicht zurückhalten. Er sagt: «Vielleicht ist es erst mal besser so.»

Sie nickt langsam, als hätte sie das schon gewusst. «Gut», sagt sie, «du mich auch.» Dann schleppt sie ihre Sachen raus ins Auto.

(Sollte er ihr helfen, mit dem schweren Gepäck? Sie ist eine Frau, er ist ein Mann, er muss Koffer tragen, gilt das auch, wenn die Frau auszieht und von nun an allein zurechtkommen will? Das hat sie ja wohl vor, dann sieh zu, dann sieh aber mal zu!)

Das Auto nimmt sie auch mit. Um das Auto tut es ihm wirklich leid. Wie soll er jetzt klarkommen? Er ist immer mit dem Auto überallhin. Als der Motor anspringt, tritt er ans Küchenfenster. Sie dreht sich nicht noch einmal um.

Dreh dich nicht um.

Sie fährt mit dem vollbeladenen Auto weg. Er setzt sich ins Wohnzimmer und sieht raus in den Dschungel. Nach einer Weile steht er auf und gießt sich einen von ihren Schnäpsen ein. Schmeckt nicht. Brennt aber.

Als Julian nach Hause kommt, sagt er: «Deine Mutter ist jetzt ausgezogen.» Er hört ihn in sein Zimmer gehen und irgendwelche Ballerspiele spielen. Er beneidet ihn um diese Ballerspiele. Abends deckt er den Tisch sorgfältig für zwei. Er macht Bratkartoffeln und schneidet eine Tomate auf, die er mit Salz und Pfeffer bestreut auf den Rändern ihrer Teller anrichtet. Er stellt Julian auch ein Bier hin.

Täglich erwartet er Julian mit einem Essen. Aus Karins Kochbüchern sucht er sich Rezepte aus, die er dann kocht. Wenn er sich ein Rezept ausgesucht hat, geht er zum Edeka-Markt und kauft die Zutaten. Nach einer Woche Tütenschleppen kauft er sich ein graues Fahrrad mit einundzwanzig Gängen und einen Einkaufskorb, den man am Lenker einhängen kann. Er stellt einen niedrigen Gang ein und ahnt, dass es dabei bleiben wird. Aber die ungewöhnlich schwungvolle Bewegung zu seinem Edeka-Markt beflügelt ihn. Die Verkäuferin im Edeka-Markt sieht ihn gleichgültig an, wenn er vormittags im leeren Laden auftaucht und seine Einkaufsliste durchgeht. Er zahlt stets mit seiner guten Karte.

Dann kommen Auszüge von der Bank. Er geht die Auszüge normalerweise nicht durch, aber jetzt will er wissen, wie es auf dem Konto aussieht, jetzt, nachdem das letzte Gehalt gekommen ist. Er reißt den Umschlag auf, Geld ist noch da, er blättert durch die Auszüge und wundert sich, dass er Geld von seinem Konto abgehoben hat, denn er hat kein Geld von seinem Konto abgehoben. Aus Bequemlichkeit, weil er kein Auto hatte, um zur Bank zu fahren, und weil er kein Bargeld brauchte, bei Edeka geht es auch so. Karin hat ihr eigenes Konto und ihre eigene Karte. Das war etwas, was sie immer wollte, ein eigenes Konto, und jetzt ist es auch gut so. Es gibt einen Dauerauftrag von seinem auf ihr Konto.

Er denkt über Betrüger nach und wie sie es anstellen konnten, an sein Geld zu kommen, zumal er die Karte im Portemonnaie hat. Er holt das Portemonnaie. Die Karte steckt in ihrem eigenen kleinen Fach zwischen den anderen Karten. Er sieht noch einmal die Auszüge durch. Zuletzt ist vorgestern Geld abgehoben worden. Am Abend. Zweihundert Euro. Er schiebt den Gedanken ein bisschen vor sich her und rollt ihn in der Gegend herum, bevor er ihn an sich heranlässt. Er besteht nur aus einem Wort.

Julian.

Und heute Abend wollte er Schweineschnitzel mit Sahnechampignons kochen. Er geht in Julians Zimmer. Es ist aufgeräumt. Julian ist ein ordentlicher Junge. Der Computer, im Kiefernholzregal die Schulbücher, die dunkelblaue Ikeabettwäsche, der Drehstuhl und die verstaubte Glasplatte seines Schreibtisches. Am Fenster das Modell einer Windkraftanlage. Er zieht die Schublade des kleinen, metallenen Schreibtischcontainers auf. CDs, mit Filzstift beschrieben, Batterien, Draht, Müll. Er durchwühlt alle Schubladen, aber er findet nicht einmal Kondome. Im untersten Fach das Foto einer Frau.

Hoho. Eine Frau.

Die Frau lächelt in die Kamera, und ihre Haare wehen im Wind. Es ist Karin.

Er legt es wieder in das Fach und kommt sich verraten vor. Von ihm kein einziges Bild. Von ihm gar nichts. Nur Karin. Lächelnd. Langhaarig. Hübsch. Als Julian nach Hause kommt, empfängt er ihn im Flur. «Ich habe Auszüge von der Bank bekommen.»

Julian starrt ihn an.

«Hast du mir etwas mitzuteilen?»

«Ich zahle es dir zurück.»

«Du zahlst es mir zurück? Wovon denn? Außerdem geht es darum nicht.»

«Worum dann?»

«Darum, dass du mich beklaut hast.»

Julian schweigt.

«Du hast mich beklaut», wiederholt er.

«Ja», sagt Julian schließlich.

«Wie bist du an meine Geheimzahl gekommen?»

Schweigen.

«Wofür brauchtest du das Geld?»

Wieder Schweigen.

«Ich will eine Antwort.»

Julian sieht an ihm vorbei. Er sieht schmierig aus. Sein Sohn ist ein schmieriger, verlogener Typ, der in allem verliert, der klaut, der einfach nie etwas sein wird. Nicht einmal ein guter Sohn.

Und er wollte heute sein Lieblingsessen kochen.

Er wollte ihm eine Freude machen.

Erik dreht sich um und geht ins Wohnzimmer. Er schaltet den Fernseher an, damit es normal wird, und wirft ab und zu einen Blick aus dem Fenster auf den Garten, der braun geworden ist.

## Dani

Der Wagen mit dem roten Plastikeimer, dem Reinigungsmittel und den Tüchern bewegt sich grollend über das Parkett. Muffiger Geruch hängt in den langen Gängen. Sie öffnet die Flasche mit dem Reiniger. Zitronenduft zerschneidet den Muff. Sie steckt den Deckel in die Tasche ihres Overalls und öffnet die Tür zu seinem Zimmer.

Sein Zimmer ist nicht mehr sein Zimmer. Der Schreibtisch ist verschoben, die Pflanze ist jetzt eine andere Pflanze, eine große, gesunde Pflanze, in knalligem Grün, die Wurzeln stecken in kleinen, braunen Kügelchen, daneben ein Wasserstandsanzeiger zum Wasserstandanzeigen. An der Wand hängt jetzt eine Fotografie von einem riesigen

Kartoffelhaufen, daneben ein dunkelhäutiges Kind in orange-gelber Kleidung. Die Fotografie soll klarmachen, dass Kinder hungern, während Berge von Kartoffeln rumliegen.

Sie sieht nach dem Buch, ihre Augen suchen danach, nicht ihr Gehirn, und im selben Moment stellen auch ihre Augen fest, dass kein Buch da ist. Da, wo es liegt, da liegt es nicht. Weiß sie ja eigentlich. Merkst du es mal, Dani? Wie dumm bist du eigentlich? Sie wischt den Schreibtisch ab. Er geht abzuwischen, weil er aufgeräumt ist. Die Änderungen sind vernünftig. Es ist vernünftig, wie der Schreibtisch nun steht, wegen dem Licht. Erik hätte jedenfalls kein Bild aufgehängt. Für so was ist er nicht. Manche Leute haben Schwerter an der Wand oder Figuren auf dem Teppich, echt, im Büro. Er nicht. Sie saugt den Staub weg, sie wischt den Boden, wischt die Fensterbretter ab, wühlt in den Sachen des Neuen oder der Neuen. Sie betrachtet den Weg, den Erik mit den Rollen seines Bürostuhls zwischen Schreibtisch und Bücherregal in das Parkett geschrammt hat, bückt sich und betastet mit ihren Fingerspitzen die zerstörte Lackschicht des Holzes. Sie setzt sich auf seinen Stuhl, es ist noch sein Stuhl, sein Po auf dem gepolsterten Schaumstoff, ihr Po auf dem gepolsterten Schaumstoff, und rollt seinen Weg. Man kriegt es nicht raus, wie es für ihn war, auch nicht in derselben Spur. Das Zimmer ist voll mit Akten und Papier gewesen, Verpackungen von Keksen, jede Menge Mappen und Ordner, unter dem Regal Schuhe, daneben Tüten mit Zeitschriften und Papieren, und es war alles bestäubt mit Rasierwasser. Das ganze Zimmer lag im Dunst von Rasierwasser. Im untersten Schreibtischschubfach war immer Glyzerinhandcreme mit Kamille. Sie hat sich manchmal bedient. Im Papierkorb haben zerknüllte Zeichnungen gelegen. Brustnixen, Galgenmännchen, Gesichter.

Jetzt ist nichts mehr von dem.

Alles ist weg.

Ja, aber heul nun mal nicht rum, Dani. Er hat sie ja extra wegen ihrer Telefonnummer gefragt. Kannst du mir deine Telefonnummer geben, hätte er gesagt, wenn er gekonnt hätte, er hat sich ihre Telefonnummer auf den Arm schreiben lassen. Also?

Als er am Kopf blutete, hat Tom ihn verbunden. Tom hat sich mit ihm auf der Erde gewälzt, sein Körper an Eriks Körper, beide aufeinandergeklatscht, Wasser und Blut, alles Tom, nicht sie. Sie überhaupt nicht. Niemals auf der ganzen Welt jemals sie. Ohne Tom wäre das alles auch gar nicht so gekommen. Sie wäre gegangen, und das Gespräch wäre beendet gewesen. Das Gespräch war völlig Mist gewesen, «nicht kultiviert», der hat doch echt einen an der Waffel. Aber, na klar, so ist er eben, sei nicht so streng. Menschen sind anders. Als ihr damals das passiert war mit Tom, dem Snickers und der Hand, hatte sie endgültig gewusst, dass es nicht geht. Endgültig ist meistens ja nicht endgültig in menschlichen Sachen, aber in ihrem Fall sah das wohl ein bisschen anders aus. Tom hatte damals gesagt: «Geh doch zum Arzt.» Sie war aber ja nicht krank. «Dededenkst du das, dass ich krank bin? Dededenkst du, weil ich deine Hand nicht anfassen will, bin ich krank?» Tom hatte gesagt, dass er denken würde, sie wäre krank.

Sie ist zu einem sehr hübschen Therapeuten gegangen, sie hatte ihn aus dem Internet ausgesucht, Herr Marthen, der sah cool aus, er trug Röhrenjeans und hatte die Haare so wie Liam Gallagher, er wollte mit ihr arbeiten, er hat ihr gesagt, dass sie den Vogel mal aus sich rauslassen sollte. «Mal fliegen lassen, den kleinen Vogel, hellblau, grün, blau? Wie sieht er aus, Frau? Sagen Sie es mir!» Er hat immer «Frau» gesagt. «Sie kommen einmal die Woche her, ein halbes Jahr lang, zuerst berühren wir einen blauen, kleinen Gummischlumpf aus einem sehr alten Überraschungsei, später dann einen Käfer, wenn es gut läuft, eine Katze und vielleicht ein Pferd und einen Delphin, wie wäre das?» Zweimal war sie zu Marthen gegangen. Dem war die Farbe des Vogels wichtig, aber sie konnte sie nicht ergründen. Sie entschied sich gegen Marthen. Sie wollte nicht lernen, Delphine anzufassen. Wenn sie Delphine anfassen wollte, dann würde sie es tun, ich kann Delphine anfassen, Leute. Falls ich das will. Aber ich *will nicht*! Das muss man erst mal rausfinden.

Eine ganze lange Zeit hatte sie nicht gewusst, dass sie Leute nicht nicht anfassen *konnte*, sondern dass sie nicht *wollte*. Ich bin so auf diese Weise normal. Scheiße, Kacke, verdammte, leckt mich doch alle. Ich lass euch doch auch.

Nun ist es wieder schwierig. Weil, sie will trotzdem Erik. Er sieht so sehr toll aus, so hübsch, er ist der hübscheste Mann, den sie kennt, ohne jemandem zu ähneln, oder vielleicht ein bisschen George Clooney, seine Augen, sein Mund, wie er schaut, er ist so besonders, etwas verträumt, Nurcan würde sagen, verpeilt ist der. Ja, vielleicht, ein bisschen, was kann man da nur machen? Was soll sie denn nur tun? Denn das, was sie haben konnte, und von dem sie vorher gar nicht gewusst hatte, dass sie es haben konnte, das ist nun weg. Aus die Maus. Kein Buch mehr, kein Garten, das geht jetzt nicht mehr, weil sie ihn kennt.

Es geht nicht mehr.

«Was willst du denn hier?», fragt Doreen.

Auf ihren Lippen rosa Lipgloss. Sie wischt die Theke mit einem Geschirrtuch ab und zapft Dani ungefragt ein Bier. Ein fetter Mann mit einem Kugelschreiber in der Steppwestentasche wiegt seinen Kopf zu einer stummen Melodie. Er lässt Doreen und Dani dabei nicht aus den Augen. Der Kugelschreiber hat sich längst in den braunen Stoff eingeschrieben, kleine Strichflecken auf der Tasche, aber das ist ganz und gar nicht von Belang hier.

Bei Doreen.

Dani nimmt einen ordentlich tiefen Schluck von dem Beck's. Eigentlich trinkt sie nicht gern Bier, aber das interessiert hier nicht, bei Doreen gibt es Bier, ohne Frage. Bier ist der Trost und das Programm. Gleich von Anfang an. «Fräulein. Bier?» Dunkelbraun ist hier die Hauptfarbe. Dunkelbraunes Holz, die Tische, die Wände, der Boden. Dazu Plastikschneeglöckchen zu jeder Jahreszeit, ewiger, schöner Frühling auf dunkelweißen Stoffdeckchen. Hier darf geraucht werden, es ist ein Raucherclub. Und ein Sparclub und ein Dartclub. «Das hält die Gäste hier», sagt Doreen, «sie rauchen, sie sparen und darten.»

Zwei Alte essen Schnitzel. Die Frau wischt ständig mit der Serviette ihren Mund ab. Sie kriegt es noch halbwegs hin, aber er nicht. Er lässt sich nicht mehr stören. Nicht von Essensresten, nicht von Frauen. Hinten am Dart spielen drei Männer und eine Frau. Sie lachen und haben Spaß, wie es aussieht. Die Frau trägt einen roten Minirock und weiße Stiefel, und alle zusammen sind nicht mehr richtig jung. Der Mann an der Bar bestellt sich ein neues Bier und prostet Dani zu. Dabei wackelt sein Kopf weiter, vielleicht eine Krankheit, ist ja auch egal. Hauptsache, es geht einigermaßen. Ihr geht es auch einigermaßen. Ist alles normal. (Sonst hau ich dir eine rein.)

Doreen trocknet Gläser ab, stellt sie weg und legt ihren Busen auf den Tresen. Das Lipgloss, der Busen, ihre grünen, grünen Katzenaugen.

«Was gibt's», sagt sie.

«Nichts.»

Doreen nickt. «Danilein», sagt sie und trocknet wieder Gläser ab.

Dani säuft ordentlich von dem Bier. Ein Dartmann kommt an die Theke, um eine neue Runde zu bestellen. Er trägt eine aufgepuffte Lederjacke. Und Löcher in der Zahnreihe. «Mach mal nochmal das Gleiche. Und einen in die Kasse.» Doreen steckt das Geld in die Metallkiste, Sparclub, gerade macht sie die Biere fertig, als von hinten aus der Küche ein großer, alter Mann kommt und ihr auf den Hintern klatscht. Er sagt: «Ich mach das, du hast Besuch.»

Als er mit den Bieren zum Dart geht, sagt Doreen: «Is mein neuer Mann.»

Dani sieht ihm nach.

«Wie findest du ihn?»

Sie sieht ihn hinten am Dart stehen, dürr wie eine alte Pappel. Sie sagt: «Schön schlank.»

Doreen kreischt auf: «Schön schlank!» Als er wiederkommt, sagt sie: «Komm mal, Jochen, das ist mein Cousinchen Dani.» Jochen macht eine Verbeugung: «Angenehm, Jochen Polschter.» Er trägt ein weißes Hemd mit glänzenden Manschettenknöpfen und darüber eine dunkelrote Weste. Er streckt seine knochige, haarige Altmännerhand vor. Sie greift ins Leere, und Doreen kreischt wieder auf. «Lass man, das hat nix mit dir zu tun! Mit Anfassen geht das nicht bei ihr!»

«Manch einer ist fein», sagt Jochen Polschter.

«Das hat nix mit dir zu tun», sagt Doreen nochmal, «bild dir das doch nicht ein.»

«Manch einer ist fein», sagt Jochen Polschter und geht in die Küche.

Doreen schüttelt den Kopf. «Kannst du dir das nicht mal abgewöhnen?», fragt sie. Dani schüttelt nur den Kopf. «Das ist doch peinlich», sagt Doreen, «das ist doch echt … Das ist bekloppt, Danilein.»

«Dddu bist selber bekloppt.»

«Na sicher. Und so was von.»

«Ach, Doreen.»

«Ach, Schneckel.»

Nach noch ein paar Schlucken von dem Bier murmelt Dani: «Das ist alles eine richtige vvver-schissene Kacke.»

«Du bist hier in einem Restaurant, Frollein.»

«Wie?»

«Ach was, war 'n Scherz, sag schon, was ist los, lass dir nicht alles aus der Nase ziehen. Was bildest du dir eigentlich ein, dass du so interessant bist, oder was?»

«Ich bin interessant.»

«Ja.»

«Doreen, ich bin vvver-knallt, ich sage es dir, weil du meine Familie bist, ich bin wirklich sehr vvver-knallt. Er heißt Erik, es ist ein schöner Name, Erik, findest du nicht, Doreen?»

«Erik ist hübsch.»

«Er sieht toll aus, ein bbbisschen wie George Clooney, aber das sage ich nur, damit du ihn dir vorstellen kannst. Obwohl er einen kleinen Bauch hat. Aber das stört nicht.»

«Ach was, kleiner Bauch, wen interessiert das schon? Wenn sonst alles okay ist.»

«Doch, doch, er sieht wirklich schön aus. Die Arme sind schön, die Beine sind schön, er hat sehr gerade Beine, Doreen, ich finde es gut, wenn Männer auch gerade Beine haben.»

«Ich hab nichts gegen gerade Beine, obwohl es darauf nicht ankommt, Schneckel.»

«Ich weiß, wo er wohnt, ich beobachte ihn. Bbbbeim. Bei.»

«Beim Vögeln?», fragt Doreen.

«Ja. Nicht direkt.»

«Nicht direkt? Wie denn undirekt?»

«Es ist so, er zieht sich aus, weißt, er steht vor dem Fenster, er ist nackt, er …»

«Er legt selbst Hand an seinen Stamm.»

«Du kannst es besser ausdrücken.»

«Er melkt seinen Willi.»

«Ja doch.»

«Und dir gefällt das, Schneckel.»

«Irgendwie vvvielleicht … Ich weiß es nicht.»

«Gott.» Doreen nimmt die Wischerei wieder auf, ihr Busen hüpft, sie überdenkt für Dani die Lage.

«Doreen, ich bin nicht normal.»

Doreen lacht, als ob sie hustet. «Das fällt dir jetzt erst auf?» Aufwendiges, nerviges Wischen unter dem Hahn. «Heul nicht! Als ich so alt war wie du, hab ich's mit jedem getrieben, und wenn ich jedem sage, dann meine ich jedem. Kleiner Bauch, großer Bauch, Fritz und Franz, Hauptsache Schwanz.»

«Na toll, na sehr toll», flüstert Dani und schluckt, und der dicke Mann mit dem Kugelschreiber hält mit seinem Kopf inne und starrt.

«Mach die Ohren zu», sagt Doreen zu ihm, worauf er die Ohren zumacht und sich wieder dem Kopfwiegen hingibt.

«Hast du das spontan gedichtet, Fritz und Franz?»

«Es ist mir spontan eingefallen, Franz, Schwanz, das reimt sich.»

«Cool. Ja. Wirklich.»

«Also, ich bin auch nicht normal, Dani, wenn du so willst, ich muss es immer haben, immer wieder neu, meinst du vielleicht, das ist normal, kannst ja mal die Leute hier fragen, wie die das sehen.» Sie knallt ein paar Gläser ins Regal und dreht sich wieder nach Dani um. «Normal ist keiner normal, keiner!»

Hagelkörner ploppen gegen die Scheibe neben ihrem Tisch. Pingel, pingel, pingel, auf dem Tisch brennt eine Kerze, und die Flamme flackert in Toms Sonnenbrille. Feuerbrille. Er trägt seinen guten Anzug, der sein einziger Anzug ist. Er hat sich hinter der Speisekarte verschanzt, er ist nicht bei der Sache, das sieht man, er macht Probleme mit dem Essenbestellen. Sie sitzt ebenfalls mit der Karte da, aber sie weiß schon, dass sie Fisch essen wird. Das Aussuchen dauert schon ziemlich lange. Der Kellner sieht zu ihnen her. Seit einer Weile schon sieht er immer wieder her. Er wartet auf das Zeichen. Er will losstarten. Sie schlägt ihre Karte zu. «Mach jetzt fertig, Tom!»

Tom, der den Blick nicht aus der Karte zieht – ist es so spannend, Mann? –, nickt. «Hast du ausgesucht?», fragt sie.

«Ich weiß nicht, warum ich nicht nehmen darf, was ich will.»

«Du darfst nehmen, was du willst.»

«Ich will Pizza.»

«Dann nimm Pizza.»

«Ich nehme Pizza.»

«Nimm Pizza, bitte. Aber du willst was anderes.»

«Woher willst du wissen, was ich will?»

«Ich weiß, du wwwillst nicht, dass ich bezahl, du wwwillst nicht, dass ich dich einlade, obwohl es mein be-kkknacktes Geld ist. Du machst meine Einladung kaputt mit deiner dämlichen Art.»

«So ein Quatsch. Wie soll ich deine Einladung kaputt machen?»

«Mit deiner knickerigen Art. Du bist knickerig mit meinem Geld. Obwohl es mein Geld ist und das dich nichts angeht. Ich bin pisswütend, wenn du dich so anstellst, das versaut mir ttttotal die Stimmung.» Sie bestellt Forelle. Tom bestellt Pizza. Sie stoßen mit Rotwein an.

«Gut, dass wir wieder miteinander reden», sagt sie.

«Tun wir das?», sagt er.

Das Essen kommt. Tom schlingt die Pizza runter. Nach dem Essen trinken sie ein paar Gläser Wein, und er fragt: «Liebst du ihn?»

Wer rechnet mit so was?

Sie entschließt sich, mit den Schultern zu zucken. «Dda red ich nicht drüber, da hab ich null Bock zu.»

«Aha», sagt er, «reden schon, aber nicht über die interessanten Dinge.»

Sie lässt ihren Atem langsam wieder hinaus. Sie fühlt sich mit einem Mal irgendwie betrunken, ihm muss es genauso gehen, sonst hätte er sich das nicht getraut.

«Ich liebe dich auch», sagt er sanft, und unter seiner Sonnenbrille läuft ein Tröpfchen hinab. «Das tut mir leid», sagt sie nach einer kürzeren Weile. Oder einer etwas längeren Weile – wie man es empfindet. Sie empfindet gerade nichts. Immer leidet er, das hat doch mit ihr wirklich gar nichts zu tun. Er kann doch alles haben, was es so gibt und wenn er will. Er kann die ganzen Frauen haben, anfassen und haben.

«Du hast damals gesagt, ich wäre dein einziger Freund. Als wir aus dem Kino kamen, hast du das gesagt, aber es ist nicht wahr.»

«Doch, ddas ist wahr», sagt sie.

«Du hast nur noch an den gedacht. Und ich dachte, wir wären ...», er macht eine Geste in der Luft, «und ich dachte, du würdest das auch so sehen, ich habe auf alles verzichtet, und ich hätte mich auch damit abgefunden, aber du machst da so ein ekliges Ding mit diesem ... ekligen Mann. Ich verstehe das nicht.» Unter seiner Brille läuft es hinab. Sie denkt an das eklige Ding, das sie gemacht haben soll. Sie hat ja nur zugesehen.

«Findest du das eklig?»

Er nickt. «Was der gemacht hat, und du siehst dir das an!»

«Findest du das schschschlimm?», fragt sie.

«Natürlich finde ich das schschschlimm», sagt er.

«Schrei doch nicht!» Sie sieht sich um, aber alle reden laut in diesem italienischen Restaurant.

«Das hättest du von mir auch haben können», sagt er.

«Was?»

«Denkst du, ich kann das nicht?»

«Ich denke überhaupt nichts in der Art und Weise.»

«Nicht?»

«Nicht bei dir.»

«Wünschst du, dass ich das tue, was er tut?»

«Nein. Ich hasse es, wenn du so was sagst, hör bbbbloß damit auf, Tom!»

«Ich kann das. Jeder Mann kann das. Glaub mir, das ist nichts Besonderes. Das ist die einfachste, mickrigste Art, Sex zu haben.»

«Wieso findest du das mickrig?»

«Ein Mann macht das, weil er keine Frau zur Verfügung hat.»

«Zur Verfügung?»

«Eine Frau, um sie zu beglücken, und sich selbst natürlich, stell dich nicht dumm.»

«Aber er hat eine Frau zur Verfügung. Er hat mich.»

«Hat er dich angefasst?»

«Nein», sagt sie, «natürlich nicht.»

«Wie hat er dich dann?»

«So eben, wie ich da bin.»

«Das ist grotesk. Das ist krank. Ihr seid krank.»

«Normal ist keiner normal. Das hat Doreen gesagt, und sie weiß sehr viel über Leute.»

«Über Leute, wie sie im Rosenstübchen verkehren.»

«So? Und wer isst nichts? Wer heult ständig? Und wer war gerade in der Kkklapse? Du bist nicht besser als Doreen und ich und Erik. Willkommen in unserem Club, sieh es mal ein!» Sie bezahlt, dann gehen sie. Das Traurige ist, das Traurigste überhaupt für immer und ewig ist, dass nie was sein kann wie früher, früher ist immer vorbei, wenn jetzt gerade ist.

Tom sagt: «Hauptsache, du bist glücklich.»

So ein Arschloch manchmal.

Im Wald ist es nass und riecht nach bitteren Mandeln. Sie rutscht auf einem glitschigen Ast aus. Ihre Knie werden nass. Ihre Füße werden nass. «Der Herbst will uns alle umbringen», sagt sie zu den Stämmen.

Ihr alter Thron ist mit dunklem Moos überzogen, und seine Wurzeln klammern sich störrisch in den fauligen Waldboden. Das werden sie noch sehr lange, obwohl es da gar nichts mehr zu stützen gibt. Rotglänzende Ahornblätter hängen in den Büschen und zwischen den Gräsern, die hohen Gräser sind zu einer matschigen, grünbraunen Masse zusammengesunken. Der Herbst will uns alle umbringen. Und tut so fröhlich.

Dunst liegt über dem Boden, und Regenwürmer ringeln sich oberirdisch. Das Bunte wandelt sich in Graubraun, um bald restlos schwarz zu vergammeln. Sie breitet eine Plustüte auf ihrem faulenden Moossitz aus. Prinzessin Dani nimmt Platz. Es ist nicht leicht, durch den blätterverkleideten Garten etwas zu erkennen. Milchig trübes Licht, das durch die grauen Wolken kleckert, und im Haus ist es dunkel. Vielleicht ist er nicht da. Sie muss warten, warten, warten, wie schon so oft. Feuchtigkeit kriecht in ihren Nacken, und sie fröstelt. Sie zieht den Reißverschluss ihrer Jacke bis oben hin zu.

Alles ist anders geworden, und alles wird anders sein.

Und immer so weiter.

Während sie wartet und friert, sie hat sich zu dünn angezogen mit der Adidas-Sportjacke, möchte sie unbedingt eine Lösung für das hier. Und Doreen hat ihr den Weg zu einer Lösung gewiesen. Selbst die nicht einfachen Dinge werden in Doreens Mund nämlich einfach ausgesprochen. «Sieh, wie du das hinkriegst mit dem Mann. Ihr müsst das absprechen, das ist gar nicht schwer.»

«Das denkst du.»

Doreen.

Das Rosenstübchen, der alte Typ, mit dem sie schläft, und die ganzen Männer, Männer, Männer. Hat sie nie nach etwas Besonderem gesucht? Vielleicht hat Doreen im Ganzen recht, und in jedem Franz, mit dem sie vögelt, ist etwas von dem drin, was das Besondere ist. Währenddessen bewegt sich etwas hinter dem Fenster. Sie duckt sich. Sie möchte nicht, dass er sie sieht. Sonst wollte sie es schon, aber da wusste er ja nicht, wer sie ist, und er kannte sie nicht. Er ist ihr Bekannter. Mein Bekannter Erik Clooney kommt an.

Dann richtet sie sich aber doch auf. Wenn er sie nicht sieht, dann macht er es auch nicht. Darum geht es hier aber. Um ihr kleines bisschen Sex, von dem sie bisher gedacht hatte, sie hätte es gar nicht. Sie fühlt ihr kleines bisschen Sex sich gerade so ganz minimal in ihr regen.

Sie setzt sich ganz, ganz aufrecht hin, reckt ihren Körper, zappelt bisschen rum, hello, Erik Clooney, hier bin ich, jetzt kann alles so weitergehen, als wäre nichts geschehen, als wären wir zauberhafte Fremde im Wald und in der Stube.

Erik hinter dem Fenster scheint sie bemerkt zu haben. Er sieht in ihre Richtung, oder doch nicht? Er steht so da, er kratzt sich am Kopf, Herrgott, ist das denn so öde hier? Oder hat er sie doch nicht gesehen? Sie springt einmal auf und setzt sich wieder. Sehr auffällig. Sehr unnatürlich. Direkt albern. Aber jetzt muss er sie gesehen haben. Erik geht zurück zum Sofa. Im unbeleuchteten Zimmer kann sie ihn gerade noch erahnen. Was tut er? Haut er ab? Ist es ihm plötzlich peinlich, hat er keine Lust mehr?

Ihr ist kalt, und sie muss pinkeln, und das ärgert sie alles maßlos. Kann nicht irgendwas auf der Welt so bleiben, wie es war? Das Gute wenigstens mal? Eine gewisse kleine Zeit einfach so bleiben? Mann!

Sie wartet aber eine weitere Weile, was soll sie auch tun?

Bis er wieder ans Fenster tritt. Mit runtergelassener Hose, obenrum ein helles T-Shirt. Nicht mal ausgezogen hat er sich! Nur die Hose runter, ein bisschen Haut von seinen nackten Beinen, sein Schwanz, seine Eier, alles ganz klein und düster in ihrem Fernglas, seine Hand, zack, zack, ohne Getue, nicht besonders sanft, nur ein zackiges Gerubbel. Ein wütendes Gerubbel. Dann reißt er den Mund auf, kneift die Augen zusammen, das war's. Er läuft ins Bad. Mit Hose hoch kommt er wieder zurück, als wäre nichts geschehen. War was? Er setzt sich auf das Sofa, ein Bier in der Hand, und sieht fern. Sie hockt auf ihrem Baumstumpf, den Blick auf die Regenwürmer und die Blätter gesenkt. Ihr kleines bisschen Sex ist gestorben. So schnell kann das gehen, wenn er will. Sie steht auf und schleicht den feuchten Weg zurück zu ihrem Auto. Es matscht unter ihren Füßen, Dunkelheit hüllt sie ein, ihre Jackenärmel rascheln.

Vielleicht wollte er heute nicht. Vielleicht war ihm nicht so. Weil sie auf dem Baumstumpf rumhampelte, hier, hallo, mach mal, und er wollte eigentlich gar nicht, er war müde oder hatte Kopfschmerzen, man kann so was nicht erzwingen. Manchmal wollen Leute nicht.

Aber das heißt gar nichts. Vielleicht musst du auch mal selbst was machen, hatte Doreen gesagt, guter Vorschlag, jetzt hatte sie was gemacht, sie hatte rumgehampelt wie irre. Das will er vielleicht nicht, dass sie was macht. Oder es war nicht das Richtige. Natürlich ist das von allem Richtigen hunderttausend Dimensionen entfernt.

## Doreen

Es stinkt – wie jede Nacht. Es ist Zeit, den letzten Gast rauszuschmeißen, die Gläser zu spülen, die Tische abzuwischen, die Schürze auszuziehen, andere Schuhe anzuziehen und diese elende Kneipe endlich zu verlassen.

Aber noch sitzen sie und diskutieren, als ließe sich damit irgendwas ändern. Wie sie diese Diskussionen hasst. Dieses endlose Gewäsch um die Dinge, die zu ändern jeder ihrer Gäste in der Lage wäre, nach eigener Aussage, wenn er denn was zu sagen hätte, aber die Politiker, die sind doch alle nur aufs Geld aus.

Lissi sitzt bei Bernd, ihre Unterlippe hängt runter, und ihre linke Hand liegt auf einem dicken Buch. Lissi liest gern, wenn niemand mit ihr redet. Bücher über Liebe. «Ich lese gern was mit Gefühl», sagt sie, das Leben ist so verrückt. Jetzt hört sie Bernd über das Thema Angela Merkel zu. Bernd kennt sich aus in der Politik, er liest jeden Tag die Bildzeitung von vorn bis hinten durch. Ihm kann keiner was vormachen. Er hat das ganze Prinzip von dem Staat durchschaut. Zumal seine Frau vor kurzem ausgezogen ist und auch die Tochter mitgenommen hat. Jetzt verkommt er. Lissi hat sich die Haare hochgesteckt und einen Rock angezogen, sehr ungewöhnlich, sie ist an dem, was Bernd sagt, sehr interessiert. Das alles bedeutet für ihn nichts Gutes, für Lissi schon, denn in dieser Phase hat sie eine gewisse Chance auf Bernd und auf die Liebe. «Die Liebe liegt am Wegesrand, nich, Doreen, für jeden findet sich ein Deckel, der passt.» Früher war Bernd in geordneten Verhältnissen und kam nur einmal die Woche, jetzt öfter. Lissi legt ihre rechte Hand auf seine. Er lässt sie dort liegen und sagt mit tränenden Augen: «Die Menschen hier werden alle betrogen. Aber sie merken es nicht einmal. Hauptsache, sie können studieren, dann sind sie zufrieden.»

Auf Studenten hat er einen Hass. Sein Bruder hat studiert. Das Thema schneidet man lieber nicht an. «Angela Merkel hat auch studiert», merkt er giftig an. «Gebracht hat es nichts. Das kostet alles den Staat nur Geld.» Bernds Geld vor allem, welches er mit dem Kontrollieren von Fahrkarten beim HVV verdient, «eine gefährliche Arbeit, da wird nicht jeder mit fertig, und später sind sie zu studiert, um vom Arbeitsamt eine gewöhnliche Arbeit anzunehmen, so sieht das aus. Aber schön studiert.»

«Ich hätte gerne studiert, was mit Literatur», sagt Lissi.

«Das bringt auch gar nichts», sagt Bernd.

«Nein, natürlich nicht», sagt Lissi. Sie möchte Bernd in dieser Phase ihres Gesprächs nicht verärgern. Ihre Hand liegt immer noch auf seiner Hand. «Aber es hätte mir Spaß gemacht.»

«Wegen der Bücher», sagt Bernd. Anscheinend will er auch nicht so sein.

«Das ist nun mal mein Hobby.»

«Ich studiere mehr die Zeitung. Das ist das echte Leben.»

«Das ist mir zu brutal, was da drinsteht. Wie der eine den einen aufgegessen hat.»

«Das ist doch nicht immer.»

«Nein, ich sag ja nur.»

«Feierabend!», ruft Doreen, «Schnäpschen noch auf den Weg?»

Sollen die draußen weitermachen. Für sie ist heute Schluss. Sie reißt die Fenster weit auf. Jochen klappert in der Küche und wirft den Geschirrspüler an. Sie freut sich auf ihn und darauf, dass er sie nachher in seine knochigen Arme nimmt. Er ist lieb, und er redet nicht viel, das ist das Beste an ihm. Zwar redet er vor allem deshalb nicht viel, weil er nicht besonders schlau ist, aber dafür hat er andere Vorzüge. Er legt Wert auf elegante Kleidung, und er pflegt sich, er putzt sich sehr gründlich die Zähne, das hat man bei Männern ab einem bestimmten Alter nicht mehr so oft.

Doreen räumt die letzten Gläser von den Tischen, auf einer Bank findet sie einen Taschenrechner. Sie schüttelt den Kopf. Typische Rechnerei, das findet hier auch immer statt, dass die was ausrechnen, obwohl sie gar nichts zum Rechnen haben. Rechnen sich immer irgendwas aus. Spielstände, Ratenzahlungen, Unterhalt, Schnapsrunden, Sparclub, Lebenserwartung. Sie steckt den Rechner in die Schublade zu den Kassenblöcken, dann schließt sie die Einnahmen weg. Ist auch nicht viel. Aber die Umsätze bleiben konstant, trotz der schlechten Wirtschaftslage. Zum Trinken haben sie immer noch Geld übrig. Doreen ist auch lange nicht mehr mit den Preisen hochgegangen.

Gegessen wird weniger, das schon, das war aber eh nie so das Geschäft.

Sie setzt sich auf einen Stuhl und zündet sich eine Lucky an. Sie atmet tief durch und betrachtet den Raum. Es müsste mal renoviert werden. Die Decke ist gelb vom Rauch. An der Wand hängen in einem großen Rahmen lauter Fotos. Vom Fasching. Fasching machen sie jedes Jahr. Es kommt eigentlich keiner verkleidet, deshalb verteilt sie Hütchen, die am Ende, sofern sie noch ganz sind, eingesammelt werden, um im nächsten Jahr wieder benutzt zu werden. Sie spielt Musik aus einem Kassettenrecorder, die Leute wünschen sich immer dieselben Titel, «Santa Maria» ist sehr beliebt und «Auf der Reeperbahn nachts um halb eins», aber auch neuere Lieder, sie mögen auch sehr Robbie Williams, die Frauen, und über den Lampen hängen Papierschlangen. Es kommen ungefähr immer die gleichen Leute wie immer. Alle sind sehr lustig. Alle geben sich Mühe.

Als die Bilder gemacht wurden, hat Bernd noch mit seiner Alten getanzt. Da hat Doreen noch gedacht, dass er glücklich ist mit seiner Alten und mit dem kleinen Mädchen. Eine richtige Familie. Aber sie wollte mehr als das, was er bieten konnte. Sie sprach immer davon, dass sie mal richtig gut essen gehen wolle, und darüber war es dann einmal auch hier zum Streit gekommen, als er meinte, das wäre alles nur Beschiss mit dem guten Essen, und hier bei Doreen gäbe es noch anständige Portionen zu anständigen Preisen. Aber sie faselte weiter von dem guten Restaurant mit Stil und dass sie doch eben auch mal gut essen gehen wolle. Er meinte, was sie schon für Stil hätte, für eine wie sie sei das doch hier mehr als genug.

Was natürlich stimmte.

Vielleicht war es an dem gescheitert, vielleicht war er nicht emporstrebend genug, so wie sein Bruder, der studiert hatte und nun arbeitslos war. Vielleicht hat sie ja jemanden gefunden, der mit ihr gut essen geht. Trotz des Kindes. Mit Kind findet man nicht so leicht einen. Aber vielleicht, wenn man sehr auf sich hält und sich immer pflegt und Sport treibt und alles. Vielleicht. Und nun muss er mit Lissi vögeln, die auf Liebe aus ist. Sie wird ihn verfolgen mit ihrer Liebe, das weiß jeder im Rosenstübchen. Lissis Liebe ist ein Fluch.

Dann vorn auf dem Bild der kleine Klaus, mit einem gelben Hütchen. Der ist immer sehr still und höflich, aber die Frau von dem einen hat gesagt, er würde im Park rumstreichen. Man steckt nicht in den Leuten drin.

Dabei fällt ihr Dani ein. Die kleine Dani. Vielleicht geht es jetzt los für sie. Vielleicht blüht sie jetzt auf. Und wenn sie erst mal auf den Geschmack gekommen ist, man kann ja nie wissen.

Sie denkt dran, sie stellt sich das Ganze vor, wie Dani es ihr erzählt hat, aber eigentlich findet sie es nicht so besonders toll. Warum sollte sie sich irgendwo in den Wald setzen, wenn sie es doch direkt und bequem zu Hause haben kann? Sie mag das Gefühl, wenn ein Mann in sie reinkommt. Und im Grunde ist es ihr egal, ob sie den Mann so toll findet oder nicht. Klar, sie muss was für ihn übrighaben, er muss nett sein, aber sonst …

Jochen kommt aus der Küche und streicht ihr über den Hintern. «Na, Reni», sagt er. Doreen lächelt. Sie wischt die Theke noch einmal ab und lässt sich von ihm in den Mantel helfen.

Draußen ist es dunkel, und es regnet. Die feuchte Luft füllt ihre Lunge, endlich Luft, die nicht bier- und zigarettengeschwängert ist. Es ist, als wäre sie aus einer kleinen, dunklen Höhle in eine größere, dunkle Höhle gekrochen.

Es ist schön, mit Jochen ins Bett zu gehen. Sie freut sich darauf, wie auf aufgewärmtes Essen, wenn es draußen kalt ist. Jochen ist ein knochiger Typ mit einem zähen Körper. Manchmal hat er Erektionsprobleme, aber nicht oft.

Sie zieht ihre Sachen aus und stopft sie in den Wäschekorb. Sie stinken nach Kneipe. Sie hebt den rechten Arm und riecht an ihrer Haut. Ihre Haut stinkt nach Kneipe. Sie seufzt. Dann geht sie ins Bad. Aus dem Wohnzimmer hört sie Geschrei. Jochen sieht fern. Eine bläuliche Qualmwolke ringelt sich in den Flur.

Asche überall.

Während sie das heiße Wasser über ihren Körper laufen lässt, betrachtet sie ihren Lieblingsbauch. Er ist dünn. Sie hat keine Kinder geboren, aber eigentlich ist sie im Ganzen gesehen nicht so dünn wie ihr Bauch. Sie fragt sich, ob das so ist, weil sie so viel bumst. Regelmäßiges Bauchmuskeltraining und für den Hintern auch nicht schlecht. Sie steigt aus der Dusche und cremt sich ein. Die Oberarme machen ihr zu schaffen. Obwohl sie jede Menge Kraft in den Armen hat, hängen da solche Hautlappen. Sie seufzt wieder und wickelt sich in ihren violett-grün geblümten Morgenmantel. Dann geht sie ins Wohnzimmer zu Jochen. Dusche ist frei, sagt sie. Er nickt, während er seine Zigarette ausdrückt.

Alles genau wie gestern.

Jochen duscht. Noch feucht kriecht er unter ihre Decke.

Er sagt: «Zieh sie ein bisschen», und sie fügt sich und zieht an seinen Eiern. Dann klatscht sie auf seinen behaarten Hintern, und er fängt an zu keuchen. «Zieh sie noch ein bisschen», sagt er, und sie zieht weiter.

Dann fummelt er an ihren Brüsten rum, und als sie so weit ist, sagt sie: «Jetzt komm rein.» Das sagt sie auch immer. Er hat ein Riesending, wie eine knorrige Wurzel, mit der er sich fest in ihr verankert. Er ist kein Rammler. Er ist gut. Er fängt langsam an und nimmt dann ganz allmählich Fahrt auf. Sie kommt relativ laut, sie ist naturgemäß eher laut, auch wenn es gar nichts Besonderes war. Dann kommt er und sagt nur: «O Mannomann.»

Er reicht ihr das Toilettenpapier aus dem Nachtschrank, und sie wischt sich ab. Dann rennt sie ins Bad und reinigt sich. Er wird immer ein bisschen sauer wegen dieses Duschens. Sie hört, wie er vor sich hin murmelt: «Muss das sein?» Er hätte gern, dass sie das lässt. Wahrscheinlich bildet er sich was ein auf sein altes Sperma.

Sie liegt noch eine Weile auf seinem Brustkorb, der leise knirscht, und er krabbelt mit seinen Fingernägeln ihren Rücken. Das ist so schön, dass sie eine Gänsehaut bekommt. Dann zieht er sich an und fährt nach Hause. Er könnte bleiben, aber er will lieber in seine Wohnung. Dass er immer so abhaut, löst zweierlei in ihr aus, zum einen Erleichterung, denn sie schläft nicht gern mit schnaufenden, alten Männern, denen die Spucke aus dem Mund läuft, auf einem Kopfkissen, zum anderen aber, und das ist ihr unbegreiflich, eine ganz tief sitzende Enttäuschung. Als er weg ist, schläft sie schnell ein und träumt Sachen, die man eigentlich nur vormittags träumt.

Die Schultern ihrer Mutter sind wie kleine Pflöcke, die in ihrem unbeweglichen, alten Körper angeschraubt sind, damit man mit ihm hantieren kann. Doreen dreht sie hierhin und dorthin, um ihr mit einem großen Schwamm Hals und Nacken zu waschen. Neuerdings sammeln sich dort kleine Krümelchen an, die scheuern und rote Stellen bilden. Gegen die Entzündungen, die dann entstehen, kommt sie nicht gut an. Als sie mit dem Oberkörper fertig ist, löst sie das lange, graue Haar und gießt vorsichtig mit einem Becher Wasser über den Kopf.

«Ach nein», sagt ihre Mutter.

«Bloß waschen, Mutter, bloß ein bisschen Haare waschen.»

«Ach, muss das sein», sagt sie.

Muss sein.

Doreen massiert die Pfirsichhaarwäsche in das dünne Haar, bis sich ein gelblicher Schaum bildet, der wie ein Gewächs auf dem wackligen Kopf thront. Dann stellt sie die Dusche an, aber ihre Mutter fängt wieder an zu weinen. «Das ist doch nur ein bisschen Wasser», sagt Doreen. «Ganz nettes, warmes Wasser, das tut gar nicht weh.» Aber das Weinen wird stärker. Seufzend dreht sie die Dusche ab und lässt wieder Wasser in den Becher laufen, das sie vorsichtig über das Haar gießt. Das wiederholt sie so lange, bis der Schaum von den Haaren einigermaßen verschwunden ist. «Mutter, hast du dich unten gewaschen?», fragt sie.

«Wie bitte?», fragt ihre Mutter. Sie stellt sich taub, sie weiß ganz genau, was sie ihr gesagt hat, aber sie stellt sich taub, weil sie davon nichts hören will.

«Du musst dich unten waschen», sagt Doreen und hält

ihr den Waschlappen hin. Zornig reißt sie ihr den Lappen aus der Hand.

Doreen tritt vor den Spiegel und betrachtet die dunkle Furche, die wie eine kleine Brille ihre Augen umrahmt. Sie muss sich mal ausschlafen.

Im Spiegel kann sie auch ihre Mutter sehen, deren Kopf wie der eines kranken Kindes aus der Wanne ragt, einen Rest von Schaum am Ohr. Ihr Gesicht mit der Dunkelbrille und schräg darunter das Gesicht ihrer Mutter mit dem Schaumöhrchen. Sie muss doch lächeln. Mutter und ich. Welche Ähnlichkeit. Ganz die Mutter. Die blöde Kuh.

Als sie abgetrocknet und angezogen im Sessel sitzt und Doreen ihr das Haar föhnt, das sich grotesk auffächert, lächelt auch Mutter. Vor ihr auf einem Teller mit Goldrand ein Stück Käsekuchen. Manchmal beugt sie sich vor, um ein Stück davon abzubeißen. Doreen ist froh, dass sie isst, denn in letzter Zeit hat sie so knochige Arme und Beine bekommen. Aber im Großen und Ganzen hat sich ihr Zustand doch nicht verschlechtert, oder, Doreen? Sie sieht viel fern, sicher, aber was soll sie sonst auch tun? Und sie hat natürlich zu wenig Bewegung. Doreen nimmt sich manchmal vor, mit ihr im Park spazieren zu gehen oder sie zum Einkaufen mitzunehmen, damit sie auch mal rauskommt, unter Leute, und mal sieht, wie es draußen aussieht, aber sie macht es dann doch irgendwie nie. Ihre Mutter steckt hier in ihrem Zimmer fest.

«Iss das mal, sonst fehlen dir die Vitamine, und dann fallen dir die Haare aus. Oder du bekommst splittrige Knochen.» Mettwurst oder Bierschinken oder Rosinen, angeblich war alles für den Körper nützlich und sollte von Doreen gegessen werden und wurde es nicht. «Iss doch selbst deinen Scheiß!», hatte der Teenager Doreen gebrüllt. Oder, nein, ich esse es vielleicht mal, Mutter. Wenn du selbst splittrige Knochen hast. Wenn du tot bist.

Wenn es dann wirklich so weit ist, freut man sich aber nicht mehr. Das weiß doch jeder. An Eltern mit splittrigen Knochen hat man keine Freude, die Wut ist verraucht, die Mutter ist nicht mehr die Mutter mit der Mettwurst, die Mutter von jetzt ist jemand ganz anderes.

Sie wollte auch nur, dass alles gut über die Bühne geht, damals, Herrgott.

Als Doreen mit dem Föhnen fertig ist, steckt sie ihr die Haare mit einer blauen Plastikspange hoch. Dann sprüht sie 4711 auf das Haar, weil ihre Mutter das mag. Freilich könnte sie das auch selbst machen, aber das gehört zum Service, sagt sie immer, und denkt dabei, dass das alles überhaupt kein Service ist, sie weiß auch nicht, warum.

«Erinnerst du dich an Dani?», fragt Doreen.

«Dani, die Kleine.»

«Ja?», fragt Doreen.

«Ein hübsches Mädchen. Ist schade drum.»

«Wieso, Mutter?» Aber ihre Mutter antwortet nicht. «Wieso ist es schade um sie?», fragt sie nochmals. Ihre Mutter schüttelt den Kopf. «Ein hübsches Mädchen. So schöne Haare.»

«Haare?»

«Als sie klein war, hatte sie solche Locken.»

«Locken? Was hat das mit ‹schade um sie› zu tun?»

«Ich verstehe nicht, warum du so unwirsch wirst, Doreen.»

«Ich bin unwirsch, weil du nicht auf meine Frage antwortest.»

«Wie war nochmal die Frage, bitte?»

«Weshalb es schade um Dani sein soll. Was haben sie denn mit ihr gemacht?»

«Gemacht, nichts. Was sollen sie denn gemacht haben?»

«Aber wieso sagst du dann, es wäre schade um sie?»

Ihre Mutter grübelt, dann schüttelt sie wieder den Kopf, wobei ihr Haar 4711 in der Luft verteilt.

«Sie ist doch verstört.»

«Wie, verstört?» Ihre Mutter zieht die Schultern hoch und wendet ihre knittrigen Handinnenflächen der getäfelten Zimmerdecke zu – oder Gott. Diese Gesten gibt sie nicht auf, genau wie ihre gewählte Ausdrucksweise. Sieh, wie die anderen das machen. Halt dich gerade. In einem reinen Menschen wohnt ein reiner Geist.

«Mutter?»

«Ja, es durfte sie ja keiner anfassen, die kleine Daniela. Dass nun meine Schwester nicht so besonders erziehungsgeeignet war, kann ihr keiner vorwerfen, bei dem Mann, aber es hatte immer alles seine Ordnung in dem Haus, da kann man nichts anderes sagen. Und immer gutes Essen, Hausaufgaben. Alles war immer ordentlich, da kann man wirklich nichts zu sagen. Aber die Kleine durfte keiner anfassen, sie hat sich immer versteckt, wenn mal Verwandtschaft kam. Meine Doreen war da ganz anders. Die ist jedem auf den Schoß gekrochen.»

«Du meinst mich, Mutter, ich bin jedem auf den Schoß gekrochen.»

Ihre Mutter sieht sie erstaunt an. «Das weiß ich doch», sagt sie nicht sehr überzeugt und stopft sich den Rest Käsekuchen in den Mund. Doreen ist froh, dass sie isst. Ein ganzes Stück Käsekuchen. Sie schaltet den Fernseher an, schiebt ihre Mutter im richtigen Winkel davor und sieht im Kühlschrank nach, was einzukaufen ist. Sie schreibt alles auf einen Zettel und verlässt das Haus.

Als sie zurückkommt, sitzt ihre Mutter mit offenem Mund im Sessel und denkt nach. Im Fernsehen wird lautlos über einen zerschossenen Bus im Gazastreifen berichtet. Ihre Mutter hebt den Kopf, sieht sie an und doch auch nicht. Zu Doreen oder einer imaginären Gefährtin sagt sie: «Doreen ist auch ein hübsches Mädchen gewesen. Sie hatte dünnes Haar, aber ich habe Eigelb hineingetan, davon wurde es voller.»

Sie sperrt den Mund auf und sieht eine Weile auf den Bus und dann auf den Nachrichtensprecher, der stumm berichtet, dann redet sie weiter.

Doreen steht da mit den Einkaufstüten in der Hand.

«Es war im Sommer, es war sehr warm, als sie so einen Jungen mitbrachte. Er war älter, Doreen war zehn, er vielleicht dreizehn. Sie wollte, dass er bei uns schläft.»

Doreen stellt die Tasche ab und sagt: «Was redest du? Daran könnte ich mich doch erinnern.» Aber ihre Mutter wedelt unwirsch mit der Hand, damit sie ihr nicht im Weg steht, wenn sie sich ins reale Leben erinnert, wo Sachen passieren. «Er war aus einem Kinderheim, ich habe in dem Heim angerufen, und sie haben ihn abgeholt.»

Kurze Pause.

«Warum siehst du fern ohne Ton, Mutter?»

Triumph glänzt in den Augen ihrer Mutter. Sie lässt sich nicht rausreißen.

«Aus dem Jungen ist ein Verbrecher geworden. Er war

bei dem Einbruch in dem Kiosk neben der Marienkirche dabei.» Doreen sieht ihre alte Mutter an. Sie erinnert sich an den Jungen. Er hatte ihr seinen Penis gezeigt. Er hatte sie vorher gefragt: «Willst du meinen Pimmel sehen?», und sie hatte ja gesagt. In der Jungstoilette ihrer Schule. Der Pimmel sah groß aus. «Der ist relativ groß, oder?», hatte sie gesagt. Und der Junge hatte sich sehr gefreut. Er wollte weg aus dem Kinderheim. Er wollte irgendwo anders sein. Sie hatte ihm ihr Zuhause angepriesen, sie hatte ihre Mutter angepriesen, obwohl das alles gar nicht gestimmt hatte. Das Einzige, was gestimmt hatte, war, dass sein Pimmel der größte gewesen war, den sie bis zu diesem Zeitpunkt jemals gesehen hatte.

«Mutter, ich bin Doreen», sagt sie, während sie die Bananen und den Saft und die Mettwurst einräumt.

## Erik

Im Haus ist es still. Staub tanzt in der Luft. Die Vorhänge bewegen sich matt. Sie sind präsenter als früher, wie auch der Staub, all die bewegten Blätter auf der Terrasse, stöhnende Dielen, sich dehnendes, streckendes Holz – alles in Bewegung und im Gange, während er still auf dem Sofa sitzt, an den Schaumstoff geschraubt, und auf den Garten starrt. Auf dem Berg gewaschener Wäsche, der auf dem Sessel liegt, um gebügelt oder wenigstens zusammengelegt zu werden, ein Sonnenkegel. Er kann sich nicht überwinden, in das eigens dafür eingerichtete Wäschezimmer zu gehen.

Als wäre er Karin.

Sie wollte das Wäschezimmer. «In einem Haus will eine Frau ein Wäschezimmer. Wenn man schon ein Haus hat.» Und Karin war gern in diesem Wäschezimmer. Sie konnte reingehen und nicht mehr rauskommen. Für immer in Persil.

Was tut sie dort, hatte er sich gefragt. Immer diese unergründlich geheimen Mysterien an innerfamiliären Orten. Hätte er es getan, das weiß er sehr sicher, hätte er diese Tür geöffnet, um sie zu fragen: «Was tust du hier?», dann hätte sie am Bügelbrett gestanden und gebügelt. Alles im normalen Rahmen, in zeitlich und örtlich normalen Zusammenhängen. Das ist das Verrückte daran. Sie ging hinein und kam niemals wieder heraus.

Bügeln konnte sie. Alles kam auf Kante. Seine Hemden sind immer picobello gewesen. Sie hat ihren Teil zu seiner Karriere beigetragen. Alles für die Katz, Karin. Alles für den Po.

Er hat nun jetzt seine sämtliche Wäsche im Wäschezimmer gewaschen und dann hier auf den Sessel geworfen. Aber er kann sich nicht überwinden, damit anzufangen. Die Hausarbeit ist ihm längst, von Anfang an eigentlich schon, unerträglich. Es ist schmutzig im Haus. Wenn er ein regelmäßiges Einkommen hätte, könnte er eine Putzfrau engagieren. Er könnte ein regelmäßiges Einkommen vom Amt erhalten, er könnte zum Arbeitsamt gehen und irgendwelches Hartz beantragen. Aber das geht zu weit. Es wird sich alles finden, es wird sich alles einpendeln.

Er denkt viel an Dani. Das Telefon steht stumm und störrisch auf der Anrichte.

Letztens ist sie wieder hier gewesen. Er hat sich keine

Mühe gegeben. Das war arm, Erik. Na und? Das geht nicht auf Bestellung. Er ist doch keine Maschine.

Ich bin doch keine Maschine. Ich funktioniere nicht.

Aber es hat funktioniert, das ist das Einzige, was bei ihm immer funktioniert, Wichsen geht immer.

Festgeschraubt hockt er da und starrt abwechselnd auf Garten und Telefon. Dann steht er auf, nimmt den Hörer und wählt ihre Nummer, die so lange auf seinem Arm stand, bis sie abgewaschen war und er sie für immer wissen würde, bis in den Sarg weiß ich diese Information.

«Danihallo.»

(So süß, die Stimme.)

«Erik. Hier ist Erik.»

«Oh. Wie geht es deinem Mund?»

«Meinem Mund, gut. Und dir?»

«Mir geht es so. Also auch gut eigentlich.»

«Ich will mich nachher mit dir treffen. Um sieben, irgendwo.» Nun ist es heraus. Sehr männlich, sehr geradeaus. Kein Rumgerede, darauf kann er stolz sein, das ist so meine Art. Sie überlegt eine Weile, dann fragt sie: «Wozu?»

«Ich möchte gern, wozu, kann ich nicht sagen, das ist doch gar nicht zu beantworten, oder? Möchtest du nun bitte auch?»

«Vielleicht, doch, ich könnte das machen. Wo willst du dich mit mir treffen, du E-eeexhibitiotionist?»

«Wo du willst. Ich bin kein Exhibitionist.»

Sie überlegt wieder einen Moment, sie kann das, am Telefon schweigen, dann nennt sie ihm den Namen eines Lokals, der Name ist Rosenstübchen. Es liegt in einem Stadtteil, wo man normalerweise nicht ausgehen würde, aber es ist ihm so was von egal, wo das ist, wenn er sie sehen kann und wenn irgendwas passiert in dieser Hinsicht. «Das hört sich doch nett an, Rosenstübchen. Kann man da essen?»

«Jjja. Bauernfrühstück, Schnitzel, Bratwurst mit Pommes. Bier.»

«Das geht ja zum Essen.»

«Iiich weiß nicht, wahrscheinlich geht es.»

«Ich dachte, du kennst dich aus.»

«Das ist schon meine Lieblingskneipe.»

«Dann ist es bestimmt nett.»

«Das *ist* nett. Wirst du schon sehen. Es ist cool, und es wird dir ganz wunderbar gefallen.»

«Das freut mich, ich freue mich sehr, bis nachher dann.»

«Bis nachher dann.»

«Bis nachher dann.»

Bis nachher dann. Dann. Dann.

Als er den Hörer gerade aufgelegt hat, klingelt das Telefon, als hätte es nur darauf gewartet, dass einer den Anfang macht, dann stellen sich gleich die anderen an, und Britta ist dran.

«Hallo, Erik», sagt sie wie eine Telefonsexfrau.

«Hallo, Britta», sagt er, «wie geht es dir, ist was mit deiner Stimme?»

(Britta? Was will Britta? Fehler in Akten fallen ihm ein, Nachlässigkeiten, die sie ausbügeln muss, jede Menge Fehler in seinen Akten, ohohoh.)

«Ach, Erik, ich musste immer wieder an dich denken, wenn ich die Notizen gelesen hab, die Telefonzettel mit Skizzen» (mit Skizzen?), «ich musste an dich denken und hab mich gefragt, wie es dir geht und was du beruflich machst, bist du schon woanders untergekommen? Und hauptsächlich natürlich, wie es dir geht.»

«Ich …» (Wie ist in diesem Fall zu antworten?) «Ja. Ich habe zwei recht gute Angebote, aber ich will mir noch ein bisschen Ruhe gönnen, der Herbst, weißt du, es ist so eine wundervolle Ruhe hier, ich kann am Kamin sitzen und lesen, auch mal mit den Kindern reden, was sonst alles so versäumt wurde. Ich lasse mir Zeit. Das ist mein Luxus. Ich gönne mir Zeit.»

«Das hört sich aber sehr gemütlich an. Ich habe gar nicht gesehen, dass ihr einen Kamin habt.»

«Du warst schon mal hier?»

«Ostern. Als ich dir die Akte gebracht und bei euch Kaffee getrunken habe. Als deine Frau zum Reiten gefahren ist und dann wieder zurückkam, weil sie doch nicht reiten wollte, weil Ostern war, weißt du das nicht mehr?»

«Doch. Okay. Wir haben keinen Kamin.»

«Ist ja egal.»

«Die Heizung ist sehr gut.»

«Und die Kanzleien? Welche sind es, kennt man sie, wie sind sie? Eher größere?»

«Ich will noch nichts sagen, aber sehr hübsche Angestellte in beiden. Eine scharfe Frau am Empfang, da vergisst du das Empfangen, bei der. Sehr scharf, die Frau, in dieser einen Kanzlei.»

«Ah ja. Und sonst, geht's dir gut, Erik? Ich hab gehört, deine Frau ist ausgezogen. Und die Kinder auch, hab ich gehört.»

«Ja, wir leben mal etwas auf Entfernung.»

«Verstehe. Du musst nicht drüber reden. Jetzt nicht. Vielleicht heute Abend, wenn wir uns verabreden.»

«Wenn wir uns verabreden.»

«Ja, ich dachte, wir gehen heute Abend zusammen aus. Ich würde dich einladen, denn ich verdiene ganz gut, im Gegensatz zu dir, nein, Scherz. Aber ich würde es tun.»

«Heute Abend kann ich eigentlich nicht. Da habe ich schon etwas vor.»

«Das ist schade, denn ich hatte mir das sehr nett vorgestellt, Erik, ich hatte mir ein sehr, sehr gutes Restaurant vorgestellt und sehr, sehr guten Wein.»

(Und sehr, sehr guten Fick, Erik.)

Er denkt nach. Britta. Ihr harter, kleiner Busen, das reinigungsgepflegte Kostüm, die schwarze Spitze ihres BHs, die zuweilen ganz gezielt aus dem Ausschnitt spitzt. Sie würde alles tun, um schwanger zu werden. Sie ist zu so was in der Lage. «Wir können vielleicht ein andermal», sagt er kühl. Er fühlt sich auf den Schlips getreten. Vielleicht, weil er arbeitslos ist. Und weil sie seinen Job hat und seine Karriere. «Ich höre, wie sich das anhört», sagt Britta, «du willst nicht. Ich kann dich nicht überzeugen, ich bin dir vielleicht zu erfolgreich, du magst vielleicht eher Frauen, die Kinder bekommen …»

Sie ist bedenklich. Sie ist ein leeres Gefäß, sie erwartet so viel von ihm. Er kann ja nicht den Rest seiner Person in sie gießen, da ist sowieso nicht mehr viel. «Du bist vielleicht auch zu schade für mich, Britta, das ist Verschwendung deiner ganzen guten Person an mich.»

«Ha», sagt Britta, «du Arschloch, das stimmt sogar.»

Als er aufgelegt hat, klatscht er in die Hände, klatsch, klatsch, «hey!», klatsch, und nimmt sich die Bügelwäsche vor. Er legt eine alte Platte auf, Chaka Khan, chakachakachaka, und bügelt hinternwackelnd seine Hemden. Plötzlich sind alle Frauen scharf auf ihn. Er muss sich überlegen, was er anzieht, wenn er heute Abend ins Rosenstübchen geht. Er hat eine Hose, in der sein Hintern 1 a zur Geltung kommt.

In seiner besten schwarzen Anzughose und einem dunkelblauen Hemd, dazu trägt er seinen halblangen grauen Kaschmirmantel und die spitzen Schuhe, erscheint er im Rosenstübchen. Die Leute starren ihn an.

Was willst du hier, Freundchen? Du bist hier im falschen Warteraum.

Du, Erik, hast dich mit einer Frau verabredet, die hundert Jahre jünger ist als du und, das bedenke mal vor allem, die auf gar keinen Fall mit dir schlafen will. Was erwartest du eigentlich? Dass sie deine Freundin wird? Bist du noch ganz bei Trost?

Du hättest mit Britta, der Anwältin Britta, ein sehr gepflegtes Bier trinken können, in einer sehr gepflegten Kneipe, im richtigen Stadtteil, wo man – man sind alle Menschen, die sich auf der richtigen Seite des Lebens rumtreiben – sich einfindet, um genau das zu tun. Und anschließend mit ihr vögeln. Sie hat versucht, es ihm schmackhaft zu machen, aber er hatte keinen Appetit auf solche Kost. Du spinnst, Erik. Na ja.

An der Bar steht eine Frau, nicht mehr ganz jung, vielleicht sein Alter, mit ein bisschen Falten im Gesicht und einem Mordsbody. Sie steht in der braun verqualmten Dunkelheit und weiß, wer er ist, zumindest guckt sie so. Sie lächelt. Sie hat einen riesigen Mund, volle, breite Lippen, und sie lächelt. «Wir beißen nicht», sagt ein winziger alter Mann in Shorts. Ist es Herbst? Trägt der wirklich Shorts?

Erik tritt ein Stück weiter in den Raum und sagt: «Ich suche nur jemanden.»

«Jo, nur man rein, wir beißen nicht», sagt der Mann wieder.

«Ist es nicht bisschen kalt?», fragt Erik.

«Wieso, ist es Winter?», sagt der kleine Mann. Seine mageren, nackten alten Beine sind übereinandergeschlagen. «Das ist reine Angabe», sagt die Bedienungsfrau und wischt seinen Tisch ab, den Tisch, an den sich Erik setzt. «Früher, als ich jung war», redet der Mann weiter, «da bin ich nackt rumgelaufen, solange es grün war. Immer nackt.»

«Hier in Hamburg?», sagt die Tresenfrau, «da wärst du längst im Knast gelandet, Klausi, du warst im Leben nicht nackt, außer vielleicht zu Hause, auf dem Klo.»

«Weil ich es mir leisten konnte», sagt Klausi, «man muss vorsichtig sein, die Leute sind missgünstig.»

«Bier?», fragt die Frau.

«Warsteiner.»

«Ham wir nich.»

«Beck's?»

«Jo, das kann ich wohl machen. Essen?»

«Essen, nein.»

Solche Dialoge gefallen ihm. So müsste das Leben laufen. Bier? Ja. Schlafen? Ja. Frau Meske? Nein. Pinkeln? Ja. Büro? Nein. Sex? Ja! Sex? Ja! Sex? Ja!

Sie knallt einen Deckel auf den Tisch, stellt das Bier drauf und beugt sich bei alldem herab. Er starrt in ihren Ausschnitt, sie hat einen tiefen Ausschnitt an ihrer Bluse, helles Busenfleisch, eine tiefe, straffe Furche, sie hat ganz phantastische Titten, auch wenn ein paar kleine Falten …, das spielt keine Rolle, bei ihr nicht. Sie atmet und strengt sich an, und das ganze Teil bewegt sich und wogt. Eine wogende Brust.

Von der Decke baumelt eine holzverkleidete Lampe und beleuchtet einen Strauß künstlicher Schneeglöckchen. «Die sind nicht echt», sagt der kleine Mann Klausi. Wird der hier sein Kumpel sein? «Das dacht ich mir schon.»

«Ist auch besser, die verwelken nicht.»

«Nee, wie auch.»

«Klausi, der Mann will das vielleicht nicht hören, was du denkst», sagt die Bedienung. «Der Mann will das vielleicht nicht hören …», äfft Klausi sie nach, leise nur und leicht geduckt.

«Nein, nein, es interessiert mich», sagt Erik. Es interessiert ihn tatsächlich alles sehr.

«Warten Sie auf jemanden?», fragt Klausi.

«Ja, ich warte auf jemanden.»

«Ich auch. Sind Sie verabredet?»

«Ich bin mit einer Frau verabredet.»

«Ich auch. Nein. Diese Frau ist gegangen.»

«Wann hattest du eine Frau?», sagt die Bedienung im Vorbeigehen, «als du nackt warst?»

«Sie mochte meinen Körper. Frauen mögen Körper, sie müssen nicht unbedingt schön sein, aber männlich, wissen Sie, wir können uns auch duzen, weißt du?»

«Ich habe nicht sehr viel Erfahrung mit Frauen», sagt Erik.

«Das dachte ich mir.»

«Wieso? Sieht man mir das an?»

«Ja, irgendwie schon. Du siehst nicht wie ein Spezialist aus. Aber was nicht ist, kann noch werden.»

«Prost.»

«Prost.»

Kaum ist man drin, schon ist man drin. Erik fühlt sich frei für jeden Satz und jedes Wort, das sein Gehirn verlässt. Was sollte es hier zu kontrollieren geben? Alles kann gegenüber Klausi ausgesprochen werden, wenn das mal nicht frei ist. Vielleicht ist es auch nur dumm. Vielleicht.

Die Vase mit den Schneeglöckchen steht auf einem wollenen Deckchen. Es riecht nach Öl und Speck und Qualm, ist Rauchen in Restaurants nicht verboten?

«Ist Rauchen nicht eigentlich verboten?»

«Nicht hier», sagt Klausi, «das ist ein Raucherclub. Nur für Mitglieder. Du bist jetzt aufgenommen.»

Erik zündet sich eine Zigarette an. Er nimmt einen großen Schluck Bier und entspannt sich.

Genau der richtige Moment.

Dani kommt. Sie trägt einen grünen Anorak und Jeans und hat eine Strickmütze auf dem Kopf. Sie begrüßt die Kellnerin wie ihre Schwester, und er fragt sich, ob das vielleicht wirklich ihre Stammkneipe ist. Sie zieht ihren grünen Anorak aus, sie trägt keinen Overall mehr, sie trägt einen gelben Pullover mit Rollkragen, über einem kleinen Jeanspo.

«Hello, Erik», sie bleibt einen Meter vor ihm stehen und deutet auf die Theke, wo die Busenfrau steht: «Lass uns da.» Er schiebt seinen 1-a-Hintern auf den Barstuhl aus Holz und starrt der Frau wieder direkt in den Ausschnitt, Herrgott, wohin auch sonst, der ist direkt vor seiner Nase. Von hinten ruft Klausi: «Viel Glück!» Er hebt, ohne sich umzudrehen, die Hand. Dani schaut Klausi an, dann ihn, dann zeigt sie auf die Tresenfrau und sagt: «Das ist meine

Cousine Doreen. Das ist ihre Kneipe hier.» Sie beschreibt einen Kreis mit ihrer Hand in dem braunen Raum.

Ihre Cousine also.

Doreen nickt ihm zu und reicht ihm die Hand. Seine Finger greifen in das weiche Innere ihrer Handflächen, wie in ein Bett. «Das kommt vom Spülen», sagt Doreen, «dass sie sich so anfassen, das geht später wieder weg.»

Später, denkt er.

«And that's Erik», sagt Dani.

«Erik», wiederholt Doreen. «Interessant.»

Er fragt sich, ob sie etwas weiß. Dani wird ihr doch nichts erzählt haben?

Ein alter Kerl, der ein weißes Laken um die dürren Hüften gebunden hat und eine bordeauxrote Weste über dem schwarzen Hemd trägt, steht im Durchgang zur Küche, Sein pomadetriefendes Haar ist nach hinten gekämmt. Er betrachtet Erik, als wäre er im Bilde, und grinst. «Hast du nichts zu tun?», fragt Doreen, und er verschwindet mit seinem Grinsen in die Küche. Scheint ein fröhlicher Mann zu sein.

Doreen gießt drei Korn ein, ungefragt, und er stößt mit ihr und Dani an. Er ist mit der U-Bahn gekommen und kann trinken, wenn er will. Er will plötzlich trinken, er will hier sein, er will mit Klausi in der kurzen Hose reden, er will an der Theke sitzen und Korn trinken und dabei in Doreens Ausschnitt starren oder auf Danis gelben Rollkragen und ihr linkes Auge. Er kann mit dem Taxi nach Hause fahren. Es ist gut, dass Karin das Auto mitgenommen hat, denn wenn er es gehabt hätte, dann wäre er auch damit gefahren. Ganz sicher. Alles fügt sich zum Besten. Prost. Korn ist kein schlechtes Getränk, so gesehen.

Karin fährt sein Auto. Es ist auch ihr Auto. Es ist ihrer beider Auto. Noch ist sie seine Ehefrau. Karin ist ihm zuweilen peinlich gewesen, ist das nicht kleinlich, von hier aus, von dieser Kneipe aus gesehen, Klausi im Blickfeld. Ist Klausi nicht peinlich, ist Karin es schon zehnmal nicht, aber er selbst vielleicht?

Und Dani? Könnte sie jemals peinlich sein?

An ihrer Kleidung gibt es nichts auszusetzen. Jeans und gelber Rollkragenpullover. Während sie redet, hebt sie die rechte Hand, um mit ihren Gesten das Gesagte zu unterstreichen, und nickt dazu ernsthaft mit dem Kopf. Er würde diesen Kopf sehr gern in beide Hände nehmen und küssen, es fällt ihm schwer, überhaupt zuzuhören, was sie erzählt, etwas über alkoholische Getränke. Sie sagt: «Ich trink nur Schnaps, sonst nichts.»

«Warum?», fragt er.

«Schnaps ist kein Betrug», sagt sie.

«Wieso Betrug?»

«Was denn sonst?»

«Schnaps ist Schnaps.»

«Und was ist dann Wein?»

«Wein ist ein Getränk.»

«Und Wein trinkst du nicht?»

«Doch», sagt sie, und er merkt, dass er ihr nicht gewachsen ist, weil sie nicht die Regeln eines Gesprächs befolgt. Aber es ist ihm egal, Hauptsache, sie redet, und sie sieht ihn dabei an. Mit dem linken Auge, das andere ist an der Seite, sie sieht ihn nur seitlich an. Er fragt: «Und aus welchem Anlass trinkst du dann Wein?»

«Wenn ich Durst habe», sagt sie.

«Und warum nicht Wasser?»

«Weil Wein vielleicht manchmal besser schmeckt?»

«Nehmen wir noch einen», sagt Doreen und schenkt ein. Er nickt und ertappt sich dabei, dass er schon wieder auf ihren Busen starrt. Er vergleicht ihn mit Danis Busen. Der ist klein und süß unter dem Pullover.

«Du arbeitest nicht mehr in deiner Firma?», fragt Dani.

Er nickt. Es fällt ihm ganz leicht. «Sie haben mir gekündigt», sagt er.

«Warum?»

Er zuckt mit den Schultern. «Ich war nicht so gut.»

«Und warum nicht?»

«Ich hab mich nicht richtig bemüht.»

«Uuuund warum denn nicht?»

«Ich habe das noch nicht so genau durchdacht. Ich weiß gar nicht. Sie haben im Grunde alle nur ihre Arbeit gemacht und waren nicht verkehrt, weißt du. Im Grunde waren sie sogar richtig nett. Britta war richtig nett. Sie hat mich heute gerade angerufen und wollte sich mit mir treffen. Aber … Ich weiß nicht, warum ich mich nicht bemüht habe. Ich kann mich nicht bemühen.»

«War es vielleicht nicht das Richtige?», fragt ihn Dani und legt ihren Kopf schief, sie, die doch selbst in Hochhäusern saugt und manchmal auch Toiletten putzt. Sie sieht ihn freundlich an, und sie fragt ihn, ob es nicht das Richtige gewesen ist, am liebsten möchte er heulen, aber vor Freude. «Wohl nicht», sagt er dann. Doreen trocknet ein Glas ab und nickt dazu. «Wir sind in dem Alter, wo man noch was machen kann», sagt sie, «aber wir haben keine Lust mehr.»

Mit wir meint sie sich und ihn, Dani wohl kaum.

Wir.

Sie sitzen zu dritt am Tisch. Im Radio singt Sido: «Beweg dein' Arsch! Steh auf, geh raus, und mach's einfach. Reiß dich zusammen … Heute zählt die Gegenwart, beweg dein' Arsch …» Doreen wiegt ihren Kopf, am Nebentisch sitzt immer noch Klausi, sehr müde, das hundertzwölfte Bier, er steht auf und singt mit, «Beweg dein' Arsch», dann setzt er sich wieder hin und schweigt weiter. «Klausi», sagt Doreen und schüttelt den Kopf. Erik hört Dani reden, sieht dabei Doreen an und denkt, dass das mit Britta um diese Uhrzeit schon klar gewesen wäre. Genau jetzt wäre er schon sehr zufrieden gewesen. Und müde und würde liegen und ein bisschen fernsehen und schlafen und noch einen Schluck Wein. Vielleicht sogar nochmal. Ruhig und zufrieden.

Ach, Schit drauf! Möglicherweise ist er genau danach auf der Suche: nach Unruhe und Unzufriedenheit.

Probier's mal mit – Ungemütlichkeit.

Er trinkt sein Bier aus und knallt das Glas auf den Tisch. Klausi springt auf, brüllt «Beweg dein' Arsch!» und setzt sich wieder hin. Der Mann aus der Küche kommt her und beugt sich zu Doreen runter. Er sagt: «Ich hau ab, ich fahr nach Hause jetzt.»

Doreen sagt: «In Ordnung. Schlaf dich mal aus. Wir feiern noch.»

«Feiert schnell, das Leben ist kurz», sagt er, hebt die Hand und geht. Ein großer, dünner Mann, sehr elegant.

Erik hat das Gefühl, Doreen und er gehören zusammen, aber das vergisst er schnell wieder. Es ist ihm auch total egal, wer zusammengehört. Zusammengehören, das ist eine Illusion. Das will doch keiner. Höchstens Leute, die zu bedauern sind.

Er merkt direkt, dass er sehr blau ist, und die Dinge, die

er sagt, kommen ihm wichtig und traurig vor. Er sagt: «Das Leben ist ein Kürbis. Ist mir letztens aufgefallen.» Das ist nicht komisch. Er sagt: «Ich wäre normalerweise ein sehr guter Anwalt geworden, wenn ich nicht zu schlecht gewesen wäre. Es ist besser, wenn man gut ist, das kommt besser an in der Arbeitswelt.» Das ist auch nicht komisch. Aber sie lachen. Er lacht mit, doch er denkt: Können die das nicht verstehen, dass das nicht komisch ist? Dann denkt er, dass er dann jedenfalls aber auch nicht lachen sollte, und da er das ja tut, ist es vielleicht doch komisch? Er muss das dann nur neu definieren. Auch nicht komisch ist komisch, in gewisser Weise.

Dani ist weit von ihm abgerückt. Er glaubt, sich erinnern zu können, dass er sie am Knie berührt hat. Es war nicht absichtlich, es war nicht einmal erotisch, weil es eben wirklich nicht absichtlich war, sondern nur eine kurze, zufällige Berührung. Aber sie ist von ihm weggerückt.

Von ihm, das stelle man sich nur einmal vor, der sich vor ihr ausgezogen hat. In seinem Wohnzimmer, vor seinem Panoramafenster und seinem Garten und letztendlich sogar vor Karin und Tom. Er hat Dinge getan, und sie stellt sich dermaßen an.

«So», sagt Doreen, «Schluss jetzt.»

Was sie sagt, ist Gesetz. Klausi schießt hoch. «Ich mach mal Feierabend», sagt er, als wäre es seine Idee gewesen. «Gut», sagt Doreen, «dann mach ich Kasse.» Klausi bezahlt. Seine Beine sind weiß wie Schnee. «Wieso werden die nicht braun, wenn er damit immer so nackt durch die Gegend läuft?»

«Er läuft damit nicht nackt durch die Gegend», erklärt Doreen, als Klausi raus ist, «er sitzt damit nur nackt hier drin oder beim Türken oder in seiner Bude.» Dann geht sie rum, wischt die Tische ab und schließt Sachen weg. Er verfolgt ihre Bewegungen. Dani steht auch auf, sie holt ihren grünen Anorak und sagt: «Ich geh nach Hause.»

Er sagt: «Ja, ich auch. Ich rufe ein Taxi.»

Sie sagt: «Könntest du nicht vielleicht Reni nach Hause bringen, ist nicht weit von hier, kannst du sie doch mitnehmen, oder?»

«Und du?»

«Ich bin mit dem Fahrrad.»

«Mit dem Fahrrad?»

«Ja, wieso nicht?» Sie lässt ihn stehen und verabschiedet sich von Doreen. Sie ist so schnell verschwunden, dass er es gar nicht begreift. Seine Erwartung steht noch im Raum wie kalter Rauch.

Doreen wischt und räumt. «Ich nehme mir ein Taxi», ruft er hinter ihren Bewegungen her, «sag Bescheid, wenn du fertig bist, ich bringe dich nach Hause, wenn du nichts dagegen hast.» Doreen grinst ihn an: «Warum das denn, ich wohn doch um die Ecke.»

«Es ist Nacht. Und ich fahre sowieso.»

«Na.» Sie nickt. «Dann mach das, wenn du willst.» Sie schließt die Kneipe ab, sie steigt hinten in das Taxi, er steigt hinten in das Taxi, er ist so besoffen, Herrgott, wie Gummi, wie Brei sind sein Körper und sein Herz. Er sinkt in die Sitze des Taxis und sinkt nur mit Anstrengung nicht in Doreens Schoß. Sie riecht so nach Frau und sieht auch so aus.

Vor ihrem Eingang fragt sie: «Kaffee bei mir?»

‹Kaffee bei mir› heißt in Wirklichkeit: Erik, komm herein in das Knusperhäuschen, in die Sahnestube, komm herein, kleiner Bub, und schleck dich satt, du armes, einsames Wesen.

«Möchtest du?»

Der Taxifahrer guckt nervös. Er fragt: «Möchten Sie jetzt?»

«Ja», sagt er. Er würde alles möchten, nur nicht zurückkehren in den Raum, wo er vor einigen Stunden in einem Anfall von Hoffnung einen Stapel gebügelter Wäsche hinterließ. Es ist nicht so, dass er Doreen besonders hübsch findet. Er ist auch nicht in sie verliebt, aber er will, jajajajajaja.

Ihr Körper trägt erste Spuren des Alters, aber er ist sehr fest modelliert, ihre Brüste, ihre Hüften, ihr Po, alles ist kräftig und schlank und sehr reell. Und ihre Art, nach ihm zu greifen und seinen Körper abzumessen, ist ebenso reell. Nach diesem Abend der Unsicherheiten und angesichts des kippenden Horizonts ist das Anfassen dieser Frau etwas Seriöses. Und obwohl er sie nicht liebt, betrachtet er voller Liebe ihr Gesicht, während sie ihn bei voller Deckenbeleuchtung einweiht, endlich einweiht, nach Jahren des sauberen, ehelichen Verkehrs.

«Du, Doreen, du bist so.»

«Ich weiß. Du armer, armer Mann.»

Er kuschelt sich ein und schläft so süß in ihrer Rosenbettwäsche. Als er mit wackligen Knien am frühen Morgen in ein Taxi steigt, riechend, einen üblen Geschmack im Mund und keinen einzigen vernünftigen Gedanken mehr im Hirn, da fühlt er sich so rein wie eine Butterblume.

ZWEITER TEIL

# Innen drin

# Doreen

Sie betrachtet die Theke. Abdrücke von Gläsern ins Holz gestempelt, der Lack aufgeweicht, Brandspuren, Kerben, wellige Rillen an der Stelle, wo sie immer den nassen Lappen hinlegt, und Kratzspuren von einer Million Mal Scheuern, aber immer noch und trotz allem ist da ein Glanz auf dem alten Ding.

Ihre Hände liegen obenauf, rissig vom Gläserspülen, auf den Nägeln roter Lack. Früher hatte sie es gut gefunden, hinter dem Tresen zu stehen. Ich tue etwas, das mir Spaß macht. Ich muss mir nichts befehlen lassen. Natürlich fühlte sie sich auch auf eine gewisse Art überlegen, und im Großen und Ganzen, ich bin im Großen und Ganzen zufrieden mit meinem Leben.

Langsam, und wirklich nur ganz langsam, haben die Dinge sich geändert. Die Kunden sind jetzt älter. Wenn es ihnen gut genug geht und sie sich sauber genug fühlen, um noch auszugehen, kommen sie nach der Arbeit vorbei. Das sind die einen. Die anderen sind schon nicht mehr sauber genug, haben aber Angst, zu Hause zu bleiben, und sitzen im besten Fall stumm über einem Bier. Früher habe ich Gäste gehabt, die kamen nur wegen mir. Wegen meiner Figur. Jetzt gibt es solche nicht mehr, obwohl ihre Figur immer noch ziemlich da ist.

«Doreen, du bist nischt Besseret, Frollein», sagt Jochen hin und wieder in einem Anfall von Heimatjargon. Manchmal ist es, als könnte sie von draußen hereinsehen, manchmal ist sie Doreen, die draußen steht, und gleichzeitig läuft sie innen drin im Kreis mit Bier. Aber es ist besser, nicht zu denken, sondern alles so zu lassen und drinzubleiben. Von drinnen ist es menschlicher. Der Rest interessiert mich nicht.

Wenn Dani dahinterkommt, dass sie mit dem Anwalt gevögelt hat, wird sie vielleicht nie mehr mit ihr reden. Nur, warum hat Dani überhaupt vorgeschlagen, dass sie zusammen nach Hause fahren? Sie musste doch auch gesehen haben, wie er sie angestarrt hat, die ganze Zeit ihre Brüste beglotzt?

Hätte ihn ja selbst mitnehmen können, die Dani. Aber sitzt da wie ein Kind. Und geht dann in ihre komische Wohnung zu ihren komischen Filzstiften und Zeichnungen, kein Mensch weiß, was sie da treibt, wie sie lebt.

Erik ist nett. Sexuell nicht so ganz auf der Höhe. Aber vielleicht ist Sex gar nicht so wichtig. Vielleicht können Menschen auch ohne Sex fröhlich leben. Dani kann es. Leute können ohne Rauchen leben, ohne Heroin und manche ohne Alkohol, ohne Fernsehen – gibt es alles. Das ist doch nur eine Plage. Im Grunde.

Sex ist eine Plage.

Jochen kommt aus der Küche und legt seine Arme von hinten um sie herum. «Sex ist eine Plage», sagt Doreen.

«Hast du Krümel im Gehirn?», fragt Jochen.

«Ich hab mir das nur gerade so gedacht.»

«Was denkst du denn für Mist?»

«Wegen Dani, ihr geht das gut ohne Sex.»

Jochen zuckt mit den Schultern. «Andere Menschen gehen mich nichts an. Aber ich sage dir, ohne Sex wäre ich längst ein alter Mann.»

«Du bist ein alter Mann.»

«Kann sein», Jochen grinst, «ich bin ein alter Mann mit sehr viel Freude im Alter. Ich danke dem Herrn.»

«Der Herr gab dir dieses Gerät rein zur Fortpflanzung.»

«Dann wär es mir längst abgefallen. Heute Abend, du süße Schlange?»

Doreen nickt. Gestern Erik, heute wieder Jochen. Guter, guter Jochen. Und sie beschließt, Dani die Wahrheit zu sagen. Nützt ja nichts.

Dani schweigt.

«Es tut mir leid.»

Dani schweigt immer noch und dreht mit den Fingern

an einem Blusenknopf. «Es tut mir leid, es hat sich so ergeben. Ich war betrunken. Wär ich allein nach Haus … Es war deine Idee, dass wir zusammen … Es tut mir wirklich leid.»

Dani nickt. «Und wie war's?» Du lieber Himmel, wie soll sie das dem Kind erklären, das keine Ahnung hat? Sie zuckt mit den Schultern.

«Komm, sag, ich hab ihn dir hergebracht, nnnu sag, wie er war!»

«Dani», flüstert Doreen, «das ist nicht dein Ernst?»

«Ich hab es fffür ihn gemacht und auch für dich, aber vor allem, damit er uns nicht durch die Lappen geht.»

«Damit er was?»

Dani dreht am Knopf.

«Der ist gleich ab, wenn du so weitermachst.»

«Ist mein Knopf.»

«Bist du denn nicht in ihn verliebt?», fragt Doreen.

«Ach, komm», sagt Dani, als wäre das ohne Bedeutung. Vielleicht ist es ohne Bedeutung. «Es war gut», sagt Doreen schließlich.

«Ihr hahattet richtigen Sex, nicht wahr? Ihr habt es richtig gemacht?»

«Richtiger geht nicht, was willst du denn hören? Herrje, das ist mir unangenehm.» Dani verzieht das Gesicht. «Du hast immer so viel Sex, Doreen, das hast du selbst gesagt, warum ist dir das denn unangenehm? Das glaub ich dir nicht.»

«Weißt du, Dani, Sex ist eine sehr private Sache zwischen zwei Personen, da redet man nicht mit anderen Menschen drüber, man sagt ihnen nicht, wie es war. Selten jedenfalls. Und es gehört sich nicht.»

«Dann mach halt was, was sich nicht gehört, Doreen, Scheiße, Mann, sag mir, wie es war, jetzt!»

«Du blöde Kuh, du kleine!»

«…»

«Erik ist nett, nur, er hat nicht … nicht viel Ahnung.»

«Er hat keine Ahnung von Sex? Aber Doreen, er ist doch schon nicht mehr so jung?»

«Ja.»

«Dann war es schlecht, oder?»

«Ach, er hat sich angepasst. Er hat sich ganz gut angestellt, er ist schon o.k.»

«Wie habt ihr es gemacht?»

«Also, das geht zu weit, Dani.»

«Wie?»

Doreen zündet sich eine Zigarette an und bläst den Rauch weg. Sie schüttelt ihr Haar und antwortet dann: «Wir haben uns ausgezogen, sehr schnell, er hat sich auf mich geschmissen, dann habe ich ihn wieder nach unten gedrückt, immer so hin und her, wir haben geknutscht und uns befummelt, dann habe ich mich auf ihn gesetzt und bin gekommen, anschließend habe ich mich hingehockt und mich von hinten nehmen lassen. Das war's. Reicht dir das? Reicht dir das, du blöde kleine Kuh?»

Dani schweigt.

«Es hat Spaß gemacht», murmelt Doreen, «Sex macht Spaß, es ist schön, es macht Spaß, es ist eine sehr nette Sache, du solltest es selbst damit versuchen.»

Dani nickt. «Meinst du, er hatte auch viel Spaß dabei? So wie dddu?»

«Er hat gekeucht, er hat gestöhnt, er hat gesagt, ich wär toll.»

«Dann wohl.»

«Sieht so aus.»

«Gut.»

Gut, denkt Doreen, ist es eben gut. «Noch ein Bier?»

«Gib noch eins.»

Doreen zapft ihr ein Bier. Beide trinken sie und denken und atmen im selben Raum. «Draußen habe ich jede Menge Vögel gesehen», sagt Dani.

«Hier vor der Tür?»

«Sie waren im Baum, der ganze Baum voll, Doreen, aber sie waren total leise.»

«Was du alles siehst. Das seh ich gar nicht, so was.»

«Doch, das siehst du, wenn du das gesehen hättest, dann hättest du es auch gesehen, glaub mir, es waren Millionen von Vögeln oder Tausende.»

«Sind sie noch da?»

«Ich weiß es doch nicht von hier.»

«Lass uns rausgehen.»

Doreen und Dani gehen vor die Tür, gegenüber ein Ahorn, darin kein einziger Vogel. Doreen runzelt die Stirn und spuckt auf die Erde: «Manchmal ist das so mit den Vögeln, manchmal sind sie in ganzen Schwärmen irgendwo, wie in ‹Die Vögel›, aber wenn man das nicht sieht, wie irre das aussieht, dann glaubt man es nicht, aber jetzt schon, wenn du das sagst.» Dani und Doreen stehen da und trinken Bier und schauen auf den Baum, und Doreen stellt ihn sich mit sehr vielen Vögeln vor. «Gibt es noch Bier?», ruft jemand von drinnen, die Tür öffnet sich, ein Mann steht da und schwenkt ein leeres Glas.

«Siehst du den Baum da», sagt Doreen, «da waren jede Menge Vögel drauf, der ganze Baum war voll, Werner.»

«Das gibt's manchmal», sagt Werner, «dann sind die wie gestochen, das ist die Natur.»

Als sie in die Wohnung kommt, stinkt es, sie läuft gleich durch zum Fenster und öffnet es, ihre Mutter protestiert, denn der Durchzug bläht die Gardinen und lässt Sonne auf das Fernsehbild durch. Es ist zwei Uhr, die Sonne scheint, und deshalb sind die Gardinen zugezogen. Damit sie etwas auf dem Bildschirm erkennen kann.

Doreen stellt Lebensmittel in den Schrank und bemüht sich, ihrer Mutter mitzuteilen, welche Lebensmittel sie mitgebracht hat. Aber ihre Mutter ist ganz in das Fernsehen vertieft und hört nicht und antwortet nicht.

«Mutter, als ich kam, hast du noch mit offenem Mund in deinem Sessel gesessen und geschlafen, und jetzt ist es so spannend?»

Sie lacht schon wieder. Was soll das? Will sie ihr, Doreen, etwa wirklich vorspielen, dass sie sich amüsiert? Sie ist hundealt, sie ist hundeeinsam, und vor allem leidet sie an Demenz. Sie kann sich garantiert nicht amüsieren.

«Ich packe Kirschjoghurt in den Kühlschrank», wiederholt Doreen laut. Dann geht sie ins Wohnzimmer, schaltet den Fernseher ab, stellt sich vor ihrer Mutter auf, und ihre Mutter schlägt nach ihr.

«Mutter? Bist du noch bei Trost?»

«Ich habe eine wichtige Sendung über Bekannte gesehen.»

«Über Bekannte? Ich glaube auch, Mutter, die Leute in der Glotze kennst du mittlerweile besser als mich.»

«Denkst du daran, die Fernsehsteuern rechtzeitig zu bezahlen?»

«Die Fernsehsteuern? Sicher. Im Kühlschrank steht Joghurt.»

«Ist es der große Bauer?»

«Nein. Aber er steht im Kühlschrank. Kirsch.»

«Ich ess am liebsten den großen Bauer-Joghurt.»

«Ich glaube, ich muss sie in ein Heim bringen», sagt sie zu Jochen. «Oder ich muss sie zu mir nehmen.»

«Zu dir?»

«Sie ist meine Mutter.»

«Na und», sagt Jochen. «Meine Mutter ist mir so was von egal.»

«Deine Mutter ist tot.»

Jochen zuckt mit den Schultern.

«Hier kann sie nicht wohnen.»

«Wieso nicht?»

«Weil du nicht da bist, und wenn du da bist, bin ich da, und wo soll sie bitte dann hin? Wie willst du das machen?»

«Meine …», sagt Doreen und weiß nicht weiter.

Wer ist ihre Mutter? Sie ist die Frau, die abwäscht, während Doreen am Tisch sitzt und an einem Brot kaut. Sie hat immer ‹schnell› gesagt. Zu allem. Sie hat gesagt: «Ich hol uns schnell was zum Frühstück.» Sie hat gesagt: «Ich mach noch schnell die Wäsche.» Es klang wie eine Entschuldigung. Dabei gab es gar nichts zu entschuldigen. Was auch? Dass sie sich beeilte, dass sie sich anstrengte für nichts? Oder dass es keinen Mann gab, keinen Vater und überhaupt niemanden außer ihnen beiden? «Ich bring dich schnell ins Bett», hatte ihre Mutter gesagt und ihr dann einen Kuss gegeben und ihr übers Haar gestrichen, das war alles, aber das war genug für Doreen. Sie war nicht verwöhnt. Und sie will ihrer Mutter nichts vorwerfen. Ihre Mutter ist ganz normal gewesen, nicht besonders toll, aber auch nicht besonders schlecht, normale Mutter.

Aber was hat diese Mutter mit der Alten zu tun, die da im Sessel sitzt und der Haare aus der Nase wachsen? Würde Doreen weinen, wenn sie plötzlich sterben würde? Sie weiß es jetzt noch nicht. Manche Dinge kann man vorher nicht wissen. Gerade kann sie es sich nicht vorstellen.

«Sie hat mich geschlagen», sagt sie.

«Was?» Jochen lacht, und die weißen, kringeligen Haare auf seiner gewölbten Brust beben. «Schlag zurück, Süße!»

«Hm. Nächstes Mal. Aber das ist nicht das Hauptproblem.»

«Was ist das Hauptproblem?»

«Dass ich für sie verantwortlich bin, und ich schaffe das nicht. Ich hab überhaupt keine Kraft in mir, um das hinzukriegen, kannst du dir das vorstellen?»

«Ach, Reni, du bist doch so 'ne Wucht immer, du wirst doch mit der alten Frau fertig werden, und es ist deine Mutter. Du kennst sie doch in- und auswendig.»

«Das dachte ich auch, aber sie entwickelt sich, das geht so schnell, das kannst du dir gar nicht vorstellen, heute ist sie schon ein bisschen anders als gestern und übermorgen eine vollkommen andere Person.»

«Echt?»

«Wenn ich es dir doch sage, ich finde es selbst auch sehr erstaunlich, was in ihr alles steckt und dass sie so aufmüpfig ist.»

«Sie ist eine Persönlichkeit, eine Ziege wie du, du Ziege, komm her, und hör mit deiner Mutter auf!»

«Ich bring sie um, dann ist das Problem gelöst.»

«Nicht schlecht», sagt Jochen und schnalzt mit der Zunge, «du bist wirklich eine messerscharfe Braut, Reni!»

Das Haus hat ein blaues Dach und ist sonst weiß. Es ist auf zwei Seiten von einem großen Garten umgeben. Durch die milchigen Scheiben der Eingangstür sieht sie den Umriss von Erik, der ihr die Tür öffnet.

«Komm rein», sagt er, und sie klappert auf ihren hohen Absätzen über die weißen Fliesen ins Wohnzimmer. Sie setzt sich auf das schwarze Ledersofa und betrachtet den Garten, dunkel wie ein feuchter Waschlappen.

Erik kommt mit einer Flasche Sekt und öffnet sie, der Sekt schäumt ein bisschen auf den Tisch. Er wischt es nicht weg, er gießt ein und lächelt und strahlt vor Freude.

«Auf dich, auf deinen Besuch in meinem Haus.»

«Auf dich und dass ich hier bin», sagt Doreen und stößt mit ihm an. Sie trinkt und sieht sich im Zimmer um. Eine Kommode mit einem Telefon, nackte Wände, weiß gestrichen, zwei blanke Nägel, da waren mal Bilder, die hat seine Frau sicher mitgenommen, auf dem gläsernen Couchtisch viele Ringe, Abdrücke von Gläsern. Das Zimmer ist halb leer, das hat bestimmt mal anders ausgesehen.

Dennoch erinnert es sie an die Wohnzimmer ihrer Schulkameradinnen, die sie ihren Eltern vorstellten, weil das erwünscht war, wollte man sich gemeinsam aufhalten. Sie kam hinter dem betreffenden Mädchen herein, stand auf dem glänzenden, beheizten Boden, der Vater trug Anzug und war überhaupt da, die Mutter lächelte großzügig und zerstreut. Nirgends lag etwas herum, auf dem Fensterbrett stand eine Orchidee. Die Mädchenfreundschaften gingen alle demnächst in die Brüche, es ist sicherlich ihre Schuld gewesen, sie hat es einfach nicht geschafft, das Interesse der anderen genügend lange, länger als eine Woche, zu fesseln.

Eriks Wohnzimmer hier ist schmutziger, als es sein dürfte. Es liegen durchaus Dinge herum, und nirgends ist Staub gewischt, die Fenster sind streifig, in der Ecke liegen Splitter, Scherben von Glas oder Porzellan.

Ja, so kann es kommen. Jetzt sitzt sie hier. Und sie wird es ficken, dieses verfickte Wohnzimmer dieser verfickten Familien.

«Wohnst du hier allein?»

«Im Moment irgendwie schon», sagt er.

Sie überlegt. Wird sie wiederkommen und aufräumen? «Gehört das Haus dir?» Erik nickt, und sie glaubt, dass es zur Hälfte seiner Frau gehört. Sie kennt Ehemänner und weiß, die halbe Arschbacke gehört immer und ewig der Ehefrau, da sollte man sich nichts vormachen. «Kannst du mir das Haus vielleicht zeigen, ich finde es toll, wenn man ein Haus besitzt, ich habe nie ein Haus besessen, und wie es aussieht, werde ich nie ein Haus besitzen.»

«Das kann man nie wissen, du müsstest nur einen Mann mit einem Haus kennenlernen.»

«Ich hatte schon mal einen Mann mit einem Haus, der war dick, und der wollte nicht, dass ich in die ganzen Zimmer ging, außer in ein Zimmer, er hatte ein Sexzimmer. Komisch, nicht? Er hatte ein Zimmer für Sex.»

«Was habt ihr da gemacht?»

«Du! Du bist so dämlich, wir haben ferngesehen, was wohl?»

«Jaaaaa. Ich meine, habt ihr was Besonderes gemacht?»

«Du glaubst doch nicht, dass ich dir das erzähle? Aber nein, er war eben so etwas dick und wollte nur ganz normal vögeln. Vielleicht hat er sonst schwer eine zum normal Vögeln gefunden. Ich hatte ihn wirklich gern, er war nett. Und mich hat wirklich kaum gestört, dass er dick war. Eigentlich fast gar nicht, ich hab mich dran gewöhnt, zeigst du mir das Haus jetzt?»

Er zeigt ihr zuerst das Erdgeschoss: ein Gästezimmer mit einem Doppelbett und hellgrünen Gardinen, das muffig riecht – lange nicht mehr gelüftet, nie Gäste –, dann ein Arbeitszimmer mit einem großen Schreibtisch voller Wäsche und Regalen voller Bücher, Rücken an Rücken, ein sauber staubiger Raum, dann die Küche, Fett und Ketchup und Kaffeekrümel, Gestank von altem Joghurt, wahrscheinlich der Mülleimer. Ein großes Bad mit Whirlpool, sie kann es nicht glauben, ein Whirlpool!!!, sie sieht sich schon darin; dass sie in ihrem Leben noch einen Mann mit einem Whirlpool kennenlernen sollte, das ist doch ein Wunder – mal keine Pornos oder Diddl-Mäuse und anderes, worüber sie nicht nachdenken will. Was da an Wohnungseinrichtung zusammenkommt, das kann einem manchmal schon den Appetit verderben, aber so ein weißer, glänzender Whirlpool, da möchte sie auch Sekt trinken, jede Menge Sekt, sich da reinlegen und mit Sekt wegsprudeln.

Er zeigt ihr auch die Wäschekammer, er ist sehr genau, nachdem sie die Sache mit dem Dicken und dem Sexzimmer erwähnt hat, eine Wäschekammer, eine echte Wäschekammer, sie hat sich noch nie in einer Wäschekammer befunden, wer hat das schon? Mit einem kleinen Fenster zum Kippen, scharfer Geruch von Waschmittel und Weichspüler und merkwürdigerweise keinerlei Wäsche, die liegt ja im Arbeitszimmer auf dem Schreibtisch.

Dann gehen sie die Treppe hoch, ein Schlafzimmer ohne Schrank, dafür ein Durchgang zum Ankleidezimmer, wo man sich nicht anzieht, sondern ankleidet, ein Doppelbett mit einem rosa-grünen Überwurf, ein Bett benutzt, das andere nicht, der Schlafgeruch noch in den Wänden, obwohl das Fenster aufsteht und sich die Gardine bauscht.

Nun ein Jugendzimmer, noch ein Jugendzimmer, sie stellt sich seine Kinder vor, einen Jungen und ein Mädchen, fast schon erwachsen, irgendwie auch beneidenswert, solche Angehörigen zu haben, Kinder, kam für sie nicht in Frage, hätte sie gar nicht verantworten können, und ein weiteres Bad mit Dusche und Toilette, alles farbig gefliest, mit Zierfliesenleiste und schwerem Klodeckel aus Porzellan und geschliffenem Spiegel. Handtücher farblich abgestimmt. Aber staubig. Doreen riecht den Braten, die halbe Arschbacke fehlt sehr dringend.

Als sie ins Schlafzimmer gehen will, warum ist sie denn hier, sagt er: «Können wir nicht runter ins Wohnzimmer …?»

Gut, dann eben im Wohnzimmer. Wenn er da sensibel ist, mit seinem Ehebett. Die meisten sind das nicht. Im Wohnzimmer nimmt sie noch einen Schluck von ihrem Sekt, öffnet den Knopf seiner Hose und zieht den Reißverschluss runter. Sie schaut sich rasch nach dem Fenster um, wenn jemand im Garten stünde, könnte er alles mit ansehen, aber es steht niemand im Garten, darum greift sie ihn sich und beginnt ihr Spiel. Er ist so süß und so unschuldig, der kleine Mann, sie saugt sich richtig an ihm fest. Als sie beide erschöpft auf dem Teppich liegen, sagt sie: «Das

Haus ist echt schön.» Sie streicht über seinen warmen, rosigen Schwanz, der noch ganz frisch aussieht, wie ein nacktes, neugeborenes Tier. Er zittert ein bisschen, macht einen kleinen Anlauf nach oben, fällt dann aber wieder zusammen. Feierabend für heute.

Doreen steht auf und tritt ans Fenster. Braunes Gestrüpp. Zerbrochene Gehwegplatten, eine moosige Terrasse. «Lange nichts mehr gemacht», sagt sie zufrieden. Und erhält keine Antwort. Auf einem Stein hockt ein kleiner brauner Vogel, starrt zu ihr her und dreht sein kleines, dummes Köpfchen. Sie geht ins Bad und lässt vollkommen zufrieden Wasser in den Whirlpool.

«Du hast mit dem Anwalt gebumst», sagt Jochen.

«Hm», sagt Doreen.

«Aber wieso?» Jochen starrt sie an. Sein brauner Anzug ist zerknittert. Doreen weiß nicht, was sie antworten soll. Eigentlich war zwischen ihnen klar, dass jeder machen kann, was er will. Nur, was zählt das schon, im Ernstfall?

«Weil er jünger ist?»

Sie wusste, dass das kommen würde.

«Ich dachte, das ist Danis ...»

«Sie kann doch nicht», sagt Doreen.

«Sie kann nicht mit ihm bumsen, und deswegen bumst du mit ihm?»

Doreen schweigt.

«Ihr habt doch echt ’n Knall», sagt Jochen und nimmt seinen Mantel vom Haken. «Das ist doch Inzucht.» Und dann geht er.

«Wieso Inzucht?», sagt sie, als Jochen schon draußen

ist. «Ist doch keine Inzucht.» Dann ruft sie Erik an. Sie ist verrückt nach ihm. Aus irgendeinem Grund.

In seinem Haus, über die Lehne eines Stuhls gehängt, ihre vergessene Strickjacke. Sieht aus wie die knochigen Schultern ihrer Mutter. Die hängt hier rum, als wäre sie zu Hause, nistet sich ein und nimmt den Sektpool in Besitz, ich ficke dich, du Haus, und auf der Terrasse hockt schon wieder der kleine braune Vogel und lacht. Was für eine hässliche Kröte von Vogel!

Erik kippt ihr ein und trinkt selbst. Es kommt ihr vor, als hätte er schon gerochen, als sie kam. Er hatte sie umarmt und nach Schnaps gerochen, dabei war es erst eins. Sie muss bald wieder ins Rosenstübchen. Sie hat gar nicht viel Zeit. «Hast du getrunken?», fragt sie ihn.

«Darf man das nicht?»

«Doch, klar, trink nur!» Aber es stört sie, dass er trinkt, was ist sie denn für ihn? «Jochen weiß Bescheid», sagt sie.

Er nickt. «Was hat er gesagt?»

«Ach!» Sie winkt ab. «Dass du jünger bist als er und dass das Inzucht ist.»

«Inzucht?»

«Ja, wegen Dani.»

«Wie, wegen Dani? Was soll denn da Inzucht sein?»

Sie überlegt, wie sie da wieder rauskommen soll. Sie hat einfach nicht nachgedacht, sie hätte das anders formulieren müssen, jetzt steckt sie fest. «Na ja, weil du zuerst mit ihr …» Er nickt schnell, mit kleinen Kopfbewegungen, als wollte er was zerhacken.

Nachdem sie es im Ehebett getrieben haben, das war nur beim ersten Mal, dass er da Hemmungen hatte, inzwischen ist das Ehebett ihr Bett, sie sagt: «Wollen wir ins Ehebett?», und sie liebt es, dieses Wort auszusprechen, nachdem sie es also getrieben haben, fragt er sie, wie es Dani geht. Sie sieht ihn an. Sie ist nackt, sie liegt unter einer Karawane, die auf dem Stoff durch die Wüste trabt. Ihre Brüste schwitzen, es juckt. Und Erik wartet auf eine Antwort. Er schläft mit ihr und fragt dann: Wie geht es ihr, mit der ich nicht schlafen kann? Sie seufzt. Was erwartet sie eigentlich? «Du musst nichts von anderen erwarten», hat ihre Mutter immer gesagt, ihre Mutter von früher. Sie bemüht sich. Sie gräbt sich aus dem dicken Bett und sagt: «Ich habe sie länger nicht gesehen, aber wir haben drüber gesprochen.»

Er sagt: «Du hast es ihr erzählt?»

«Ja», sagt sie, «klar habe ich es ihr erzählt.»

«Und was hat sie gesagt?»

«Sie war zufrieden.»

«Sie war zufrieden?»

«Schrei doch nicht so!»

«Wie kann sie denn zufrieden sein? Womit denn?»

«Ja, was weiß ich, sie war zufrieden, weil es dir gutgeht.»

«Weil es mir gutgeht?»

«Ja.»

Erik zieht die Gardine auf, heller Sonnenschein dringt in das staubige, raufasertapezierte Zimmer, und jede raue Faser wirft einen winzigen grauen Schatten in das Weiß. «Na ja», sagt er, «sie wollte ja auch nichts von mir. Dann kann sie ja zufrieden sein.»

«Das würde ich so nicht sagen», sagt Doreen. Sie geht ins Bad, um den Whirlpool anzuschmeißen. Als sie beide mit dem Rest des Schnapses im sprudelnden Wasser sitzen, schließt sie die Augen, rutscht an der Wand herunter, bis ihr Kopf unter Wasser ist und sich das Wasser wie Mitleid über sie ergießt, Mitleid mit der alten Doreen, die da gerade richtig gut bedient, gelernt ist gelernt.

Als sie mit S und U ins Rosenstübchen fährt, überlegt sie, ob das ein Fehler gewesen ist, es Erik zu sagen. Sie hat ihm natürlich nicht alles gesagt, das wäre falsch gewesen. Während sie mit der Hand über ihren kurzen Rock streicht, sieht sie aus den Augenwinkeln, dass jemand sie ansieht, ein Mann auf einer der hinteren Bänke. Er ist um die fünfzig, trägt einen blauen Parka und eine randlose Brille. Er heißt Richard, ist Finanzbeamter, verheiratet. Er sieht sie an, als hätte er irgendwelche Rechte. Vielleicht hat er das Recht, tot zu sein. Er steht auf und kommt auf sie zu, er bleibt vor ihr stehen und lächelt weiter so auf diese Art und Weise.

«Hey, Doreen», sagt er, «lange nicht gesehen, wir müssen mal wieder …», und lächelt, als würde er schon in ihr drinstecken.

Sie sagt: «Richard.»

«Wirklich lange nicht gesehen», sagt er wieder.

«Ich habe auch zu tun», sagt sie, «ich heirate demnächst.»

«Herzlichen Glückwunsch, dann …»

«Er hat ein Haus», sagt sie.

«Doppelten herzlichen Glückwunsch.»

«Ja, mir geht es gut, flutscht alles super.»

«Du siehst auch prächtig aus.»

«Ich weiß. Ich sauf nicht mehr so viel.»

«Doreen.»

«Richard. Was macht die Frau?»

«Sie. Sie ist weg.»

Sie hatte Sachen auf der Zunge gehabt, aber ihre Wut ist wieder kleiner, sie sagt: «Die kommt schon wieder.»

«Du heiratest doch nicht», sagt er.

«Nein. Und die kommt auch nicht wieder. Stell dich nicht an.»

«Ich lebe auf der Straße, und ich möchte mir eine Existenz aufbauen …», murmelt ein junger Mann mit Hut und langen Haaren. «Vergiss es», sagt Doreen und gibt ihm fünfzig Cent, «kauf dir lieber Schnaps.»

Draußen regnet es. In ihren Lackabsatzschuhen schwimmt das Wasser, und Doreen muss lachen über all das Elend.

Im Rosenstübchen küsst sie Jochen auf den harten Mund. Er geht in die Küche. Er ist ihr böse. Sie geht ihm hinterher und legt die Arme um seinen Körper. Er riecht so nach altem Reptil, sie muss ihm mal kurz in die Eier kneifen. Dann geht sie nach vorne. Die Putze hat wieder geschlampt, wie sie sieht. Die Tische sind schmierig. Also holt sie heißes Wasser und wischt nach.

Das Telefon klingelt, und Doris, die Nachbarin ihrer Mutter, ist dran und sagt, dass die Polizei sie sprechen will. Sie übergibt den Hörer an jemanden. Doreen hört den Atem eines Mannes, und dann erfährt sie von dem Mann, dass ihre Mutter den Fernseher aus dem Fenster geworfen hat. «Ihre Mutter hat einen Fernsehapparat aus dem Fenster auf den Bürgersteig geworfen.» Darauf hat sie die ganze Zeit gewartet. Es kommt langsam auf einen zu, und dann ist es da, und man wundert sich trotzdem. Sie fragt sich nicht einmal, warum ausgerechnet den Fernseher, mit Logik ist dieser Sache nicht mehr beizukommen.

«Es ist nur ein Glück, dass da grad keiner langgegangen ist», sagt der Polizist, «es hätten Menschen zu Schaden kommen können, so ist es nur gut, dass da grad keiner langgegangen ist», wieder betont er den guten Ausgang der Sache. Hat er Mitleid mit ihr, oder was?

«Wir fahren dann wieder», sagt er, «aber Sie sollten sich jetzt mal kümmern, so geht das ja nicht, da hätten ja Menschen zu Schaden kommen können.»

Ihre Mutter kauert lächelnd im Sofa und strickt an einem winzig kleinen Pullover. Die Nachbarin Doris sitzt neben ihr und isst ein Wurstbrot. Das ganze Zimmer riecht nach Wurst.

Doreen wird schlecht, obwohl sie sonst nie zimperlich mit Gerüchen ist. Sie öffnet das Fenster und sieht einige abgesplitterte Teile des Fernsehers auf der Straße. Die Hauptteile sind auf den Bürgersteig geschoben worden oder gleich da gelandet. Sie dreht sich zu ihrer Mutter um, die ganz mit dem Stricken und dem Lächeln beschäftigt ist: «Wie hast du denn das geschafft, Mutter?»

«Das habe ich mich auch gefragt», mischt sich die Nachbarin ein.

«Du schaffst doch nicht mal, deine Tasse zu halten», sagt Doreen.

«Ich geh dann mal», sagt die Nachbarin, «ist ja jemand hier jetzt», steht auf und geht mit ihrem zweiten Wurstbrot in der Hand raus.

«Du schaffst doch nicht mal, deine Tasse zu halten, da kippt dir alles aus», sagt Doreen, «und jetzt hebst du einen Fernseher? Mutter?», das letzte Wort schon sehr laut.

Ihre Mutter schaut nicht hoch. Geschickt schiebt sie die rosa Maschen über die Nadel.

Doreen reißt ihr das Strickzeug aus der Hand und wirft es auf den Boden.

«Wer soll das denn tragen!», schreit sie, «meinst du, jemand bekommt ein Baby, meinst du, irgendjemand wird hier ein Baby bekommen?»

Sie sinkt auf die Sessellehne und hält sich an der Tischkante fest. Niemand wird hier jemals ein Baby bekommen, denkt sie und sieht ihre Hände auf der Tischdecke zittern.

## Tom

Er beobachtet Dani beim Abstauben der Heizkörper. Er kennt jede Biegung ihres Körpers unter dem Stoff ihres Overalls. Er kennt die kleinen Poren in ihrem Gesicht, er weiß, wann sie ihr Haar gewaschen hat, er merkt es, wenn sie ihre Periode hat.

Und er redet mit ihr, und er scherzt mit ihr.

«Wir könnten mal wieder ins Kino.»

«Ach, nee», sagt sie, und ihr Blick brennt ein Loch in seine Stirn.

Das Schlimme ist, dass er jetzt mehr an Sex denkt. Es geht nicht mehr um Anfassen, es geht um mehr, um alles, was ihm an Machbarem einfällt, das ist viel, er entwickelt Phantasie. Und ihre Anwesenheit unter dem Overall, sogar der Anblick des Wischwassers, der Geruch der Putzmittel, all das macht ihn verrückt. «Tut mir leid, das mit dem Typen.» Es tut ihm nicht leid, er hasst diesen Idioten, diesen Spinner, diesen beschissenen Anwalt. «Wir können doch mal wieder was machen, oder? Du bist doch nicht mehr böse. Du langweilst dich doch zu Hause, dabei sind wir immer so nett ausgegangen, ich bin gut im Ausgehen, Dani. Du gibst doch nicht die Freundschaft mit deinem einzigen besten Freund auf, das tust du doch nicht, oder? Ich bin auch wieder vollkommen normal. Glaub mir.»

Sie seufzt: «Haaaaaaach!» Sie sagt: «O. K. Ich könnte essen gehen. Ich muss mal wieder was Ordentliches essen.»

«Ja, das musst du und ich auch, ich habe auch lange nichts Ordentliches gegessen, die Zwiebeln sind alle und die Kartoffeln.»

«Du machst mich immer so wütend mit deiner Lebensweise. Du bist bescheuert.»

«Das ist, weil du dir Sorgen machst.»

«Quatsch.»

«Doch. Du machst dir Sorgen um mich, weil du mich gernhast. Und ich habe dich gern, und ich mache mir auch sehr große Sorgen um dich, deshalb der ganze Ärger, Dani.»

«Es gibt gar keinen Grund für Sorgen», sagt sie.

«Das denkst du, das ist es ja eben, du denkst doch noch allen Ernstes, dass du o. k. bist.»

«Ich bbbin o. k.»

«Na klar.»

«Wir gehen essen», flüstert er und schwingt seinen Wischmopp durch die Gänge. Diesmal wird er es anders anstellen. Irgendwie muss er es versuchen, er muss. Das ist vielleicht seine letzte Chance. Sie hört ihm ja kaum noch zu.

Es ist dunkel, kalt, es regnet. Er wartet auf Dani, weil sie ihn abholen wird. Weil sie ihn abholen wird!

Weil sie ihn abholen wird!

Er hüpft durch die Wohnung und stößt sich an einer Eisenstange. Er lacht, während der Schmerz ihm die Tränen in die Augen treibt.

Er zieht sich seinen Anzug an. Der Anzug ist alt und zerknittert, aber im Anzug ist es schon besser, das macht was her. Auch ein Rasierwasser trägt er, das hat ihm Johannes geschenkt, weil es ihm nicht gefällt. Es riecht schon nicht so richtig toll, aber es riecht männlich, was ja natürlich ist bei Rasierwasser, und dieses Männliche kann möglicherweise wirken, er muss alles ausprobieren bei ihr. Man kann nie wissen. Es kann doch nicht sein, dass gar nichts wirkt.

Er hört ganz laut Depeche Mode, und die Töne und der Geruch des Rasierwassers vermischen sich zu einem Klumpen glücklicher Erwartung. Ob man diese Art von Gefühl in einer Installation von Ton und Geruch vermitteln könnte? Aber es müsste eine Verbindung zu dem Schmerz in seiner Brust geben. Ließe sich das mit dem Material darstellen, das er benutzt? Ist es nicht Zeit, endlich davon wegzukommen? Etwas anderes auszuprobieren? Als es klingelt, ist er dabei, auf einem Blatt Papier Entwürfe zu machen, er ist ganz berauscht, er denkt rein in Formen und nicht mehr in Worten, das ist genau der Zustand, den man ausnutzen muss, den man festhalten und überwältigen muss, um es hinzukriegen, aber jetzt klingelt es, und er muss kurz überlegen, wer das sein könnte.

Er rennt über den Hof, weil die Vordertür schon abgeschlossen ist, reißt sie auf und sagt: «Hallo, na!»

Und das muss alles ausdrücken, was in seinem Körper vorgeht.

Sie sagt ebenfalls: «Na.» Was soll sie auch sagen, sie haben sich heute schon gesehen. Und dann gehen sie gemeinsam zu ihrem kleinen, rostigen Auto, Duschbad mit Meeresalgen, und fahren zum Italiener.

Zuerst läuft es gut. Er darf ihr den grünen Anorak abnehmen. Sie riecht nicht nach Parfüm, sondern nach dem Putzmittel, das ist rührend. Das treibt ihm Tränen in die Augen. «Ist was?», fragt sie, und er reißt sich zusammen. Das geht nicht, dass er sich gleich am Anfang schon gehenlässt. «Heulst du?», fragt sie, und das treibt ihm noch mehr Tränen in die Augen. «Hör doch mal auf!», sagt er. Da er kein Taschentuch irgendwo hat, nimmt er eine Serviette aus einem silbernen Serviettenspender und schnäuzt sich. «Ist hübsch hier», sagt er, während er sich umsieht.

«Was?», sagt sie. «Wir sind doch immer hier.»

«Ja und, deswegen kann es doch hübsch sein.»

«Es ist aber nicht hübsch, es ist wie immer, so überhaupt nicht hübsch.»

«Du findest es nicht hübsch?»

«Nein. Ich finde hübsch auch kein Wort für, wie es irgendwo ist.»

«Ich habe das auch nur so gesagt, weil ich es so empfunden habe, gefühlsmäßig.»

«Du bist immer so arschgefühlig.»

«Geht dir das auf die Nerven?»

«Ja.»

Neben ihnen ist ein kleiner Holzzaun vor das Fenster gebaut, hinter dem Pflanzen von einer grünen Lampe beleuchtet werden. Der Kellner bringt die Karte, und Tom bestellt eine Flasche Rotwein.

«Ich bezahle.» Sein letztes Geld. Ist auch schon egal.

«Was macht die Kunst?», fragt Dani.

«Das wird.» (Das wird. So ein Schwachsinn! Das wird so was von überhaupt nicht, was fragt sie denn? Sie weiß es doch.) «Das wird eigentlich nicht, ich komme einfach nicht weiter. Bis jetzt haben sich die Sachen immer entwickelt, aber im Moment funktioniert das nicht. Es geht nicht, ich habe keine Ideen und bin depressiv deshalb, ich trinke und kiffe, und es kommt nichts bei raus. Ich habe es mit Speed versucht, das ging sonst immer, aber mir fällt nichts ein.» (Außer deinen Brüsten und deinem Hintern.)

«Vielleicht musst du mehr von dem Speed und dem ganzen Zeug nehmen?»

«Bist du verrückt?»

«Man mmuss immer aufs Ganze gehen, sonst nützt es nichts.»

«Aufs Ganze gehen? Das sagst du? Wie gehst du denn aufs Ganze?»

«Keine Ahnung, ich beklage mich aber auch nicht.»

«Das ist das Verrückte an dir.»

«Wieso, das ist doch nicht verrückt? Ich hab doch gar nicht solche Probleme, so wie du. Ich zeichne, was mir einfällt, und das gefällt mir eigentlich meistens, ganz cool, ohne Probleme.»

«Aber wovon redest du denn? Von deinen Zeichnungen?»

«Ja.»

«Du meinst deine Filzstiftzeichnungen, die du unter deinem Bett versteckst?»

«Ich verstecke sie nicht unter dem Bbbett, ich bewahre sie auf.»

«Das kannst du doch nicht mit meinen Installationen vergleichen.»

«Wieso nicht?»

«Weil mir das ernst ist damit, ich habe Kunst studiert.»

«Mir ist es auch ernst damit, was denkst du denn? Allen Leuten ist es ernst mit dem, was sie tun, nicht nur dir.»

«Ich weiß, aber mir ist es anders ernst, als es dir und allen Leuten ernst ist.»

«Das sehe ich nicht ein.»

«Weil du verstockt bist und autistisch und störrisch.»

«Das sagst du ausgerechnet.»

«Ich bin das nicht.»

«Du bist das aaaam aaaallermeisten. Tom.»

Er stützt seinen Kopf auf die Hand und sieht ihr in die Augen.

«Was hast du eigentlich vor?», fragt er, «was soll aus dir mal werden?»

Sie lächelt. «Was soll ich denn vorhaben?»

«Du musst doch irgendwelche Pläne haben? Willst du immer nur putzen?»

«Ja.»

Er kratzt mit der Gabel ein Muster in den Tisch, obwohl der Kellner von fern böse guckt, Spießer, alle! «Du zeichnest.»

«Und?»

«Du bist viel zu besonders für eine Putze, Dani.»

«Das ist so arschblöd von dir, so was zu sagen, das kannst du dir … Und du putzt auch, falls du das vergessen hast.»

Das stimmt, das hatte er vergessen.

Die Pizza kommt. Sie essen und trinken Wein und noch mehr Wein und Wein und dann Grappa, Danis Gesicht wird rot, und sie lächelt die ganze Zeit. Er merkt, dass auch er zwanghaft grinst, aber er kann nicht mehr damit aufhören. Er sagt: «Du bist viell zu klugg für eine Putze.»

«Das sachtest du schonn, Blödi», sagt sie.

«Weill's stimmt.»

Dann sieht er ihr in die Augen, durch seine Sonnengläser, in die wunderschönen, großen, hellen Augen, Teiche mit kleinen Entlein und Fröschlein, er würde reinspringen und drin untergehen, auch wenn es gar nicht tief wäre, würde er sich eben hinlegen und langsam ertrinken.

Seine Hand wandert langsam über den Tisch zu ihr hin, und sie lächelt immer noch, während sein Herz kurz vor dem Infarkt steht. Sein Atem geht schnell, er hört, dass er Geräusche von sich gibt, ein leichtes Pfeifen und ein Rasseln. Manchmal. Muss man etwas wagen. Wenn man es nicht wagt, dann wird es nie. Sein ganzes Glück, seine Sehnsucht, der ganze Wahnsinn der verheulten Nächte, liegt wenige Zentimeter vor ihm, vor seiner Hand. Ihre Hand, die abgekauten Nägel, die straffen, kleinen Runzeln ihrer Finger. Nimm das, berühr das, geh endlich dahin!

Aber er schafft es nicht. Er weiß, was passieren kann, wenn er es wagt. Und noch ist alles so schön, die Hoffnung, die Sehnsucht, die Möglichkeiten.

Das Herz rast, aber die Hand liegt still.

Dani macht eine kumpelhafte Kopfbewegung und sagt: «Woll'n wir gehen?» Und nimmt ihre Hand fort. Dass sie Millionen Meilen von seiner entfernt ist und er nie erfahren wird, wie sie reagiert hätte.

Er bezahlt das Essen mit seinem allerletzten Geld und

sieht hilflos mit an, wie sie ihren grünen Anorak ganz allein überstreift, ohne zu warten, bis er ihr hilft.

Draußen ist ein Himmel voll grauer Dunkelheit, und es nieselt. Die Angst kriecht über seinen Rücken, und er sagt ganz schnell, bevor alles vorbei ist: «Ich wollte eigentlich deine Hand nehmen. Ich dachte, es würde gehen. Ich hatte so das Gefühl, als würdest du einverstanden sein. Wir können das schaffen, glaub mir!»

Dani grinst ihn weiter an, nachsichtig, freundschaftlich und schüttelt ihren Mützenkopf mit den fliegenden Blondfusseln darunter, die sich im grauen Nieselregen an der Mütze ankleben, wie Spinnenweben, sodass ihm sein letzter Klumpen Hoffnung runterfällt und der Abend leer und sinnlos ist. Die Leere wächst und wird ein so großer Raum, es gibt plötzlich nichts mehr, gar nichts mehr, auch keine Freundschaft, keine Verantwortung, nur grauenhafte Leere. Er dreht sich um und lässt sie stehen und geht erst langsam, dann schneller, weg von ihr, nur weg von dieser Leere.

Während er sorgfältig seine Installation zersägt, merkt er, dass er gar nicht weint. Das ist komisch, weil er doch normalerweise geheult hätte, das ist doch seine Spezialität, das ständige Heulen.

Er ist bald am Ende seiner Kräfte, denn das Zersägen von Besenstielen und Metallröhren ist eine harte Arbeit. An seinen Händen bilden sich Blasen. Verwundert betrachtet er sie, dann versucht er, die Sachen zu zertreten, aber sie sind sehr solide gearbeitet und nicht so leicht zu zerstören. Trotzdem bemüht er sich. Er tritt so lange, bis sein Knöchel wehtut und er nicht mehr treten kann.

Dann nimmt er sich die halbvolle Flasche Aldi-Schnaps und setzt sich in seinen Sessel. So kann er jetzt ganz gut nachdenken, nur die Gedanken gehen ihre eigenen verworrenen Wege, das ist das Komische. Er denkt an seine Mutter, obwohl das das Letzte ist, was er jetzt gebrauchen kann, aber sie ist da, am Fenster, im Dunst seiner beschlagenen Fensterscheiben. Sie hat langes, braunes, seidenglänzendes Haar. Er hatte immer Sehnsucht nach ihren Haaren. Wenn er im Bett lag, hat er an den Glanz und den Duft gedacht, und wie gern hätte er sein Gesicht darin versenkt, aber das war irgendwie nie drin gewesen.

Als Nächstes fällt ihm ein, wie er den Anwalt gegen den Tisch gestoßen hatte, wie das gutgetan hatte, wie er sich aber trotzdem zurückgehalten hatte. Warum hat er ihn nicht einfach totgeschlagen? Weil man generell erst mal niemanden totschlagen möchte, wenn man normal ist. Aber später, wenn man dann darüber nachdenkt, vielleicht schon. Vielleicht jetzt? Wenn er statt seiner Installationen den Anwalt gehabt hätte und sich an dem hätte austoben können, an so einem weichen Stück Fleisch? Wie hätte dann der wohl danach ausgesehen? Tot vielleicht.

Wie kann sie den gut finden? Wie kann sie so ein Hemd und so einen Anzug und diese alten Haare und den alten Hintern toll finden? Tom nimmt einen großen Schluck aus der Flasche, und das brennt in den Eingeweiden und beruhigt ihn ein wenig.

Draußen regnet es. Tom öffnet das Fenster und beugt sich hinaus in den dichten, kalten Guss. Die Kälte ist wie eine Berührung.

Er sieht sich im Fensterglas und ist plötzlich nüchtern. Knall! Nüchtern!

Ein Mensch, mit Augen, Mund und Nase, was ist das schon? Das ist doch nichts Besonderes. Überhaupt nicht. Und er lacht über das ganze Gesicht. Wie dumm, wie beschränkt das alles ist. Warum der Aufstand? Er nimmt noch einen Schluck und betrachtet sich im Grau der Scheibe ganz gnadenlos genau. Er sieht einen Mann, der alt werden und sterben wird, egal, was passiert, und er wird nicht berühmt werden, er ist nicht besonders begabt. Und dann fällt ihm Dani wieder ein. Sie strengt sich genauso an wie er. Riesig strengt sie sich an, das sieht man doch. Aber was soll sie für Pläne haben? Und wie soll sie ihn lieben können? Ausgerechnet ihn. Den Heuler.

Er schlägt das Fenster zu und macht sich wieder an seine Arbeit mit der Säge und dem Hammer. Das soll ein Einschnitt werden. Zwischen der Unterwäsche liegen noch ein paar Krümel Speed, die macht er sich zurecht, und dann geht es los, alles kaputt, er zieht sich einen Lederhandschuh an, warum hat er nicht gleich daran gedacht.

Doreen steht an der Theke, ein alter Mann steht hinter ihr und knetet ihre Hüfte. Sie zapft ungerührt ein Bier. Als sie Tom sieht, lächelt sie ihm zu. Sie sagt: «Tom?» und freut sich anscheinend, ihn zu sehen.

«Hallo, Doreen», sagt er und umarmt sie flüchtig.

«Bier?»

«Beck's, wenn du hast.»

Doreen grinst ihn mit ihren Katzenaugen an, als wüsste sie ganz genau, was er letzte Nacht getan hat. Er sieht ihre Haare.

«Geht's dir gut?», fragt sie, als sie ihm das Bier hinstellt, «alles in Ordnung?»

Er nimmt einen langen Schluck. «Das Bier muss ich anschreiben lassen.»

Doreen winkt ab: «Ach was, ich geb heut aus.»

Der alte Mann kommt aus der Küche und starrt ihn an. «Das ist Tom», sagt Doreen zu ihm, «Danis Freund Tom.» Der Mann nickt und reicht Tom die Hand. «Jochen», sagt er.

«Tom», sagt Tom. Aber er starrt weiter, der Jochen.

«Gibt's was?», sagt Doreen scharf. Da geht er wieder in die Küche, schüttelt den Kopf. «Hast du Kummer?», fragt Doreen.

Tom nickt mit gesenktem Kopf.

«Wegen Dani?»

Tom nickt.

Doreen bringt ein Tablett nach hinten zum Dart, und Tom sieht ihr nach. Sie hat eine gewisse Ähnlichkeit mit Dani. Sie hat eine gute Figur. Sie hat lange, weiche Haare, die glänzen.

Als sie zurückkommt, bleibt sie dicht vor Tom stehen. «Da kannst du nichts machen, mit Dani.»

Tom nickt.

Doreen geht um die Theke herum. Sie wischt irgendwas und sortiert Geld in die Kasse.

«Weißt du vielleicht was über diesen Anwalt?», fragt Tom.

«Erik», sagt Doreen.

«Wenn er so heißt.»

«Er heißt Erik. Er ist nett, falls du das wissen wolltest.»

Tom verzieht das Gesicht. «Hat sie was mit dem?»

Doreen lächelt ihn an. «Das weißt du doch», sagt sie.

«Eben nicht. Ich meine, sie bumst doch nicht mit dem?»

Doreen lächelt noch mehr. «Geht dich das was an?»

«Nein.»

Sie runzelt die Stirn. «Natürlich nicht. Das weißt du doch auch.»

«Ja», sagt Tom, «aber was macht sie dann mit ihm?»

«Gar nichts», sagt Doreen.

«Gar nichts?»

«Gar nichts.»

«Weißt du das genau?»

«Ziemlich genau. Ich weiß es sogar von ihm», sagt sie.

Tom stutzt. «Von ihm?» Könnte es sein, dass Doreen selbst mit dem Anwalt was hat? Das kann doch wohl nicht sein? Und wie toll, phantastisch toll ist denn dieser Idiot? Was ist denn dran an diesem mickrigen Anwaltmann? Und an Doreen?

Er nimmt einen großen Schluck Bier, bestellt ein zweites – für umsonst, fällt ihm kurz ein – und überlegt, während er Doreen betrachtet, ob es möglich wäre, und er versucht, sich in einen Mann hineinzuversetzen, und er spürt, dass er sich relativ gut hineinversetzen kann, und er sieht Doreens müde Augen und ihr weiches Haar, und ihre Verfügbarkeit ist eine Tasche voller Wärme.

«Was ist?», fragt sie und hat ihn genau im Blick.

Tom sieht zur Tür, in der der Alte verschwunden ist.

Doreen schreibt und schiebt ihm einen Bieruntersetzer zu, darauf ihre Adresse und Telefonnummer. «Ruf mich an, wenn was ist!»

Wenn was ist, denkt er, während er rausgeht, und den Rest des Abends denkt er nur noch, wenn was ist. Es dauert ziemlich lange, ehe sie endlich zu Hause ist, bis nach Mitternacht, und er sagt zu ihr am Telefon: «Es ist was», und sie lacht und sagt: «Komm vorbei.»

Tom setzt sich auf sein Fahrrad und radelt im Regen zu Doreen. Er denkt an ihre langen, glänzenden Haare und daran, dass er an nichts anderes mehr denken will, und er hat ein Gefühl, als wäre er glücklich.

Tom sitzt bei Johannes, in dessen Wintergarten in Poppenbüttel. Er schuldet ihm viel, unter anderem Geld, aber Johannes ist nicht so. Er hat Angestellte, die verkaufen Versicherungen, für eine große Versicherungsgesellschaft, und irgendwie auch für Johannes, der seinen Teil davon abkriegt.

Im Wintergarten sitzen einige der Angestellten von Johannes und trinken Bier und essen Schnittchen von einem Büfett, denn Johannes hat Geburtstag. «Vierundvierzig, das muss man feiern», sagt er, «das ist eine Pflicht, hörst du, wie sich das gut anhört, vierundvierzig, ein sehr gutes Alter für einen Mann, wahrscheinlich bin ich auf dem Höhepunkt als Mann.»

«Ist nur schade, dass du keine Frau hast auf deinem Höhepunkt.»

«Das kannst du laut sagen, aber das wird sich ändern. Glaub mir, ich bin auf dem Weg zu einer Frau.»

«Ah. Wie das denn?», fragt Tom.

«Ich suche im Internet. Da gibt es eine größere Auswahl als im Büro oder auf der Straße.»

«Auf der Straße ist es schlecht, eine Frau kennenzulernen», mischt sich ein Versicherungsvertreter ein.

«Wieso? Ihr lernt doch jede Menge Frauen während eurer Arbeit kennen», meint Tom.

«Während der Arbeit möchte ich das auf gar keinen Fall», sagt Johannes, «das verunsichert die Leute, und sie wollen nichts mehr mit uns zu tun haben. In unserer Branche leidet der Mitarbeiter sowieso unter einem schlechten Ruf. Ich möchte so was nicht hören, dass einer da die Situation von alleinstehenden Frauen ausnutzt und während eines beruflichen Gesprächs anderes in die Wege leitet.»

«Ich leite nichts in die Wege», sagt der angestellte Vertreter.

«Und bei den Verheirateten schon gar nicht.»

«Was denkst du denn?»

«Ich denke gar nichts, ich will das nur mal klarstellen, vor Tom und euch kann man das auch gar nicht oft genug sagen.»

«Ist ja schade», sagt Tom, «dass ihr dann gar nichts davon habt, dass ihr so rumkommt bei den Leuten.»

«Wir haben was davon, wir verdienen Geld», sagt Johannes und klatscht in die Hände und freut sich. Tom trinkt auch Bier und isst die Schnittchen, die ein Partyservice geschnitzt hat. Außerdem gibt es Frikassee, Johannes' Spezialität, das hat er selbst gekocht. Tom isst sich satt, seit langem mal wieder richtiges Essen.

«Du musst endlich raus hier», sagt Johannes, «mal alles hinter dir lassen.» Tom nickt und kaut. «Sonst gehst du noch vor die Hunde», sagt Johannes. «Du wirst ja noch verrückt. Ich hab das nicht vergessen, ich sag nur: Ochsenzoll. Wenn du in diesen Institutionen erst mal drin bist, dann kommst du da gar nicht mehr raus, da wohnt der Wahnsinn drin, glaub mir, diese Verrückten, die stecken dich nur noch an.»

«Die Verrückten stecken mich mit Wahnsinn an?»

«Ja. Wenn du immer nur mit denen zu tun hast, dann empfindest du die doch als normal, und dann passt du dich an, dein Gehirn passt sich an, der Mensch ist so, glaube mir doch, und dann rutschst du immer tiefer rein in diesen Wahnsinn.»

«Aber ich bin ja nicht in Ochsenzoll. Und das war einmalig, wegen mangelnder Ernährung und wegen zu viel Speed.»

«Es war vor allem wegen dieser Frau, Tom, du musst weg von der.»

Tom nickt weiter.

«Du gehst nach Polen», sagt Johannes, und Tom verschluckt sich an seinem Brot. Während er das Brot auf den Teppich hustet und ihm Johannes auf den Rücken klopft, kommt ein blonder junger Mann in weißen Hosen und weißem Hemd und weißen Schuhen zu ihnen her, zieht sich einen Stuhl ran, setzt sich und lächelt. «Das ist Krzysztof», sagt Johannes und lächelt auch. Krzysztofs weiße Klamotten und sein weißblondes Haar und sein Lächeln, alles ist sehr speziell und flößt Tom Respekt ein. «Hey, weißer, strahlend weißer Mann.»

«Schick muss es schon sein, in Polen», flüstert ihm Johannes ins Ohr, «sonst kannst du keine Geschäfte abschließen, du.»

«Das wusste ich nicht.»

Krzysztof ist Pole, er soll Johannes' Büro in Warschau leiten. Krzysztof erzählt Tom von einem Haus in Warschau, in dem er gewohnt hat, als er selbst noch den Plan verfolgte, Künstler zu werden, das war vor dem Plan, Versicherungsvertreter zu werden.

«Ein besetztes Haus. Da kannst du sehr günstig wohnen.»

«Das haben besetzte Häuser so an sich.»

«Nächste Woche fahren wir rüber», sagt Johannes und klopft Tom auf die Schultern und drückt ihn an seinen Bauch und boxt in Toms Nieren.

Tom schüttelt den Kopf, während er wieder hustet und sich die Nieren hält, «Au!», aber seine Widerstandskräfte scheinen völlig aufgebraucht zu sein. Zu viel hat er in den letzten Tagen durchgemacht. Sein Werk selbständig zerstört, seine Beziehung aufgegeben, was hält ihn hier in Hamburg? Hat er nicht selbst erkannt, dass er stagniert? Wäre Weggehen nicht genau das Richtige? Während er mit Krzysztof eine Flasche Wodka leert, lässt er sich von den polnischen Aussichten verführen und fast auch noch von Krzysztof, der seinen Arm freundschaftlich um ihn gelegt hat und seine Brustwarze streichelt, als Tom gerade noch bewusst wird, dass er nicht schwul ist. Oder?

## Dani

Sie schiebt den Wagen den neonhellen Gang entlang. An den Fenstern läuft still der Regen herunter und malt flüchtige, fließende Strukturen an die Scheiben. Der Putzwagen quietscht, und sie stützt sich darauf, wie auf eine Gehhilfe. Damit wandert sie langsam von offener Tür zu offener Tür, aber die Zimmer sind alle gleich und hinter allen Fenstern der Regen.

Sie sieht auf ihre Uhr. Nichts ist wie gewohnt. Martina ist nicht da, Tom ist nicht da. Deshalb trödelt sie so. Sie rollert und humpelt und ist in Gedanken alt und froh dabei. Alt wie eine Krähe, alt wie ein Stein, wie ein Krug und wie eine verschrumpelte, vertrocknete Maus unter dem Schrank, das ist dann schon tot.

Vielleicht ist es besser, dass Tom nun nicht gekommen ist, nachdem er sich so benommen hat, weggerannt ist und sie einfach stehenließ, im Regen. Immer muss er was aufführen, immer muss er rennen oder mit dem Fahrrad durch die Stadt rasen oder Sachen zerschlagen – und vor allem heulen. Aber sie hat da langsam auch keine Lust mehr drauf, auf das scheiß Theater, er muss das endlich einsehen.

Soll er wegbleiben. Soll er wiederkommen, wenn er mit Heulen fertig ist. Vielleicht zerschlägt er wieder seine Sachen oder hungert, bis er umkippt oder verrückt wird, sie will es gar nicht wissen. Es interessiert mich nicht, was du tust, Tommi, es geht mich im Innersten überhaupt nichts an!

Sie hört etwas im Gang, es ist Martina, die aus dem Fahrstuhl kommt.

«Ich hab mich ein bisschen verspätet», sagt sie. «Tut mir leid, Johnny ist krank. Wer hat euch reingelassen?»

«Der Pförtner war noch da», sagt Dani. Was ist mit Martina los? Die ist doch sonst nicht so nett. «Ich finde es nicht so toll von Tom, dass er einfach von heute auf morgen abgehauen ist», sagt Martina. Dani rutscht von ihrer Wischwagen-Gehhilfe ab, knallt fast hin, und der Rollator rollt ein Stück den Gang entlang, bis er vor den Toiletten zum Stehen kommt.

«Er hat schließlich so was wie einen Arbeitsvertrag», sagt Martina, «wie soll ich denn so schnell jemanden kriegen, auf den Verlass ist?»

«Was haha-hahaterdenngesagt?», fragt Dani und reibt sich den Ellenbogen.

«Wieso? Sag nicht, du weißt nichts davon.»

Dani schüttelt den Kopf. «Ich wwweiß nichts davon.»

«Er ist weggegangen, nach Polen.»

«Nach Polen?»

«Nach Polen.»

«Wieso nach Polen?»

«Ist das ein Quiz? Ich schick dir nachher eine Neue, eine Polin, wenn sie unten fertig sind, ich hab sie vom Amt bekommen, was ’n Witz, dass es ’ne Polin ist.»

«Aber was macht denn Tom in Polen?»

«Gott, wie soll ich das denn wissen? Ich weiß es nicht, Dani. Er hat es mir nicht gesagt. Ist doch dein Freund. Er hat gesagt, er kommt nicht mehr, er geht nach Polen. Er hat gesagt, aus Pflichtbewusstsein hätte er mich angerufen, das hat er gesagt. Er ist das Pflichtbewusstsein in Person, dein Tom. Ich kann doch auch nichts dafür, heul nicht!»

Tom ist weggegangen, nach Polen, ohne ihr etwas davon zu sagen, ohne sie anzurufen, er hätte sie anrufen können, er hätte mit ihr darüber reden können, auch wenn sie Streit hatten, aber sie hatten keinen Streit.

Wie er dastand, im Regen, kurz vorm Heulen, sagt ‹… nänänä … deine Hand nehmen› und weiß doch, dass das nicht geht, Mann, immer will er es nicht einsehen. Will er es nicht verstehen. So ist das mit ihr. Sie könnte es vielleicht einfach versucht haben. Es tut ja nicht weh. Sie fasst Türklinken an, Einkaufsbeutel, manchmal versehentlich die Kassiererin bei Edeka, wenn sie das Wechselgeld rausgibt, sie berührt den Fahrstuhlknopf, manchmal Leute in der S-Bahn, wenn es nicht anders geht und sie S-Bahn fährt, sie berührt den Wischmopp, den nassen Lappen,

Holz und Eisen, ihr Kopfkissen, Millionen Sachen werden von ihr angefasst, warum nicht Tom?

Weil ich nicht will, ich bin so, let me in Ruhe.

Das ist sehr schizo, Dani.

Ich weiß. Aber nicht schlimm schizo. Nur ein bisschen, nicht wie gemein sein und Leute hassen. Ich will nur nicht, Mann.

Dann wird sie eben ohne ihn putzen. Auch bevor er hier anfing, hat sie ganz allein geputzt. Sie kann sowieso alles allein, sie braucht niemanden. Das ist dann nun die Chance endlich. Eigentlich ist er peinlich gewesen. Seine Heulerei, seine Klettigkeit, das ging ihr auf die Nerven. Dauernd hat er bei ihr angerufen, ist ihr hinterhergekrochen, hat ihr keinen Raum gelassen, ihr die Luft zum Atmen genommen. Das ist dann jetzt die Chance, jetzt kann sie ihn loswerden und neu anfangen. Früher hat sie auch allein geputzt.

Aber wie öde war das.

«Das war nicht öde», sagt sie laut, «das war einfach und gut.»

«Viel besser!», schreit sie in den leeren Gang und holt ihren Putzwagen zurück.

«Alles gut?», fragt die Polin. Dani starrt sie an. Wie kann man nur so wunderschön aussehen und dann noch so ‹alles gut› sagen, so lieb und nett, so gütig? Sie holt tief Luft und nickt stumm, sie schafft das, sie schluckt den dicken Klumpen runter. Die Polin lächelt und hält ihr die Hand hin: «Aleksandra.»

«Ich gebe nicht die Hand, entschuldige, ich heiße Dani. Es ist nur … Weil, mein Freund ist jetzt nach Polen gegangen. Deshalb haben wwwir jetzt dich, für dich ist es ja gut, dass er weg ist.»

«Was macht er in Polen?»

«Das weiß ich nicht, was soll man da überhaupt machen, in Polen?»

«In Polen ist sehr schön», sagt Aleksandra und stellt den Staubsauger an.

Sie sitzt an ihrem Tisch und zeichnet. Einen dunklen Filzstift in der Hand, malt sie ganz vorsichtig Toms Sonnenbrille aus. Das ist jetzt die vierte Zeichnung von Tom, aber heute fallen ihr eben viele Sachen ein.

Sie zeichnet Tom, wie er ernst und konzentriert den Wischwagen schiebt. Sie zeichnet Tom, wie er ihr winkt, während er ihr entgegenkommt, und ihr trotzdem schon von weitem winkt, weil er sich immer so freut, wenn er sie sieht. Sie zeichnet Tom, wie er isst, er hat einen Teller voll Nudeln und isst wie ein Schwein, er hat immer solchen Hunger. Sie weiß so viel von Tom, davon hat er gar keine Ahnung, wie genau sie ihn kennt. Seine Haut, seine Nase, seine Knochen in den Armen, alles, was er denkt, sie weiß ganz genau, was er denkt. Das ist doch verrückt. Ja. Aber ist so. Meist zeichnet sie mit Filzstiften. Sie mag Filzstifte, besonders, wenn sie schon ein bisschen eingemalt sind und die Spitzen weich.

Tom. Sein Kopf, die paar Haare, Brille, dünne Lippen. Sie fängt nie zweimal an, sie ändert nichts, sie lässt immer alles so, wie sie es gezeichnet hat.

Schon immer hat sie alle, die sie kannte und mit denen sie zu tun hatte, gezeichnet, das war ihre Beschäftigung. Am liebsten sieht sie sich das Bild an, auf dem ihre Mutter ist, sie ist sehr hübsch, und die Landschaft drum herum ist voll mit Rosen und Schwänen, die goldene Sonne strahlt in ihr Gesicht, alles ist wahr, alles ist schön. Sie ist, was sie sein will, ihr Leben ist, was es sein soll. Es ist schön, und sie ist die Königin.

Sie zeichnet eine rote Sonne hinter Tom, der ihr winkt, um sich zu verabschieden. Er ist nach Polen gegangen und kommt bald wieder, hat er gesagt, er hat gesagt, Dani, ich geh nur kurz nach Polen und bin bald wieder hier, hat er doch gesagt! Jah!

Dani fährt in ihrem Auto, und ihr Herz schlägt schneller, wie sie es von früher noch kennt, wenn sie hierherfuhr. Sie hält am Rand des Waldes, wo die Luft ihr feucht entgegenschlägt. Sie folgt dem unsichtbaren Weg und findet einen völlig verwilderten Garten vor. Hey! Riesige Stauden von Blumen, verwelkt und braun und sehr hübsch dabei, vermodertes Gras, lang gewachsen, zur Seite gesackt und zu einem triefenden Teppich vermatscht, von den Beeten sind kaum noch die Umrisse zu sehen. Vögel rennen durch das Gartendickicht auf der Suche nach Essen, gibt ja massenhaft Würmer, der Baumstumpf ist zugewachsen, von nassem Moos bedeckt, auf dem glänzende Käfer hektisch herumrennen und zu tun haben. Unmöglich, sich da raufzusetzen. Sie bahnt sich einen Weg durch das Gestrüpp. Schiebt Äste beiseite, bückt sich, richtet sich auf, als das große Fenster plötzlich frei vor ihr liegt. Zum Glück niemand da. Vorsichtig schleicht sie wieder zurück hinter einen dicken Busch von Schilfgras, wo dunkle Granitsteine aufgestapelt sind. Hier hockt sie sich hin. Sie hört sich selbst in der Stille keuchen, sie hört Vögel neben sich rascheln, aber sie sieht niemanden. Als sie sich beruhigt hat, versucht sie, zwischen dem Schilfgras etwas zu erkennen.

Mit der Hand schiebt sie es auseinander, bis sie das Fenster teilweise im Blick hat. Nun muss sie warten. Warten, warten und denken. Sie hebt ihre Hände vors Gesicht. Von ihren Händen geht eine echt wahnsinnige Strahlung aus. Sie streckt die Hände in den Garten und bestrahlt alles, sie ist die Zauberin, die Königin, top of the pop. Es erscheint der Vogel, den sie schon einmal kennengelernt hat, der mit dem Gesicht. «Hello, Vogel.» Er sieht sie an, er legt den Kopf schief, tritt einen Schritt näher, dreht den Kopf auf die andere Seite und sagt etwas. «Schnipschnipelsichlaciajn ...» Es ist was, das auf der Hand liegt, ja? Sie ist sehr kurz davor, es zu verstehen, sehr, sehr kurz davor. Der Vogel lacht böse, er ist so ein hinterfotziges Vieh. Er macht das mit Absicht, er will sie richtig drankriegen. Oder? Vielleicht ist er enttäuscht von ihr, sind ja immer alle, sogar sie selbst meistens.

Als sie die Hand wieder zwischen das Schilfgras schiebt, sieht sie ein sanftes Licht im Fenster. Er ist da. Erik ist da, endlich! Du kannst mich mal, kleiner Vogel. Er hat das Licht angemacht. Sie holt ihr Fernglas aus der Tasche und schiebt es durch das Schilfgras. Falsche Entfernung eingestellt. Sie hockt näher dran als sonst. Sie stellt scharf, und das Erste, was sie sieht, ist seine Hand auf einer anderen Hand.

Es ist Doreens Hand, die in seiner liegt und die nun ein Glas nimmt und trinkt. Sie trinkt mit großen Schlucken, dann küsst sie Erik auf den Mund, der seine Hand auf Doreens großen Busen legt. Das Licht ist schwach und sanft und beleuchtet das Theater. Doreen fummelt an Eriks Hosenstall rum, Erik an Doreens Bluse, beide fummeln sich irgendwie die Kleider vom Körper, bis sie blass und nackt sind. Dani will nicht hinsehen, aber sie muss doch, sie muss, weil eine Stimme in ihr sagt, sie soll es wissen und nicht wegsehen, das ist die Aufgabe. Doreen packt Eriks Penis und reibt ihn, und sie küssen sich, und dann nimmt sie den Penis in den Mund, Dani verzieht das Gesicht, davon hat Doreen nichts erzählt, sie nimmt ihn für eine Weile in den Mund, rein und raus, und dann hockt sie sich auf Erik, sie sitzt auf ihm drauf, und sitzend bewegen sie sich, hoch und runter, grob, sie stoßen sich am Tisch, sie rappeln, und es ist wie bei Tieren. Wie bei Tieren ist es. Dani ist an das Fernglas geklebt, es ist so wie bei Tieren. Wie bei ganz kleinen Tieren, die nichts dafür können. Auf dem Sofa, unter dünnem Licht. Doreen, Mann. Echt.

Das, was die dort machen, nie, nie wird sie so etwas machen, selbst wenn sie wieder zur Therapie gehen würde und mit Delphinen und Hunden üben, so was wird niemals gehen, das weiß sie sehr genau, das steht fest wie all die Bäume hier, das ist ihr nicht zugedacht.

Sie sieht, wie Erik sich aufbäumt, er sieht dumm aus und gewalttätig, sie sieht, wie er hinterher Doreens Kopf streichelt. Sehr lieb und sehr lange streichelt er Doreens Kopf.

Sie läuft zu ihrem Auto, durch das Gestrüpp, sie schließt die Tür auf, sie lässt den Motor an und fährt los, den Weg zurück, die Straßen zurück, sie ist schuldig.

Männer in Feuerwehruniformen rennen um das Leben von jemandem, eine Sirene brüllt immer noch, im Radio singt Robbie Williams. Sie fährt durch die Straßen, fährt und fährt, jede Menge Leute in dicken Jacken mit Kötern und Taschen und Zeitungen, befreundete Leute, die sich unterhalten. Am Himmel über der Stadt schwebt ein riesiges Wolkenfragezeichen. Kids rennen in Gruppen rum, wenn sie so leben könnte wie die – gemeinsam fernsehen, PlayStation spielen, sich mit Chips und Cola vollstopfen –, wie wäre das, hey? Das wäre doch sehr toll im Vergleich zu nichts. Der Parkplatz vor ihrem Haus fällt ihr ein. Sie fährt nach Hause und parkt. Der Parkplatz ist grau, ihr Haus ist grau. Kein einziger Blumenkasten. Ein Satellitenschüsselpark auf dem Dach, Moos auf dem Baumstumpf und Käfer eilig unterwegs im Fernsehprogramm.

Sie steigt in den Fahrstuhl und fährt in ihre Wohnung. Sie legt sich auf das Bett. Sie denkt nach, kommt aber nicht dahinter, warum alles so ist. Sie hört eine Frau schimpfen. Sie hört ein Kind weinen. Sie hört ein Lied aus einem Radio. Alles ist fremd.

Doreen sagt zu ihr: «Könntest du dich um meine Mutter kümmern? Nicht umsonst, für Geld.»

Dani sieht Doreen an, sieht ihre Brüste unter der tiefausgeschnittenen roten Bluse. Doreens Aussehen ist manchmal ein bisschen verkommen gewesen, jetzt sieht sie eigentlich aus wie immer, aber plötzlich auf einmal auch fast schön. «Was soll ich denn machen?»

«Nichts, nur aufpassen, dass sie nichts macht.»

«Wie, nichts macht?»

«Weißt du doch. Fernseher aus dem Fenster werfen, zum Beispiel.»

«Nee, Doreen, echt, ich kann mich nicht um Leute kümmern, das kannst du dir doch denken, oder?»

«Ohne Geld sollst du das auf gar keinen Fall machen, ganz klar, das ist eine besondere Spezialaufgabe.»

«Für Geld aber auch nicht, Doreen, immerhin ist sie meine Verwandtschaft, ich kann nicht für Geld für meine

Verwandtschaft was machen, das ist scheiße, wenn man so ist.»

«Das hätte ich fast vergessen, dass sie deine Tante ist, Tante Margarete, die nie was für dich übrighatte, weder Geld noch gute Worte.»

«Ach, drauf geschissen, du musst sie in ein Rentnerheim bringen.»

«Das kann ich doch nicht bezahlen.»

«Jemand wird schon bezahlen, Doreen, die Stadt oder wer, irgendwie geht so was doch, wenn man es versucht. Andere sind doch auch im Rentnerheim.»

«Ich kümmere mich drum», sagt Doreen und sagt nochmal leise, «ich kümmere mich drum, wirklich. Könntest du vielleicht aber heute …»

Dani nickt.

An den Fenstern sind Kindersicherungen angebracht. Die Schlüssel hat Doreen ihr gegeben, und das Erste, was sie macht, ist Durchzug, denn es müffelt. Die Tante sitzt im Sessel und lächelt freundlich. Ihre Haare sind wie trockenes Moos und zittern im Durchzug.

«Könntest du mir eine trockene Scheibe Brot abschneiden, ich hungere», sagt die Tante.

«Ist nicht jede Menge Essen im Kühlschrank?»

«Vielleicht in deiner Phantasie.»

«Was redest du denn? Doreen kauft doch sehr gut für dich ein.»

«Sie nimmt keinerlei Rücksicht auf meinen Geschmack.»

«Nicht? Das ist nicht nett von ihr. Was möchtest du denn essen, Tante?»

«Ich hätte gerne ein Wurstbrot, Cervelatwurst bitte und bitte die Ränder vom Brot abschneiden.» Dani geht in die Küche, um das Brot zu schmieren, aber sie findet kein einziges Messer in der Schublade. Sie ruft Doreen in der Kneipe an. «Ach, das hab ich ganz vergessen», sagt Doreen, «die Messer sind im Safe.»

«Im Safe?»

«Der Safe steht oben auf dem Küchenschrank. Der Schlüssel liegt hinter dem Brotkasten.» Dani findet den Schlüssel und steigt auf einen Stuhl, um das Messer aus dem abschließbaren kleinen Safe oben vom Schrank zu holen. Sie schmiert zwei Brote mit Cervelatwurst und legt sie auf einen Teller, dazu einen Joghurt aus dem Kühlschrank und ein Stück Gurke.

Die Tante sagt: «Wie nett du das geschmiert hast, das würde ich mir von Doreen auch wünschen. Hast du ein Messer gefunden? Ich weiß nämlich gar nicht, wo die sind.» Sie beißt von dem Wurstbrot ab, kaut umständlich und sagt dann leise zu Dani: «Das war Doreen. Die nimmt mir alles weg, was Wert hat.»

«Meinst du, deine Messer haben Wert?»

«Das ist echtes Silber.»

«Sie nimmt sie dir nicht weg, Mann, sie macht nur alles zu deinem Besten, Doreen sorgt sich um dich.»

«Das glaub man.»

Nach dem Essen spült Dani das Geschirr und verschließt das Messer wieder im Safe. Dann spielt sie mit der Tante Rommé. Die Tante spielt gut Rommé, Dani gibt sich Mühe, aber die Tante gewinnt. Sie klopft die Karten auf den Tisch und lacht. «Das hast du nicht gedacht, was?»

«Hab ich nicht.»

«Ihr denkt wohl, die Alte ist nicht mehr ganz beisammen?»

«Das denkt doch keiner.»

«Doreen denkt das. Kauft mir Joghurt von Aldi und denkt, ich merke das nicht. Ich sage ihr, Bauer-Joghurt will ich.»

Sie blüht fast ein bisschen auf. Ihre Wangen röten sich, ganz offensichtlich geht es ihr super. Dani ist zufrieden mit ihrer Rentnerbetreuung. Sie reden ein bisschen über das Leben, wie es so geht und wie es war und kommen wird. Dann sagt die Tante: «Aus dir hätte was Gutes werden können.»

Hätte. Werden. Können.

Dani schluckt. «Wie mmmmeinst du das?»

«Du warst so ein hübsches, kleines Mädchen», sagt die Tante, «aber man weiß nie, wie der liebe Gott sich entscheidet.»

«Wie mmmmeinst du das?», fragt Dani.

«Das konnte die arme Ruth ja auch nicht wissen, dass das alles so kommt. Und noch ein Kind … Und wie du sprichst, so stotterig.»

«Wwwwas denn kommt, wwas denn, wiemeinstdudasdenn?»

Die Tante sieht sie an, ihr Haar zittert, und sie grinst. «Na, wie du bist, du bist eine Fremde für uns. Ich hab immer gesagt: ‹Die ist noch nicht ganz da, die Lütte, die ist noch halb im Jenseits, von wo sie gekommen ist.› Deine Mutter konnte damit auch gar nicht. Sie hat gesagt: ‹Die ist nicht von uns. Die haben sie mir ins Nest gelegt.›»

«Lass mich mit meiner verfffickten Mutter in Ruhe», sagt Dani.

«Rede nicht schlecht über sie, es ist deine Mutter», sagt die Tante.

«Das glaub ich nicht, das ist sie nicht, sie ist gar nichts für mich.»

«Gott steh dir bei!»

«Und das glaub ich auch nicht», sagt Dani, «Gott ist tot, ich geh aufs Klo.»

Als Dani vom Klo kommt, steht die Tante mit dem Brotmesser in der Hand vor ihr und wedelt damit herum. «Ich hab aufgepasst», sagt sie und kichert.

«Lllleg das Messer weg», sagt Dani, aber die Tante schwingt das Messer fröhlich hin und her und kommt auf sie zu. «Ihr habt gedacht, ihr könnt mich hintergehen.»

«Leg das Mmmesser weg», sagt Dani. Etwas Besseres fällt ihr nicht ein als ‹Leg das Messer weg›.

«Das könnte euch so passen», sagt die Tante. «Ich sage Bauer-Joghurt und bekomme Aldi-Joghurt und mir die Messer wegnehmen und denken, ich merke es nicht, als wäre ich vollkommen dämlich, das habt ihr wohl gedacht, was?»

Da muss einem was einfallen, zur Rettung, und Dani fällt plötzlich was ein, lieber Gott, danke, auch wenn du tot bist. Sie sagt: «Tante, wwwenn du das Messer nicht sofort hergibst, dann sage ich das Doreen, und dann bekommst du keine neue Glotze, never. Das schwöre ich dir.»

Die Tante guckt nicht mehr so flackerig, sie kommt runter vom hohen Ross, und sie lässt das Messer fallen.

«Gott steh dir bei», murmelt sie und schlurft zu ihrem Sessel. Dani hebt das Messer auf und überlegt sich ein neues Versteck für den Schlüssel. Schließlich gibt sie es auf und beschließt, den Schlüssel mitzunehmen. «Gott steh *dir* bei, Tantemargarete, das wär nämlich der Einzige, den es noch gibt, der dir beisteht, weil du es dir hier nämlich versaut hast. Ich denke, wir spielen cool zusammen Rommé, und das Brot war auch nach deinem Wunsch, und dann machst du mich mit dem Messer an. Wenn du das willst, dann kannst du ganz allein hier verschimmeln in deiner Muffbude.»

«Jaja», murmelt die Tante, «immer macht man es verkehrt, wie man es auch macht.» Dani gibt auf. Sie fährt nach Hause. Sie wählt Doreens Nummer und spricht ihr auf den Anrufbeantworter: «Du kannst sie keine Minute allein lassen, Doreen, bring sie zum Doktor, lass ihr Pillen verschreiben, bring sie in ein Rentnerheim, das ist kein Spaß mehr, Doreen.»

## Erik

Doreen sammelt ihre Sachen vom Fußboden auf. Erik fragt: «Musst du immer so schnell weg?»

«Ich muss zu meiner Mutter, Danis Schicht fängt an, und ich muss jetzt übernehmen.»

«Was ist das denn mit deiner Mutter?», fragt er und betrachtet ihren Hintern.

«Ach», Doreen schüttelt ihre Hand, «nichts, sie ist alt.»

Er tätschelt ihren Hintern, ihren weißen, marmornen, kühlen Hintern, und sie lacht geschmeichelt.

«Lass», sagt sie, «ich hab keine Zeit mehr.»

Er glaubt, dass er eigentlich nochmal könnte, erst recht, wenn sie keine Zeit hat, das ist so die Logik, wenn sie keine Zeit hat, dann erst recht. Sie kann es ihm nicht abschlagen. Das kriegt sie nicht fertig. Er fühlt sich super. Weil er es in der Hand hat. Wo er doch sonst nichts in der Hand hat. Das Ganze nochmal von vorn, schnell und zielstrebig, anstrengend, befriedigend.

Hinterher springt sie gleich auf, zieht ihren BH an, sie streift die dünnen, roten Träger über ihre Schultern, die Tür geht auf, und Julian steht im Zimmer. Er starrt auf Doreens BH-Busen, auf das braune Dreieck ihrer Schambehaarung, der Slip liegt noch irgendwo, Erik sucht mit den Augen den verdammten Slip. Julians schiefe Beine stecken in engen Jeans, riesige weiße Turnschuhe, auf seinem Pullover steht in gestickten Buchstaben *yeah*. Erik starrt auf die gestickten Buchstaben und kann nichts anderes denken als «yeah».

«Yeah, yeah, yeah», sagt er.

Julians Lippen schieben sich zu wulstigen Fleischwürsten zusammen, wie früher, als er ein wütender kleiner Junge war. Er ist immer noch ein wütender kleiner Junge, er hört nicht auf damit, es zu sein. Und die Augen werden ganz schmal, bis sie nur noch Schlitze sind.

Erik sieht an sich runter, er ist nackt, er ist erstarrt, sein Penis tropft, er ist in ein Zeitloch gefallen, nur Doreen macht ungerührt weiter, mit ihrem Slip, den sie gefunden hat, und ihrer Strumpfhose, warum auch nicht. Erik sieht seinem Sohn angestrengt ins Gesicht und sagt schließlich: «Julian.»

Mehr fällt ihm einfach nicht ein.

Julian gibt ein Geräusch von sich, ein Zischen, das Ausdruck für vieles sein könnte. Erik hat da so einige Ideen, aber es fällt ihm nichts, aber auch gar nichts, als Erwiderung, Rechtfertigung, Entschuldigung ein. Julian knallt die Tür zu und rennt polternd hoch in sein Zimmer.

Später, als Doreen schon weg ist, hört Erik ihn leise heulen, traut sich jedoch nicht, zu ihm hochzugehen. Er glaubt, er könnte Verständnis erwarten. Julian ist ein Mann, oder was? Er könnte zu ihm halten. Stattdessen beklaut er ihn und macht so ein kindisches Theater.

Nein, der kommt wirklich nicht nach Erik. Als Erik in dem Alter war … jedenfalls wäre er nicht geschockt gewesen, weil sein Vater Sex hat. Es geht doch nur um Sex und nicht um Perversionen, froh soll er sein, dass Erik Sex hat, ein potenter, sehr gesunder Vater, das ist doch was, oder? Aber Julian ist ganz anders, fremd und weich, wer ist das denn überhaupt, sein Sohn? Erik sitzt am Küchentisch, den Kopf in die Hände gestützt. Er hört das Ticken der Küchenuhr, für alle Ewigkeit wird er hier hocken, gefangen in der Uhr und dem Heulen seines Sohnes, seines winzig kleinen Babysohnes. Bösartig und schwach. Erik reibt sich die Augen. Und es ist gerade so nett gewesen.

Die Kanzlei muss renommiert sein. Eine kleine Seitenstraße in der Nähe des Berliner Tors. Auf der anderen Straßenseite lungern vor einem Edeka Penner herum. Unter dem weißen Plastikschild, auf dem «Widerberg und Widerberg, Rechtsanwälte und Steuerberater» steht, die Klingel. Es summt, und er stemmt sich gegen die Tür. Im Treppenhaus stehen Kartons und Blumentöpfe.

«Wir sind gerade beim Umziehen», sagt ihm die Sekretärin in orangefarbenem Strickkleid und 4711. 4711. Die

Mutter seiner Mutter trug 4711. Im Schlafzimmer vor dem dreiteiligen Spiegel und im ganzen Haus und vor allem an Oma Minnas Busen.

«Ziehen Sie weg?», fragt Erik.

«Nein, wir sind von oben nach unten gezogen», sagt sie. «Ist besser für die Mandanten.» Erik setzt sich in einen grünen Plüschsessel mit enorm weicher Federung. Grüner Plüschsessel im Vorzimmer einer Kanzlei, das hatte er noch nicht bisher. Ihm ist ein bisschen schlecht von dem 4711 und dem Sauerstoffmangel in diesem Zimmer. Die Sekretärin in ihrem Strickkleid steigt auf eine kippelige Leiter. «Können Sie mir mal die Gardinen reichen?»

Er sieht sich um und entdeckt auf einem Regal eine Gardine. Er reicht sie ihr hoch, und das 4711 macht ihn fast ohnmächtig. «Sollten Sie die nicht vielleicht mal waschen?»

«Die sind gewaschen», sagt sie empört und schenkt ihm einen Blick von da oben, der einen Abdruck in seinem Gesicht hinterlässt.

Sie zeigt zu einer mit hellbraunem Kunstleder bespannten Tür. «Das ist der Nikotin», sagt sie.

«Das Nikotin», sagt er.

«Na, Sie sind wohl ein ganz Schlauer», sagt sie. «Das hat der Chef besonders gern, solche Leute.»

Ihm vergeht ein bisschen die Lust auf den Chef.

Es öffnet sich die Tür, und zwei Männer treten ins Vorzimmer.

Ein junger Mann im marineblauen Anzug verabschiedet sich von einem dicken, alten Mann mit Kugelschreiber in der Brusttasche.

«Sie hören von mir», sagt der dicke, alte Mann. «Oder

auch nicht», ergänzt er, kaum dass der Mann die Tür hinter sich zugezogen hat. Dann schwingt er sich mit ungeahntem Elan zu Erik herum.

«Bewerbung», sagt Rechtsanwalt Widerberg grimmig.

Erik nickt stumm.

Die Sekretärin reicht dem Chef die Unterlagen, die Erik vor zwei Wochen hergeschickt hat. «Die Gardinen könnten auch mal gewaschen werden», sagt der Chef mit einem Blick zum Fenster.

«Sind gewaschen», sagt die Sekretärin.

«Sehen nicht so aus», sagt er.

«Wir könnten neue kaufen», sagt die Sekretärin.

«Das fehlte noch.» Der Alte schiebt Erik in sein Büro.

«Können Sie mit alten Leuten?», fragt er, wirft sich in seinen Ledersessel und schlägt die Beine übereinander.

«Wie bitte?»

«Ob Sie gut mit alten Leuten können?»

Erik denkt an Frau Meske mit ihrem Wackelhals und dem Griechen und ihrem Geruch. Er sagt: «Ich kann mit allen Mandanten umgehen.»

«Ja?», sagt der Alte und kneift die Augen hinterhältig grinsend zusammen. «Rausgeflogen?»

Erik seufzt. Hat er irgendetwas zu verlieren? Hier? Er nickt ergeben und stumm.

«Warum?», fragt der Alte scharf.

Erik erzählt ihm die Sache mit der Scheidung und wie es dazu kam, auch, dass er einen Termin versäumt hat.

Chef nickt. «Gut», sagt er, «passt doch, wir haben hier vor allem alte Mandanten, die schon immer zu uns kommen. Steuer macht mein Sohn, und alle Kinkerlitzchen, die so anfallen, machen Sie. Erst mal Probezeit, dann sehen wir weiter. Ich ziehe mich demnächst zurück, wenn ich jemanden gefunden habe.»

Er zündet sich die nächste Zigarette an und stößt energisch den Rauch aus. Im Zimmer steht der Rauch, im Grunde riecht es nach alten Leuten, nach Frau Meske, mit Rauch vermischt.

Erik fragt sich, was an ihm hierzu passen soll. Es läuft auf nichts Rühmliches hinaus. Aber der Alte scheint überzeugt zu sein. Als er ihm dann die Höhe seines Gehalts mitteilt, ist Erik schockiert.

Der Alte sieht es ihm an und fragt: «Was? Zu wenig?»

Erik nickt.

«Mehr gibt das hier nicht her», sagt er. «Überlegen Sie es sich. Jetzt», sagt er, «ich hab keine Zeit. Junge.»

Erik starrt den vollen Aschenbecher an. Er hat schon etliche Bewerbungen hinter sich. Er denkt, kündigen kann er immer noch, er denkt, er hat kein Geld mehr, er denkt an die Rechnungen, die sich stapeln, er denkt, wird schon gehen. Er sagt: «Gut, für fünfhundert Euro mehr.»

«Dreihundert», sagt der Alte und reicht ihm die Hand. «Hier darf geraucht werden.»

Im Vorraum erschlägt ihn 4711, Junge, Junge.

Auf dem Küchentisch findet Erik einen Zettel: «Ich bin zu Mama gezogen, viel Spaß beim Ficken, Julian!»

Er zieht sich einen alten Pullover und grüne Handschuhe mit Wildledereinsätzen an. Aus der Garage holt er die Hacke und den rostigen Eimer, die Harke und die Heckenschere. Er legt alles auf eine Gehwegplatte, die auch schon von Unkraut überwuchert ist, und sieht sich, die Hände in die

Seiten gestemmt, um. Eine regennasse Rosenblüte streift sein Gesicht. Es ist, als hätte ihm jemand einen feuchten Kuss gegeben. Eine Gänsehaut kriecht über seinen Rücken. Die Rosenblüte starrt ihn an, er geht ein Stück zur Seite. Die kann ja fürs Erste noch bleiben, ist ja noch ein bisschen schön, die Blüte, wenn auch die Rosen viel zu lang ausgeschlagen sind. Eine Ameisenstraße führt durch seinen Garten. Tausende, Millionen von Ameisen laufen durch seinen Garten und, er kniet sich hin, tragen winzige Teile hinaus. Alle auf demselben Weg in den Wald hinaus. Haben alle viel zu tun. Dicht daneben sind tiefe Löcher – von was für Tieren? Ratten doch nicht etwa? In den Löchern hat sich Wasser gesammelt, und auf dem Wasser landen und starten Insekten. Erik hackt in die Erde, wahllos, um zu sehen, wie das geht mit dem Unkraut und dem Gartengerät, bis an der Hacke ein gespaltener Regenwurm klebt, der sich im Todeskrampf windet. Ein Vogel lacht böse. «Knäck, knäck, knäck!» Schockiert starrt er auf den durchgehackten Regenwurm. Das hat er nicht gewollt. Plötzlich kommt ihm das alles völlig verrückt vor. Sein Garten – ein Tieruniversum. Ganze Staaten von Tieren, die alle ihrer geordneten Arbeit nachgehen und Kinder aufziehen und sterben und wiedergeboren werden und so fort. Er sieht sich um, das leere Fenster zu seinem Wohnzimmer, sein verlassenes, einsames Haus, er starrt auf die Hacke mit dem gestorbenen Regenwurm. Er sammelt seine Gartengeräte zusammen und bringt sie wieder in die Garage. Im Frühjahr ist auch noch Zeit dafür. Jetzt im Herbst ist es egal, verrottet ja eh alles, sagt er sich. Und setzt sich ins Wohnzimmer, um auf seinen Garten zu schauen.

Im Wohnzimmerschrank findet Erik eine Flasche Martini. Er schraubt sie auf, riecht daran, verzieht das Gesicht und betrinkt sich dann. Gezieltes, absichtsvolles Betrinken, das ist ein Weg.

Als er auf dem Sofa sitzt und willenlos lächelnd seinen Garten betrachtet, da fühlt er sich das erste Mal seit langer Zeit wohl. Im Grunde ist ja alles ganz einfach. Er wird seiner Arbeit in der Kanzlei nachgehen, die Kinder werden irgendwann in ihre Kinderzimmer zurückkehren, seine Frau wird endlich Pferde züchten, was sie ja immer schon wollte, und er wird viel Sex haben, er wird richtig satt werden von dem ganzen Sex. Sein Leben könnte diese freundliche Einfachheit bekommen. Mehr will er doch gar nicht, nur die freundliche Einfachheit. Und Sex.

Er sieht in den Garten, Herrgott, den Garten wird er auch in den Griff kriegen, wo sich im Herbstwind die Büsche wiegen, als würden sie über ihn lachen. Die langstieligen Rosen schütteln ihre pinkbraunen Köpfchen, und aus der Tiefe des modrigen Rasens brüllt es, tausend Ungeheuer halten sich da versteckt und warten nur darauf, ihn zu kriegen, ihn dranzukriegen.

Er weiß, er muss etwas tun, er springt auf, hetzt durch die Wohnung, er sucht ein Buch, irgendwo war so ein Buch. Im Regal im Flur findet er es. Es ist ein Buch über die richtige Pflege eines Gartens. Er setzt sich damit ins Wohnzimmer, schlägt es auf, hält sich daran fest. Er betrachtet Fotos, die perfekte Gärten zeigen, mit Springbrunnen und mit dicken Steinputten, mit farblich zueinanderpassenden Blumen- und Kräuterbeeten, mit schattigen Plätzchen und Sitzecken in der Sonne, mit kleinen, gepflasterten Wegen und einer rührend altmodischen Gießkanne. Eine Aura der Sicherheit liegt über diesen verträumten Gärten.

Auf den folgenden Seiten sind die für den jeweiligen Monat vorgeschriebenen Arbeiten aufgelistet. Bisher hatte er immer gedacht, dass alles mehr oder weniger von allein wächst, dass man vielleicht ab und an ein bisschen Ordnung schaffen muss, wie in einem Zimmer. Aber das erweist sich als Trugschluss. Einem Garten darf man keine Chance geben, sich frei zu entfalten. Man muss ihn hacken und beschneiden – und alles zur rechten Zeit –, nicht zu spät und nicht zu früh. Außerdem gibt es Unmengen von Schädlingen, die in null Komma nichts die ganze Pracht verwüsten können. Einige von den abgebildeten Tieren hat Erik im Garten schon gesehen, glaubt er, kommt ihm so vor. Die sind da jetzt also munter am Werk. Während er noch darüber nachdenkt, muss er lachen. Die sind munter am Werk. Prost! Und er hat nichts dagegen getan. Er hatte sogar noch Mitleid mit denen. Er lacht über sich, bis ihm die Tränen kommen. Dann wirft er das Buch auf den Boden. In Wirklichkeit hat er kaum etwas im Griff. Er hat in einer weniger als mittelmäßigen Kanzlei einen unterbezahlten Job angenommen, wo er verwirrte, alte Leute betreuen wird, er hasst alte Leute. Seine Kinder sind ihm entglitten, seine Frau hat ihn verlassen, und er schläft mit einer Frau, die die Cousine der Frau ist, in die er eigentlich verliebt ist. So ist das. Aber jetzt, wo er sich das alles eingesteht, macht es ihm nicht mehr viel aus. Mag sein, dass er traurig ist, aber er merkt, dass er langsam die Fähigkeit zurückgewinnt, sie alle zu lieben. Vollkommen betrunken, wie er ist, liebt er sie alle.

Lieber verkommender Garten und ihr ganzen Unkräuter und Schädlinge! Prost!

Auf dem Weg zu Doreen ist er aufgeregt und voller Vorfreude. Die Treffen mit Doreen sind toll. Darauf kann er sich verlassen, auf die Qualität ihrer gemeinsamen Aktivitäten. Er überlegt sich, ob diese Qualität etwas mit ihnen beiden zu tun hat oder ob es nur an Doreen liegt, ob sie vielleicht mit jedem so gut kann wie mit ihm. Das wäre für ihn eigentlich nicht so gut. Aber welche Ansprüche kann er schon stellen? Er liebt sie ja nicht. Trotzdem hat er ein sehr liebevolles Gefühl in seiner Brust, wie soll man das einordnen? Vielleicht ist es etwas sehr Ähnliches wie Liebe, möglicherweise aber einfach nur Geilheit? Was bist du für ein willenloses Tier, Erik! Als Doreen ihm die Tür öffnet, sieht sie leicht genervt aus. Hektische Flecken in ihrem Gesicht.

«Fleckchen, was ist los mit dir?» Erik küsst sie auf die Wange und betatscht die Flecken in ihrem Gesicht. «Make-up ist alle», sagt Doreen und zieht ihn gleich durch ins Schlafzimmer. Hier ist alles sehr nett zurechtgemacht. Das Bett ist aufgeschüttelt, weiße Bettwäsche, keine Kamele und Karawanen oder Rosen oder so ein Scheiß, nur weiße Bettwäsche und dazu dunkelroter Wein, zwei Gläser, Kerzen, Musik aus dem Miniradio, ein Fläschchen duftenden Öls, dieses Öl ist so gut auf ihm und auf ihr! Dieses ganze Zimmer ist so gut, es ist eine phantastische Versteckhöhle.

Sie wollte, dass er sich auf Aids testen lässt. Er hat zu ihr gesagt, dass er die letzten zwanzig Jahre nur mit Karin geschlafen hat. «Und», meinte Doreen, «hat Karin sich auf Aids testen lassen?»

«Das brauchte sie doch nicht, sie hat zwanzig Jahre nur mit mir geschlafen.»

«Wirklich? Der Test ist Pflicht, so lange nur mit Kondom.»

Zum ersten Mal in seinem ganzen Leben bestand plötzlich die Notwendigkeit. Er ist zum Arzt gegangen und hat gesagt: «Ich möchte gern einen Test auf Aids machen», und der Arzt hat ihn sehr verständnisvoll angesehen und nichts dazu gesagt.

Er hat gesagt: «Ich bin nicht homosexuell.»

Der Arzt hat erwidert: «Und wenn.»

Jedenfalls hatte er kein Aids, und Doreen hatte auch kein Aids, und sie konnten nun schön nackig ficken ohne Kondom.

Nach dem ersten Ritt liegen sie beide herum und unterhalten sich. Erik ist froh, dass er jemanden hat, dem er von seinem Alltag im Büro erzählen kann, er hätte nicht gedacht, dass das mal wichtig sein würde, jemanden zu haben, der ihm zuhört, auch wenn es vielleicht langweilig ist. Er erzählt von den alten Leuten, die mit ihren dummen Problemen zu ihm kommen und die seiner Meinung nach die jungen Mandanten vertreiben, wenn sie mit ihren Kunstledertaschen, ihren Seidentüchern und ihrem Alte-Leute-Geruch im Vorzimmer sitzen und Gespräche über Krampfadern und Gallenblasen führen. Das Vorzimmer unterscheidet sich kaum von dem eines Arztes. Mal abgesehen von dem Plüschsessel vielleicht. Auf dem Tisch liegen Lesezirkelzeitschriften!

Und Frau Jäger, die Vorzimmerdame, hasst ihn, er kann es spüren, wie sie ihn hasst. Sie trägt unglaubliche Kleidungsstücke, aus anderen Jahrhunderten, oder wo hat sie die her? Doreen hört aufmerksam zu, lacht manchmal und macht ein paar Kommentare, die ihm zeigen, dass sie sich mit den Dingen auseinandersetzt. Dabei könnte sie sich das einfach nur anhören, aber sie steigt richtig drauf ein. So ist sie. Im Grunde sehr toll irgendwie.

Als er fertig ist, nimmt er einen Schluck von dem Wein und legt sich bäuchlings auf das Bett. Ihre weiche Hand streicht von hinten zwischen seine Beine. Er kann schon wieder. Es ist erstaunlich, wie oft er bei ihr kann. Einmal, zweimal, dreimal, er ist richtig drin in dem Ganzen jetzt. Sextrainiert. Er dreht sich um und fummelt an ihr rum, was sie ganz schnell ganz verrückt macht. Er weiß schon genau, wie das bei ihr geht. Und das macht wiederum ihn noch verrückter. Er dreht sie um, sie beugt sich über den Berg aus Bettdecke, und er beginnt sein Werk von hinten. Er stößt langsam und rhythmisch, erst langsam und genießerisch, dann schneller und schneller. Dass es so gut sein kann, hätte er nie gedacht, es ist so phantastisch, er verschwindet fast aus diesem Zimmer, er verschwindet fast aus dieser Welt, als er aus dem Augenwinkel etwas sieht.

In der Tür steht eine alte Frau mit einer Klappstulle in der Hand und starrt ihn mit ihren alten Glubschaugen an. Ein Krampf durchzuckt seinen Oberschenkel, der Schmerz zieht bis in sein linkes Auge. Ein Dämon! Sie ist die leibhaftige Verkörperung all seines Unglücks, das er mit alten Frauen hatte. Sie ziehen alle in seinem Schmerz an ihm vorbei: die hustende Frau Meske mit ihrem Griechen, Frau Jäger in 4711, all die irren, streitsüchtigen, wackelköpfigen, braunfleckigen, seidenschaligen Ungeheuer, und schließlich nun sie, die mit einem Wurstbrot seiner Kopulation beiwohnt. Stumm schreiend, nach Luft schnappend, versucht er mit leichten Bewegungen den Krampf zu lösen, der sein Bein eisern umklammert hält. Wie durch eine Wand hört er Doreen reden. «Mutter, was machst du denn hier, du solltest doch im Wohnzimmer bleiben und fernsehen.»

«Ich habe Geräusche gehört», sagt die Frau.

«Das geht dich doch nichts an, Mutter!»

«Was macht ihr denn hier?», fragt die Mutter und fängt leise zu heulen an. «Das siehst du doch, oder? Geh jetzt endlich! Geh raus!»

Als sie weg ist, richtet sich Erik auf. Seine Muskeln zittern matt, wie nach überstandener Gefahr. «Wenn ich gewusst hätte, dass deine Mutter zu Besuch ist …», sagt er.

«Deshalb habe ich es dir nicht gesagt. Sie ist auch nicht, in diesem Sinne, zu Besuch.»

«Aber warum ist sie hier?»

«Ich kann sie nicht mehr allein lassen, sie macht solche Sachen, sie wirft den Fernseher aus dem Fenster. Ich kann sie einfach nicht mehr allein lassen.»

«Sie wirft den Fernseher aus dem Fenster?»

Doreen nickt.

«Warum macht sie denn so was?»

«Das weiß ich nicht. Eigentlich hat sie gar nicht die Kraft dazu. Manchmal denke ich, sie macht mir was vor, sie ist gar nicht krank, sie macht mir nur was vor, weil sie mich quälen will.»

«Das glaube ich nicht. Sie will dich nicht quälen. Oder vielleicht doch. Alte Leute sind so. Das hängt mit dem Alter zusammen. Deine Mutter musst du einfach wo unterbringen, es gibt Heime für alte Leute, da ist es ganz toll für die, da sitzen sie mit ihresgleichen zusammen und spielen Karten und sehen fern und kriegen immer weichgekochtes Essen, so, wie sie es brauchen.»

«Ja», sagt Doreen, «muss mal sehen.»

Dann liegen sie noch ein bisschen im Bett und dösen. Erik schläft kurz ein, aber er wacht bald wieder auf. Er zieht sich an, er küsst Doreen aufs Ohr und steigt in sein Auto. Der alte Opel Kadett, den er sich gekauft hat, springt nicht gleich an, aber als er ihm zärtlich etwas zuflüstert und ihm über das Armaturenbrett streicht, wird er weich und springt an, und Erik kann nach Hause fahren.

Nach Hause, wo es langsam nicht mehr so richtig gut riecht. In der Küche und im Bad. Der Anfang vom Altwerden ist schon da.

## Tom

Als sie vor dem großen, gelben Hotel halten, ist er so in das Auto von Johannes eingepasst, dass er gar nicht aussteigen kann. Sein Körper zusammengefaltet für die Ewigkeit, die Gelenke erstarrt, und die Gedanken fahren weiter und weiter, endloses, gleichgültiges Bewegtwerden. Dass sich dieser Zustand nun ändern soll, dass er einen Willen haben soll, den Willen, seine Arme und Beine zu bewegen und auszusteigen, ist eine Zumutung, aber er kämpft im Geheimen, um es die anderen nicht merken zu lassen. Als er auf der kühlen, lärmenden Straße steht, tut ihm sein Körper bis in die kleinsten Fasern weh, er starrt in das graue Tageslicht der Stadt, in der es stinkt, wie woanders auch, und er kann überhaupt nicht verstehen, was er hier soll. Weit weg von seiner Werkstatt, in die jetzt jemand anderes einziehen wird, eine feine Werkstatt war das, sehr gemütlich, und nun steht er hier, ohne Heim, neben einem Mülleimer, in den sich jemand übergeben hat.

Er sieht zu Johannes hin, der sich fröhlich streckt und gähnt. Ihm scheint die endlose Fahrerei nichts ausgemacht zu haben. Selbst sein lila Anzug ist wie gebügelt. In wenigen Wochen wird er die ersten Büros eröffnet haben und allen polnischen Kunden ein Beck's anbieten. Krzysztof ist gleich ins Hotel gesprungen, um wegen der reservierten Zimmer nachzufragen. Krzysztof trägt eine Kombination aus wieder weißer Hose und gelbem Hemd. Auch elegant. Die weiße Hose ist aber nicht mehr so richtig weiß.

Das Hotel war bestimmt mal ein schickes Haus, heute ist es eher ein heruntergekommenes Haus. Die gelbe Farbe ist nur noch stellenweise vorhanden, nur noch sehr stellenweise, und der Regenschutz vor dem Eingang trägt kein Dach. Vier Pfeiler, kein Dach. Die beiden Frauen an der Rezeption machen aber einen ganz ausgezeichneten Eindruck und einiges wieder wett. Sie tragen eine lila Uniform über einer ausgeschnittenen, weißen Spitzenbluse und sehen so jung aus, dass Tom sich fragt, ob sie nicht vielleicht minderjährig sind.

Krzysztof legt seinen Oberkörper auf die Rezeption und scherzt mit ihnen, er zwinkert und wackelt mit dem Kopf, aber die Frauen bleiben cool. Sie lächeln nicht mal.

«Frag doch mal, ob sie schon volljährig sind», sagt Tom.

«Sie machen Ausbildung», sagt Krzysztof, «sie machen kein Sex. Kannst du vergessen.»

«Davon war nicht die Rede», sagt Tom.

Die Blonde sagt sehr ernst etwas zu Krzysztof.

«Sie möchte nicht von dir belästigt werden», sagt Krzysztof zu Tom.

«Ich hab doch gar nichts von Sex gesagt, das warst du doch, du Idiot.»

«Kinder», sagt Johannes.

«Ich bin schwul», sagt Krzysztof, «ich hab kein Interesse.»

Der Aufzug ist außer Betrieb, aber es sind nur ein paar Treppen, die Zimmer werden von unten nach oben vermietet, die oberen stehen wahrscheinlich so lange leer, bis in Warschau die Fußballweltmeisterschaften ausgetragen werden. Krzysztof hat das Hotel empfohlen. Tom will sowieso keine Ansprüche stellen. Für ihn ist das doch alles der pure Luxus, wenn er an seine Wohnung denkt, an sein Sofa, an seinen Tisch, hier ist es jedenfalls mal sehr großartig gewesen. Nun ja, die Feuchtigkeit, die an die Wand geklebten Blumenfotos, die abblätternde Farbe und den Toilettengeruch im Gang muss man einfach ignorieren, so ist das nun mal bei alten Leuten. Aber alles hier hat immer noch sehr viel Stil und Würde. Man beachte nur diese Türklinken.

Johannes hat ihm ein eigenes Zimmer gebucht. Er selbst teilt sich bescheiden ein Zimmer mit Krzysztof. Warum sich Johannes ausgerechnet ein Zimmer mit Krzysztof teilt, mit dem er nicht verwandt, der sein Geschäftspartner und der vor allem, man bedenke das mal, schwul ist, könnte einem zu denken geben, ist Tom aber auch eigentlich erst mal egal.

Er öffnet die Tür zu seinem Zimmer und sieht gewaltige, dunkelgrüne Samtvorhänge an hohen Fenstern. Auf einer antiken Anrichte steht ein Fernseher in grauem Plastikgehäuse. Auf dem Tisch eine Flasche Mineralwasser und eine Praline, in Goldpapier gewickelt. Er wickelt die

Praline aus und steckt sie sich in den Mund. Sie schmilzt und hinterlässt einen muffig minzigen Geschmack, der ihm verdächtig ist. Dann lässt er sich auf das Bett fallen, aus dem Staub aufsteigt, er sinkt und sinkt.

Von nebenan hört er meckerndes Gelächter. Er strengt sich an, herauszuhören, ob Johannes oder Krzysztof lacht. Es ist ein obszönes Lachen. Hier ist es alles etwas anders, hier ist dieses Hotel, und hier sind diese Betten, da ist es ganz normal, ein bisschen schwul zu sein, bei all dem Samt und den unglaublich weichen Matratzen. Er bleibt eine Weile in dem Bett liegen und betrachtet die grünen Vorhänge, aus deren silbern eingestickten Mustern Feen steigen, die ihn verwirren und verärgern. Sie machen sich lustig. Über ihn. Wisper, wisper, dieses Bett hat schon Dinge erlebt, da träumst du nicht mal von, dünner Mann. Leidenschaft und Verzweiflung. Ein Mensch hauchte hier sein Leben aus. Ein Mann wie du. Unglücklich, hoffnungslos verliebt, sie stieß ihn von sich, und er entleibte sich. Aber du? Du bist so ein kleiner Wicht, bist nicht mal ein Künstler, nichts bist du. Keiner will dich, keiner weint um dich. Geh fort und such dir die Welt. Wisper, wisper.

Sucht euch selbst die Welt, ihr solltet Polnisch sprechen und nicht Deutsch, ihr seid doch gar nicht da! Tom sieht sich in diesen Laken liegen, den Körper voller Blut. Eine Träne rollt aus seinem Auge, rollt seine Wange hinab und in sein Ohr.

Du, Tom, wirst hier sterben, in diesem Zimmer, in diesem Bett, dein Blut wird in diesen Laken versickern.

«Ich will hier nicht sterben», schluchzt Tom, «ich bin hier fremd.»

Du musst, du musst, sagen die Gardinenfeen und wispern und lachen und haben allesamt Ähnlichkeit mit Dani, sie stecken in Overalls, sie wollen ihn quälen, sie sind so böse, kichern und wispern, bis er es aufgibt und seinetwegen eben stirbt, wenn es sein muss, Hauptsache, sie geben Ruhe und sind mal endlich still.

Ich will doch nur meine Ruhe.

Als er aufwacht, ist es dunkel. Der Lärm von der Straße ist lauter geworden, und die grünen Vorhänge sind jetzt schwarz. Die silbernen Fäden blinken im Licht der Straßenlaternen und Scheinwerfer. Er muss kurz überlegen, wo er ist, dann versucht er, aufzustehen. Es gelingt ihm nur mit Mühe, sich aus den Tiefen des Bettes hochzuarbeiten, sein Rücken schmerzt. Dennoch fühlt er sich erfrischt und ausgeschlafen. Er gießt sich etwas von dem warmen Mineralwasser in ein Glas und trinkt. Dann zieht er sich aus, geht ins Bad und stellt die Dusche an. Das Wasser wird nicht richtig warm, es ist gerade eben nicht ganz kalt. Als er sich beim Abtrocknen im Badezimmerspiegel sieht, erschrickt er. Tiefe Ringe unter seinen Augen, schwarze Schatten, er sieht krank aus. Sehr, sehr krank, sein Traum fällt ihm ein, die Prophezeiung der kleinen Feen aus der Gardine. Er wird sterben.

Dann fällt ihm ein, dass er schon lange nichts gegessen hat, seit gestern vielleicht schon? Das könnte doch sein, dass er Nahrung braucht, um wieder besser auszusehen und sich besser zu fühlen. Er zieht sich an und klopft nebenan bei Johannes und Krzysztof. Als er keine Antwort erhält, drückt er den Türknopf nach innen, und zu seiner Überraschung öffnet sich die Tür. Er hofft, dass seine eigene Tür nicht ebenso leicht zu öffnen ist. Im Zimmer muffl es, die grünen Vorhänge sind zugezogen, und im Doppelbett liegen die beiden Männer und schlafen. Sie haben sich ausgezogen, wie man an den unter der Decke hervorschauenden Körperteilen erkennen kann. Tom zieht die Gardinen auf und öffnet vorsichtig das Fenster, um frische Luft hereinzulassen und um die beiden vielleicht versehentlich zu wecken. Er will jetzt los, raus in die Stadt, essen und so. Er beugt sich weit hinaus. Vor ihm liegt eine laute und lichterblitzende Stadt. Menschen lachen, ein Motorrad startet knurrend, aus einem Radio singt George Michael. Freude überrollt ihn. Eine fremde Stadt, fremde Menschen, er wird ein neues Leben beginnen. Er sieht auf die schlafenden Männer, die sich auch versehentlich nicht wecken lassen, und er beschließt, es ganz allein zu versuchen. Allein ist es wahrscheinlich viel besser als mit Johannes und Krzysztof, was die reden würden und wie die ihn beeinflussen würden. Das kann er noch früh genug haben.

«Erst mal mach ich das allein hier, ohne die Trottel», sagt er und vergisst, dass im Grunde er der Trottel ist. Eigentlich hat er es gar nicht vergessen, aber man muss ja nicht immer der Heuler bleiben, ab die Post, Tom Mücke!

Er geht wieder rüber in sein Zimmer, zieht sich seinen alten Anzug an, der ihn für einen Augenblick traurig macht, geh weg, Traurigkeit, weil er ihn an Dani erinnert – wer war das nochmal? –, und stürzt sich in die Nacht, wie in einen Wahn.

Die Architektur der Stadt Warschau ist vielfältig und nicht immer nobel. Vieles ist neu und billig, manches alt und verkommen, aber die Klamotten der Leute sind die gleichen wie anderswo auch. Das kann ihn schon desillusionieren, dass es keine Fremde mehr gibt. Bin ich hier schon mal zu Hause gewesen? McDonald's, Mercedes, Nike. Alte Wut breitet sich in ihm aus und verschwindet wieder, Tom trifft auf Betrunkene, Streitende, Rauchende, auf Alte, die nach Hause eilen, Aufgeputzte für Konzertoperrestaurant, kackende Hunde, auf Leute, in Hauseingängen sitzend und Bier trinkend. Warschau, du bestechliche Stadt, du gefällst mir schon. Tom fasst eine Hausecke an, etwas Brösel fällt ab. Er berührt Türen, Bäume, Fahrräder, es kribbelt in seinen Fingerspitzen. Das macht Freude, und er hat große Lust, herauszufinden, worum es hier geht, was das Richtige ist und was er hier soll. Ihm fällt ein, wie langweilig es in Hamburg gewesen ist. Wie geklärt die Verhältnisse waren. Die Kunst, die Arbeit, die Frau, alles Mist, alles bis zur Trostlosigkeit austariert. Aber hier ist das anders. Hier muss er Fehler machen, es ist fast egal, wo er anfängt, er wird was falsch machen und dann draus lernen, und das bringt ihn weiter, hofft er jedenfalls. Vielleicht auch mit Dani, vielleicht kann er sie endlich vergessen oder damit leben.

Er setzt sich in eine Kneipe, in der alte Männer streiten, und trinkt froh ein Żywiec, ein polnisches Bier, es schmeckt ihm ausgezeichnet. Dann bestellt er Pizza, und ihn freut, wie gut und wie preiswert die Pizza ist. Sie scheint ihm ein Sinnbild für sein kommendes Leben zu sein. Als er wieder durch die Innenstadt streift und gar nicht mehr genau weiß, wo er ist und wie er zum Hotel zurückfinden soll, trifft er sie, Krzysztof, Johannes und einen Mann, der sich als Patryk vorstellt.

«Das ist doch verrückt», sagt Johannes, «das ist doch verrückt, was du hier machst. Ich dachte, du bist wieder nach Hause gefahren, du warst einfach weg, und nun bist du hier mitten auf unserer Straße, total verrückt ist das. Als gäbe es hier nicht hunderttausend Straßen.»

«Ihr habt so tief geschlafen», sagt Tom.

«Wir doch nicht, was denkst du denn, wir waren nur leise.»

«Ihr habt geschlafen, ich habe es gesehen.»

«Du musst nicht schlussfolgern, nur weil wir leise waren ...»

«Ich habe doch gesagt, ich habe es gesehen. Schlaf doch, soviel du willst, ist mir doch egal, und wenn du schwul wirst in Polen, ist mir alles egal.»

Krzysztof klopft Johannes auf die Schulter und springt im Kreis und hüpft und lacht. In seiner Hand eine Flasche.

«Tom.»

«Ist mir doch egal», sagt Tom nochmal.

Krzysztof reicht ihm die Flasche, polnischer Wodka, Żubrówka, er trinkt, und als er fertig ist, sagt Krzysztof: «Mehr! Zdrowie!»

«Zdrowie», sagt Tom und trinkt mehr.

Mit Patryk gehen sie zu einer Kneipe in einem grauen Plattenbau. Dort essen die anderen Kiszka, das ist Blutwurst mit Sauerkraut, und Patryk zieht Tom zur Seite. «Ich darf dich bekannt machen», sagt er und führt ihn in einen Raum hinter der Theke, wo Frauen an einer Bar sitzen. Sie tragen hauptsächlich Unterwäsche und eventuell kurze Röcke und eventuell kurze T-Shirts, sie sind sehr heftig angemalt, und ihr Haar ist sehr fluffig und lockig drapiert. Patryk stellt Tom Klaudia vor.

Tom sagt: «Das ist sehr nett, aber ich hatte gar nicht die Absicht.»

Sie lächelt mit ihren glänzenden Lippen und ihren weißen Zähnen und glitzernden Augen und sagt: «Nein, ist o.k.» Das wiederholt sie mehrmals, ist o.k., immer mal wieder, um ihn zu beruhigen. «Wir unterhalten», sagt sie zu ihm, «ist o.k.» Patryk verschwindet wieder, während sich Tom mit ihr an die Bar setzt. Er könnte gehen, denn diese Geschichte ist eingefädelt, wahrscheinlich von Johannes, aber dass er nicht geht, ist Teil seines neuen Planes.

«Na zdrowie, Polen, Klaudia!»

«Na zdrowie, Tom! Du bist süß.»

«Na, du auch.»

Er kauft ihr einen Sekt und überlegt dann, wie er finanziell mit der Angelegenheit klarkommen soll, denn das ist das eigentliche Problem. Mit Sekt und Klaudia.

Klaudia lächelt unaufhörlich und beginnt plötzlich ein ernsthaftes Gespräch über die politische Lage Polens, auf Englisch jetzt, und er muss erkennen, ihr Englisch ist besser als seines. Jedenfalls was die Vokabeln hinsichtlich der politischen Lage Polens betrifft. Er will nicht unhöflich sein und steigt schließlich auf das Gespräch ein. Sie ist gebildet, wenn sie auch nicht so aussieht, in den rosa Teilchen, die sie trägt, die Schulbildung in Polen muss gut sein, denkt er. Dann entspannt er sich endlich, während dieser seriösen Themen, und trinkt mit ihr Wodka. Erstaunlicherweise hat sie auch eine kleine Flasche in ihrer Handtasche, die sie heimlich herausholt und an seinen Mund führt, ihr Busen vor seinem Gesicht. Er entspannt sich noch mehr, und als sie plötzlich nach Hause gehen möchte, begleitet er sie, und als sie ihn auf einen Kaffee einlädt, taumelt er die steilen Stufen zu ihrem Zimmer empor. Er konnte ihren Busen nicht übersehen, und auch den Hintern findet er nicht schlecht. Sie hat einen langen, glatten Körper, sie rollt ihm ein polnisches Gumka über; wenn er nicht so betrunken wäre, würde er sich wie ein Dummkopf vorkommen, so viel kann er noch denken. Aber das meiste geht jetzt wie von allein, das ist das Gute am Alkohol. Sie ist gleichgültig, das kränkt ihn etwas. Sie berührt seine empfindliche Haut, als würde sie ihn anschalten, sie weiß, wie sein Körper funktioniert. Auch das kränkt ihn, aber unabhängig davon wird er schnell geil und lässt sich einfach gehen, bis sie es geschafft hat, dass er kommt. Ihm würde es besser gehen, wenn auch sie gekommen wäre, aber um seine Leistung geht es hier nicht, es ist ihr Job. Hast du gut gemacht. Ganz toll, Klaudia.

Sie gibt sich mit dem Rest seines Geldes zufrieden, er zieht sich wieder an. Grübelnd, aber gar nicht schlecht gelaunt, findet er wie durch ein Wunder mühelos den Weg ins Hotel. Kommst doch gut klar hier in Warschau, ist doch alles ganz einfach, kaum da, schon gevögelt und Geld alle.

Vor dem Hotel übergibt er sich in den Mülleimer seiner Ankunft, während ihn die Arbeiter der Müllabfuhr gleichgültig betrachten.

Nachdem er sich gründlich in dem weichen Bett ausgeschlafen hat, ist es Nachmittag. Die grünen Vorhänge schweigen. Sie sind im Schein der späten Sonne verblichen, die Silberfädchen sind gerissen und winken im Atem des alten Zimmers wie Spinnenbeinchen. Auf der Kommode steht neben dem Fernseher noch ein Rest abgestandenen Wassers. Er trinkt das Wasser, das den Geschmack von Erbrochenem erneuert und seine Magensäure zum Kochen bringt. Soll er es wagen zu frühstücken? Und wenn er sich dafür entscheidet, was ihn momentan überfordert, wo soll er frühstücken? Als es in der sonnenstaubigen Stille seiner Entscheidungen ganz leise an der Tür pocht, erschrickt er, als hätte jemand auf die Pauke gehauen. Krzysztof tritt schwungvoll und lächelnd, als wäre dies ein Ort der Gesundheit und der Lebensfreude, in sein Zimmer.

«Gut geschlafen?», fragt er und, ohne ihm Zeit für eine Antwort zu geben: «Gute Nacht gehabt?» Dabei lächelt er ernst, als wäre diese Nacht, von der er andeutungsweise spricht, eine erste Aufgabe für Tom in diesem fremden Land gewesen und gleichzeitig natürlich etwas, was ihm von Krzysztof gewährt wurde oder von Warschau oder gleich von ganz Polen. Welche Rolle hat er eigentlich dabei gespielt?

«War gut?»

Tom nickt freundlich, immer lächeln, und das Nicken wird zur Tortur. Was ist da in seinem Kopf schmerzhaft durcheinandergefallen? Wie weh kann das tun, dieses Rollen der Gehirnmasse von hinten nach vorn, diese entsetzlichen Schwingungen! Er stöhnt auf. Das Einfachste und Hilfreichste wäre weinen, aber er muss sich hier, unter diesen neuen Umständen, einfach mal zusammenreißen.

Krzysztof lächelt mitleidig und von oben herab.

«Du musst Wodka trinken. Nur Wodka, dann tut dein Kopf nicht weh. Was hast du getrunken?»

Tom winkt ab, er fühlt sich so unterlegen, was das Trinken betrifft, dabei war er doch in Hamburg in seiner kleinen Werkstatt – schon wieder, er muss sie endlich aus dem Kopf kriegen, diese Wehmut –, dabei war er doch da ein ganz passabler Trinker, sogar gut im Training mit minderwertigen Spirituosen, aber hier muss er das jetzt professioneller anfangen, sich von den Polen auch mal was abgucken, so macht man seine Erfahrungen, so kann man in anderen Ländern auch mal was von der Bevölkerung lernen, in Zukunft nur noch Wodka und nicht Sekt und Bier und was nicht noch alles – wie gestern Abend!

Krzysztof sagt: «Ich habe ein Zimmer für dich, in Künstlerhaus. Mein Freund hat mir besorgt. Du musst Sachen anziehen und mitkommen.»

Er sieht ihn unzufrieden an, dann fügt er hinzu: «Du kannst erst duschen!»

«Für das Künstlerhaus?»

«Ja. Deine Haare sind nicht so frisch.»

«Meine Haare?»

«Du kannst schnell noch duschen. Dann ist es besser.»

«Ich dusche ja, darum geht es nicht, ich habe kein Problem mit Duschen. Ich dusche jeden Tag. Glaubst du nicht, was?»

«Ich glaube, doch.»

«Gut, ich dusch dann erst mal.»

«Ich geh rüber, du kommst.»

Die Dusche macht ihn wach mit ihrer niedrigen Temperatur, alles hat sein Gutes, auch wenn es sich schlecht anfühlt. Er zittert krampfhaft, sein Schädel steckt in einer Zwinge, die unbarmherzig zusammengedreht wird, aber tapfer macht er sich fertig, so schnell es geht, es geht wie in Zeitlupe. Leider muss er schon wieder den Anzug anziehen. Er nimmt ihn hoch, er riecht dran, riecht nicht richtig gut, im Klo gibt's Raumspray, Raumspray statt Fenster, er sprüht großflächig über den Anzug, er streicht liebevoll mit der Hand über die sprühfeuchte Oberfläche, angekotzt hat er sich jedenfalls nicht. Aber immer im gleichen Anzug, das muss sich irgendwie auch ändern, so viel muss sich ändern, er seufzt, wenn alles doch nur ein bisschen einfacher wäre.

Das Künstlerhaus erweist sich als Altbau aus dem achtzehnten Jahrhundert oder neunzehnten, vielleicht sollte er das wissen, aber auf so was haben seine Professoren an der Hochschule keinen Wert gelegt, die waren in erster Linie ignorante Arschlöcher und wollten, dass man sein Ding machte. «Wir sind hier nicht in der Schule», hat sein Professor immer gesagt, aber das hat Tom ja nun auch hinter sich. Von Putz ist an dem Gebäude nicht mehr viel zu sehen, die Fenster sind mit Pappe und Holz geflickt, Fahnen und Spruchbänder unter den Fenstern, die er nicht lesen kann, weil sie in Polnisch geschrieben sind. Aber so im Großen und Ganzen ist es wohl dasselbe, was da immer so steht.

‹Die absolute Härte sind Oberlippenbärte›. Wobei – das wohl weniger.

‹No justice, no peace, fight the police!›

Oder, keine Ahnung. Vielleicht haben sie hier ganz konkrete, moderne Ziele, so wie die Leute von Attac? Man soll andere Menschen nicht unterschätzen, noch bevor man ihre Spruchbänder lesen kann.

Sie gehen dann einfach so rein, drinnen wird Wäsche gewaschen, Waschmaschine im Schleudergang, und etwas Knoblauchiges wird gekocht. Radiomusik, nichts Aggressives.

Sie steigen die Treppe, die seit dem achtzehnten oder neunzehnten, je nachdem, Jahrhundert nicht mehr sauber gemacht wurde, ganz nach oben hinauf. Krzysztof tritt mit dem Fuß dreimal gegen eine Tür, die sich Minuten später öffnet, und ein Mann macht auf. Er trägt ein kariertes Flanell-Holzfällerhemd über einer langen Unterhose, deren früheres Weiß kaum noch vorhanden ist, denn der Mann ist über und über mit alter und neuer Farbe beschmiert. Seine Haare hat er auf dem Kopf fixiert, er hat einen kleinen Berg Haare bommelartig auf seinem Kopf hochgebunden.

Der Mann sagt etwas Polnisches. Krzysztof sagt etwas Polnisches, und so geht es hin und her, Tom kommt sich vor wie ein Idiot, weil er nicht ein Wort versteht und es bald nicht mehr aushält, ein freundliches Gesicht zu machen – zu welchem Thema? –, von so etwas schmerzen einem die Kiefergelenke. Aber irgendwann bittet der Mann sie in das Zimmer, in dem es nach Acrylfarbe riecht, andere Gerüche haben hier keine Chance, und durch, in ein weiteres Zimmer voller leerer Farbtuben und -töpfe. Es ist groß und hell und kalt, ein Fenster hat ein Loch, das mit Brettern zugenagelt wurde. Aber die Kälte ist o. k. Immerhin ist es weniger kalt als draußen.

«Die Miete kostet achtzig Euro», sagt Krzysztof, «geht doch.»

«Die Miete», sagt Tom. «Besetztes Haus, an wen zahlen die denn Miete?»

Der Pole sagt etwas auf Polnisch, Krzysztof sagt etwas zurück, was sich beschwichtigend anhört. Dann nickt er freundlich und gibt dem Polen ein paar Geldscheine.

«Miete», sagt Tom. «Dem da soll ich Miete zahlen.»

«Halt endlich dein Maul», flüstert Krzysztof, «und suche Arbeit. Du musst Miete bezahlen und musst auch essen.»

Zum Abschied deutet er auf die Farbtöpfe und sagt in scharfem Ton etwas. Toms neuer Mitbewohner nickt gleichgültig, dreht sich um und geht in seinem Zimmer wieder an die Arbeit; er beschmeißt Leinwände mit Farbe.

Der Pole, mit dem Tom jetzt zusammenwohnt, heißt Thomasz. Thomasz macht großformatige Bilder. Dazu hört er gern polnischen Punkrock von einer Band, die Krawallec heißt. Das ist die beste Band der Welt.

Er spricht nicht viel, und wenn er spricht, kann Tom ihn nicht verstehen. Thomasz sagt was zu ihm, er beißt in eine Banane, sagt mit vollem Mund einen Satz und sieht ihn an. Tom schüttelt den Kopf: «Ich verstehe dich nicht. Do you speak Englisch?»

Thomasz schmeißt die Bananenschale aus dem Fenster, taucht den Pinsel ein und stellt Krawallec lauter. Er scheint Tom aber zu mögen. Es stellt sich heraus, dass er ein Gegenüber braucht. Zwar malt er meistens still, aber für die Zwischenräume braucht er jemanden, mit dem er unvermittelt Dinge besprechen kann, die ihn gerade bewegen. Darin kann er sehr unvermittelt sein. Tom liegt im Bett und schläft, und Thomasz reißt die Tür auf und sagt ein, zwei Sätze. Tom richtet sich in seinem Schlaf auf und starrt ihn an.

«Do you speak Englisch?»

Thomasz verlässt den Raum.

Thomasz schneidet Zwiebeln und Brot, vertraute Ernährung, Kohlenhydrate und Vitamine, Tom sieht ihm zu, Zwiebelringe fallen auf das Holzbrett, die Butter bleibt hart in der Kälte.

«Ich steh drauf, wie du dich ernährst», sagt Tom.

Nicht, dass er eine Antwort erwartet. So läuft das jetzt halt. Sie sitzen in der Küche. Tom hat Bier gekauft, noch hat er Geld von Johannes. Noch kann er essen und wohnen. Tom hat auch Wurst gekauft. Und Zwiebeln. Aber Thomasz hat einen ganzen Sack Zwiebeln im Schrank gehabt, in einem Eimer aus Korb.

«Hast du Probleme?», sagt Thomasz plötzlich.

«Du sprichst meine Sprache! Ich kann es nicht glauben. Du redest mit mir auf Deutsch.»

«Ich rede niemals deutsch, du Arschloch.»

«Arschloch ist ein deutsches Wort. Ein sehr deutsches Wort, wird oft benutzt, Alter.»

«Ich weiß.»

Thomasz beißt in ein Zwiebelwurstbrot und hebt sein Bier.

«Auf deutsches Arschloch.»

«Na zdrowie», sagt Tom.

«Do you speak Englisch?»

«What? Do *you* speak Englisch?»

Tom wischt sich Zwiebeltränen aus den Augen, das Abendessen der Maueröffnung. Thomasz hat sich entschlossen, mit Tom zu reden, er hat sich entschlossen, ein ordentliches Gespräch zu führen. Er führt ein ordentliches Gespräch mit Tom. Thomasz erklärt Tom, dass der künstlerische Mittelpunkt der Welt Warschau ist. Deshalb ist ja nun auch Tom hier, nicht wahr? Nicht, dass er verkennen würde, wo die großen Galerien sind und wo die großen Ausstellungen und wo das Geld verdient wird und die Leute Kunst kaufen, das ist ja klar.

«Die Kapitalisten», sagt er. «Ich werde Kapitalist.»

Tom hat nichts dagegen.

Aber in Warschau sind die Männer, die das Herz und die Leidenschaft haben, wirklich gute Kunst zu machen. Und die Erfahrungen in der polnischen Dramaturgie, das kann doch im Westen keiner ersetzen.

«Welche Dramaturgie?»

«Der Krieg und die Herrschaft.»

«Thomasz, das ist doch Blödsinn, das Ganze.»

Thomasz hält im Schneiden inne und richtet das Messer auf ihn. Blöderweise redet er jetzt wieder Polnisch.

«Ja. Rede nur Polnisch, das ist auch viel hübscher! Und nimm das Messer runter!»

«Meine Großmutter ist deutsch», sagt Thomasz, mit dem Messer immer noch vor Toms Nase.

«Dann sag nicht Arschloch. Wenn du so was sagst, deutsches Arschloch, dann sagst du zu deiner Großmutter Arschloch.»

«Na zdrowie.»

«Na zdrowie.»

Im Haus sprechen die meisten ganz gut englisch. Es leben auch andere Leute aus nichtpolnischen Ländern hier, zum Beispiel ein Finne, der Scherenschnitte herstellt, oder zwei Frauen aus Rumänien, die Kunst mit ihren nackten Körpern machen, was ihm sehr gefällt, weil die Frauen gute, sexy Körper haben. Obwohl er sich davon vielleicht frei machen sollte, denn darum geht es nicht. Vielleicht schmälert das sogar den intensiven Ausdruck ihrer Performance, das lenkt ja ab, wenn man immer denkt, was die für phantastische Titten haben.

Thomasz ist der Einzige, der da oben in seiner Wohnung einer Beschäftigung nachgeht, die in finanzieller Weise dann und wann honoriert wird, denn er verkauft seine Matschbilder tatsächlich. Und tatsächlich haben die was, die Bilder, das muss man zugeben. Vielleicht ist er auch der Einzige, der ernsthaft an seine Sache glaubt. Mit den anderen im Haus redet Thomasz jedenfalls nicht. Tom ist der Auserwählte, weil er zufällig das lokale Gegenüber von Thomasz ist. Weil sogar Thomasz irgendjemanden braucht. Thomasz kann über eine andere Möglichkeit, zu leben, nie nachgedacht haben, er ist vollkommen das, was er tut, ohne Zögern, ohne Zweifeln, es gibt nichts Wichtigeres für ihn, als Farbe auf Leinwände und Pappen und Holz zu klatschen. Er arbeitet und arbeitet und reißt die Tür auf und sagt was zu Tom und knallt sie wieder zu. Eine soghafte Energie geht von ihm aus, eine Hoffnung ist damit verbunden, Tom merkt, dass ihm das gefehlt hat. Jetzt steht Thomasz nackt, sein Bauch und sein Pimmel farbbeschmiert, seine Haarbommel farbbeschmiert, erstarrt und hilflos vor einem roten Bild und sagt: «Tom, wir müssen reden. Es ist ernst.»

Tom nickt.

«Diese Arbeit ist scheiße.»

Tom starrt das Bild an, es ist ein rotes und orangefarbenes Bild, etwas gelb, an den Rändern schwärzlich blau. In der Mitte Abdrücke von Thomasz' Bauch und Pimmel.

Thomasz schreit: «Ist scheiße!», brüllt heiser: «Ist scheeeeiiiißßßßeeeee!!!!»

Tom drückt Thomasz' Handgelenk.

«Is very nice. Sehr fine painting, it's great.»

«Thanks.»

Thomasz wischt sich die Augen ab. «My friend», er legt den Kopf an Toms Schulter.

Das Leben draußen in Warschau ist nicht viel anders als in jeder anderen Großstadt, das Essen ist etwas günstiger, aber der Verkehr und die Werbung sind ähnlich. Die Schrift ist anders. Die Musik ist ähnlich. Die Schuhe sind ähnlich. Die Sprache ist fremd.

Tom streift durch die Straßen, um alles Fremde aufzunehmen und sich anzueignen. Die weiße Bank vor dem Strauch, in dessen Zweigen Müll hängt, erinnert ihn erst an einen ähnlichen Ort seiner Kindheit, dann erinnert er ihn an seine Erinnerung. Menschen fangen an, ihn zu grüßen. Immer derselbe Supermarkt, immer derselbe Bäcker, immer derselbe Bierkiosk.

Polinnen sind sehr reizvoll. Obwohl sie nicht konkret anders sind als Frauen in Hamburg, wenn sich so eine Aussage überhaupt machen lässt, Aussagen über Frauen im Allgemeinen lassen sich eigentlich nicht machen. Seine Beobachtung hat auch viel mehr mit seinem Gefühl zu tun als mit seinem Denken.

Die Polinnen fangen an, ihn zu interessieren.

Er strengt sich an, Polnisch zu lernen. Er meint es ernst. Er besucht einen Sprachkurs bei einer Grundschullehrerin, die die Tante von Martha aus dem Erdgeschoss ist und die nur mittelmäßig gut Deutsch spricht, aber ja sicherlich sehr gut Polnisch. Die Frau behandelt sie alle wie Grundschüler: «Wir setzen uns alle hiiiiiiiinnnnn. Wir schlagen diese Seeeeeiiiiiittttteeee auf. Die Soooonne scheint heute. Wir freuen uns über das schöne Weeetttter. Aber wir lernen trotzdem fleeeiiißig.» – Das versetzt ihn in frühere Zeiten, und im Gegensatz zu den anderen Teilnehmern nervt es ihn gar nicht so sehr, er kann sich dabei entspannen und in einfachen Sprachmustern denken. Das ist sogar nützlich am Anfang. Als er sie fragt, ist sie erfreut über sein Interesse und besorgt ihm Literatur über die Geschichte Polens und einen Stadtführer Warschaus, beides in Deutsch. Er liest und lernt und wundert sich, was in Polen schon alles los war. Alle Achtung. Die polnische Sprache allerdings fällt ihm schwer, er hat eine Abneigung gegen alles Weiche,

Kuschelnde, er möchte gerade jetzt klar und hart sein. Mit der Sprache kann er sich nicht anfreunden, bis er Zuzanna kennenlernt.

Zuzanna ist die Freundin von Thomasz. Sie ist Busfahrerin, und als er sie das erste Mal in Thomasz' und seiner Wohnung sieht, trägt sie eine Uniform der städtischen Busfahrgesellschaft, MZA Warschau. Sie runzelt die Stirn, als er die Küche betritt, und verstummt. Von draußen hatte er lauten Streit gehört, der durch ihn unterbrochen wurde.

Thomasz stellt Tom übertrieben und mit ausladender Gebärde vor, Zuzanna aber gibt sich keine Mühe, ihr grimmiges Gesicht zu einem Lächeln zu verziehen. In der Mitte ihrer blassen, runden Stirn hat sie eine steile Falte. Sie schweigt einen Moment, dann setzt sie ihr Geschimpfe unbeeindruckt fort. Tom bemüht sich gar nicht erst zu verstehen, worum es geht. Aber in dieser schimpfenden, wütenden Art bekommt die polnische Sprache einen Sinn.

Irgendwann stürzt Zuzanna aus der Wohnung, knallt die Tür, dann ist sie weg. Thomasz zuckt belustigt die Achseln, dann wendet er sich seinem Bier und seiner Zeitung zu. Als Tom ihn fragt, sagt er: «Sie sagt, sie verlässt mich.» Er nimmt einen Schluck von seinem Bier, stößt auf und lacht. «Sie kommt wieder», sagt er, «morgen oder übermorgen kommt sie wieder, wirst sehen.»

Gern würde Tom dieses singende Polnisch noch einmal hören, vielleicht auch ihren glatten, blonden Pony und ihren Pferdeschwanz nochmal schleudern sehen.

Das Geld, das ihm Johannes gegeben hat, ist schnell alle, und Tom beschließt, sich eine Arbeit zu suchen. Thomasz hat gleich eine gute Idee. Die Busbetriebe, bei denen Zuzanna arbeitet, suchen immer mal wieder Putzkräfte, und da Tom ja bereits Erfahrung als Putzkraft hat, wird er bestimmt genommen. Außerdem wird da wahrscheinlich fast jeder genommen.

Thomasz trifft aus diesem Grund Zuzanna, die ihn eigentlich ja verlassen hatte. Thomasz hatte Tom erzählt, dass er vor Zuzanna meist was mit Künstlerinnen gehabt hat und dass er die Nase voll habe von denen. Man könnte es ihnen nicht recht machen, sie würden an allem rummäkeln, sich für besonders sensibel halten und zu keinem Orgasmus fähig sein. Du willst einfach nur ficken, aber sie wollen, dass du auf sie eingehst, du denkst, das hier ist doch auf sie eingehen, was denn noch?

Außerdem würden sie sich nicht ausreichend pflegen.

Tom hat auf den Haarbommel auf Thomasz' Kopf gesehen, auf die beschmierte Unterhose, er hat überlegt, wann Thomasz das letzte Mal Wasser erwärmt hatte, um sich in der Küche mit seinem einzigen Waschlappen zu waschen, aber er hat nichts gesagt. Wenn Thomasz es mit einer Künstlerin macht, dann ist es wahrscheinlich so, als ob er es mit sich selbst macht.

Dass er auf Zuzanna steht, kann Tom verstehen, Zuzanna ist die Sorte Frau, die jeder Mann gern besitzen möchte, wirklich besitzen und zu Hause einschließen. Heiraten vielleicht, ihr Kinder machen. Sie hat diesen glatten, blonden Pony, sie hat diese großen, hellen Augen, sie hat eine Figur, nicht mickrig, sondern griffig, sie ist gesund und weich und traurig, alles in einem. Dicker als Dani, aber weit davon entfernt, dick zu sein, sie ist gut geformt in ihrer Jeans.

Schade eigentlich, denkt er, denn wenn Thomasz und sie

sich nicht wieder vertragen hätten, dann hätte er zufällig bei ihr im Bus mitfahren und sie vielleicht einladen können, aber so kann er das natürlich nicht, denn Thomasz versteht in der Beziehung keinen Spaß. Genau genommen geht es hier um Tod und Leben, so wenig Spaß versteht er da.

Jedenfalls hat Zuzanna zugesagt, sich für Tom einzusetzen. Vermutlich hätte Thomasz, wenn er keinen Vorwand gebraucht hätte, Zuzanna zu besuchen, Tom nicht geholfen, denn er denkt, abgesehen von seinen Bildern, an nicht viel anderes im Leben, an Sex vielleicht noch.

Es ist dunkel, es regnet, und jemand hat in den Bus gekotzt. Tom zögert, den Bus zu betreten, aber er muss; Coca, der mit ihm zusammenarbeitet, treibt ihn an, da sie noch viel zu tun haben. Coca nennt sich selbst Coca, aus irgendeinem Grund, er heißt eigentlich anders, er trägt gelbgefärbtes Haar und ist eiskalt mit Kotze, er zuckt nicht mal mit der Wimper, wenn er sie wegmacht. Aber weil er der Meinung ist, Tom müsse das auch lernen, überlässt er die hier jetzt ihm. Tom ist nicht sehr dankbar für die Weiterbildung in dem Bereich, aber er tut, was er tun muss. Sehnsüchtig denkt er an die Arbeit in Hamburg, das war eine ganz andere Art von Putzen gewesen, eine, bei der man sich gar nicht schmutzig machte. Das wird ihm jetzt klar. Wie still, wie sauber und warm es gewesen ist, als er mit den anderen, er will nicht denken, mit Dani, die Büros von der Post oder den Wirtschaftsprüfern geputzt hat. Dort gab es nur Staub und etwas Schweiß von den Händen der Menschen an Glasscheiben und auf der Tastatur, mikroskopische Hautteilchen, Krümel von Schokoriegeln, unsichtbaren Schmutz in klimatisierten Räumen. Hier ist es eiskalt, selbst das Licht ist eiskalt, und der Geruch ist unerträglich. Er möchte gern die Augen vor dem Zeug verschließen, aber es geht nicht, denn dann kriegt er es nicht ordentlich weg. Er spürt schon, wie sich sein Hals verengt, wie er selbst anfängt zu würgen. Coca hat ihm gesagt, er dürfe auf gar keinen Fall zögern, er müsse sofort und schnell auf die Kotze zugehen und sie entfernen, als wäre es irgendwas, nur keine Kotze.

«Stell dir einfach vor, es ist Schnee.»

Coca hat gut reden, der macht das schon lange. Nebenbei macht er noch anderes, so Geschäfte, hat er angedeutet, dass er jede Menge Geld macht mit Musik. Mit Musik? Mit Raubkopien? Nur, was soll das im Internetzeitalter schon noch für ein großes Ding sein, und wie viel Geld kann Coca dabei verdienen, wenn er hier Kotze wegmachen muss?

Anfangs hat er sich vor Coca gefürchtet, Coca hat ein paar Späße mit ihm veranstaltet, er hat ihm eine Katze auf den Rücken geschmissen, eine dreibeinige Katze, die unter dem Bus saß und nass war, das arme Tier, Tom hat geschrien und Coca auch, vor Vergnügen, aber das arme dreibeinige Tier! Und beinahe wären sie mit ihm wieder durchgegangen, die Kugeln kreiselten schon im Universum, wie damals bei dem Polizisten oder bei dem Anwalt, aber Coca hat rechtzeitig gemerkt, dass mit Tom nicht zu spaßen war, im wahrsten Sinne des Wortes, er hatte es auch gar nicht böse gemeint, wie Tom später klar wurde, er war ein herzensguter Kerl. Auf seine brutale Art und Weise.

Nur jetzt, diese Herausforderung … Tom muss einen Schritt zurücktreten. Er sieht sich nach Coca um, der ihm aufmunternd zunickt. «Denk an guten, weißen Schnee!»

Er würgt und würgt und schluchzt, und als er fertig ist

und das Zeug entfernt hat, bleibt er noch einen Moment zitternd im Gang stehen und schaut in den grauen Abend draußen, und im grauen Abend erscheint Zuzanna. Streng deutet sie auf Papier unter der letzten Bank, das sie beide übersehen haben. Sie sagt was Polnisches, er soll es wegräumen, vermutlich. Coca lacht und steigt aus. Er geht zum nächsten Bus. Zuzanna, in ihrer strengen, steifen Uniform, deutet immer noch mit ihrem kleinen Finger auf die Bank.

«Mach das!»

Er starrt sie an. Immer ist sie streng, immer schimpft sie. Ob sie wirklich gekommen ist, um zu kontrollieren, wie er arbeitet? Sie steht und redet und schimpft, ihre Uniform sitzt richtig knackig. Sie sieht ausgesprochen nett aus, kann man sagen. Und sie ist eine besondere Persönlichkeit, das hat er gleich gesehen. Thomasz kann nicht einfach so sagen, dass er sie genommen hat, weil sie nicht so anstrengend für ihn ist wie Künstlerinnen, das ist doch ungerecht, so etwas, sicherlich ist auch Zuzanna sehr kompliziert.

Da sie ihn immer noch ansieht, und da er der Meinung ist, dass sie nicht einfach so hergekommen ist – nein, ganz gewiss nicht, er ist doch nicht blöd, außerdem regnet es, es rauscht auf das Busdach –, geht er einfach hin zu ihr und küsst sie auf den Mund, er fasst ihren Blondkopf mit den festen, glatten Haaren und knutscht, soweit er kommt, ihr Mündlein. So lieb und zärtlich er das kann, in der kurzen Zeit, bevor sie sich frei macht. Zuzanna gibt ihm eine Ohrfeige, sie schimpft und geht davon, aber er kann sehen, als sie unter dem Fenster davongeht, dass sie lächelt. Sie lächelt! Er könnte einen ganzen Berg von Kotze wegmachen, was ist das schon, nur eine einfache menschliche Ausscheidung!

Coca runzelt die Stirn, als er ihn sieht. Er deutet auf Toms Backe. «Das hast du davon», sagt er.

«Das ist nicht das Schlechteste, das ist nur der Anfang von dem Ganzen, wart nur ab.»

«I love Tina Turner.»

«Was, echt?»

«Nice woman.»

«Du bist so bescheuert.»

«You are a skunk.»

«Du aber auch.»

## Zuzanna

Eine Bekannte von ihr hat Thomasz gesehen, wie er eine Frau befummelt, er hat ihr die Hand hinten ins T-Shirt gesteckt, er hat dort rumgerieben, hat sie gesagt, gut, es war nur der Rücken, das war auch Thomasz' Ausrede, aber Rücken hin, Rücken her, es ist nicht üblich, fremden Frauen in den Rücken zu greifen, es bedeutet nur eines, ich will mit dir schlafen, oder was? Es war eine dürre Künstlerin. Zuzanna kann es ihnen ansehen, an ihren Klamotten und wie sie die Haare tragen und wie scheußlich dürr sie sind, dass sie Künstlerinnen sind oder dass sie sich so fühlen. Thomasz macht also mit so einer rum, von denen er ihr gegenüber immer behauptet, sie wären anstrengend und überspannt. Aber dann trifft er sie irgendwo, er hat getrunken, sie haben getrunken, und dann ist das Anstrengende und Überspannte plötzlich interessant, und sie, Zuzanna, ist dann nur noch eine dicke Busfahrerin.

Die stehen auf ihn, weil er für ihre mickrigen Verhältnisse erfolgreich ist. Weil er einen Galeristen hat und weil er ab und an was verkauft. Sie zählt in dieser ganzen Geschichte und für diese Frauen gar nicht. Wahrscheinlich hat Thomasz von ihr einfach noch nie was erzählt, und wenn sie ihn mit ihr zusammen sehen, dann halten sie sie für eine Bekanntschaft für einen Abend oder eine aufgefrischte Bekanntschaft für einen Abend. Eine feste Freundin ist vielleicht etwas völlig Absurdes in diesen Zusammenhängen.

Sie wusste es ja, dass er so sein würde. Sie hatte ihn ja gekannt, bevor sie sich in ihn verliebt hatte. Sie hatte eine Zeitlang im Loch rumgehangen, da war er auch. Damals hatte sie noch diesen Freundeskreis von Leuten, die Gedichte schrieben, in einer Band spielten oder nur so mit rumhingen und über das redeten, was die anderen machten. Sie waren alle nacheinander weggeblieben, weil sie geheiratet hatten oder irgendwie in was abgeglitten waren, eine Frau war auf Heroin hängengeblieben und kommt wohl nie wieder raus aus dem Krankenhaus, aber die meisten hatten es einfach aufgegeben und hatten zu Ende studiert, Beruf und dann geheiratet. Mann, Frau, Kind, Auto, alles schön. Sie selbst lebt in einer Zwischenschicht, so kommt es ihr vor, sie lebt noch in dieser Erwartungshaltung, obwohl sie nichts mehr erwartet. Im Grunde hatte sie ihre persönliche Erwartung schon aufgegeben, als sie sich noch mit den Mädchen und Jungs von der Theatergruppe traf. Sie inszenierten ein Fünfstundenstück, sehr viel Improvisationsraum für jeden Einzelnen dabei, und sie hatte eine Rolle mit Gesang gehabt, sie war eine Entertainerin, die die Fäden musikalisch zusammenhielt, eine große Rolle in einem Theater, bei dem die Decke runterkam. Das war dann das Ende. Sie war eigentlich dankbar für den endgültigen Deckenbruch, denn das Stück war zu schwierig, keiner würde sich je freiwillig so was ansehen wollen, ein Stück, bei dem sich jeder einzelne Schauspieler verwirklicht, das ist doch Müll. Aber sie hing weiter mit denen rum, in Kneipen und Bars, im Loch, wo das Bier billig war, was sollte sie sonst tun? Im Loch hatte sie auch Thomasz gesehen, mit verschiedenen Frauen, er fummelte und knutschte, und manchmal hatte er Freunde dabei. Die Frauen tauschte er am nächsten Abend einfach aus, nie würde sie sich für so was hergeben.

Aber Thomasz küsste die Frauen und sah sie dabei an. Er sah zu ihr her und freute sich und war sehr belustigt über sie. Allerdings, genau genommen, wenn sie ihn nicht angesehen, wenn sie ihn nicht beobachtet hätte, dann hätte sie das gar nicht bemerkt, dass er sie ansah. Es war also ihre Schuld. Sie nahm sich vor, nicht mehr hinzusehen, sie wollte ihn ignorieren. Sie sah auf den Tisch, sie sah zur Theke, sie sah zu ihrem Begleiter und auf ihre Finger, sie fühlte seinen Blick wie einen Brand. Um sich zu überzeugen, dass er sie wirklich ansah, dass sie sich das nicht nur einbildete, musste sie irgendwann einfach wieder zu ihm hinsehen. Welch ein Triumph in seinem Gesicht!

Sie überlegte, einfach nicht mehr ins Loch zu gehen. Aber ihre Freunde gingen hin, und es machte sie wütend, dass sie sich seinetwegen einschränken sollte. Also ging auch sie hin.

Eines Abends – es war gegen fünf, das Loch hatte sich geleert, die Band war fertig, und nach dem Lärm lag die Stille schwer im Raum – saß ein Mann an ihrem Tisch, der einmal mit ihrer Freundin zusammen gewesen war, und unterhielt sich mit ihr, er wollte sehen, ob es mit ihr eventuell klappen könnte, aber er versuchte es schon den ganzen Abend und war mittlerweile ein bisschen mürbe. Er nahm ihre Hand und blickte in ihre Augen und schob seine Lippen auf sie zu.

Da stand Thomasz vor ihr und sagte: «Zuzanna, ich warte draußen vor der Tür, ich warte fünf Minuten, wenn du nicht kommst, springe ich ins Wasser.»

«Was? Ich kenne dich gar nicht!», rief sie ihm hinterher, das war eine Lüge.

Sie glaubte das nicht, dass er ins Wasser springen würde, und der Fluss war ein kleiner Weichselseitenkanal und nicht sehr tief, aber sie ging doch raus.

Vielleicht hatte sie gehofft, sie könnte ihn ändern. Man kann niemanden ändern. Man kann nur sich selbst ändern, wenn man das will. Und sie hat sich bereits geändert, sie weiß nicht, ob das gut ist und ob sie das wollte. Sie ist älter geworden, sie ist gleichgültiger geworden. Manches fühlt sich nicht mehr echt an. Nicht einmal ihr Zorn. Und sie merkt, dass sie, noch während sie ihn anschreit, gleichgültig wird. Sie schreit ihn an, aber sie denkt über anderes nach. Sie denkt, dass der Mitbewohner von Thomasz sehr dünn ist, und sie denkt, er sieht nett aus. Dann kommt aber der Zeitpunkt, an dem sie mit der Tür knallen und verschwinden sollte.

Es tut ihr ein bisschen leid, dass der Mitbewohner von Thomasz jetzt tatsächlich hier arbeiten muss, in diesem Putzjob, den sie ihm besorgt hat. Aber er wollte es ja gern, und er brauchte wohl auch das Geld. Zum Beispiel, um Miete an Thomasz zu zahlen. Sie hatte ein schlechtes Gewissen deswegen, und nicht zuletzt deshalb ist sie zu Alfred gegangen und hat ihm gesagt, dass ein Freund von ihr gerne bei den Putzern mitmachen würde, und Alfred hat gesagt, dass da jetzt gar nichts frei ist, gerade. Sie hat gesagt: «Da wird doch manchmal was frei, die hören doch auch schnell auf, die Leute da.»

«Das denkst du, alle wollen Arbeit.»

«Aber alle sind nicht Freunde von mir, Alfred.»

«Freunde sind viel wert», hatte er gesagt.

«Freunde sind das Wichtigste.»

«Ich seh, ob sich was ergibt, ich sag dir Bescheid.»

Und einen Tag später hat sich tatsächlich was ergeben, weil einer von denen ziemlich krank geworden ist. Die sind alle nicht besonders fit, obwohl sie das besser sein sollten, bei ihrer Arbeit unter diesen Umständen. Nun hat er den Job, und sie weiß ja, dass das eine ziemlich anstrengende Arbeit ist und auch für polnische Verhältnisse schlecht bezahlt. Und der spricht nicht besonders gut polnisch, fast gar nicht wahrscheinlich. Aber das muss er dann eben lernen.

Zuzanna parkt den Bus. Es regnet, sie ist müde. Sie sieht Licht in den geparkten Bussen, die in der Halle gereinigt werden. Sie sieht die Putzkräfte mit Eimern und Besen rumrennen. Aus irgendeinem Grund geht sie nicht zur Busstation, wo sie mit dem nächsten Bus nach Hause fahren kann. Vielleicht ist er hier, sie ist ja auch verantwortlich, sie kann doch mal eben nachsehen, ob er da ist und ob alles in Ordnung ist. Sie läuft rüber und sieht in die Busse, sie sieht seinen Kopf über den Fenstern auftauchen und betritt den Bus.

«Hallo», sagt sie, und er sieht sie an. Er ist sehr blass und sehr dünn, viel zu dünn angezogen, und zittert. Im Bus steht der Geruch von Erbrochenem, so was kommt vor. Tom steht immer noch da und starrt sie zitternd an, der Arme. Mit seinen dunklen Brillengläsern. Sie sieht Dreck unter den letzten Sitzen und sagt was, weil sie nicht weiß, was sie eigentlich sagen soll. Das ist doch alles sehr unklar, die ganze Situation. Und wie sie redet, wie eine Lehrerin, wie eine blöde Lehrerin.

Er kommt auf sie zu, nimmt ihren Kopf in seine Hände und küsst sie auf den Mund. Er küsst sie so vorsichtig, als wäre sie keine Frau, die einen riesigen Bus fährt. Sie macht sich frei und langt ihm eine.

Was denkt der sich denn?

Sie geht, sie läuft durch den Regen, und ihre Haut ist wie weiche Pappe. Der Kuss sitzt noch auf ihren Lippen.

Das kann der doch nicht! Macht einfach, was ihm gerade in den Sinn kommt. Steht eben noch da und zittert und stinkt, und schon ist er am Küssen, so ein verrückter Hund, kein Wunder, dass er sich mit Thomasz versteht. So ein verrückter, dämlicher Hund! Ist doch nur ein dünnes Hemd mit Idiotenbrille und zu dünn angezogen – diese Fetzen, hat nicht mal ordentliche Klamotten, ein Clown ist das –, und dann so was, küsst sie einfach, ist doch nicht ganz dicht, dieser blöde Idiot, da könnte man doch verrückt werden, denken die denn alle, dass sie mit ihr machen können, was sie wollen? Nächstes Mal schlägt sie aber richtig zu, diesen Hans, den. Wenn der nochmal damit ankommt, oder sie erzählt es Thomasz; wenn Thomasz das hört, dann kann er gleich sein letztes Gebet sprechen.

Nein, das tut sie natürlich nicht. Thomasz bringt ihn um

und sie gleich dazu. So schlimm war es nun auch nicht mit diesem Kuss, da muss man schon mal vernünftig bleiben. Gerade kommt ein Bus, sie steigt ein, setzt sich und starrt auf den Regen an der Scheibe. Sah eigentlich ganz ordentlich aus, wie der Bus geputzt war, er putzt mit dem anderen Verrückten, mit Coca, der wird ihm noch was beibringen. Ach, sie seufzt, hat sie eigentlich immer nur mit Verrückten zu tun? Sie selbst ist doch so vernünftig und will nur ihre Ruhe und vor allem Liebe. Sie will vor allem Liebe, aber Thomasz ist da nicht besonders begabt, er kann noch nicht mal küssen, wie zum Beispiel Tom, der kann küssen, sie berührt mit den Fingerkuppen ihre Lippen.

Als sie aus dem Bus steigt, begegnet ihr ein Mädchen, mit dem sie zur Schule gegangen ist. Sie hat einen kleinen Jungen an der Hand. Sie erzählt von ihrem Mann, mit dem sie in einem Dorf wohnt.

«Mein Mann repariert Heizungen, aber er macht auch nebenbei noch was, er baut Champignons an, das wird immer gebraucht.» Sie sagt: «Lass uns doch wohin gehen und einen Kaffee trinken.» Zuzanna zögert, willigt dann aber ein. Den Kuss noch an ihrer Lippe, und die Gedanken fliegen rum, es ist dunkel, und es regnet immer noch, und es ist eigentlich viel zu spät für Kaffee, außerdem muss der kleine Junge doch ins Bett, oder?

Sie gehen wo rein, sie setzen sich. «Was machst du in der Stadt?», fragt Zuzanna.

«Ich besuche meine Eltern.» Das Mädchen zieht ein Handy aus der Tasche. «Ich rufe sie schnell mal an und sage Bescheid.» Der Junge steht auf, um durch den Raum zu tapsen. «Wie geht es dir so?», fragt die Schulkameradin dann, «hast du jemanden?»

Zuzanna denkt an Thomasz. «Ich habe einen Freund», sagt sie.

«Ist er nett?»

Nett? Zuzanna überlegt. Nett ist nicht das richtige Wort für Thomasz. Sie sagt: «Er ist interessant. Er ist Künstler.»

«Wirklich? Was macht er denn für Kunst?»

«Er malt Bilder», sagt Zuzanna und breitet die Arme aus, «sehr große Bilder.»

«Was ist da so drauf?»

«Nichts so richtig, also Farbe natürlich, aber nichts, was man erkennen kann.»

«Aha. Mein Mann schnitzt Mäuse. Wir stellen sie in die Wohnung, ein paar hat er auch schon im Einkaufszentrum an das Kunstgewerbegeschäft verkauft.»

«Macht ganz schön viel, dein Mann?»

«Er ist ganz o. k. Hat nur manchmal schlechte Laune.»

«Das kommt vor.»

«Ja. Er schreit manchmal rum.»

«Das tut mir leid.»

«Macht nichts. Ich schreie auch. Ich schreie viel mehr, wenn ich will. Und wie geht es sonst, was machst du beruflich?»

«Ich fahre Bus, den Hundertelfer, den fahre ich.»

«Du konntest so gut singen.»

«So gut wohl auch nicht.»

Der Kleine steht mit offenem Mund vor einem Tisch mit anderen Leuten. Seine Mutter sieht sich nach ihm um, dann wendet sie sich wieder Zuzanna zu. «Und dein Freund, verkauft der seine Bilder gut?»

Zuzanna zuckt mit den Schultern. «Manchmal verkauft er eins, aber nicht oft.»

«Na ja», seufzt die Schulkameradin, «Hauptsache, ihr versteht euch gut.»

«Wir verstehen uns nicht besonders gut.»

«Ach so. Aber irgendwas Gutes muss er ja haben, oder?»

«Wahrscheinlich», sagt Zuzanna.

Die Schulkameradin steht auf. Sie holt ihren Sohn von dem Tisch, mit den Leuten, die schon versucht haben, mit ihm zu reden oder einen Scherz anzubringen, aber er hat sie nur die ganze Zeit mit offenem Mund angestarrt. «Dein Sohn ist eigenwillig», sagt Zuzanna, als die Frau ihren Mantel anzieht.

«Wieso?»

«Ich weiß nicht. Weil er so dastand und nichts gesagt hat.»

«Das ist nicht eigenwillig, das ist normal. Kennst du keine Kinder?»

Zuzanna schüttelt den Kopf. Kein einziges Kind kennt sie. Draußen redet der Junge plötzlich ganz viel mit seiner Mutter, aber die Mutter hört nicht hin, sie zieht ihn mit sich und ist mit ihren Gedanken vermutlich woanders, bei ihrem Mann mit den Pilzen und Holzmäusen oder wer weiß, wo.

Irgendwie hat die Frau doch Glück.

Sie steigt die staubigen Treppen zu ihrer Wohnung empor. Auf dem Absatz steht die Lewandowska und redet mit der dicken Zielinska von unten. Die Dicke heult immer, weil sie es so schwer hat. Ihr Mann hat sie verlassen. Sie hat die ganze Wohnung mit Katzen voll, dazu eine Schlange, das hat die Lewandowska rumerzählt, die weiß alles über alle, die hat nichts anderes zu tun, als zu reden, wie es bei anderen Leuten so steht. Die Polizei soll schon da gewesen sein, weil die Schlange draußen rumkroch, auf dem Gehweg, und die Zielinska war besoffen und hat rumgebrüllt, das wäre Tierquälerei, weil sie ihr die Schlange nicht geben wollten, aber später hat sie sie doch wiederbekommen.

«Guten Tag.»

«Schönen Tag auch, Pani Lewandowska, geht es Ihnen gut?»

«Geht so. Hier war ja das Wasser kaputt, wissen Sie das schon?»

«Nein, heute früh ging es doch.»

«Danach nicht mehr.»

«Das ist nicht gut.»

«Ja, aber jetzt geht es wieder.»

«Na wunderbar, einen schönen Tag noch.»

Die Lewandowska hat Haare wie Gestrüpp. Die redet auch so, die Lewandowska ist menschliches Gestrüpp.

Zuzanna wundert sich immer wieder darüber, dass alles so funktioniert, dass sie hier hochgeht, dass sie hier abwäscht und fernsieht, so als wäre sie einer von den Menschen, die hier wohnen. Als wäre sie überhaupt nicht anders, nicht ein winziges bisschen.

Sie schließt die Tür auf. Die Wohnung ist klein und dunkel. Sie hat zwei Zimmer, immerhin, aber die Zimmer sind sehr klein. In einem der Zimmer steht ihr Bett, sonst nichts, in dem anderen ein Schrank, ein Regal mit dem Fernseher und ein paar Büchern und ein dunkelgeblümtes Sofa. Das Sofa ist gemütlich. Es ist von ihrer Tante aus dem Keller. Meistens liegt sie auf dem Sofa. Vor dem Sofa steht ein dunkler Tisch, der zu hoch für das Sofa ist und an dem sie essen kann, wenn sie Besuch hat. Thomasz kommt selten zu ihr.

«Mir ist es hier zu klein und zu muffig.»

«Es ist doch nicht muffig.»

«Riech doch mal, das Sofa riecht muffig, die Küche, das Bad.»

Im Bad riecht es tatsächlich muffig, das liegt daran, dass im Bad keine Heizung ist. Aber sonst.

«Ich krieg hier Depressionen.»

«Aber ich bin doch hier, wie kannst du da Depressionen kriegen?»

«Du kommst woanders besser. Du siehst in Wohnzimmern so altbacken aus.»

«Ich sehe altbacken aus? Sieh dir mal deine Haare an, wie sieht das denn aus?»

«Individuell.»

«Individuell? Das sieht wirr aus.»

«Wirr gefällt mir.»

«Altbacken gefällt mir. Ich mag Sofa und Fernseher und Bett und Bücherregal. Und ich dusche und wasche mir die Haare, das ist mein Lebensstil.»

«Ja, Frau Busfahrerin. Hübsch sauber.»

«Ach, du dich doch selber.»

Sie setzt Wasser für Tee auf. Die Küche ist mit Blumen tapeziert, darauf viele kleine Rahmen mit Fotografien ihrer Familie. Ihre Eltern, ihr Bruder, ein ovales, bräunliches Bild von ihrer Babka, die schon tot ist, und ein Foto von dem Häuschen, in dem ihre Familie früher den Urlaub verbracht hat, ein Häuschen am Ende eines Dorfes, fast schon im Wald, es war schief und aus Holz und bunt angestrichen, die Farbe blätterte ab, und im Frühjahr und im Herbst roch es faulig und schimmelig.

Die meiste Zeit hat sie mit ihrem Bruder im Schlafanzug auf dem Waldboden gesessen und gespielt. Morgens liefen sie schon im Schlafanzug raus in den dampfenden Wald, setzten sich unter einen Sonnenkegel auf den Nadelboden und bauten sich Wohnungen aus Stöckern und Blättern und Kartons. Dahinein setzten sie ihre Puppe Nana und Niswis, den Bären, vergaßen manchmal, sie wieder mit heimzunehmen, und am nächsten Morgen waren die ausgestopften Stoffkörper schwer vor Nässe. Dann mussten sie in der Sonne auf der Terrasse trocknen.

Der Junge fällt ihr ein, der stumm die Leute im Kaffee anstarrte und nichts sagte, später aber seiner Mutter alles erzählte, die dann gar nicht hinhörte und nicht antwortete, ihm war das egal, so ist das Leben: Die Leute wollten mit ihm reden, aber er nicht mit ihnen, er wollte mit der Mutter reden, aber sie nicht mit ihm, sehr merkwürdig, jeder konnte nicht anders und nichts dafür. Und ihr Thomasz erst. Seine Haare, sein Farbgeruch, sein süßer Körper, nie ist er richtig da, nie ganz bei der Sache, nie kann er sie verstehen, und sie kann nie genug von ihm bekommen, vielleicht deshalb.

Sie öffnet den Kühlschrank. Es ist nicht mehr viel drin. Aber Ketchup. Also Nudeln mit Ketchup.

Manchmal ist es blöd, dass sie ihn nicht einfach anrufen kann, dass er kein Telefon hat. Er könnte ein Handy haben, aber er will keines, er sagt, das sei ihm zu teuer, aber wahrscheinlich geht es nicht um Geld, er will einfach nicht. Sie hätte ihm sonst eines geschenkt, einfach, damit sie ihn anrufen kann, wenn sie allein ist, und mal schnell sagen will:

Thomasz, ich denke an dich, was treibst du so? Aber das würde doch schon gar nicht gehen, er würde doch wütend werden, wenn sie so was sagen würde, er hätte die Hände voller Farbe und keine Lust, zu so was irgendwas zu sagen. Also nicht.

Zuzanna nimmt sich den Teller Nudeln mit ins Wohnzimmer, wo sie vor dem Fernseher isst. Aber das Fernsehen interessiert sie nicht. Sie schaltet den Fernseher aus und legt sich aufs Sofa und schließt die Augen. Sie hatte fast vergessen, sie ist heute geküsst worden.

Lag es am Regen? Lag es an ihrer Uniform, daran, dass er zitterte, dass er fror, lag es an ihr, weil sie überhaupt da war? Ist das immer schon die Schuld, dass man überhaupt da ist?

Was hatte sie denn eigentlich gewollt?

Sie hatte ihn einmal beobachtet, wie er an seinen Sachen arbeitete. Er sägte Stangen aus Eisen aus und klebte Hühnerfedern dran. Er arbeitete sehr vorsichtig, ganz anders als Thomasz, der die Farbe voller Schwung auf die Leinwand klatscht. Wie ein Kind. Thomasz ist wie ein Kind.

Sie selbst hat die Singerei aufgegeben, als sie gemerkt hat, dass sie nicht gut genug war und es auch nie werden würde. Sie hat sich damit abgefunden. Sie hatte den Busschein gemacht und den Job bei den Verkehrsbetrieben bekommen. Busfahren macht sogar Spaß, es ist weniger ein Beruf denn eine Tätigkeit, sie muss sich da nicht so vollkommen reinstecken, wie zum Beispiel in den Kindergärtnerinnenberuf. Sie muss einfach nur immer hin- und herfahren, immer dieselbe Strecke, die schrecklichen Leute steigen garantiert irgendwann aus, niemand bleibt für immer, sind alle bei Schichtende weg, das ist perfekt.

Mittlerweile geht sie auch wieder in die Oper. Sie geht allein, Thomasz findet Oper bürgerlich, sie sitzt auf den schlechten Plätzen, manchmal ist es gut, manchmal nicht. Manchmal, selten, kann sie sich begeistern. Man sollte Kindern keine falschen Hoffnungen machen. Aber was konnten ihre Eltern schon wissen und ihre Musiklehrer und alle? Die waren gar nicht in der Lage, irgendetwas zu wissen. Waren ja selbst nicht besser. Und sie war eben nicht talentiert genug, eine klassische Sängerin zu werden, sie war nicht besessen genug, um es trotzdem zu versuchen, solche gibt es, und von denen schaffen es ein paar wenige zu was Großem. Die Verrückten. Denen gehört die Welt.

Sie isst die letzten kalten Nudeln mit viel Ketchup und geht ins Badezimmer, um sich bettfertig zu machen. Vielleicht geht sie morgen Thomasz besuchen. Sie hat es ihm schon wieder verziehen, dass er ihre letzte Verabredung vergessen hat, sie verzeiht ihm alles, er meint es gar nicht so, er ist nur immer beschäftigt mit der Kunst und sich selbst.

Erste weiche Schneeflocken trudeln langsam durch die kalte Luft, als sie den Weg zu Thomasz' Haus geht, und ihr Herz klopft schneller. Es ist wie bei den ersten Malen, als es geklopft hat wie verrückt.

Das Haus, in dem er wohnt, ist kaputt und baufällig. Die buntgestrichenen Fensterkreuze stören sie. Vielleicht sollte man es einfach abreißen und ein neues bauen. Sie tritt durch die Tür, grüßt ein paar Mädchen, die auf der Treppe sitzen und rauchen und schwarze Sachen stricken, schlängelt sich zwischen ihnen durch, geht ganz nach oben, wo Bewohner der ersten Stunde wohnen, zu denen auch Thomasz gehört. Dort oben ist alles großzügiger, da drängen sie sich nicht so wie unten, wo sie mit vielen Leuten in einer Wohnung hausen und hauptsächlich kiffen und Bier trinken.

Sie klopft an die Tür, und als sie nichts hört, drückt sie die Klinke herunter. Thomasz ist nicht da. Sie setzt sich auf einen Stuhl und betrachtet die an der Wand lehnenden Bilder. Sie sind groß und bunt. Wieso kann er das, wer hat ihm erlaubt, die teure Farbe so auf die Leinwand zu klatschen? Er erlaubt sich einfach alles selbst. Sie starrt auf das Rot und das Pink, auf die gelben Schlieren, die runterlaufen, Abdrücke von Haut in der Farbe, er hat manchmal einen gelben Hintern oder einen grünen Penis, sehr schick, «Das ging nicht ab», «Dann musst du eben schrubben», «Nein, ich lass ihn so und rein mit der Farbe in die kleine Leinwand», «Du bist ein Schwein», «Ja, bin ich», ach ja.

Ein Geräusch in ihrem Rücken, sie dreht sich um. Es ist Tom.

«Thomasz kommt später», sagt er, «ist bei Adam.»

«Ja? Adam ist sein Galerist, Würste wird der ihm servieren und Versprechungen.»

«Ich weiß nicht, ich versteh dich nicht.»

Zuzanna lächelt und spitzt ihren Mund und schiebt ihre Zunge ein Stück heraus. «Willst du ficken?»

Tom reißt die Augen auf. Er nickt und geht in sein Zimmer und macht die Tür zu.

Zuzanna sitzt und wartet, sie muss jetzt gehen. Thomasz kommt heute Nacht schwer betrunken und voll mit Würsten nach Hause, so sieht es aus, sie weiß es doch. Wie immer, wenn er bei dem Affen war. Also, geh, Zuzanna, ab nach Haus!

Sie wartet.

Tom kommt herein, geht an ihr vorbei, ohne sie anzusehen, und reißt ein Brotmesser aus einem Stück Holz.

Sie sagt: «Tom?»

«Zuzanna?»

«Eine Frau aus meinem Haus hat eine Schlange.»

«Ich verstehe nicht.»

«Eine Python. Sie ist schon mal ausgerissen.»

Tom schweigt.

«Ich gehe jetzt. Auf Wiedersehen.»

Tom hebt die Hand.

«Cześć.»

«Cześć.»

Er geht mit dem Messer in sein Zimmer und macht die Tür hinter sich zu. Zuzanna steht auf, geht zu Toms Tür und öffnet sie. «Ich frage mich nur, was du mit dem Messer willst.» Tom legt das Messer auf den Tisch, wischt sich die Hände an der Hose ab, bevor er sie küsst, und dann gehen sie zu seinem Bett, und er zieht sich aus. Sie steht da und sieht ihm zu. Er zieht sich vollkommen aus. Sie zieht sich auch aus. (Schnell jetzt, jetzt ist keine Zeit mehr, Zuzanna, jetzt nicht mehr lange überlegen!)

Er spricht ganz schlecht Polnisch. Sie wird wohl Deutsch lernen müssen. Immer sie, immer können die einfach nichts dazutun.

Sie presst sich an ihn, so fest sie kann, und er presst mit gleicher Kraft, quetscht ihr fast die Luft ab. Mit ihm ist es besser. Er ist hungrig nach Küssen. Er ist hungrig auf alles, Himmel, ist er verrückt nach ihr, nach Zuzanna! Sie ist zu allem bereit, hat ja nur darauf gewartet, Thomasz, wenn du das hier mal miterleben könntest, wenn du dir das mal ansehen könntest, wie das auch aussehen kann. Hallohallo!

Als Tom fertig ist, weint er lautlos, und sie wagt nicht, ihn zu fragen. Sie macht es sich auf dem Bett bequem, auf seiner Matratze, und ist zufrieden. Hinter dem Fenster sieht sie den Schnee fallen. «Wenn Thomasz das erfährt, bringt er dich um», sagt sie und macht eine Geste quer vor ihrem Hals.

Tom nickt langsam.

Zuzanna zieht sich an. «Ich gehe», sagt sie, «und dann werden wir sehen, was wir machen, wie wir es machen.»

Tom nickt wieder. Er reißt eine Feder aus seiner Installation und steckt sie ihr in die Mütze.

Die Schneeflocken bleiben auf ihrer Kapuze liegen, auf ihrem Rücken, wie eine Decke, ein winzig kleines Gewicht auf den Schultern, die Einbildung eines Gewichtes, ein Gramm Schneegewicht, eine Feder im Hut, eine Laune im Schnabel. Ich freue mich sehr, Zuzanna, ich.

## Tom

Als er wach wird, ist es dunkle Nacht, nebenan hört er Thomasz arbeiten. Hört den Pinsel schmatzen und das Gewische und Gespritze, heute arbeitet er still, ohne Musik und ohne Gesang. Tom hatte einen schönen Traum, es ging um Zuzanna, er hat mit ihr geschlafen, er setzt sich auf, er hat mit Zuzanna geschlafen. Zuzanna ist Thomasz' Freundin.

Er setzt sich auf seiner Matratze auf, er ist müde, und ihm ist ein bisschen schlecht. Wieso hat er das getan? Alles war doch gerade ganz schön, sie haben doch immer so gut über Kunst geredet, Thomasz hat ihm den Hof mit dem ganzen Müll gezeigt, den Tom sehr gut gebrauchen konnte.

«Kannst du alles haben», hatte Thomasz gesagt, «ist für dich.»

Und hat ihn auf den Hof gezogen und sogar geholfen, Zeug durchzuschneiden und hochzutragen. Jetzt hat er sich gerade hier eingelebt und mit Thomasz Zwiebeln und Kartoffeln gegessen und sich sogar an Krawallec gewöhnt, jedenfalls beinahe, und nun passiert so eine Katastrophe. Denn eine Katastrophe ist das ja wohl.

Nach einer Weile wirrer Gedanken und Entschlüsse beschließt er, einfach gar nichts zu sagen. Vielleicht erfährt Thomasz nichts davon, vielleicht kann er es ihm auch irgendwie beibringen, er muss auf eine Gelegenheit warten, er glaubt eigentlich nicht daran.

Vorsichtig öffnet er die Tür. Thomasz trägt seine buntbespritzte Unterhose, seine Glückshose, das wird sich dann heute ändern. Er schmeißt die Farbe literweise an die Leinwand, er ist vergnügt. Tom sieht ihm eine Weile stumm zu. Dann sagt er: «Hallo.»

Thomasz dreht sich um und strahlt: «Hallo.» Dann malt er weiter. Tom seufzt ausdrucksvoll. Thomasz dreht sich wieder um und betrachtet ihn aufmerksam, als wollte er etwas herausfinden. «War Zuzanna hier?»

Tom überlegt. Soll er die Wahrheit sagen? Soll er lügen? Inwieweit soll er lügen? Er sagt: «Ja, sie war hier.»

Thomasz nickt zufrieden. «Ich dachte mir, dass sie heute kommt.» Er kratzt sich am Bauch, sein Hemd rutscht hoch, der Bauch ist mit blauer Farbe beschmiert. «Ist sie nicht schön?»

Tom nickt.

«Ich liebe sie», sagt Thomasz und lächelt versonnen. Dann legt er Tom seinen Arm um die Schultern. «Du wirst auch noch eine Frau bekommen. Keine wie sie, eine andere.» Er lacht laut und haut ihm kräftig auf die Schulter. Tom zuckt unter dem Schlag zusammen und nickt. Thomasz holt Wodka aus dem Kühlschrank und gießt zwei Wassergläser voll. Tom seufzt wieder, nimmt aber dankbar das Glas.

«Sechs Bilder verkauft», sagt Thomasz und hebt sein Glas. «Na zdrowie, znajomy!» Tom erinnert sich, dass Thomasz heute bei seinem Galeristen gewesen ist, der Bilder von ihm nach Berlin und Wien in seine anderen Galerien geschickt hatte. Thomasz hat dem Galeristen nicht getraut, er sieht aus wie ein Affe, aber nun hat sich gezeigt, dass der Galerist gut für Thomasz ist, sehr gut. In einer Woche haben sich also schon sechs Bilder von ihm verkauft. Vielleicht ist das der Durchbruch. «Auf die Liebe!»

«Na zdrowie!»

«Trinkst du nicht auf die Liebe? Milosz.»

«Na milosz!»

«Na milosz!»

«Du bist krank, oder?»

«Ich bin nicht krank. Ich bin nur erschöpft.» (Vom Vögeln mit deiner Freundin.)

«Du musst trinken, dann geht dir gut.» Während ihm Thomasz das nächste Wasserglas voll Wodka kippt, hört er ihn sagen: «Ich werde sie heiraten.» Der Satz begleitet ihn die ganze Nacht hindurch. Als sie durch die Warschauer

Straßen laufen wie Freunde, Arm in Arm, rempelt ein Mann sie an, und Thomasz zieht ein kleines Messer aus der Tasche, hält es hoch und sagt etwas mit «sterben».

«Nie», sagt der Mann.

«Musisz.»

Der Mann geht weiter. Thomasz schüttelt den Kopf. «Muss er doch sterben. Jeder muss sterben.» Tom nickt und weiß nur eines: heiraten. Er sieht sich in einer Scheibe, wie er aussieht, wer er ist. Hat er je nur ein einziges Etwas verkauft? Will er sie heiraten? Nicht einmal das. Thomasz nimmt den Arm nicht von seiner Schulter. Er schiebt ihn ins Loch und kippt ihn mit Wodka voll, er bezahlt, er ist großzügig und mit Farbe beschmiert und ganz, ganz toll, der Thomasz, der tolle Thomasz mit der tollen Freundin. Tom fasst einen Entschluss.

Im Bus sitzen, sich fahren lassen, betäubt von der vorbeiziehenden Landschaft, die endlos stumm ist. Er ist die Landschaft, er schüttelt den Zweifel ab, immer wieder von neuem, wenn er angekrochen kommt wie ein lästiger Freund, denn jetzt ist alles Zweifeln sinnlos, jetzt fährt er.

Natürlich hätte er genauso gut am nächsten Tag aufwachen, sich anziehen und zu Zuzanna gehen können. Er hätte sie in ihrer kleinen Wohnung besucht, vielleicht vorher noch beim Bäcker vorbei, um frische Brötchen zu holen. Er hätte die frische, neue Beziehung kosten können wie warme Brötchen. Anfangs hätte er absichtlich gezögert, hätte mit ihr gefrühstückt, sich mit ihr unterhalten, bis sie selbst es nicht mehr ausgehalten hätte und ihn, verrückt vor Leidenschaft und Liebe, geküsst und weiteres hätte.

Wenn es so gewesen wäre. Wie genau es gewesen wäre,

das wird er jetzt nicht mehr erfahren. Vermutlich auch ganz anders. Vermutlich hätte sie ein besorgtes Gesicht gemacht, weil sie alles längst bereut, vielleicht hätte sie eine Weile geschwiegen, während sie lustlos an ihrem Brötchen gekaut hätte und am Ende noch geheult. Wer weiß?

Irgendwann hätte sie es jedenfalls bereut. Sie hätte erkannt, dass er es nicht mit Thomasz aufnehmen kann. Mit seinem Erfolg und seinen Haaren und seinem beschmierten Schwanz.

Vor zwei Jahren hatte Jens zu ihm gesagt: «Tom, wenn du was Gutes hast, melde dich, ich schau es mir an.» Sie hatten zusammen studiert, und Jens mochte Toms Sachen, und einmal hat er ihm sogar eine Arbeit abgekauft, eine kleine Arbeit, sie hieß Der Schrumpf, sie war sehr klein. Jetzt betreibt Jens eine kleine Galerie auf St. Pauli. Wenn er einen Funken Ehrgeiz gehabt hätte, dann hätte er mehr gearbeitet, dann hätte er sich angestrengt, und dann wäre er ein bisschen wenigstens auch mehr so wie Thomasz gewesen. Aber in den zwei Jahren ist nie auch nur ein Teil entstanden, das so etwas Gutes war, wie Jens es meinte.

In seinem Zimmer in Warschau steht die beste Arbeit, die Tom je gemacht hat, sie ist groß, viel größer als die Sachen, die er sonst gemacht hat, sie heißt Z, nur ein Buchstabe. Z.

Was wird Thomasz damit machen? Normalerweise interessiert er sich nicht für das, was andere machen. Wahrscheinlich lässt er es eine Weile stehen, weil es ihm egal ist, aber spätestens, wenn ein anderer einzieht, wird er es aus dem Fenster in den Hof werfen, zu all dem anderen Schrott, so läuft das da. So wird da aufgeräumt.

Sein Beziehungskram versaut ihm immer alles.

Der Bus ist voller Leute, die schnarchen oder essen oder laut reden, er ist keiner von ihnen. Er beobachtet den Busfahrer, erst hört der lange laut Musik aus dem Radio, dann stellt er das Radio ab, kratzt sich und wischt sich über die Augen, er wippt mit dem Kopf, als wäre das Radio noch an, ganz leicht, wie in Trance, sein Körper wankt zur Seite, richtet sich wieder auf, auch das nur ganz leicht, aber Tom merkt das, er wird doch nicht einschlafen?

Die Frau neben ihm achtet nicht auf den Fahrer, sie ist sehr vertrauensvoll, hält ihren Korb fest und sieht aus dem Fenster. Tom stupst die Frau neben sich an und deutet auf den Busfahrer. Sie sieht ihn an, sie hat dicke Tränensäcke, sie sieht den Busfahrer an, sie versteht nicht, worum es ihm geht.

«Er schläft. Sehen Sie das? Er bringt uns alle um!»

Schweigen und Nichtverstehen.

«Schläft.» (Er macht eine Schlafgeste mit seinen aneinandergelegten Händen und seiner Wange.) «Unfall! Tot!»

Die Frau steht auf und geht nach vorn zum Fahrer. Sie beugt sich zu ihm rüber, sagt etwas, er lacht, sie lacht auch, laut und grob. Dann drehen sie sich beide um, um sich Tom anzusehen.

Tom kann es nicht fassen, er schreit: «Sieh nach vorne, wo die Straße ist!»

Der Fahrer dreht sich wieder nach vorn, und beide biegen sich vor Lachen.

«Hahahaa.» Andere Fahrgäste schließen sich dem Gelächter an.

Lacht nur, ihr werdet schon noch sehen, was ihr davon habt, wegen euch sterben die Fische, und die Ozonschicht geht kaputt, und alles wird verstrahlt und verpestet wegen euch, aber lacht nur über die, die umsichtig und vorausschauend sind, jetzt könnt ihr noch, aber bald, wenn ihr tot im Graben liegt, dann lacht ihr nicht mehr.

Stumpf ab, denk nicht nach, halt den Mund, Tom!

Zuzanna! Warum sitzt er denn in diesem Bus? Wegen ihr.

Hat Thomasz gesagt, er heiratet sie? Das würde der doch nie tun, das hat er doch nur so gesagt, der heiratet doch nicht, wie dumm bist du, Tom? Aufhören zu denken und lieber essen.

Sein Koffer steckt unten in einem Fach. Sein Beutel, den er sich als Reisetasche umgehängt hat, enthält eine Flasche Wasser und zwei Äpfel. Er nimmt einen Apfel heraus, betrachtet und wischt ihn an seiner schmutzigen Hose ab und hält ihn weiterhin in seiner Hand. Eigentlich ist ihm nicht nach Apfel. Seine dicke Banknachbarin im gelben Anorak hat in ihrem Korb die leckersten Sachen. Erst, als sie ihn länger ansieht, merkt er, dass er die ganze Zeit auf ihr Essen starrt. Aber sie ist ja so nett! Sie packt alles aus, Eier, Brote, Kuchen, so ganz leckeren, polnischen Kuchen, dann Kaffee aus einer Thermoskanne und fette kleine Würstchen, Gurken aus einem Glas, und ganz unten hat sie, wie könnte es anders sein, ein flaches Fläschchen, das sie ihm ganz verschmitzt zum Nachtisch reicht. Sie kauen und schweigen gemeinsam in der Ödnis der Landschaft und des Verkehrs, aber die Sonne kommt raus.

Seine Dankbarkeit kennt keine Grenzen, er nimmt ihre dicke Hand und drückt einen zärtlichen Kuss drauf, das ist ehrlich gemeint, das ist sein Herz, was er auf ihre Hand drückt, er muss fast wieder weinen. Wie kann ein Mensch, der ihn gar nicht kennt, so gut zu ihm sein? Hat ihn diese

Frau vorhin ausgelacht? Sie durfte es! Sie könnte es noch hundertmal tun.

Satt lehnt er sich zurück, was für eine herrliche Natur das in Polen ist, schade, dass er wegfährt, vielleicht sollte er nochmal zurückkommen und sich die Gegend hier ansehen. Vorhin war ja noch alles grau, aber das lag sicher an dem Wetter, jetzt ist es wundervoll, und er schläft ein bisschen ein.

Als er wach wird, tut ihm jeder Knochen weh, und er stellt erschrocken fest, dass sein Kopf an einer fetten Schulter lehnt. Was ist los? Was macht er hier? Die wichtigen Details fallen ihm sofort ein. Er ist gegangen, ohne sich zu verabschieden, er hat einen Brief hinterlassen, in dem er sich bei Thomasz bedankt, und hat die Miete für den Monat in den Umschlag getan. Er hat geschrieben: «Ich muss dringend nach Hause. Bei Gelegenheit schick mir eine Kopie von Krawallec oder komm mal nach Hamburg. Alles Gute, Tom.»

Er hat den Brief auf den Tisch gelegt und ist die Treppe runter und dann wieder hoch und hat unten druntergesetzt: «Grüße an Zuzanna.» Er hofft, sie wird es verstehen. Grüße an Zuzanna, kann einiges bedeuten, wenn sie es nur richtig versteht.

Nun weiß er, wo er ist, und alles ist normal. Es ist so von ihm entschieden worden, ganz normal. Die Schulterfrau neben ihm ist dick und riecht nach Wurst und Wodka. Die Sitze des Busses sind dreckig, der Busfahrer fährt einen gefährlichen Stil und ist übermüdet, die Landschaft ist dunkel und deutsch, er ist in Deutschland. Wie, jetzt schon? Er ist in Deutschland, in Graudeutschland, in Deutschdeutschland, wie schön.

In Berlin muss er erst mit der S-Bahn fahren, aber er findet sich zurecht. Alles in deutscher Schrift, die Dinge scheinen ihm plötzlich sehr einfach zu sein.

Im Zug nach Hamburg schläft er sofort wieder ein. Er wacht erst auf, als sie kurz vor Hamburg halten. War er weg? In einem anderen Land? Wieso hält hier der Zug? Immer gibt es Gründe für Umstände, in denen man selber drinsteckt, die man einfach nicht erfährt.

Dann Hamburg, Zuhause, das ist es doch, das merkt man erst, wenn man kurz vorher nochmal anhält und es nicht weitergeht.

Vom Hauptbahnhof aus ruft er Johannes an.

«Johannes? Ich bin es, Tom.»

«Tom, wie geht es dir? Was macht die Kunst? Was machen die Frauen? Es ist übrigens mitten in der Nacht.»

«Ich bin wieder hier.»

«Hier? Wo hier?»

«Ich bin auf dem Hauptbahnhof.»

«In Hamburg auf dem Hauptbahnhof?»

«Ja, doch.»

«Warum denn das jetzt?»

«Das hat sich so ergeben, das ist schwierig geworden in Polen, das können wir bei dir besprechen, können wir das?»

«Ich mach Licht an und koche Kaffee.»

«Licht ist gut, und Kaffee, das wäre sehr schön, Bier geht aber auch, ich komme, Johannes, ja? Ich hab kein Zuhause mehr, du weißt.»

«Aber sicher, Tom, da musst du doch nicht fragen, ich hab alles hier, Beck's und Kaffee, komm ruhig vorbei, hier ist dein Zuhause, bei deinem Cousin, das weißt du doch.»

Auf dem Bahnsteig kommt es ihm so vor, als wäre er nur eben mal weg gewesen und nicht ein halbes Jahr. In der Bahn sitzen zwei Männer mit Bier in der Hand und diskutieren die Ausländerproblematik, wohl verkennend, welche Problematik sie selbst darstellen, aber das ist ja das Problem von allen, auch von ihm selbst, dass er immer nur die anderen hasst und sich selbst bemitleidet.

«Die Türken haben alle zwei Autos, ich hab nicht mal eins.»

«Du hast doch auch keinen Führerschein.»

«Hätt ich aber, wenn ich's mir leisten könnte. Die Türken haben doch auch keinen Führerschein, die kaufen sich den in Istanbul.»

«Meinst du?»

«Die ganzen Ausländer machen den Staat kaputt. Mir schenkt doch auch keiner was, aber denen.»

«Du kriegst doch Hartz IV. Das ist geschenkt.»

«Das steht mir doch zu, Jensen.»

«Ich weiß, ich weiß.»

«Bei uns inner Firma war auch mal einer, Jussuf, ob der da war oder nicht.»

«Ich sag's doch. Die machen den Staat kaputt.»

«Im Grunde, ja.»

«Die hätten den Schill mal ranlassen sollen.»

Fünf Türken steigen ein, jung, glänzendes Haar, Lederjacke, Arme angewinkelt. Einer telefoniert, er hat einen blonden Streifen auf dem Kopf und trägt eine silberne Jacke. «Machst du klar? Wir kommen jetzt, ich geb dir einen aus, wenn du klarmachst, wir bringen dir was mit, alles klar? Ich lieb dich, du bist mein Freund, bis gleich.»

Eine Station weiter steigen sie aus und drücken dem Schillfreund ein Bier in die Hand.

«Willst du haben? Ist noch voll, schmeckt nicht mehr.»

«Klar doch», sagt der Schillfreund und hebt die Hand zum Gruß, «viel Spaß noch, Jungs.»

«Ist doch noch fast voll», sagt er zu seinem Kameraden und nimmt einen ordentlichen Schluck. «Ist gutes deutsches Biä.»

«Da hat er aber schon dran gesabbert.»

«Ach wat. Ist gutes deutsches Biä, das schmeiß ich doch nicht weg.»

So wie in Hamburg ist es doch nur in Hamburg und nirgends sonst auf der Welt. Die Mülleimer in der S-Bahn sind so wie nur hier.

Während er sich Johannes' Haus in Poppenbüttel nähert, fällt ihm ein: Johannes wollte sich um seine Wohnung gekümmert haben. Was das heißen sollte, wusste er nicht. Er hatte einfach gesagt, ich kümmere mich drum, und weder er noch Johannes haben wieder ein Wort über die Details verloren. Das konnten sie auch nicht, sie haben seitdem nicht miteinander gesprochen, weil er Johannes ein halbes Jahr nicht angerufen hat. Ob er die Wohnung aufgelöst hat? Toms wenige Möbel verkauft? Oder, was wahrscheinlicher ist, hat er sie auf den Sperrmüll gebracht?

Durch die beschlagenen Scheiben von Johannes' Wintergarten sieht Tom ihn mit einem Bier sitzen, zwischen den braunen Pflanzen und den Wassertropfen, was treibt ihn dazu, sich im Winter in den Wintergarten zu setzen? Ein Streifenbademantelfisch.

«Was machst du hier, es ist Winter und Nacht?»

«Hier ist doch Heizung, Tom.»

Es ist auch wirklich warm. Und feucht, und Berge feuchten Papiers liegen auf dem Tisch. «Ich habe noch etwas gearbeitet, bis du kommst. Wenn ich schon wach bin.»

«Ich bin müde, Johannes.»

«Klar. Ich hab Kaffee gemacht, schnell Kaffee und Bier und dann schlafen.»

«Kaffee und Bier und dann schlafen ist das Beste.»

«Ich weiß, ich mag das auch.» Johannes packt ihn bei den Schultern und schüttelt ihn ein bisschen. Dann geht er in die Küche, und Tom hört ihn hantieren. Er setzt sich auf einen Rattanstuhl, auf ein orangefarbenes Kissen, das eine leichte Feuchtigkeit in sich hat, es ist wie Moos. Sein Hinterteil erwärmt das Kissen, und die Feuchtigkeit wird warm. Das Rauschen und die ganze Sachlage, dass er bei Johannes ist, der sich kümmert wie eine Mutter, das ist so beruhigend. Als Johannes das Bier auf den Tisch knallt, schreckt er hoch.

«Müde, was?», sagt Johannes.

Tom nickt.

Johannes bewegt aufmunternd seinen fusseligen Schädel. «Was ist nun los, Tom? Sag an!» Tom erzählt ihm von Thomasz, von seiner Arbeit bei den Busputzern, darüber kommt er dann zu Zuzanna, von der er ausführlich berichtet und von ihrer Beziehung zu Thomasz, um Johannes klarzumachen, zu seiner Verteidigung, dass die Beziehung unter Umständen auch als schwierig angesehen werden könnte, als Johannes ihn unterbricht. «Du hast mit der Zuzanna gevögelt?»

Tom nickt.

«Mit der Freundin von Thomasz, bei dem du wohnst, mit der hast du …?»

Tom nickt wieder.

«Tom, das kannst du doch nicht tun! Das ist doch dein Freund gewesen, hast du gesagt. Ihr habt euch so gut verstanden. Du kannst doch nicht in ein Land gehen und die Frauen von den Männern da vögeln.»

«So ist das doch nicht, was soll das denn heißen?»

«Es ist überhaupt keine Ehre in dir, dass du so was tust.»

«Mann, Johannes, du verstehst nicht, wie es war. Es ist einfach so passiert.»

«Ist sie dich angegangen?»

«Das kann man nicht so sagen.»

«Dann ist es nicht passiert. Dann hast du es gemacht.»

«Ja. Ich habe es gemacht. Aber ich musste sie nicht vergewaltigen.»

«Das hoffe ich doch. Aber eine Frau ist manchmal wankelmütig, das darf man nicht ausnutzen, wenn sie wankelmütig sind, weil sie ihre Tage haben.»

«Sie hatte nicht ihre Tage.»

«Nicht. Dann ist sie hoffentlich man nicht schwanger.»

«Was? Sie wird doch nicht schwanger.»

«Woher willst du das wissen?» Johannes öffnet sich ein zweites Bier, stößt auf und schüttelt den Kopf. Er ist sichtlich mitgenommen.

«Ich denke mir, sie verhütet irgendwie, sie hat ja auch mit Thomasz keine Kinder.»

«Du bist echt zu vertrauensselig. Wenn Frauen riechen, dass das mit der DNS hinhaut, dann schnappen sie zu, und dann ist es passiert. Frauen sind in erster Linie Tiere.»

«Sag mal, Johannes, woher weißt du eigentlich so viel über Frauen? Das frag ich mich immer wieder.»

«Aus dem Internet.»

«Und du meinst, das stimmt alles, was du im Internet lernst?»

«Von Vögeln ohne Kondom kann man schwanger werden, das wusste ich schon vorher.»

«Thomasz will sie heiraten, ich konnte ihm nicht sagen, dass ich mit ihr geschlafen habe.»

«Das wär schlecht gekommen.»

«Der hätte mich umgebracht, du kennst den nicht. Der hätte uns alle umgebracht.»

«Das ist ja ein schönes Ding. Aber willst du jetzt was von dieser Frau, Tom? Das ist die Frage.»

Will er was von Zuzanna? Und vor allem, *was* will er von Zuzanna? Es war gar nicht kompliziert. Sie war da, er konnte sie anfassen, sie wollte, dass er sie anfasste, und sie gefiel ihm sehr. Ihre Haut gefiel ihm. Nun sitzt er hier mit Kaffee und Bier und weiß nicht, in welchen größeren Zusammenhängen das zu sehen ist.

«Sie ist ja Thomasz' Freundin», sagt er.

«So weit, so gut», sagt Johannes und kratzt sich an der kahlen Birne.

«Und sie wollen heiraten.»

«Heiraten. Und wieso macht sie dann mit dir rum?»

«Sie weiß es ja noch nicht.»

«Was weiß sie nicht?»

«Dass er sie heiraten will.»

«Und wenn sie gar nicht will?»

«Sie will.»

«Woher weißt du das denn?»

«Sie liebt ihn.»

«Ach, und weil sie ihn liebt, macht sie mit dir rum.

Frauen sind ein Rätsel, das sag ich immer wieder.» Johannes holt neuen Kaffee aus der Küche und gießt nach.

«Was ist mit dem Kaffee?»

«Er ist nur abgelaufen, ich hab ihn von Murat, der hat ihn vom Restaurant seiner Eltern, ist für die Gäste nicht mehr zumutbar.»

«Für dich aber und für mich.»

«Geht doch, oder?»

«Er schmeckt nicht.»

«Ich weiß. Er geht aber. Findest du nicht?»

«Er schmeckt nicht, aber er geht.»

«Du bist einfach abgehauen?»

«Ja.»

«Du hast es ihr nicht gesagt?»

«Nein.» Er schüttelt wieder den Kopf.

«Junge, Tom, das hättest du aber tun sollen», sagt Johannes und legt ihm seine Hand auf den Unterarm.

«Hätte ich?» Gleich heult er wieder. Geht alles wieder los, kaum zu Hause, geht alles wieder los. «Was ist mit meiner Wohnung?»

«Ich habe sie gekündigt ... Und die Möbel entsorgt.» Johannes macht eine unklare Armbewegung.

Tom nickt.

«Du kannst erst mal hier wohnen», sagt Johannes, «im Gästezimmer.»

Tom beschließt, sofort morgen früh wieder bei seiner alten Verwaltung anzurufen. Die haben immer billige, kleine Wohnungen in ihren Ghettos frei, wenn man keine Ansprüche stellt, so wie er, dann ist es ganz einfach. Auf Dauer bei Johannes wohnen ist keine Option.

Johannes gibt ihm Bettzeug ins Gästezimmer und hilft

ihm beim Beziehen. Es riecht muffig, und Johannes lüftet. Das Gästezimmer sieht als einziges Zimmer im Haus noch so aus, wie es Johannes' damalige Freundin Siegrid eingerichtet hat. Siegrid hatte großes Interesse am Einrichten. Sie wollte sich mit Johannes in dessen Leben einrichten, aber es ging nicht. Denn sie war schon immer, von Anfang an, mit Johannes unzufrieden gewesen. Man merkte, er reichte ihr nicht. Johannes hielt es aus und lachte sogar, wenn sie sich wieder mal über ihn lustig machte, so gutmütig ist Johannes. Möglicherweise ist Johannes aber damals schon schwul gewesen und konnte sie nicht bumsen. Das wäre eine Erklärung für ihre Unzufriedenheit. Nachdem er das Haus für sie gebaut und nach ihrem Geschmack eingerichtet hatte, verließ sie ihn. Dann saß er in dem Siegridhaus, allein zwischen ihren Bildern und Kerzenständern.

Als Tom bereits unter der leichten, wahrscheinlich noch nie benutzten Decke liegt, noch nie benutzt, weil Johannes nie Besuch kriegt, denkt er, dass sie auch was Gutes hatte, zum Beispiel konnte sie ganz ausgezeichnet kochen. Kochen war ihr Hobby, beruflich war sie Zahnarzthelferin. Vielleicht hätte sie besser Köchin werden sollen, vielleicht hatte sie sich beruflich vertan. Vielleicht hätte auch er etwas anderes werden sollen. Anwalt zum Beispiel.

Während der Wind durch das offene Fenster flüstert und die rosa Ballettmädchen von Degas ihm zuzwinkern, schläft er endlich ein. Vorher denkt er noch, dass kochen können und es auch tun schon sehr viel wert ist.

«Ich ruf bei der Verwaltung an», sagt er, und Johannes nickt, während er auf einem Döner kaut und mit einem Finger Buchstaben in den Computer von Aldi tippt.

Das Wunder geschieht. Sie verbinden ihn mit der richtigen Frau, sie erinnert sich an ihn und an seine Wohnung, seine alte Wohnung steht komischerweise nach einem halben Jahr immer noch leer. Er kann sie sofort haben, er kann sich den Schlüssel abholen, er muss nur noch die Kaution hinterlegen und den Mietvertrag unterschreiben. Es kommt ihm so vor, als wären sie froh, ihn wieder als Mieter zu haben.

Johannes steht neben ihm. Er riecht nach Knoblauch. «Die Kaution haben sie damals einbehalten, weil nicht gestrichen war und auch sonst ...», sagt er und zuckt mit den Schultern. Was mit ‹und auch sonst› gemeint ist, ahnt Tom vage, die hygienischen Zustände in der Toilette und in der Küche. «Ist schon gut», er klopft Johannes auf die Schulter, «obwohl diese Wohnung vorher ein Fahrradschuppen war und nicht im mindesten gestrichen.»

Seine Wohnung in Hasselbrook riecht muffig. Braune Flecken haben sich an der Decke gebildet, Wassertröpfchen hängen an den braunen Flecken, und es ist ganz und gar nicht gestrichen. Tom geht zur nächsten Telefonzelle und ruft die Sachbearbeiterin an, die für seine Wohnung zuständig ist. «Es ist nicht gestrichen», sagt er ihr.

«Wie bitte», sagt Frau Kritzer, die Sachbearbeiterin.

«Sie haben meine Kaution einbehalten, weil nicht gestrichen war, aber dann haben sie gar nicht mit dem Geld gestrichen, und jetzt habe ich wieder eine Kaution hinterlegt, da haben Sie schon zwei Kautionen für dieselbe Wohnung und haben nicht gestrichen. Das kann ja nicht sein, oder?»

«Warten Sie, da muss ich erst nachsehen», sagt Frau

Kritzer, als wüsste sie gar nicht mehr, wer er ist, dabei hat sie ihm gerade erst den Schlüssel überreicht. Sie raschelt mit den Unterlagen und sagt dann: «Das sollte aber sein.»

«Was sollte sein?», fragt Tom.

«Das sollte weiß gestrichen sein, renoviert, steht hier.»

«Ist aber nicht», sagt Tom.

«Ja, dann muss ich das mit dem Hauswart besprechen», sagt sie vorwurfsvoll. Weil er ihr jetzt solche Umstände macht und so ein Querulant ist. «Wir melden uns bei Ihnen. Die Telefonnummer?»

«Ich habe noch kein Telefon», sagt er. «Ich bin gestern erst aus Polen gekommen.»

«Aus Polen?»

«Ich muss erst alles wieder anmelden.»

«Ja, dann …», sagt sie, und er kann spüren, wie ihr Gehirn jetzt für kurze Zeit stillsteht.

«Ich rufe *Sie* an», sagt er, «morgen rufe ich Sie an, wenn Sie dann mit dem Hauswart gesprochen haben.»

«Morgen sehe ich ihn vielleicht», sagt sie, «da kommt er meistens rein.»

«Ja, hoffentlich», sagt Tom, «sonst brauchen Sie ja auch nicht zwei Kautionen, oder?»

«Wir werden sehen», sagt Frau Kritzer.

«Wir werden sehen, Frau Kritzer? Was soll das denn heißen? Wollen Sie mich verarschen?»

«Wenn Sie so mit mir reden.»

«Was dann? Wollen Sie mir dann kündigen? Haben Sie andere Bewerber für das tropfende Loch?»

«Ich sagte doch, ich werde mit dem Hauswart reden und kümmere mich.»

«Sie sagten, ‹wir werden sehen›. Das habe ich genau

gehört. Sie wollen mich im Ungewissen lassen. Ich weiß genau, wie Sie drauf sind. Sie denken, mit mir können Sie es machen.»

«Ich denke gar nicht so etwas, ich muss mich nur an meine Vorschriften halten.»

«Dann halten Sie. Aber bald.»

«Einen schönen Tag, ich muss jetzt arbeiten.»

«Tschüs.» Tom seufzt, warum ist es nun wieder so gelaufen? Immer macht er sich Feinde und zettelt Ärger an, weil er so schnell wütend wird und oder traurig, weil er sich selbst bemitleidet.

Er geht zurück in seine leere Wohnung, die Wände starren ihn an, die ganzen Flecken und Löcher, die Farbe und der Ketchup an der Tür, alles stammt von ihm. Es grinst ihn an, als wäre das gar nichts, dass er ein halbes Jahr in Polen gewesen ist. Er setzt sich auf den Boden, wie schön wäre es, wenn noch sein Bett hier wäre und sein Aldi-Williamschrist und ein bisschen Speed. Aber jetzt ist er sowieso auf Wodka, das Erste, was er sich gleich nachher im Supermarkt besorgen wird, es ist in Polen doch etwas passiert, er ist ein anderer geworden, einer, der Wodka trinkt; einer, der Wodka trinkt, ist ein ganz anderer Mensch als jemand, der Aldi-Schnaps trinkt. Das muss man mal festhalten.

Er wartet auf Johannes, der ihm ein paar Sachen vorbeibringen wollte, eine Matratze und ein paar Töpfe. Johannes hat ein schlechtes Gewissen, weil er seine Sachen auf den Sperrmüll gebracht hat. Johannes hat nichts in seinem Haus für Tom aufgehoben, nur die Installationen hat er in die Garage gebracht, wie Tom ihn gebeten hatte, sonst war alles auf dem Müll gelandet. Als wäre es Müll gewesen. Es ist Müll gewesen.

Er geht jetzt doch erst mal in den Supermarkt, muss Johannes notfalls kurz warten, und holt sich den Wodka, setzt sich damit auf den Boden, er trinkt auch nicht viel davon, nur ein bisschen, dann rutscht er zur Seite, bleibt mit angezogenen Beinen auf der Erde liegen, es wäre das Beste, wenn es immer so still sein könnte, mit einem richtigen Maß Wodka im Bauch.

Am nächsten Tag läuft er wieder zur Telefonzelle und ruft Frau Kritzer an, Frau Kritzer hat mit dem Hauswart gesprochen und sagt, sie kann ihm das Geld überweisen. Geht doch. Dann ruft er Martina an.

«Habe ich mir doch gedacht, dass du wiederkommst. Gerade habe ich mit jemandem darüber geredet.»

«Mit wem?»

Sie ignoriert die Frage und sagt: «Ich hab ja gesagt, du kannst jederzeit wieder hier anfangen, und dazu stehe ich. Auch wenn das nicht in Ordnung war, wie du abgehauen bist, ohne Kündigungsfrist.»

Er atmet auf. Das wäre also geklärt, das Finanzielle. Es ist schon merkwürdig, wie widerstandslos er wieder in sein altes Leben rutscht. Als hätten alle nur auf ihn gewartet und ihm seinen Platz freigehalten. Dann war es wohl am Ende sein Platz. Und sein Platz kommt ihm vor wie ein kleines, rundes Vakuum, das so dermaßen seines ist, dass kein anderer es haben wollte. Manche Leute würden töten, um den Platz eines anderen einzunehmen, aber sein spezieller hier, seine Wohnung, seine Arbeit, seine Freunde – seine Freunde? –, ist nicht von der Art, dass irgendjemand außer ihm was damit anfangen könnte.

«Wann kann ich wieder einsteigen?»

«So schnell wie möglich», sagt Martina, «zwei sind krank, da kann ich jeden brauchen. Wie wäre es mit morgen?»

«Morgen, ja.»

«Um sieben in der Post.»

«Ich bin da.»

«Super, bis dann.»

«Ach, ich habe keinen Overall mehr.»

«Wieso das denn?»

«Johannes hat alles weggeworfen, hat alles zum Sperrmüll gebracht, ich weiß, den Overall hätte er aufheben können, aber er hat alles in einem Schwung.»

«Das war eine Sondergröße.»

«Tut mir leid.»

«Wird dir abgezogen.»

«Klar doch.» Ist irgendwie beruhigend, dass Martina sich nicht im mindesten geändert hat, soll sie ihm den Overall abziehen, das ist ja lächerlich, das ist regelrecht süß. «Bis dann.»

Die Luft wird langsam wärmer. Auch am Abend ist sie schon weich und wattig, riecht süß, und die alten Leute bleiben noch ein bisschen auf den Bänken sitzen. Tom radelt die Auffahrt hoch, wo er schon von weitem Martinas Auto sieht. Sie steht vor der Halle und raucht. «Kannst du schon gleich wieder nicht pünktlich sein? Was bildest du dir eigentlich ein, wir sind alle pünktlich, nur weil du ein Mann bist, oder was?»

Sie schiebt ihm einen Putzwagen vors Schienbein und sagt: «Dritter.»

Er fährt im Fahrstuhl hoch, die Tür öffnet sich, er

schiebt den Wagen den Gang entlang, er denkt gar nichts, wartet nur auf das, was er gleich denken wird, er tritt ins erste Büro, und da steht sie.

Sie sieht aus wie immer, sie trägt ihren Overall. Er atmet einmal tief und geräuschvoll aus, er ist wieder da, von wo er weggegangen ist. Nichts hat sich verändert. Sie hat noch gar nichts gesagt, aber er weiß es einfach. Das macht ihn wütend, er wehrt sich, er fasst einen klaren Entschluss, er will nicht mehr.

Ich will nicht mehr, ich mache da nicht mehr mit, das entscheide ich selbst. Er wird Martina bitten, ihn jemand anderem zuzuteilen. Sie freut sich mehr, als er erwartet hätte, wenn er was erwartet hätte, aber das hatte er von sich ferngehalten, war schwer genug gewesen und war wahrscheinlich gar nicht geglückt, aber davon wusste er nichts.

Wenn sie sich so freut, dann heißt das doch was.

Während er in vertrauter Art und Weise mit ihr putzt, vergisst er, dass er weg war. Sie ist um ihn wie eine Landschaft, in der man aufgewachsen ist. Sie lächelt froh, und das macht auch ihn froh, das kann er sich nicht abgewöhnen. Tom stellt den Staubsauger an und saugt den langen Flur, eine Tätigkeit, bei der er sich auf das Rauschen konzentrieren kann, sehr darauf konzentrieren, endlich hört sein Denken auf. Er schaltet den Staubsauger ab, dann sagt Dani: «Und wie war es in Polen?»

«Gut.»

Sie nickt.

«Und hier?»

«Auch gut.» Dann hört er sich sagen, es geht vollkommen an seinem eigenen Willen vorbei: «Machen wir was heute Abend?»

Sie sagt: «Dann kannst du mir alles erzählen.»

Er hat verloren, aber was spielt das schon für eine Rolle?

## Zuzanna

Es ist doch noch hell geworden. Die Landschaft färbt sich orange und grün. Schafe stecken ihre Köpfe in die Nässe dampfender Wiesen, müde Frauen hängen hoffnungslos verblichene Wäsche auf, alle sind am Werk.

Nur sie sitzt reglos in der stinkenden Wärme, die sich von ihren heißen Schuhsohlen hoch wie eine muffige Steppdecke um sie wickelt, und lässt sich fahren.

Sie ist eine Verräterin. Sie lässt sie im Stich, die ihre Arbeit tun, auf ihrem Platz.

Aber das nimmt sie in Kauf.

Sie hat sich bei Alfred freigenommen, sie ist nicht einfach abgehauen wie Tom, ohne Bescheid zu sagen. Sie hat das ausbaden müssen, denn sie hatte ihn empfohlen. «Auf den ist kein Verlass, schöner Freund, komm mir nochmal mit so was.»

«Ich weiß, Alfred, es tut mir leid. Er hatte Probleme.»

«Das möchte ich wohl wissen.»

«Es ist familiär.»

«Ich hoffe nur, es ist jemand gestorben.»

Sie hatte nach der Versicherungsagentur gesucht, wo dieser Bekannte von ihm arbeitete, Krzysztof, Tom hatte ihr von ihm erzählt, seine Visitenkarte hatte bei Tom auf dem Tisch gelegen, sie hat mit Krzysztof diskutiert, ihn angebettelt und gedroht, bis er ihr eine Telefonnummer gegeben hat. Die Nummer seines Cousins Johannes. Hoffentlich stimmt die.

Sie hätte von Warschau aus anrufen können, aber das wollte sie nicht. Wenn er sich geweigert hätte, ihr Toms Adresse zu geben, dann hätte sie nichts mehr gehabt, dann wäre es zu Ende gewesen. Das wird ihr nicht passieren. Sie fährt nach Hamburg und sucht Tom. Wenn sie erst mal da ist, dann muss das etwas bedeuten, mehr jedenfalls als nur anrufen.

Es wird alles gut werden. Bisher hat er nicht gesagt, dass er sie nicht will.

Mit Thomasz hat sie Schluss gemacht. «Thomasz, ich mache Schluss mit dir, unsere Beziehung ist schlecht.»

«Ich weiß.»

«Dann macht es dir nichts aus?»

«Kannst du mir mal die rote Farbe von dort drüben geben?»

«Thomasz, ich weiß, du glaubst, es wäre mir nicht ernst.»

«Doch, natürlich ist es dir ernst, das sehe ich ja an deinem Gesicht.»

«Du glaubst mir nicht, weil ich es sonst nie ernst gemeint habe.»

«Ich glaube dir sehr.»

«Die rote Farbe hier ist alle.»

«Oh, so ein Mist, dann muss ich nochmal los.»

«Können wir vielleicht erst das Gespräch beenden?»

«Was? Ach, das können wir doch später, sonst kriege ich das nicht mehr hin, das trocknet hier alles fest und lässt sich nicht mehr vermischen. Könntest du nicht die rote Farbe holen?»

«Thomasz, ich mache mit dir Schluss. Ich hole keine rote Farbe, die rote Farbe ist mir egal.»

«Ich weiß, aber du könntest doch einmal eine Ausnahme machen, es geht doch um dieses Bild, das musst doch selbst du einsehen, dass das sehr gut ist.»

«Selbst ich? Selbst ich? Was soll das denn heißen?»

«Gar nichts. Gehst du jetzt mal? Du weißt doch, wo ich immer hingehe wegen der Farbe.»

Sie ist gegangen und hat keine rote Farbe gekauft, sondern eine Fahrkarte. Irgendwann wird er es schon merken.

Sie fährt an Bäumen vorbei, durch dichten Wald.

Das verwischt sich, wenn sie nicht mehr so starrt, dann schleifen die Farben sich Bahnen an der schmierigen Scheibe. Deshalb muss sie wieder an Thomasz denken. Daran, wie er malt. Das ist das Beste an ihm, wie er malt.

Am Hamburger Hauptbahnhof steigt sie aus und geht los, um sich eine Wurst zu kaufen. Sie hatte sich schon gedacht, dass es hier in Hamburg relativ teuer sein würde, und es ist tatsächlich teuer. Sie läuft eine breite Straße mit Geschäften entlang, es sind viele Leute zum Shoppen unterwegs, sie findet einen Wurststand und kauft sich eine Wurst. Falls sie durch die Stadt bummeln möchte, bevor sie sich dazu entschließt, Johannes anzurufen, sollte sie sehen, dass sie ihren Koffer loswird. Ihr Koffer ist schwer, er enthält alle Sachen, die sie nicht entbehren kann. Ihren Radiowecker, ihre dicke Strumpfhose, ein neues verführerisches Nachthemd, da hat sie vorher überlegt, ganz unbedarft konnte sie da auch nicht rangehen, Männer sind alle gleich in solchen Dingen, verführerisches Nachthemd aus Seidenimitat, schwarz mit rosa Blüten.

Sie läuft zum Bahnhof zurück, der Koffer lässt sich rollen, sie schließt ihn ein, es kostet fünf Euro, unglaublich, wie teuer Hamburg ist!

Eine Band spielt auf der Straße, eine südamerikanische Band, würde sie tippen, laut und sehr bunt, und die Passanten bilden einen Halbkreis und sind nicht sehr mitgerissen.

Lieber eine Wurst. Sie ist müde und hungrig.

Sie geht wieder zu dem Wurststand und kauft sich eine zweite Wurst.

Wurst. Das hat sie gelernt. Sie hat auch gelernt: Sonne, Pferd, guten Tag, ich liebe dich. Pferd kann man sicher nicht so gut gebrauchen. Aber, ich möchte gerne eine Wurst. Das kann man sehr gut gebrauchen.

Als sie aufgegessen hat, wirft sie die Papierschale in einen Mülleimer und sieht sich nach einem Laden um, der Telefonkarten verkauft, denn sie hat schon gesehen, dass es hier keine Münztelefone mehr gibt. Auf Englisch bekommt sie eine Telefonkarte, auf Englisch und ein bisschen Deutsch, mit der Zeit wird sie alle englischen Wörter durch deutsche ersetzen, so einfach ist das.

Als sie die Nummer eintippt, zittert ihre Hand, und als sich eine Männerstimme meldet, bringt sie kaum heraus, was sie sagen will, und redet polnisch und englisch durcheinander und denkt nur noch, dass sie sich sehr blöd anstellt. Aber der Mann lässt sie in Ruhe ausreden und sagt ihr dann ganz langsam die Adresse von Tom. In ordentlichem, ruhigem Englisch. Er sagt sie zweimal, und sie schreibt die Adresse auf, wie sie es meint, dass sie geschrieben wird. Er buchstabiert ihr den Straßennamen und sagt ihr die Hausnummer sogar auf Polnisch. «Siedemnascie. Powodzenia!»

«Danke.»

Es ist nicht so schwer, Tom zu finden. Sie steht draußen vor seinem Haus, vor einem Schild, auf dem sein Name steht, und wartet auf das richtige Gefühl, um auf die Klingel zu drücken. Die Freude von vorhin ist etwas anderem gewichen, etwas Komischem.

Leute kommen von der Arbeit nach Hause. Sie gehen mit Tüten an ihr vorbei. Sie sind müde und froh, dass sie es geschafft haben. Zuzanna geht den Weg zur S-Bahn wieder zurück, den zerknitterten Stadtplan in der Jackentasche. Sie fährt zum Hauptbahnhof, von wo sie gekommen ist. Sie muss erst denken und am besten etwas herausfinden, das es ihr ermöglicht, wieder zu ihm zu fahren und diesmal auch anzukommen. Wart mal ab. Das wird irgendwie. Zuzannka. Das Leben ist kein Zitronenkuchen, Spruch von Babka im braunen Bilde. Aber Schwarzbrot macht auch satt.

Sie setzt sich in einen türkischen Imbiss und bestellt Döner. In Warschau war sie sich sicher, dass sie Tom wollte. Das war mit der Zeit immer stärker geworden, dieses unbedingte Wollen, sie wusste auch nicht, wo das herkam, weshalb sie so sicher war. Jetzt, wo er zum Berühren nahe ist, da stehen die Zweifel vor ihr, in Reih und Glied, die kleinen und die großen. Er hat sie im Stich gelassen, wenn man es genau nimmt. Natürlich auch wegen Thomasz und seinem schlechten Gewissen und weil er nicht im Wege stehen wollte und all das, aber wenn es ihm sehr viel bedeutet hätte, dann wäre er doch trotzdem geblieben, oder? Dann hätte er es doch riskiert? Als sie den Döner halb aufgegessen hat, wirft sie den Rest weg und geht zurück zum Hauptbahnhof. Wo soll sie jetzt hin? Sie schleppt schon wieder ihren Koffer mit sich herum, der ihr langsam schwer wird. Ein Mann beobachtet sie aus schmalen Augen, in der Hand hält er einen grünen Luftballon. Hat sie den nicht vorhin schon gesehen? Verfolgt er sie? Sieht man ihr was an? Was ist mit dem Luftballon? Für ein Kind? Für sich? Ist er verrückt? Fragen, Fragen, Fragen.

Hastig durchquert sie den Hauptbahnhof. Auf der anderen Seite sieht sie ein Hotel und ein Theater. Sie läuft einer Gruppe von jüngeren Leuten hinterher, ganz dicht, als würde sie dazugehören. Sie gehen in eine Kneipe, Zuzanna setzt sich allein an einen Tisch und bestellt Bier.

«Ich möchte ein Bier bestellen.»

Auch ein sehr wichtiger Satz.

«Beck's, Warsteiner, Beck's Gold, Jever, Astra?»

«Beck's.»

«Kommt sofort.»

Das wenige Deutsch funktioniert bestens. Ich möchte eine Wurst bestellen. Ich möchte ein Bier bestellen.

Mit dem Bier kann sie sich eine Weile beschäftigen. Den Koffer schiebt sie unter den Tisch. Während sie in langsamen, kleinen Schlucken ihr Bier trinkt und die Leute beobachtet, mit denen sie hereingekommen ist, entspannt sie sich. Es könnte doch ganz nett sein, wenn das ihre Leute wären. Sie reden leise und sehen studentisch aus. Sie lachen leise, und sie reden leise, alles sehr dezent. Sie ist genauso. Nur die Männer, mit denen sie zu tun hat, die sind es nicht. Thomasz fällt immer auf, wenn er wo ist. Er braucht noch nicht einmal was zu sagen, er braucht nur hereinzukommen, da wackelt sein Haarbommel, und sein Blick tötet alle, die er nicht zu mögen glaubt. Wenn er sich gesetzt hat, sagt er zur Bedienung: «Draußen ist unheimlich schönes Wetter, Pech für dich, dass du hier drin arbeiten musst.»

«Das macht mir nichts aus.»

«Glaube ich nicht.»

«Wollen Sie diskutieren oder bestellen?»

«Ich diskutiere nicht, ich stelle das nur mal fest. Ich lasse die Dame zuerst bestellen.»

Zuzanna verdreht die Augen bei der Erinnerung an Thomasz. Nach dem Bier bestellt sie ein Wasser.

Denk nicht so viel an Thomasz, Zuzanna!

Das angenehme Gefühl, unter normal netten Leuten zu sitzen, vergeht, als die meisten von ihnen bezahlen, ihre Jacken anziehen und gehen. Es ist spät geworden. Sie kann nicht ewig hier sitzen. Der Mann hinter dem Tresen sieht sie mitleidig an, lächelt zu ihr her und hebt einmal seinen Lappen, mit dem er alles abwischt. Sie nickt mit dem Kopf, wozu auch immer, sie weiß, sie sieht gut aus, sie hat einen Rock angezogen und Stiefel mit Absätzen, weil sie wollte, dass Tom überrascht ist, wie gut sie aussieht und wie sexy sie ist. Sie hat nur diesen einen ersten Eindruck zur Verfügung, deshalb.

Sie ist allein, weil sie wirklich allein ist, nicht, weil sie auf jemanden wartet. Das ist es. Das sieht der Kneipenmann. Vielleicht überlegt er aber auch schon, wie er sie loswird, wenn sie nicht von allein geht. Vielleicht will er sie rauslächeln und rauswinken.

Sie bezahlt und geht auf die Straße, wo nur noch vereinzelt Leute unterwegs sind. Sie trödelt und betrachtet die Auslagen der Geschäfte. Gewürze, Hosen. In einem kleinen Spiegel neben den Hosen sieht sie sich. Müde sieht sie aus. Die Haare hängen ihr ins Gesicht. Die Schminke ist verschmiert. Mit einem Finger wischt sie das Schwarze unter den Augen ab, bis es geht. Als sie sich wieder umdreht, geht ein Mann an ihr vorbei, der einen großen gelben Hund auf den Armen trägt, der Hund sieht aus, als wäre er tot. Aber plötzlich bewegt eines der gelben Ohren sich leicht, und der Mann drückt sein ganzes verkommenes Gesicht heiß in das dreckige Fell.

Mit einem Hund ist es so, da kann man das machen, er kann es gebrauchen. Wer weiß, wie es mit Tom ist.

Sie kauft sich wieder eine Karte am Automaten. Vor dem geschlossenen Backgeschäft gegenüber steht der Mann mit dem Ballon, in der rechten Hand trägt er eine Aktentasche, wo kommt die Tasche jetzt her? Er schlägt den Ballon gegen die Wand und starrt jetzt jemand anderen an. Vermutlich starrt er immer jemanden an und verfolgt jemanden. So ist das, man kann nicht immer Zitronenkuchen essen, Babka. Husch, husch, ins Bett, die Babka schiebt dir noch was Süßes unter das Kissen, hat keiner gesehen.

An seiner Station steigt sie mit ein paar betrunkenen Männern aus, die etwas Deutsches schreien. Deutsches Geschrei und deutsches Geschrei und Geschubse, aber Zuzanna hat keine Angst heut Abend mehr. Von Zuzanna wollen sie nichts, es ist mehr gegen sie selbst gerichtet.

Sie geht ein zweites Mal zu seinem Haus, bekannter Weg schon. Mitten in der Nacht. Ohne zu zögern klingelt sie.

Wie es auch kommt.

Eine Stimme in der Anlage. «Ich bin da», sagt sie.

Die Tür summt, sie stemmt sich dagegen, ein Flur, eine zweite Tür nach hinten zum Hof öffnet sich, und Tom steht da, groß, dünn, mit Brille, in blauer Unterwäsche und mit einem Lächeln im Gesicht.

«Zuzanna?»

Sein Blick geht runter und hoch, Stiefel, Rock, Mantel,

Augen, Haare und dann wieder runter. Das ist doch richtig, wie er sich freut. Das ist doch erst mal bis hierhin genau richtig.

## Erik

Er sitzt in dem dunklen Erdgeschosszimmer, einem Versteck vor dem Sommer. Schweißtropfen stehen auf seiner Stirn, suchen sich auf seiner Haut ihren Weg nach unten. Besonders auf dem Rücken, weil er sich damit manchmal an die Lehne seines Stuhles gelehnt hat, was er jetzt zu vermeiden versucht, wegen des Anklebens. Er macht die angenehme Entdeckung, dass die Nässe kühlt. Das ist wohl auch der Sinn des Schweißes – wie vernünftig selbst sein mickriger Körper sein kann. In letzter Zeit musste er leider öfter an ihm zweifeln, weil er bei einer seiner wichtigsten Aufgaben versagte. Manchmal stand er nicht mehr, wenn er sollte. Erik seufzt und sieht auf.

Die alte Frau vor ihm trägt ein gehäkeltes lila Tuch um die Schultern, an dem sie ständig herumzupft. Sie ist dürr wie eine Schindmähre und prustet unablässig, während sie empört berichtet. Erik vertritt sie wegen ihrer Scheidung. Es ist ihr dritter Versuch, sich von ihrem Mann scheiden zu lassen. Bisher hat sie sich immer wieder mit ihm vertragen. Das Schlimme an der Sache ist, dass auch ein schlechtbezahlter Anwalt wie er jede Menge Geld kostet, das sie sparen könnte. Aber er hat den Verdacht, dass ihr die Prozesse Vergnügen bereiten. Sie droht ihrem Mann, um noch ein bisschen mitzuspielen und um wichtig zu sein.

So Frauen gehen zum Friseur oder zum Anwalt, wo jemand sie bedienen muss und sie ernst nehmen. Weil sie umsonst nichts mehr kriegen, lassen sie es sich eben was kosten. Wer weiß, wie lange sie noch zu leben hat, sie gibt ihr Geld für ihn aus, zu ihrem Vergnügen. Und das ist ja auch durchaus in seinem Sinn. Leute geben ihr Geld aus für Sinn. Kaufen sich Sinn, geht es ihm durch den Kopf, er nicht mehr, er ist ausgestiegen, er überlegt nicht einmal, sich ein neues Auto zu kaufen, so ist das, aber an vielem hängt er doch noch, aus Gewohnheit hauptsächlich.

«Er macht mich rasend», prustet die alte Frau.

Das Prusten ist schrecklich.

Erik nickt verständnisvoll und wischt sich die Spucke ab. Inzwischen ekelt ihn so was kaum noch, was ist schon Spucke von so einer alten kleinen Frau?

«Muss ich mir das gefallen lassen, in meinem Alter?», fragt sie.

Erik schüttelt den Kopf. Seit dem letzten Mal, der letzten geplanten Scheidung, haben sich ein paar Dinge geringfügig verändert. Ihr Mann spekuliert gewaltig leichtsinnig an der Börse und verliert oder gewinnt, je nachdem, und deshalb sind die finanziellen Verhältnisse jetzt mal so, mal so. Der Ehemann lässt sich von einem anderen Anwalt vertreten, der dann bei Erik anruft: «Mein Mandant war auf der Rennbahn.»

«Ja? Was soll das heißen?»

«Ist einiges bei draufgegangen.»

«Ihr Mandant hat nicht auf Kosten meiner Mandantin auf Pferde zu setzen.»

«Ihre Mandantin hat ihn getreten.»

«Sie ist eins fünfzig. Was kann das schon ausmachen?»

«Er trägt eine Schiene. Sein Gehvermögen ist stark eingeschränkt.»

«Offenbar nicht stark genug, sonst würde er nicht auf die Rennbahn gehen.»

«Der Lebenstrieb ist bei meinem Mandanten stark ausgebildet.»

Der Lebenstrieb …

So etwas wie Keuchen an beiden Enden der Leitung. So weit kommt es noch, dass sie beide am Telefon über die Mandanten lachen.

«Sie sind bisher nicht auf meinen Vorschlag eingegangen.»

«Weil er für meine Mandantin nicht zumutbar ist.»

«Aber letztes Mal ist er doch zumutbar gewesen. Es ist genau der gleiche Vorschlag, ich habe ihn aus den alten Dokumenten übertragen.»

«Beim letzten Mal war meine Mandantin noch kooperativer, weil sie noch Geduld mit Ihrem Mandanten hatte.»

«Beim letzten Mal hat sie sich wieder mit ihm vertragen.»

«Ich sagte ja, sie war kooperativer, ich lege ihr den Vorschlag nochmal vor, wir melden uns.»

Er kann die alte Frau verstehen. Sie möchte sich eben noch nicht abfinden. Sie zieht ihr Häkeltuch fester um die Schulter. «Ist Ihnen das nicht warm?», fragt er sie und wischt sich wieder den Schweiß von der Stirn, sein Unterarm ist klitschnass, und beim Sprechen schmeckt er Schweiß von der Lippe.

«Ich frier immer so um die Schultern», sagt sie und lächelt verschmitzt.

«Auch bei der Hitze?»

«Wissen Sie, so was interessiert mich gar nicht mehr.»

Er fragt sich, ob es möglich ist, dass sich ab einem bestimmten Alter die Wahrnehmung zurückzieht und dafür die Erinnerung übernimmt. Inwieweit die Erinnerung an früheres Frieren das tatsächliche Wärmeempfinden beeinflussen kann.

«Sehen Sie sich das Papier mal an, ich habe alles mit dem Anwalt Ihres Mannes geklärt, Ihr Mann ist auch damit einverstanden», sagt er seufzend. Sie nickt. «Diesmal mach ich's», sagt sie und steht auf.

Erik nickt ergeben. Vielleicht tut sie es ja wirklich, wer weiß?

Als sie geht, sieht er durch die geöffnete Tür schon die nächste alte Frau auf einem Stuhl sitzen. Frau Jäger rauscht mit einer Wolke 4711 ins Zimmer, auch das tangiert ihn gar nicht mehr, 4711 gehört zu seinem Leben wie der unvermeidliche Geruch von Kaffee und Urin. «Das wollte ich Ihnen noch geben», sagt sie. Und legt ein paar Unterlagen auf den Tisch. Sie glättet die Papiere mit ihrer knolligen, beringten Hand und zögert, wieder zu gehen. «Noch was?», fragt er und legt aufmunternd den Kopf schief.

«Ich wollte Sie fragen, welches Aftershave Sie benutzen oder Eau de Toilette.» Aftershave? Sein altes Aftershave von Boss fällt ihm ein und dass er jetzt eigentlich gar kein Aftershave mehr benutzt, weil er einfach nicht mehr daran denkt, sich einzudieseln, sich frisch und fröhlich die Wangen zu beklatschen, so ist er jetzt nicht mehr. Plötzlich gehört er nicht mehr zu diesen Menschen und hat es gar nicht gemerkt. Frau Jäger sieht ihn immer noch an, sie hat eine verdammte Engelsgeduld, er sagt: «Ich muss mal drüber nachdenken, das weiß ich gerade gar nicht so genau.»

«Sie sagen's mir», sagt sie flott und schiebt ihren dicken Hintern wieder zur Tür raus.

Riecht er nicht gut? Er hebt den Arm, um zu schnüffeln, es riecht. Sollte er doch mal ein Deo bei der Hitze jetzt?

Dann kommt die nächste alte Frau mit zitterndem Kopf und einer riesigen Handtasche mit goldenem Verschluss zur Tür herein. «Guten Tag, Herr Anwalt», piepst sie, macht einen Knicks und schließt die Tür.

Erik seufzt und schiebt ihr den Stuhl zurecht.

Sie wird nicht merken, was unter seinen Armen los ist. Bei ihr hat längst die Erinnerung übernommen.

Vor seinem Haus steht Danis Auto. Das Rot leuchtet heraus aus all dem Grün, in dem sein Haus steckt wie in einem Kokon. Er parkt hinter ihr. Wie oft hat er ihr schon gesagt, sie soll so parken, dass er wenigstens in die Garage fahren kann. Aber sie ignoriert solche Sachen, als hätte man sie nicht gesagt. Wenn man sie daran erinnert, hebt sie ein bisschen die Lippe und sagt leise: Oh, tut mir leid. Aber er bezweifelt, dass es ihr leidtut.

Er streckt sich und spürt die Nässe seines Körpers. Früher hatte er eine Klimaanlage in seinem Wagen, beim Aussteigen schlug ihm die Wärme erschreckend heiß entgegen. Aber jetzt hat er umgekehrt das Gefühl, dass hier draußen wenigstens ein laues Lüftchen weht. Er war in seinem Auto gekocht worden wie ein Krebs.

Froh öffnet er die Tür und schreit: «Hallo, Ungeziefer und Ratten! Ich bin wieder zu Hause!»

Angenehm kühl ist es, und einen Moment überlegt er,

ob es nicht noch angenehmer wäre, wenn die Kühle mit Stille und Einsamkeit gepaart wäre. Wenn er sich ausziehen könnte, die Sachen irgendwo hinwerfen und nackt in die Dusche gehen. Wasser aufdrehen, wichsen, duschen, abtrocknen, Bier auf, Fernseher, entspannen.

Aber sofort erinnert er sich daran, wie es war, als es so war.

Wie er immer in diese Stille gehorcht hatte. Er hatte auf Geräusche gehorcht, nicht ängstlich, aber abwartend. Er hatte auf eine Klospülung oder auf ein Schlüsselklappern oder auf Schritte gewartet. Nicht direkt, weil er ja wusste. Ersatzweise hatte er diese ganzen komischen, kleinen Geräusche, von denen keiner weiß, wer sie macht und woher sie kommen, überbewertet und immer wieder wie blöde auf sie hingehorcht. Da konnte er nicht von weg. Knack.

Er erinnert sich, wie er erwartungsvoll den Briefkasten aufgeschlossen hatte. Er bekam immer weniger Post, war sowieso niemals ein Brief dabei, von wem auch? Trotzdem wurde er wütend, wenn der Postbote nach seiner Zeit kam. Er hatte ihn sogar im Verdacht, die Straße manchmal auszulassen, weil er keinen Bock hatte.

Die ganze Zeit hatte er den Fernseher laufen. Manchmal schaltete er ab, aber dann war es so anders. Fernsehen brachte Normalität in sein Haus – wenn einer redete oder sich welche erschossen. Schaltete er das aus, war es plötzlich still. Plötzliche Stille ist die schlimmste Stille.

Eine Weile hatte er, ohne es zu merken, sogar das Nachhausekommen hinausgezögert. Er hatte Erledigungen zu machen, er wollte nochmal nach einer Hose sehen, die wo hing und die er sich niemals kaufen würde, oder was zum

Schneider bringen, Briefmarken kaufen, die Telefonbücher abholen, Schuhe besohlen.

Er ahnte, was ihn zu Hause erwartete: nichts.

Er hört Stimmen von oben. Er geht die Treppe hoch und sieht durch die geöffnete Tür, wie Dani Margarete Spangen ins Haar steckt, ohne dieses Haar zu berühren. Glitzerspangen, schwer zu verstehen, was Frauen sich manchmal dabei denken, aber mit alten Frauen wundert ihn gar nichts mehr, die sind nicht viel anders als junge Frauen, sollen sie nur, er muss es nicht verstehen, er ist glücklicherweise ein Mann mit normalen Leiden.

Die Spangen wurden nach allgemeiner Beratung gestern am Abendbrottisch von Dani heute bei H&M gekauft. Margaretes Haar war in einen in gewisser Weise nicht mehr tragbaren Zustand geraten. Friseur wäre wohl auch eine Lösung gewesen. Aber Margarete will es nicht mehr abschneiden lassen.

«Ich möchte mein Haar jetzt mal mehr lang tragen, das kleidet doch eine Frau. Wir sind ja nicht im Krieg.»

Niemand fand das ungewöhnlich, außer ihm. Er ist noch nicht so weit. Er bemüht sich.

Margarete hält den Kopf ganz still, während Dani mit angewidertem Gesicht ihr das weißgelb gesträhnte Haar mit den Spangen nach hinten steckt. Seit Margarete bei ihm wohnt, hat sich ihr Zustand etwas gebessert. Jedenfalls in der Hinsicht, dass sie nicht mehr aggressiv ist, und das ist ja schon was. Er selbst hatte Doreen angeboten, Margarete bei sich wohnen zu lassen, natürlich nur vorübergehend, und nur, solange sie durchgängig betreut wurde. Eigentlich hätte eine Betreuung hergemusst, ein Vormund, aber andererseits konnte sie tatsächlich nicht mehr allein in ihrer

Wohnung wohnen, und Doreen hatte fest versprochen, ein passendes Pflegeheim zu suchen.

Aber das zieht sich hin.

Jetzt ist immer entweder Dani oder Doreen da. Er ist nicht mehr allein. Wenn er nach Hause kommt. Er schleicht sich gerne an, lauscht, wie sie sich unterhalten. Sie reden sogar, wenn er tatsächlich nicht da ist, das ist ihm letztens eingefallen, dass sie dort essen und reden und schlafen, dass sein Haus lebt, wenn er nicht da ist, das ist eine gute Vorstellung. Wenn er nach Hause kommt, steht in der Dusche ein kleiner Wassertropfennebel, der Geruch von Pfirsichduschbad und Essen sitzt in den Räumen. Sie kochen für ihn, Doreen schläft jede Nacht mit ihm, und wenn er in den Spiegel sieht, dann stört ihn nichts mehr, auch wenn er manches sieht, aber das geht auch noch weg.

«Na», sagt Dani zu ihm.

«Na», sagt er.

«Hatten Sie einen guten Tag?», fragt Margarete.

«Danke, es war ganz o. k.»

Er hat ihr schon oft das Du angeboten. Dann könnte er Margarete zu ihr sagen, schließlich wohnt sie im Kinderzimmer seines Sohnes. Aber sie bleibt hartnäckig beim Sie.

«Wir haben was gekocht», sagt Dani.

«Ihr zwei etwa?»

Er weiß schon, er muss staunen, damit sie glücklich sind.

«Ja», sagt Dani, «ich wusste gar nicht, dass Margarete so gut kochen kann. Sie war gut, ich könnte mir vorstellen, dass sie sich nützlich machen könnte, mal öfter was kochen, ich meine, wenn jemand dabei ist, vielleicht.»

Margarete, mit ihren runzligen geröteten Wangen und dem glitzerhochgesteckten Haar, lächelt bescheiden.

«Das hört sich gut an», sagt er.

«Sie kann auch Rouladen.»

«Rouladen, wunderbar.»

Dann geht er in die Küche und isst den Eintopf, den Margarete und Dani gekocht haben. Ein gewöhnlicher Eintopf, von solchen Sachen kann er nie genug kriegen, wenn das so mittel gewürzt ist, wenn das so normale Sachen wie Bohnen und Kartoffeln sind und wenn es nicht mehr heiß ist, sondern warm. Das machen sie nicht immer, manchmal kochen sie ganz merkwürdige Sachen, manchmal probieren sie was aus oder machen Experimente mit Gewürzen, das kann bitter enden. Aber umso mehr freut er sich über Eintopf.

Dani kommt in die Küche und sagt: «Ich müsste jetzt eigentlich los.»

«Dann geh doch», sagt er.

«Aber Doreen ist noch nicht da.»

«Ich weiß», sagt er, «ich habe ihr gesagt, sie kann heute später kommen. Wenn sie immer jemanden fürs Rosenstübchen bezahlen muss, das wird ja auf die Dauer zu teuer, und im Moment ist Margarete doch sehr friedlich; wenn was ist, rufe ich Doreen einfach an.»

Dani sieht ihn erstaunt an. Sie trägt schon ihren Overall. «Du musst mal mit ihr reden.»

Er nickt.

«Sie muss einen Platz besorgen.»

«Sag ich ihr», sagt Erik.

«Das kannst du ja nicht immer hier machen.»

Erik schüttelt den Kopf.

«Du ja auch nicht», sagt er.

«Immerhin ist sie meine Tante.»

«Immerhin ist sie meine Freundin.»

Dani nickt. Sie lächelt ihn so süß an, süß wie Zucker, aber bei so was klappt er nur noch innerlich zusammen. Er zieht die Luft ein, und schon ist es vorbei. Irgendwann wird Frieden sein. «Nun mach schon», sagt er.

Er hört die Tür klappen und mehrere Versuche, das Auto zu starten. Dann ist er mit Margarete allein. Er geht die Treppe zu ihr hoch.

«Na, jetzt sind wir beide alleine.»

Margarete sieht ihn böse an.

«Lass bloß die Hände von mir.» Sie droht ihm mit dem Finger. «Und Doreen lässt du auch in Ruhe, die ist nicht so eine.»

«Wer sagt denn so was? Doreen ist eine ganz Besondere.»

«Doreen geht immer zu jedem auf den Schoß. Das geht nicht gut aus.»

«Doreen ist eine ganz außergewöhnlich tolle Frau, und jeder, zu dem sie auf den Schoß geht, kann glücklich sein bis an sein Lebensende. Damit das mal geklärt ist, Margarete.»

«Das habe ich ja gar nicht gewusst. Ist es denn die Möglichkeit?»

«Du weißt nichts. Über deine Tochter. Nichts weißt du.»

«Rede mal nicht solchen Blödsinn.»

«Dann duzen wir uns ja jetzt, Margarete. Ich bin Erik.»

Als Doreen in der Nacht kommt, erschöpft und müde, erwartet er sie schon. «Wie ging es?», fragt sie ihn.

«Sie schläft», sagt er. «Sie hat sich allein ausgezogen. Ich hab bei ihr reingeguckt, und da lag sie schon im Bett, mit Nachthemd.»

«Allein», sagt Doreen, «das ist ja allerhand.»

«Anders wär das auch nicht gegangen, sie hat gesagt, ich soll die Hände von ihr lassen und von dir auch.»

«Ha, das könnte ihr so passen», sagt Doreen und seufzt.

«Und sie hat gekocht, Eintopf, mit Dani. Dani hat gesagt, dass sie gut kochen kann.»

«Früher konnte sie gut kochen.»

«So was verlernt man nicht.»

«Sie hat verlernt, sich die Schuhe zuzubinden», sagt Doreen. Dann geht sie duschen. Sie erledigt alles zielstrebig und schnörkellos, das macht ihn manchmal traurig, er hätte gern etwas Verspieltes, Kindliches, aber Doreen ist erwachsen wie jemand, der nie Kind war. Nach dem Duschen kommt sie zu ihm ins Bett gekrochen. Er wartet im Bett auf sie. Er wartet jeden Abend, und jeden Abend hat er Angst, dass sie eines Abends nicht mehr kommen wird.

Am Samstagnachmittag, bevor sie in die Kneipe muss, Margarete hält gerade ihr Mittagsschläfchen, sitzt er mit Doreen im Wohnzimmer. Sie raucht eine Zigarette und sieht aus dem Fenster auf den Garten. Und plötzlich streift sie, einfach so, ohne sie aufzuknöpfen, die Bluse über ihren Kopf. Dann macht sie sich an ihm zu schaffen, er lässt es geschehen. Es genügt, dass einer die Kraft hat, etwas zu tun. Vorsichtig zieht sie den Reißverschluss herunter, mit Reißverschlüssen muss man vorsichtig sein. Er erfährt, wie er ausgezogen wird, wie etwas mit ihm geschieht, sein Glied versteift sich, was er gleichgültig wahrnimmt, während er nach draußen in den Garten schaut. In den Garten, der inzwischen endgültig ein Urwald geworden ist. Niemand könnte den jetzt mehr hinbekommen. An den Rhododendren ranken sich Pflanzen entlang, das Gras steht meterhoch auf seinem eigenen, verwesenden Humus, überragt schon die Terrasse, auf der kleine Moosinseln aufgetaucht sind. Die Büsche haben sich ausgebreitet, bilden Höhlungen, sind Unterschlupf für unsichtbare Lebewesen, merkwürdige große und kleine Pflanzen haben es sich bequem gemacht und auch viel mehr Tiere als früher. Vor kurzem hat er eine Schlange gesehen. Eine wirkliche, lange Schlange. Sie war erstarrt, als sie ihn hinter der Scheibe erblickte, verwundert hatte sie ihn betrachtet und war geschmeidig und flink im Gras verschwunden.

Als Doreen ihn nimmt, ihn in sich hineinschiebt, um sich dann gegen ihn zu pressen, mit ihrem weichen, weiten Becken, sieht er ein Blatt am Rand des Fensters wie weißes Silber glänzen. Es bewegt sich leicht im Wind und ist das Reinste, was er jemals gesehen hat. Es ist möglich, aufzugeben, und er zwingt sich, in ihr Gesicht zu sehen. Es ist leer wie seines, eine flache Scheibe, und er lässt sich fallen, in Dankbarkeit und Verlorenheit.

Als er sich anzieht, sieht er, wie sich hinten im Garten etwas bewegt. Eine Erinnerung durchzuckt ihn wie ein Schmerz, aber er bleibt bescheiden und geht in die Küche, das Geschirr spülen.

Dann zieht Marthe wieder ein. Eines Tages steht sie im Wohnzimmer, und ihre Sachen baumeln über ihrer Schulter.

«Was ist das denn?», fragt Erik.

Marthe lässt ihre Sachen auf die Erde plumpsen, er findet, sie ist älter geworden, und er findet, sie sieht müde aus.

«Ich wohn doch noch hier?», fragt sie ihn.

«Das ist mir neu.»

«Das ist alt.»

«Dein Bruder wohnt jedenfalls nicht mehr hier.»

«Ich weiß», sagt sie und macht eine unklare Kopfbewegung, «aber ich hatte keine Lust, im Pferdestall zu wohnen.»

«Musst du auch nicht.»

«Na, dann ist ja gut.» Sie nimmt ihre Sachen und will hochgehen.

«Warte mal», sagt Erik.

Sie dreht sich um.

«Ist Schluss mit Joschi?»

Marthe zuckt mit den Schultern. «Vielleicht», sagt sie, «sieht so aus.»

«Tut mir leid.»

«Glaub ich nicht», sagt sie und will wieder gehen.

«Warte mal», sagt Erik wieder.

«Was denn noch?»

«Da oben wohnt jetzt jemand.»

«In meinem Zimmer?»

«In Julians Zimmer.»

«Eine Frau?»

«Ja, aber …»

«Ich glaub es nicht, ich geh gleich wieder, eine Frau wohnt hier, du kannst ja rummachen, mit wem du willst, aber muss die gleich hier wohnen?» Sie läuft die Treppe nach oben, und Erik lässt sie. Er hört ihre Schritte, dann Margaretes Stimme. Kurz darauf kommt Marthe wieder runter.

«Warum wohnt eine alte Frau in Julians Zimmer?»

«Das ist die Mutter von einer Bekannten.»

«Von einer Bekannten?»

«Von meiner Freundin», sagt er.

«Und warum wohnt die hier?»

«Sie muss betreut werden. Sie ist nicht mehr auf der Höhe.»

«Ha!» Marthe lacht affektiert. «Du bist aber auch nicht mehr auf der Höhe», sagt sie. Dann nimmt sie ihre Sachen und verschwindet oben in ihrem Zimmer.

Er denkt, dass sie recht hat, aber hier unten ist es auch ganz schön – und vor allem friedlich.

Ein paar Wochen später erwacht er von einem Schrei. Er sitzt sofort im Bett. Doreen sitzt neben ihm. «Jemand hat geschrien», sagt sie.

Erik steht auf. Was? Früher hätte ihm das Angst eingejagt, jetzt ist alles anders. Das Haus ist voller Leute.

Er geht in den Flur und schaltet das Licht an. In der Tür zu Margaretes Zimmer steht Julian im grellen Licht.

«Eine alte Frau liegt in meinem Bett», sagt er, «ich habe sie beinahe angefasst.» Seine Stimme klingt heiser. Er hat getrunken. Er riecht nach Alkohol und stützt sich mit der flachen Hand an der Tapete ab.

Marthe, die ein T-Shirt mit einem Hasen trägt und eine blaue Jogginghose – ihre Augen sind verquollen, wie bei einem müden Baby –, sagt: «Ja, das ist Margarete.»

Margarete steht in ihrem langen, weißen Nachthemd

im Zimmer und lächelt freundlich, gerade so, als würde sie sich über den unerwarteten Besuch freuen.

«Das ist nur vorübergehend», sagt jetzt Doreen, die in ihrem kurzen rosa Negligé halb nackt im Flur steht. Ihre Brustwarzen zwei Aufhänger für den leichten, billigen Stoff, ihre nackten Zehen gefährliche rote Knöpfe auf dem hellen Holz.

Julian sieht sie alle nacheinander an, er lässt sich Zeit, niemand stört ihn, alle verharren wie nächtliche Standbilder, dann sieht er plötzlich aus, als ob er kurz davor wäre, zu weinen oder zu kotzen oder beides. Seine Augen sind trüb und schon voller Wasser. «Ich wollte euch nicht stören», sagt er mit kippender Stimme, und sie können sehen, wie sehr er sich zusammenreißt, «ich war noch so lange bei Remo.»

«Das ist ja nicht schlimm», sagt Erik.

Julian schweigt und starrt jetzt nach innen, schwankt ein wenig, er überdenkt wohl die Situation. Dann entschließt er sich zur Flucht nach vorn, er wird wütend. Mit dem Ärmel seines Nikepullovers wischt er sich über die Augen. «Das hätte ich mir ja denken können», sagt er, «das hätte ich mir ja denken können.»

«Was? Was hättest du dir denken können?», fragt Marthe, und Erik ist ihr sehr dankbar für ihre verständnisvolle Art heute Nacht.

Marthe seufzt. Erik auch, innerlich.

«Ich geh wieder ins Bett», sagt Doreen und gähnt hemmungslos. Sie nimmt Margarete fest beim Arm und führt sie Richtung Bett. «Ihr könnt euch doch auch unten unterhalten», sagt sie.

«Wohnt die auch hier?», fragt Julian.

«Das ist Doreen», sagt Marthe. Sie stellt ihren nackten rechten Fuß auf den linken. Sie hat eine milchige, glatte Haut – wie Karin, als sie irgendwann einmal jung war.

«Du kennst die ja alle», sagt Julian und zieht einmal kräftig hoch.

Marthe nickt ernst. «Kannst ja im Gästezimmer schlafen», sagt sie und kehrt auch in ihr Zimmer zurück.

«So habe ich mir das vorgestellt», murmelt Julian.

«Hör mal», sagt Erik, «das konnte keiner wissen, dass du heute kommst, mitten in der Nacht. Immerhin bist du ausgezogen.»

«Ich war hier auch überflüssig», sagt Julian.

«Du hast mich beklaut», sagt Erik, «vergiss das nicht, du hast mich beklaut.»

«Ja, und ich zahl dir alles zurück.»

«Fragt sich nur, wann.»

«Ich geh dann wieder.»

«Du kannst im Gästezimmer schlafen, überleg es dir.»

«Wieso schläft die denn nicht im Gästezimmer?», fragt er und deutet auf Margaretes Tür.

«Weil da kein Fernseher ist.»

«Weil da kein Fernseher ist?»

«Weil da kein Fernseher ist.»

«Ich glaub es nicht. Alter.»

Erik gähnt. «Glaub, was du willst. Alter.» Er kriecht zu Doreen ins Bett und greift nochmal nach ihrem Hintern unter dem dünnen, synthetischen Stoff.

Doreen schlägt vor, seinen Geburtstag in ihrer Kneipe zu feiern. Er feiert seinen Geburtstag nie. Hat er noch nie. Aber Doreen lässt sich von der Idee nicht abbringen, und irgendwie, wenn ihr so viel dran liegt, vielleicht h[illegible] wirklich recht, vielleicht ist es wichtig, seinen Geburtstag dieses Mal zu feiern. Er überlegt gemeinsam mit ihr, wie sie es machen und wen sie einladen.

«Dani, Tom doch auch, oder? Und seine Freundin Zuzanna, Julian und Marthe natürlich, den Alten, seinen neuen Chef, ja?» Auch Jochen, der immer noch bei Doreen arbeitet, soll mitfeiern.

«Karin?»

«Warum denn das?»

«Sie ist deine Frau.»

«Ist sie nicht, du bist das, Doreen.»

«Ach Quatsch, und sie ist die Mutter deiner Kinder.»

«Das verpflichtet mich doch nicht …»

«Nein. Das nicht. Aber sie hängt dichter mit dir zusammen als Jochen oder Tom. Ist ja nur ein Vorschlag von mir. Ich habe das rein gefühlsmäßig vorgeschlagen.»

«Aber, wie soll das denn gutgehen? Ich meine … Sie kommt sowieso nicht.»

«Wenn sie nicht kommt, dann kommt sie nicht.»

«Das gibt doch nur Stress.»

«Stress gibt's sowieso», sagt Doreen.

Das stimmt wahrscheinlich. Es wird werden, wie es wird. Alles ist jetzt anders.

«Also gut, ich schicke Karin eine Einladung. Ich glaube nicht, dass sie kommt.»

«Aber nicht wegen mir.»

«Nein. Du hast ja recht. Sie hängt mit mir zusammen.»

«Siehst du.»

«Ich sehe. Du bist sehr klug, Doreen.»

«Ich weiß.»

Also lädt er sie ein. Er macht eine schriftliche Einladung für sie am Computer. Er glaubt nicht, dass sie kommt.

Es wird ein schöner Tag. Schon jetzt ist es warm. Die Luft ist von violetter Klarheit, und die Vögel schreien so laut, dass er davon aufgewacht ist. Im Haus ist es still. Alle schlafen. Er hört Doreens Atmen neben sich und das Schnarchen von Margarete irgendwo weiter weg. Er kann nicht mehr schlafen. Leise geht er auf Zehenspitzen runter ins Wohnzimmer und setzt sich auf das Sofa. Durch die großen Scheiben sieht er dünnen Nebel. Er sieht Pflanzen sich in der feuchten Luft strecken, sieht Vögel, die am Scharren sind, sieht die Stille und das Leben, er spürt, wie der Raum um ihn atmet und pulsiert, er spürt seine Haut auf dem Leder, er denkt, dass er womöglich all das hätte verhindern müssen, dass er eigentlich Dani liebt und nicht Doreen, dass er nicht hätte zulassen dürfen, dass Margarete einzieht, dass er niemals die schlechtbezahlte Stelle in der Kanzlei annehmen und sich mit seinem unmöglichen Chef anfreunden hätte dürfen. Er denkt: Es ist alles verkehrt, er denkt: Ich habe es schleifenlassen, ich habe alles einfach gelassen, wie es wollte und wie es verkehrt ist. Er muss grinsen, und ein Schmerz bohrt sich in seine Brust. Er tastet dorthin, wo es wehtut. Er denkt: Ich bin aber doch irgendwie sehr froh, seltsam, dass das so traurig ist.

Dann ist es auch schon vorbei. Draußen ist es heller geworden, der Nebel hat sich verflüchtigt, Verkehrsgeräusche öffnen den Tag. Er streckt sich aus, gähnt und denkt daran, dass er jetzt Geburtstag hat und fünfundvierzig Jahre alt ist. Dann geht er wieder hoch ins Bett und schläft noch ein bisschen, bevor es weitergeht, bevor sie ihm ein Lied singen.

Doreen hat das Rosenstübchen wegen einer Familienfeier geschlossen. Sie hat ein Schild aus Pappe ausgeschnitten und mit Filzstift Buchstabe für Buchstabe draufgemalt: «Am 5. 7. bleibt das Rosenstübchen wegen einer Familienfeier geschlossen. Vielen Dank für euer Verständnis! Eure Doreen!» Sie hat eine Weile überlegt – er hat ihr beim Überlegen zugesehen, denn sie saß dabei an seinem Schreibtisch – und hat dann ein Herz unter den Text gemalt. Ist es ein Herz für die Gäste, die an diesem Tag nicht im Rosenstübchen Bier trinken können, oder ist es ein Herz für ihn, weil er Geburtstag hat? Es ist schon bemerkenswert, dass er mit einer Frau zusammen ist, die Herzen auf Pappschilder malt. Aber sie denkt darüber nach, sie tut es nicht einfach so, das ist das Gute daran.

Sie hat die Tische und Stühle umgestellt und die Deckchen und Blumen abgenommen. An der Seite hat sie aus den restlichen Tischen ein Büfett aufgebaut, das sie mit Dani und Jochen eingekauft und gekocht hat. Auf der langen, mit Bettlaken geweißten Festtagstafel brennen Kerzen und blüht ein großer Strauß Rosen.

Als er kommt, sind schon fast alle da. Jochen hat eine Frau mitgebracht, die er nicht kennt, sie heißt Anja, ist klein und dick und hat ein sommersprossiges Gesicht. Sie wird rot, als Erik sie freundlich begrüßt, und sagt gar nichts. Jochen entschuldigt sie, er sagt: «Sie ist stumm wie ein Fisch, das ist das Beste an ihr.»

Erik bemüht sich, zu lächeln. Manchmal ist es immer noch nicht einfach für ihn, sich an bestimmte Dinge zu gewöhnen, aber Jochen meint es so. Da muss er sich gar nicht den Kopf zerbrechen.

Doreen ist sauer, dass Jochen einfach jemanden zu Eriks

Geburtstag eingeladen hat, ohne sie zu fragen. Sie sagt es laut, dass sie deswegen sauer ist, dass sie das nicht die feine Art findet, aber Erik sagt ihr, dass es in Ordnung ist. Er ist sogar froh darüber.

«Sei doch froh, Doreen.»

«Wenn es dich nicht stört, es ist ja deine Feier.» Doreen bewegt sich in ihrem Kleid geschmeidig durch die dunkle Gaststube, es scheint ihre Feier zu sein, und er ist ihr Mann. Er seufzt, aber er ist entschlossen, sich von ihrer Freude anstecken zu lassen, das ist das Einfachste, sonst weiß er auch nicht mehr weiter. Alles vermischt sich in letzter Zeit zu einer relativen Wattigkeit, es zieht ihn hinunter, dahin, wo alles wahr ist, wo jeder recht hat und keine klaren Aussagen mehr zu machen sind. Manchmal hat er das Gefühl, sich aufzulösen.

Sie erheben sich, um mit einem Glas Sekt auf ihn anzustoßen, als sich die Tür öffnet und Karin hereinkommt.

«Karin!»

Sie trägt einen Strohhut über ihrem blassen Gesicht. Früher ging sie ins Solarium und war immer braun, jetzt ist sie eine andere Frau mit einem blassen Gesicht. Sie bleibt im Raum stehen, von der Düsternis erblindet, und lächelt unsicher, bis er sich entschließt, ihr entgegenzugehen. Ihr förmlich die Hand zu schütteln fühlt sich an, wie öffentlich einen Irrtum zugeben, aber es fällt ihm nichts anderes ein.

«Das ist Karin», stellt er sie vor.

Er sagt nicht: meine Frau. Sie schüttelt allen die Hand. Als die Reihe an Doreen kommt, sagt er: «Das ist Doreen», und Karin presst die Lippen fest zusammen und lächelt und schüttelt ihr die Hand. Sie wird sich gefragt haben, warum er sie eingeladen hat, aber Julian und Marthe sind da, die

Rosen aus ihrem Garten, und nun ist Karin eben auch da und vermischt sich mit Doreen und den anderen, das ist die einzige Möglichkeit, abzugeben.

Doreen hält eine kleine Rede, sie lobt Jochens und Danis Kocharbeit, sie bedankt sich bei Erik für die vorübergehende Aufnahme ihrer Mutter, wobei er sich verschluckt und Margarete ihre Teetasse fallen lässt.

«Mutter, das machst du doch mit Absicht!»

«Wie bitte?»

«Ich mach das weg», sagt Marthe, und während sie wischt, nimmt sich Margarete ihren Sekt. Sie hebt das Glas und stimmt mit zittriger Stimme «Happy Birthday» an, und alle fallen ein. Ein Gesang, der ihm in seinem mitleiderregenden Unsinn das Herz zerreißt.

Er sieht Tom mit Zuzanna, er vermutet, dass Tom immer noch in Dani verliebt ist, denn manchmal sieht er sie so an, und Erik ist sensibel dafür, weil er selbst noch verliebt ist.

Neben Zuzanna Dani. Daneben Jochen. Er hat eine schöne Stimme, wie Freddy Quinn, so ähnlich. Seine Freundin, die er als Ersatz mitgebracht hat für Doreen, um es auszuhalten. Marthe, Karin. Sie hat ihren Strohhut abgenommen. Wen liebt sie? Ihre Pferde? Sie singt, sie singt. Julian. Er ist allein, hat noch immer keine Freundin und baut noch immer auf Remo, leider trinkt er. Sein Chef, der nur noch seinen Sohn hat, weil die Frau gestorben ist. Vielleicht geht er zu Huren. Und Doreen, die ihn liebt und die heute so seltsam geschmeidig aussieht, und sie hat eine Rede gehalten.

Nach dem Singen gibt es Essen. Sie holen sich vom Büfett. Er geht rüber zu Karin. «Schön, dass du gekommen bist.»

«Meinst du das so? Ich weiß gar nicht, warum ich hier bin. Ich wollte eigentlich nicht kommen, keine Ahnung, warum ich hier bin, vielleicht, um zu sehen, wie es dir geht. Ich hatte gehofft, schlecht.»

«Nun ja», sagt er, «das hier kommt dir vielleicht alles ein bisschen merkwürdig vor. Mit den Leuten.»

«Was willst du?», sagt sie, «das sind doch nette Menschen.»

«Ja?»

«Da kann man direkt neidisch werden.»

«Na ja.»

Karin. Er starrt sie an. Er weiß, wie sie atmet, wenn sie schläft.

«Du bist gar nicht mehr so braun», sagt er.

Sie fasst sich mit der Hand an die Wange. «Will ich auch nicht mehr.»

Er nickt.

«Ich war in einer Klinik», sagt sie. «Ich trink nichts mehr.»

«Das ist doch toll.»

«Ist es nicht», flüstert sie heiser, «ist es ganz und gar nicht.»

«Dann nicht, was willst du jetzt machen?»

«Mein Vater ist krank, ich übernehme das Gestüt, jetzt muss ich. Ich arbeite mich gerade in die Unterlagen ein. Er kommt nächste Woche ins Krankenhaus, Hodenkrebs.»

«Das tut mir leid.»

«Er wird es nicht überleben, ich werde jetzt also das Gestüt übernehmen.»

«Wie du es immer wolltest», sagt er.

«Ich weiß nicht, ob ich das immer wollte. Aber jetzt muss ich.»

«Ich dachte, du wolltest es.»

«Ich wollte auch eine Familie – und dich.» Sie lacht bitter. «Man muss eben nehmen, was man kriegt.»

«Das ist doch völliger Quatsch, das ist völliger Quatsch, Karin, du wolltest immer das Gestüt, und wenn du es jetzt nicht willst, dann brauchst du es nicht zu nehmen, niemand muss irgendetwas.»

«Vielleicht, aber leben muss man doch, oder?»

«Nicht einmal das», sagt er entschlossen.

«Darüber habe ich auch nachgedacht.»

«Hör doch auf zu spinnen.» Er flüstert nun ebenfalls. «Tut mir leid», sagt er. «Ich wollte nicht, dass es so kommt.»

«Du liebst mich nicht, aber es ist nicht deine Schuld gewesen. Niemandes Schuld ist so was.»

«Das kann ich jetzt nicht besprechen», flüstert er. Er merkt, dass er sich doch nicht so ernsthaft mit ihr unterhalten wollte, wie er gedacht hatte. Er irrt sich immer noch in solchen Dingen. Lieben und Nichtlieben, das muss man nicht immer besprechen, das macht einen so leer. Dann weiß man plötzlich gar nichts mehr.

«Schon klar», sagt Karin, «schon klar, ich wollte auch gar nicht …»

Er geht zurück auf seinen Platz, neben Tom, der ihm einmal einen Zahn ausgeschlagen hat, was inzwischen auch egal ist, neben Tom sitzt Zuzanna, die soll schwanger sein, hat Doreen gesagt, hat sie gehört.

Er sagt: «Ich habe da ein Gerücht gehört.»

Tom lächelt und will gerade etwas sagen, als sich sein Gesicht versperrt. Erik sieht hoch, er sieht einen lustigen jungen Mann mit einem kleinen Haarpuschel auf dem Kopf, der eine Waffe auf sie gerichtet hält, Erik hört den Schuss und fühlt gleichzeitig den Schmerz, er denkt: Der hat mich getroffen, er denkt: Der kennt mich gar nicht, er denkt: Ich habe dem gar nichts getan, er sieht Gesichter, er fällt, und dann ist Ruhe.

# DRITTER TEIL

# Schnecken

# Dani

Sie liegt auf der Seite und betrachtet die weiße Bettwäsche vor ihrem Gesicht. Während der heißen Tage ist sie feucht geworden und ist nicht mehr richtig getrocknet. Ein Kokon von ihren Ausdünstungen und ihren Träumen hüllt sie ein. Staub torkelt auf Sonnenstrahlen durch das Zimmer. Die Geräusche von unten sind winzig und erreichen sie kaum, blasse Schatten von Geräuschen. Da kann sie hier oben nur drüber lachen, wenn sie könnte.

Vielleicht ist es nicht schlecht, so einzugehen – wie alte Leute, die niemand mehr kennt und die einfach unter ihrer

Decke verschrumpeln, während draußen alles in der Sonne spielt. Sie könnte in ihrem Bett liegen bleiben, einfach nur liegen bleiben, das ist ja nicht schwer.

Es funktioniert noch nicht. Sie macht sich noch zu viele Gedanken.

Zum Beispiel darüber, ob ihre Muskeln verkümmern. Es heißt doch, dass Muskeln verkümmern, wenn Menschen einen Gips tragen und dann der Gips abkommt, dann sieht man, wie verkümmert die Muskeln sind.

Sie liegt schon lange hier rum und geht nicht mehr raus, fährt nicht mehr Fahrrad, auch nicht mehr Auto, sie schwingt nicht mehr den Staubsauger und fegt nicht mehr die Flure, putzt nicht mehr die Schreibtische sauber. Sie liegt nur hier und hört und sieht. Das dauert, bis es alles gleichmäßig still ist.

Manchmal steht sie auf und geht zur Toilette. Sie merkt noch gar nichts von dem Muskelschwund. Sie spürt ihre Muskeln widerspenstig stark an den Beinen, während sie sich auf der Brille niederlässt, um zu pinkeln. Das muss ja auch ein Muskel sein. Da kommt noch ein kraftvoller Strahl raus. Dann legt sie sich wieder hin.

Manchmal ist Doreen da. Sie redet mit ihr und bringt ihr etwas zu essen. Sie sagt: «Wasch dich» oder: «Hier stinkt's», aber Vorwürfe macht sie ihr keine, sie fordert sie nicht auf, etwas zu ändern, sie seufzt nur. «Ach, du arme kleine Sau. Ich lass dir Bier hier.»

Sonst kommt keiner.

Manchmal denkt sie dran. An Erik und an sein Handgelenk. An der Stelle, wo seine andere Uhr gewesen ist, war jetzt ein heller Streifen. Schattenuhr.

Sie saß auf der Kante ihres Stuhls, sie hatte ein Glas in der Hand, ihre Hand war nass vom übergeschäumten Sekt, sie sah plötzlich Tom an und wusste, dass etwas ganz Schlimmes geschehen würde.

Sie hatte es schon erwartet, Tag für Tag, Jahr für Jahr, weil sie gewusst hatte, dass sie nicht verschont bleiben würde. Jetzt kommst du mal dran, Dani, glaub nur nicht, dass du so durchkommst, du wirst es schon noch merken.

Sie folgte Toms Blick, sie sah einen Mann mit einer kleinen Pistole in der Hand. Es ging ganz schnell, und Erik lächelte unsicher, als ob ihm was peinlich wäre, dann fiel er um, wie eine Kiste umfällt oder ein Stuhl, aber nicht wie ein Mensch.

Dani tat nichts. Sie war einfach nur da, ein Teil des Raumes, wie das Glas auf dem Tisch.

Sie tut nie etwas.

Der Vorhang vor ihrem Fenster ist zugezogen. Er bewegt sich, weil Doreen das Fenster geöffnet hat. «Das Wetter ist schön, du kriegst frische Luft», hat sie gesagt. Die Gardine bewegt sich, und Sonne stiehlt sich in das staubige Zimmer. Dani steht auf und schließt das Fenster. Dann legt sie sich wieder hin.

Doreen ist gleich aufgesprungen. Sie würde aufspringen, wenn die Welt untergeht, und würde etwas suchen, was sie alle noch eine Minute an der Oberfläche hält. Sie lief zu Erik, nahm seinen Kopf in ihre Arme und drückte ihn gegen ihre Brüste, als wollte sie ihm beweisen, dass es einen besseren Ort gibt als den, an dem er sich jetzt befand.

Eriks Frau begann zu schreien. Sie schrie und schrie, aber man hatte den Eindruck, dass es ganz still war. Der Mann, der geschossen hatte, saß auf dem Boden und schwieg. Seine kleine Waffe lag neben seinem Schuh.

Doreen ließ Erik los und ging zu ihm hin, und fast hätte Dani geglaubt, sie würde jetzt auch diesen Mann an die Brust drücken, aber sie nahm nur die Waffe an sich, er blieb sitzen und sah nicht hoch, er war fertig mit dem, was er tun wollte.

Dann rief sie die Polizei an. «Bei uns wurde geschossen, und der Mann sitzt hier, und einer ist angeschossen, wir brauchen einen Krankenwagen.» Sie schluchzte, dann wieder mit ihrer kühlen, dunklen Stimme: «Sehr schnell bitte, es blutet sehr.»

Einer muss ja vernünftig sein. Doreen kann auch im echten Leben die Getränke verteilen und jedem geben, was er braucht.

Die Freundin von Jochen fing spät an zu weinen. Sie hatte offenbar eine lange Leitung. Jochen tröstete sie. «Dummerchen, ist ja schon vorbei.»

Sie selbst saß da und dachte darüber nach, dass wohl niemand da war, der sie trösten würde. Sie stand auf und ging hinaus. Sie knallte die Tür gegen den Rahmen.

Sie hatte dabei nicht an Erik gedacht, der auf der Erde lag und blutete, oder an Tom, schon gar nicht an Doreen, sie hatte an sich gedacht, an ihre eigene Verlorenheit. Sie ging die Straßen entlang und trat gegen Mülleimer und Autos, gegen Sachen, die hart waren und die bestenfalls umfielen und ausliefen. Weil niemand sie trösten wollte und weil auch keiner da war. Sie hatte überhaupt nicht an Erik gedacht, daran, dass er vielleicht gerade starb.

So bin ich. Immer nur ich und sonst niemand.

Sie steht auf und geht in die Küche, um Wasser zu trinken. Die orange Küchenuhr steht auf halb drei. Sie überlegt kurz, was das für sie bedeutet, aber es hat keine Bedeutung.

Sie sitzt am Fenster. Es liegt ein Schleier in der Luft, eine nasse Gardine von Wassertröpfchen. Es dämmert bereits, obwohl erst Nachmittag ist. Menschen kehren von der Arbeit heim. Sie parken ihren Wagen unten auf dem Parkplatz, steigen aus, holen ihre Einkäufe aus dem Kofferraum und verschwinden in einem der Häuser.

Auf dem grauen, matschigen Spielplatz sitzen Kinder. Sie spielen nicht. Sie hocken auf dem Klettergerüst wie Vögel, starren auf die Erde und warten auf was. Sie tragen Jacken in Blau und Gelb und Grün. Sie baumeln mit den Beinen, und sie werden immer nässer.

Sie liegt auf ihrem Laken und beobachtet ihre Zimmerdecke, weil sie dabei auf dem Rücken liegen kann. Ihre Zimmerdecke ist so glatt und weiß wie ihr Laken, nur an der Ecke hat sie einen winzigen Riss im Putz. Eines Tages könnte der Riss größer werden und größer, und die Decke könnte auseinanderreißen. Alles würde auf sie fallen, wenn sie weiterhin so liegen bliebe, auf dem Rücken mit geöffneten Augen.

Getrampel über ihr. Sie weiß nicht, wer dort trampelt und für wen ihre Zimmerdecke sein Fußboden ist. Ihr fällt ein, dass ihr Fußboden auch die Zimmerdecke für den unter ihr ist. Und dann fällt ihr ein, dass unter ihrem Bett und noch über dem Fußboden und der Zimmerdecke des unter ihr Wohnenden, in der Zwischenwelt, etwas liegt.

Sie kriecht aus der Decke und kniet sich hin, um die Mappe hervorzuziehen.

Sie bereitet ihren Tisch vor. Sie legt Papier zurecht und ihre Filzstifte. Sie zieht sich an, damit sie nicht friert.

Es war eine sehr schöne Geburtstagsfeier. Rosenblätter auf den Falten des Tischtuchs, sie haben gesungen «Happy Birthday», Jochen wie ein Star, wie Freddy Quinn. «Ganz original, wie Freddy Quinn», hat Doreen gesagt. Sie zeichnet die Münder, aus denen es Melodien dampft, sie haben kleine Augen beim Singen. Sie zeichnet Doreen in ihrem geschmeidigen Kleid, und sie weiß noch alle Klamotten, was die Leute anhatten, sehr grotesk teilweise, aber süß.

Sich selbst malt sie nicht. Sich kann sie ja nicht sehen. Das macht sie nie.

Sie nimmt ein neues Blatt. Sie schiebt den Stift langsam und genau über das Papier, sie kennt seine Konturen. Sie zeichnet die Umrisse seines Gesichts, lässt es aber noch leer, er steht am Tisch, er hält sich fest, ein Geschenk liegt vor ihm, es ist von ihr, es ist ein sehr hübscher Kugelschreiber, in den sie etwas eingraviert hat. Er hat ihn noch nicht ausgepackt. Er lächelt, sie zeichnet seine Augen zuerst und dann den Mund. Er lächelt, weil er sich sehr über dieses Geschenk freut.

Sie ist die Einzige gewesen, die ihm ein Geschenk gemacht hat. Sie hatte überlegt, was sie in den Kugelschreiber eingravieren könnte, Sprüche überlegt, Botschaften, und sie hatte sich entschieden für «Erik». Passend, oder?

Sie macht noch ein paar Zeichnungen von den anderen, sogar von seiner Frau, der Kuh, und sein Bild liegt dabei auf ihrem Fußboden und lächelt dazu. Hübsch, Dani, sehr hübsch, und war eine sehr nette Feier, der Gesang, die Blumen, Rinderbraten und Sekt.

Als sie fertig ist, packt sie die Stifte sorgfältig in die Hülle und verstaut alle Blätter unter ihrem Bett in der Zwischenwelt. Jetzt kann sie richtig schlafen, jetzt kommt es wieder ins Lot.

Das Bett ist mit einer Schweißschicht überzogen, es ist ein Schneckenbett, ein schleimiges Schneckenbett.

Nachdem sie den Hörer aufgelegt hat, öffnet sie den Kleiderschrank im Schlafzimmer und nimmt ihren Overall vom Bügel. Er ist sauber gewaschen und duftet nach Waschmittel. Sie hält ihn vor sich hin und betrachtet ihn. Vielleicht passt er ihr gar nicht mehr. Hat sie sich verändert? Ist sie dicker oder dünner geworden? Sie weiß es nicht, aber sie hat das Gefühl, sie hat sich verändert. Sie zieht ihre Sachen aus und klettert in den Overall. Sie schließt den Reißverschluss. Es ist genau wie früher, er sitzt genauso.

Sie geht nach unten, wo ihr Auto staubig und unbenutzt auf sie wartet. Sie startet mehrere Male, bis es anspringt. Dann fährt sie in die City Nord.

An manchen Tagen wäre es gut, sich das Knie aufzuschlagen und zu bluten, der brennende Schmerz unter der abgeschürften Haut, das dunkle Blut, das wäre an solchen Tagen ganz hilfreich, weil da sonst nichts ist, und alles ist unklar wie weiche, welke Karotten.

Tom arbeitet mit einer Frau zusammen, die ihr ähnlich sieht. Er spricht mit ihr, er scherzt mit ihr. Sie versucht, sich vorzustellen, sie wäre es selbst und wie es so wäre, mit Tom zusammen. Aber sie ist es nicht selbst.

Als Tom sie dann sieht, ist er überrascht und denkt schon nicht mehr an die Frau, die ihr ähnlich ist, sondern an sie.

Möglicherweise will er nicht mit dir zusammenarbeiten, hatte Martina ihr gesagt.

«Wie kommst du darauf?»

«Weil er es gesagt hat.»

Martina hatte mit den Schultern gezuckt, als ob es ihr leidtäte.

Wahrscheinlich wegen seiner Freundin. Vielleicht hat sie was dagegen.

Sie hatte ihre Sachen genommen und war hoch in seine Etage gefahren. Sie wollte es sehen. Sie hatte es eigentlich nicht geglaubt, es kann gar nicht sein.

Nun sieht er sie an, wackelt mit seinem Brillenkopf und versucht, cool zu bleiben, aber wenn man so was schon versuchen will.

«Hast du Martina gesagt, du willst nicht mehr mit mir zusammenarbeiten?»

«Ja.»

«Das ist eine Kampagne von dir.»

«Was?»

«Eine Kampagne gegen mich.»

«Das ist doch Blödsinn. Das hat mit dir gar nichts zu tun. Das geht ausschließlich um mich. Ich weiß sogar, dass du es verstehst.»

«Ich verstehe es auch. Du willst jetzt eine Beziehung sein.»

«Ja, das will ich.»

«Wenn man eine Beziehung ist, dann kann man nichts sonst mehr sein.»

«Doch, aber man muss sich fügen.»

«Man muss nicht, das will man.»

«Ich will einfach nicht mehr den Ärger mit dir.»

«Ich weiß, der Ärger mit mir gefällt dir nicht mehr.»

«Genau. Dann hast du es begriffen und kannst jetzt gehen. Du arbeitest in einer anderen Etage.»

Sie sieht zu Aleksandra hinüber, der Polin, die ihr ähnlich ist. Die schiebt jetzt spöttisch die Unterlippe vor. Wer weiß, wie viel sie versteht, wahrscheinlich eine ganze Menge.

Nichts passiert, niemand nimmt was zurück.

Sie dreht sich um und geht zum Fahrstuhl.

Von hinten trifft ein nasser Lappen sie am Kopf.

«Hast du sie? Ich bin ganz nass, ich mach dich gleich auch nass, aber richtig.»

«Mach doch, du blöde Kuh», sagt Tom leise.

Er hat es nicht mal eine Minute ausgehalten, er hat es nicht mal ausgehalten, dass sie in den Fahrstuhl steigt.

Doreen hat gesagt: «Du musst ihn in der Klinik besuchen.»

«Wieso das denn?»

«Benimm dich doch mal wie ein Mensch.»

«Tttu ich das nicht?»

«… …»

«Weißt du, die Vögel waren wieder da. Der ganze Baum voll, Werner hat ein Foto gemacht, ist das nicht verrückt, Dani?»

«Ich weiß nicht, die finden das sicher normal, nur von uns aus ist es verrückt.»

«Vögel finden alles normal.»

«Klar.»

«Gehst du nun und benimmst dich wie ein Mensch?»

Sie wusste wohl, dass Erik in der Klinik ist. Sie wusste ja

alles, was die anderen auch wussten. Aber gerade war alles wieder schön geworden. Sie hatte mit allem wieder begonnen und wollte nicht in Sachen verwickelt werden.

Die Frau, die neben ihr wohnt, hat ihren alten Kranz neu hergerichtet. Vielleicht hat das Geld diesmal nicht für einen neuen gereicht. Da hat sie einfach den alten Kranz abgenommen und ein paar Sachen aus der Bastelabteilung von Karstadt reingesteckt. Marienkäfer mit Beinen aus Strippe und Sonnen aus Metall. Auch ein paar frische Margeritenköpfchen vom Rasenstreifen am Parkplatz hat sie mit Nadeln in den Kranz gesteckt, aber die Margeritenköpfchen sind schon am nächsten Tag welk gewesen, sie sehen nicht aus wie getrocknete Blumen, die getrocknet noch ihre ganze Spannkraft behalten, sie sind nur welk und alt. Das macht den Kranz nicht gerade hübscher. Sie wollte aber wohl das Geld sparen. Sie wollte trotzdem mal was ändern. Vielleicht hat sie manchmal so den Antrieb, was zu ändern. Sie, Dani, hatte noch nie den Antrieb, was zu ändern. Sie hat genug damit zu tun, beim Alten zu bleiben. Und jetzt soll sie zu Erik.

«Das macht mich verrückt», sagt sie, «ich muss auch an mich selbst denken. An wen sonst.» Aber Doreen hat gesagt, sie soll sich wie ein Mensch benehmen.

Unten ist Frau Göring und fegt und raucht dabei. Das ist neu.

«Rauchen Sie jetzt?»

«Ach, nein.»

«Aber Sie rauchen doch.»

«Ja, das ist nur mal jetzt eben.»

«Und sonst rauchen Sie nicht?»

«Der Mensch ist ja nicht nur zur Arbeit da.»

«Das sag ich ja nicht. Sie haben nur früher nicht geraucht.»

«Mach ich doch auch gar nicht. Nur manchmal.»

Sie fährt, die Sonne scheint, sie lächelt fröhlich, als wäre sie es. Vielleicht kann man sich irgendwann daran gewöhnen, dass alles fast so wie etwas ist, und dann lässt es sich irgendwann nicht mehr davon unterscheiden und ist das, was es nicht ist.

Die Klinik ist ein Ort der Stille und Ordnung. Einmal hat sie Erik nach Eppendorf gebracht. Das war mitten in der Nacht, er hatte seinen Schneidezahn in H-Milch gelegt und blutete.

Im Krankenhaus sieht sie lauter Angehörige, die wieder in die Sonne wollen und Brötchen einkaufen und fernsehen und tief seufzen.

Das wollt ihr doch, oder?

Die Sauberkeit riecht.

Berühre nicht diese Sauberkeit. Sie ist gefährlich.

Erik liegt in einem Bett und lächelt, als sie eintritt. Sie wundert sich, dass er immer noch so aussieht, wie sie sich plötzlich erinnert, dass er aussieht. Er scheint immer noch ganz der gleiche Mensch zu sein. Nur sie irgendwie nicht. Vielleicht ist gar nicht er verletzt worden, sondern sie. Vielleicht ist da ein Irrtum unterlaufen.

# Tom

«Es ist ja nicht deine Schuld», sagt er.

Sie sieht ihn an. Manches versteht sie, manches nicht. Er hat es satt, polnische Wörter, die er kennt, einzuflechten oder teilweise Englisch zu reden. Sie muss es einfach lernen.

«Du kannst ja nichts dafür», sagt er und nimmt einen Schluck von ihrem polnischen Wodka. Er braucht das jetzt. Sie darf sowieso keinen Alkohol mehr trinken. Sie antwortet auf Polnisch. Ein ganzer Redeschwall, von dem er nichts versteht. Außer: Sie gibt sich die Schuld. Deshalb sagt er nochmal, unvermittelt in ihr Gerede hinein: «Es ist ja nicht deine Schuld.»

Sie starrt ihn an und nickt dann. Sie sagt: «Ja. Meine Schuld.»

Er schüttelt den Kopf, obwohl ihm langsam egal ist, wessen Schuld es ihrer Meinung nach ist. Wenn sie es so will. Er gibt sich nie die Schuld an irgendwas, oder ist das ein Fehler?

Er nimmt einen großen Schluck. Schuld gibt es gar nicht. Es gibt nur Kausalzusammenhänge. Sonst könnte er anfangen zu suchen und herausfinden, dass ja er es war, der nach Polen gegangen ist und die Freundin seines Freundes Thomasz geschwängert hat. Dass Dinge manchmal solche Folgen haben und niemand einem das vorher sagt. Er ist ja alt genug, aber bisher hatte nichts, was er getan hat, besondere Folgen. Nun küsst er eine Frau, sie wird schwanger, und ihr Freund erschießt den Spinneranwalt. Und sein alter Galeristenfreund will seine Federinstallation haben. Das alles auf einmal und seit er Zuzanna kennengelernt hat. Aber muss sie ihm ein schlechtes Gewissen machen? Und das tut sie. Auch mit ihrem Bauch. Der macht ihm ein schlechtes Gewissen. Der wächst und verändert ihre Haut. Sie wird durchsichtiger, die Adern zeichnen sich ab, und es schimmert bläulich. Sie hat sich da vielleicht nicht den Richtigen ausgesucht – als Vater ihres Kindes.

Er nimmt einen kräftigen Schluck und legt seinen Arm um Zuzanna, die leise redet und weint, was soll er sonst tun? Er versteht sie ja nicht.

Zuzanna zieht sich aus. Ihre glatte, weiße Haut, die er immer sehr mochte. Ihre Figur ist gerade und klar gewesen. Jetzt beult sie sich aus. Sie kommt ihm verletzt vor. Wo soll er noch anfassen? Wo ist alles, wie es war? Sie bückt sich, und jeder Wirbel zeichnet sich ab – wie eine kleine weiße Marmortreppe. Ihre Wirbel rühren ihn. Sie könnte jetzt in ihrer Heimat sein, bei ihrer Familie und ihrem Freund. Sie müsste sich nicht mit ihm rumschlagen, in einer fremden Welt, und sich Schuld an Dingen geben, für die sie doch nichts kann. Sie müsste nicht darüber nachdenken, ob sie sich in ihm geirrt hat. Denkt sie darüber nach? Wahrscheinlich. Er hat sich sehr gefreut, als sie kam. Verlassen und einsam ist er gewesen. Er hatte sie vermisst, ihre Nähe, ihren Körper, die Möglichkeit, sie besser kennenzulernen. Er hatte nicht damit rechnen können, sie stand vor der Tür wie ein Riesenversprechen. Er war überwältigt. Er war nicht mehr allein. Die Sache war entschieden, wenn auch nicht von ihm.

Aber dass dann solche Sachen passieren, ist ungerecht, oder nicht? Sie stecken beide dadrin, Zuzanna und er, aber sie macht sich Vorwürfe, er nicht.

Er betrachtet ihre Wirbel, die sich langsam wieder aufrichten.

Er hat in Dinge eingegriffen und etwas ausgelöst, und jetzt steht sie da, schwanger und sich beschissen fühlend. Und ihre Haut ist noch die gleiche, nur die Wirbel haben schwerer zu tragen.

Wie nebenher sagt er: «Wir könnten heiraten.»

Es ist dies anscheinend ein Wort, das sie schon gelernt hat.

Sie trägt nun ein hellblaues T-Shirt zum Schlafen über ihrem Bauch und lächelt.

Er ist erleichtert. Er hat es geschafft, ihr eine Freude zu machen. Es tut gut, ihr eine Freude zu machen.

«Wann?», fragt sie.

Herrgott, muss sie immer so genau sein? Er zuckt die Achseln. «Wann du willst.»

Sie nickt und überlegt. «Vor Baby», sagt sie.

Sie meint es ernst, gut, er dann auch, soll es so sein, vor Baby also.

Sie legt sich unter die Bettdecke und überlegt. Wieder sagt sie Dinge auf Polnisch. Sie will ihre Papiere aus Polen holen, wahrscheinlich ihre Eltern einladen und so weiter. Er steht auf, stellt sich mit der Flasche ans Fenster, nimmt einen Schluck, dann trinkt er sie aus. Er braucht jetzt Stärke. Lange wird das nicht mehr gehen hier. Ein Kind kann hier nicht auch noch wohnen, aber wie soll er das alles hinbekommen?

Er muss sich ändern und zielstrebig etwas verfolgen,

eine Wohnung suchen, heiraten und alles das, hier geht es mal um etwas, hier kommt ein Kind!

Er dreht sich wieder zu Zuzanna um, sie lächelt ihn an, sie ist froh, dass er sie heiratet und sie ihn und sie beide sich. Familie.

Danach sagt er Martina, dass er nicht mehr mit Dani zusammenarbeiten will. Er weiß von Doreen, dass es Dani nicht gutgeht. Seit dem Vorfall ist sie nicht mehr arbeiten gewesen. Doreen hält ihn auf dem Laufenden, mit Doreen hat er keine Probleme, Doreen ist nichts Menschliches fremd. Er trinkt gern mal ein Bier bei ihr. Sie hat ihm gesagt, dass Dani zu Hause rumhängt und sich gehenlässt. Dabei passt das gar nicht zu ihr, aber man kennt Leute nicht, wenn sie sich gehenlassen, sie reißen sich normalerweise immer zusammen.

Jedenfalls ist es besser so.

Je länger sie weg ist, desto mehr gewöhnt er sich daran. Er arbeitet mit Aleksandra zusammen, die ist nett und unkompliziert und sogar hübsch. Die Arbeit ist die reinste Erholung, weil zu Hause wartet Zuzanna, die sich große Mühe gibt, Frohsinn und Zuversicht auszustrahlen, aber das macht ihn fertig.

Dann, eines Tages, er hatte gedacht, er hätte es fast vergessen, steht Dani vor ihm, als wäre nichts geschehen, als hätte er sich nicht entwöhnt und vernünftige Entschlüsse gefasst.

Sie sieht blass aus und mager, aber sonst wie immer, sie macht ein paar Bemerkungen, offenbar weiß sie, dass er nicht mit ihr zusammenarbeiten will.

«Das ist eine Kampagne von dir.»

«Was?»

«Eine Kampagne gegen mich.»

«Das ist doch Blödsinn. Das hat mit dir gar nichts zu tun. Das geht ausschließlich um mich. Ich weiß sogar, dass du es verstehst.»

«Ich verstehe es auch. Du willst jetzt eine Beziehung sein.»

«Ja, das will ich.»

«Wenn man eine Beziehung ist, dann kann man nichts sonst mehr sein.»

«Doch, aber man muss sich fügen.»

«Man muss nicht, das will man.»

«Ich will einfach nicht mehr den Ärger mit dir.»

«Ich weiß, der Ärger mit mir gefällt dir nicht mehr.»

«Genau. Dann hast du es begriffen und kannst jetzt gehen. Du arbeitest in einer anderen Etage.»

Sie starrt ihn an, dann lächelt sie. Sie strahlt über das ganze Gesicht und dreht sich um und geht.

Bis zu diesem Zeitpunkt hat er geglaubt, dass es alles so richtig ist. Dass er auf dem richtigen Weg ist. Er wirft ihr seinen feuchten Lappen hinterher. Er trifft sie am Kopf, sie dreht sich um und strahlt noch immer über das ganze Gesicht.

Johannes, der gute, gute Johannes, der allerbeste Johannes auf der Welt, hatte dafür gesorgt, dass seine Skulptur mit dem Namen Z nach Hamburg kam. Das war eine sehr tolle Idee gewesen. Nur war Thomasz ihm so auf die Spur gekommen. Er hatte sich einfach bei dem Spediteur eingekauft, oder vielmehr bei dem Fahrer der Spedition, die Johannes beauftragt hatte, und war gemeinsam mit der

Skulptur in Hamburg angekommen. Johannes, der Thomasz nicht kannte, hatte ihn für einen Angestellten der Spedition gehalten und ihn in Toms Werkstattwohnung gelassen. Vermutlich hätte Thomasz ihn bei der Gelegenheit gerne schon ein bisschen erschossen. Aber er war ja mit Zuzanna bei der Geburtstagsfeier von Erik.

Dann musste Thomasz die Einladung zum Geburtstag gefunden haben, Doreen hatte eine Einladungskarte mit Rosen und Herzen gemalt und im Copyshop kopiert, sie lag auf dem Tisch in seinem Zimmer. Sie lag auf dem Tisch, ich lade euch ein, am Soundsovielten im Rosenstübchen, Straße, Postleitzahl, Telefon. Eine Adresse konnte Thomasz wohl lesen und eine Karte auch.

So kam mit seiner Skulptur Z auch der Feind T. ins Land. Seine Skulptur war ein trojanisches Pferd.

Dass es nicht ihn getroffen hat, ist ein Wunder und ein Glück. Obwohl er sich manchmal fragt, ob man von Glück reden kann, wenn es Erik getroffen hat. Kann Eriks Unglück sein Glück sein? Es sieht so aus. So läuft es. Hier nehmen, dort geben, alles wird ständig immer nur umgeschichtet und neu verteilt.

Jedenfalls hat er jetzt eine Absprache mit Jens, dem Galeristen Jens. Er war nett, wenn auch nicht mehr sehr interessiert nach all der Zeit. Aber immerhin, er wollte sich Z ansehen und das andere Zeug, das jetzt noch in Johannes' Garage steht.

«Kommst du mal?», fragt Zuzanna, sie hat Probleme mit seiner Klospülung, das ist verständlich, nur er bringt genug Erfahrung im Umgang mit seiner Klospülung mit. Man muss sie sanft, aber bestimmt drücken. Drückt man sie zu stark, fällt das Gewicht vom Haken, weil der Haken abgebrochen ist, drückt man zu lasch, fällt es auch vom Haken. Er hat versucht, Zuzanna die Sache zu erklären, er hat den Spülkasten geöffnet und sie hineinschauen lassen, aber sie hat immer noch nicht die richtige Sensibilität dafür entwickelt. Das andere Problem ist das Fenster. Das Fenster lässt sich nur öffnen, wenn man aus dem Klozimmer heraustritt und seinen Körper, vor allem seinen Kopf, aus dem Fensteröffnungswinkel entfernt. Das führt zu Gerüchen. Man muss erst die Tür öffnen und dann das Fenster. Das sind so die Nachteile seiner Wohnung.

Zuzanna beklagt sich nicht. Obwohl ihr nicht alles gefällt. Und sie bricht nicht mehr, das ist auch was. Er hatte Schwierigkeiten, sie deshalb zu trösten. Jetzt sitzt Zuzanna auf dem Sofa und übt Deutsch. Es ist so rührend, zu sehen, mit welchem Fleiß sie ihre Aufgaben erledigt. Er muss sich mehr um sie kümmern.

Er sitzt am Tisch und schreibt. Er muss aufpassen, wann Zuzanna vom Einkaufen kommt. Sie geht gerne einkaufen. Sie braucht immer lange, weil sie sich für genau die richtige Butter entscheiden möchte. Er nimmt immer irgendeine. Und irgendeinen Joghurt und irgendein Essen. Er hat sich schon Sachen gekauft, die er gar nicht mochte. Gegessen hat er sie trotzdem. Zuzanna nicht. Zuzanna ist sehr bemüht, es schön zu machen, jedes Brot, jede Suppe und jede Scheibe Wurst. Alles soll gut sein und schmecken.

«Den Käse magst du doch?»

«Wirklich?»

«Du hast gesagt.»

«Weil du fragst. Du fragst doch andauernd, ob es schmeckt, und ich sage andauernd: ‹Ja, es schmeckt.›»

«Dann sag nicht, wenn dir nicht schmeckt.»

«Herrgott. Es schmeckt ja.»

Er schreibt einen Brief an Thomasz. Thomasz schreibt sehr schöne Briefe an Zuzanna. Er entschuldigt sich in jedem Brief, in jedem Brief als Erstes eine Entschuldigung als Einleitung, typisch Thomasz, immer in die Vollen, ihr seine ganze Schuld vor die Füße werfen wie Farbe an die Leinwand. Übertrieben und maßlos. Er berichtet von seinem Leben im Gefängnis. Es war unglücklich, dass er vorbestraft war wegen eines Messerstichs gegen seinen ersten Galeristen, dem Thomasz' Bilder gestohlen worden waren. Einen Mann mit dem Messer verletzt, einen Mann mit der Pistole angeschossen, schwer verletzt, mit Mordabsichten, das reicht für Haft. Das ist nicht ungerecht.

Zuzanna wirft alle Briefe weg.

«Warum weiß er Adresse?»

«Er war hier, Zuzanna, hast du das vergessen?»

«Er soll nicht schreiben.»

«Vielleicht tut es ihm leid.»

«Vorher soll ihm leidtun.»

«Das geht doch gar nicht. Es kann ihm doch nicht vorher leidtun.»

«Warum nicht?»

«Wenn es ihm vorher hätte leidtun können, dann hätte er es doch gar nicht getan. Und dann hätte es ihm auch nicht leidtun können, verstehst du? Das geht einfach überhaupt nicht.»

«Ich verstehe nicht.»

«Nein. Ich auch nicht.»

Er hatte manchmal Mühe gehabt, die Briefe zu retten. Sie riss sie durch und warf sie in den Müll. Er musste Ketchup vom Umschlag wischen und die Seiten glätten und mit Tesa zusammenkleben und dann Johannes bringen.

Johannes gibt sie Krzysztof. Krzysztof übersetzt es ins Deutsche. Ins grauenhafte Deutsche.

«Ich dich liebe vor immer in einer waldigen Ende.»

«Meine Trenen versacken in dem Beton.»

Aber Tom weiß schon, was er meint. Er kann ihn sehr gut verstehen. Er antwortet dann und mailt an Krzysztof, der es dann übersetzt und in Zuzannas Handschrift aufschreibt, so ungefähr Zuzannas Handschrift; Tom glaubt nicht, dass Thomasz von Zuzanna schon vorher jemals Briefe bekommen hat. Das alles ist aufwendig. Aber es muss doch sein. Zuzanna kümmert sich ja nicht drum.

Sie zum Gynäkologen zu begleiten, macht ihm keine besondere Freude. Aber weil sie es so will, geht er mit. Der Gynäkologe, Doktor Wawzik, selber Pole, den Zuzanna aus ebendiesem Grunde auswählte, machte ihnen beim letzten Mal klar, dass er Rechnungen ausstellen werde und dass es besser wäre, wenn sie schleunigst heiraten würden, damit Zuzanna ehegattenversichert würde. Der Begriff macht ihm Angst. Ein Ehegatte hatte er nicht vorgehabt zu werden. Doktor Wawzik ist vorerst aber noch freundlich und großzügig. Er erzählt Zuzanna auch, dass sein Neffe bei den Hamburger Verkehrsbetrieben angestellt ist, in einer nicht unbedeutenden Position, sagt er. Zuzanna versteht sich richtig gut mit Doktor Wawzik.

Als sie in dem Vorzimmer ankommen, hebt die blonde, kleine Schwester mit dem engen Kittel die Brauen und sagt: «Frau Kossakowska? Wie geht es Ihnen?»

Ihm wird klar, dass er bis zu diesem Zeitpunkt nicht gewusst hat, wie sie mit Nachnamen heißt. Eine Frau, deren Nachnamen er nicht kennt, erwartet ein Kind von ihm. Ihm fällt ein, dass er auch ihre Eltern und Geschwister nicht kennt. Sie hat einen Bruder, hat sie noch mehr Geschwister? Er kennt sie überhaupt nicht. Und er wird ihr Ehegatte.

Ehegatte. Ehegattenversichert. Frau Kossakowska.

Die Schwester lächelt freundlich und trägt Sachen in ein Heft ein. Sie gibt ihr ein Becherchen, und Zuzanna verschwindet auf dem Klo. Er geht ins Wartezimmer. Ein unglaublich dicker Mann steht am Fenster und sieht nach draußen auf die Straße. Das macht ihn wütend. Er hätte selbst gern auf die Straße gesehen. Und gestanden. Wie hat dieser Mann ihn überhaupt reingekriegt?

Reiß dich zusammen, Tom!

Er setzt sich und versucht, nicht in das Gesicht der Frau zu sehen, die ihm gegenübersitzt, und auch nicht in das Gesicht der Frau, die gleich daneben sitzt. Er sieht zur Seite, wo ein Kind auf der Erde hockt und mit Lego spielt, das Kind starrt ihn an und popelt. Er holt sich eine Zeitung aus dem Zeitungshalter an der Wand. Leider gibt es keine männlichen Zeitungen. Er liest ein bisschen in der Brigitte, als er aus dem Augenwinkel Zuzanna sieht, die den Plastikbecher gefüllt auf den Tresen vor die Schwester stellt. Er verzieht das Gesicht.

Muss das so sein?

Alle Leute im Zimmer haben mit ihm auf Zuzanna geschaut. Alle haben ihren Blick schnell wieder gesenkt, als sie ins Zimmer tritt und guten Morgen sagt.

Guten Morgen, Ihr Urin hat aber eine hübsche Farbe.

Danke, Ihrer aber auch.

Sie setzt sich neben ihn und lächelt freundlich in den Raum.

Er atmet aus und starrt auf die Seite mit Farbtipps für kleine Räume.

Wird von ihm erwartet, sich mit ihr über das «Weswegen wir hier sind» zu unterhalten? Aber Zuzanna schweigt. Sie lächelt der Frau gegenüber freundlich zu. Die Frau, die einen riesigen Bauch hat, lächelt freundlich und verbindlich zurück. Ja klar.

Doktor Wawzik steckt seinen graugelockten Kopf aus dem Wartezimmer und ruft supergut gelaunt die nächste schwangere Frau in sein Zimmer. Es macht ihn offensichtlich froh, diese ganzen dicken Frauen zu untersuchen. Tom ist erleichtert, als Zuzanna endlich dran ist. Sie steht auf, ein bisschen dick sieht sie aus. Nicht nur der Bauch. Alles wird dicker. Sie isst auch wirklich einiges. Er kann es gar nicht mit ansehen, was sie alles in sich hineinschlingt.

Als er sich das Kind im Ultraschall ansehen soll, «Kommen Sie her und sehen Sie sich das an!», großes, breites, glückliches Lächeln von allen Seiten, sogar von der Decke und den Wänden.

Zuzanna liegt auf einer Liege, und der Arzt drückt Glibber auf ihren Bauch, um dann ihren Bauch zu scannen. Auf dem Bildschirm erscheinen ein Kegel, ein paar Flecken und eine Bohne, das kleine Herz von der Bohne klopft ganz selbständig.

Muff. Muff. Muff.

Das ist zu viel für ihn. Er verlässt das Zimmer.

«Ich muss Toilette.»

Er stürzt an einer Frau mit Becher in der Hand vorbei und schließt sich ein. Er stützt sich an der Wand ab und atmet heftig. Er muss wieder raus. Muss zur Ruhe kommen. Er würgt. Das Würgen treibt ihm die Tränen in die Augen. Er schluchzt, und das beruhigt ihn. Er weint ein bisschen. Dann wischt er sich mit Toilettenpapier die Augen aus und schließt entschlossen die Toilettentür wieder auf.

Die Frau vor der Tür mit ihrem Becher in der Hand legt ihm die andere Hand auf die Schulter.

«Solche Freude bleibt es nicht die ganze Zeit. Wenn sie fünfzehn sind, kehrt es sich wieder um. Nicht, dass ich Ihnen die Freude vermiesen will.»

«Sie vermiesen mir nicht die Freude.»

«Wollte ich auch nicht. Aber das ist eine Damentoilette.»

«Ich weiß. Ich gehe auch schon.»

Er schnappt sich seine Jacke. Er kann auch draußen auf Zuzanna warten.

Draußen ist alles normal. Ein leichter Wind kühlt sein Gesicht. Er denkt, dass er jetzt die Verantwortung hat, aber das kann er doch gar nicht. Er holt sich ein Bier vom Kiosk und setzt sich vor dem Gebäude auf die Treppe. Bis Zuzanna herauskommt.

Sie fragt: «Geht es dir gut?»

«Mir. Ja. Mir war ein bisschen schwindelig. Aber es geht schon wieder. Ich gewöhne mich mit der Zeit.»

«Mit Baby ist alles in Ordnung.»

«Ach so, das ist ja auch gut.»

Er erwartet Thomasz' Antworten. Er lauert dem Postboten auf, damit nicht Zuzanna den Brief zufällig in die Hände bekommt und vielleicht, auch wenn es unwahrscheinlich ist, liest.

Der Postbote kommt sehr ungenau, manchmal eine Stunde früher, manchmal eine Stunde später. Tom kann sich nicht stundenlang vor dem Haus rumdrücken. Deshalb geht er wieder ins Haus, um gleich darauf wieder rauszugehen. Zuzanna fragt ihn, ob er auf jemanden wartet.

«Ich warte auf Nachrichten.»

«Von wem?»

«Von meiner Mutter.»

«Deine Mutter ist tot.»

«Ja.»

Würde Thomasz ihm glauben, dass er Zuzanna ist? Würde er antworten?

Er antwortet.

Tom fährt mit der Antwort sofort zu Johannes, und Johannes faxt den Brief an Krzysztof.

Johannes sagt: «Findest du das gut, was du da machst?»

Kritik von Johannes ist er nicht unbedingt gewohnt. Johannes trägt einen Anzug ungewöhnlicher Farbe, ocker vielleicht. Tom überlegt. Dann sagt er: «Das verstehst du nicht.»

«Das verstehe ich auch nicht. Aber ich finde es nicht richtig.»

«Wieso?»

«Es verletzt das Briefgeheimnis. Und überleg mal, dieser Mann hat mich hintergangen.» Johannes zündet sich eine Zigarre an. Er raucht Zigarren, seit wann raucht er Zigarren, steigt ihm die Osterweiterung zu Kopf?

«Ja», sagt Tom, «und das Wichtigste hast du vergessen.»

«Hm?» Johannes bläst genüsslich den Rauch nach oben.

«Er wollte mich erschießen.»

«Das auch», sagt Johannes, hustet und klopft sich Asche vom ockerfarbenen Anzug.

«Ich kann mir nicht helfen, aber die Farbe von deinem Anzug.»

Johannes sieht an sich runter.

«Was ist damit?»

«Kacke.»

«Vielleicht, aber auch Gold.»

«Das soll Gold sein.»

«Natürlich», sagt Johannes und streicht seinen langen, strähnigen Pony zurück. Es macht pling, und er wendet sich seinem Computer zu. «Die Antwort», sagt Johannes und hebt den Zeigefinger. Er startet den Druck, er zieht das Blatt aus dem Drucker und liest: «Mein Herz regt sich in Freude …!» Tom nimmt ihm das Blatt aus der Hand und verabschiedet sich von Johannes. Er muss in Ruhe lesen, wenn nicht jemand das Falsche dazu sagt und denkt.

Das Telefon klingelt, Zuzanna nimmt ab, Zuzanna sagt: «Hier» und reicht den Hörer an ihn weiter. Sie lächelt still. Er ahnt, dass es niemand von seinen Bekannten und Freunden sein kann, er ahnt, dass es die Galerie ist, die ihn anruft.

Es ist die Galerie. Sie wollen sich Z ansehen. Sie wollen vorbeikommen und sich seine Arbeit ansehen. Er sieht sich selbst seine Arbeit an, obwohl er das tagaus, tagein tut, denn sie steht ja in dem einzigen Raum seiner Wohnung und nimmt ihnen den Platz zum Wohnen.

Er versucht, sich vorzustellen, wie jemand, der sie noch nie gesehen hat – jemand mit einigermaßen Verstand in solchen Dingen –, sie zum ersten Mal sähe. Er kneift die

Augen zusammen und geht um sie herum. Er geht hinaus auf den Hof, wartet einen Moment und kommt dann ganz spontan wieder rein.

«Hey, da steht ja Kunst!»

Aber als Erstes fällt ihm der Wickeltisch auf, den er letzte Woche gekauft hat, weil Zuzanna ihn in einem Laden mit gebrauchten Möbeln gesehen und ihn darauf hingewiesen hatte, dass er sehr günstig und unbedingt notwendig sei. Der Wickeltisch hat eine bunte Auflage mit Äffchen und Elefanten in Orange und Grün, die ist dabei gewesen, wenn auch schon etwas ramponiert, aber man könnte da ja eine neue kaufen, hatte Zuzanna gesagt.

«Der Wickeltisch muss weg.»

«Wie?», sagt Zuzanna.

«Der Wickeltisch muss unbedingt weg», sagt er und beginnt, ihn zu bewegen. Allein ist das nicht so einfach, denn er ist sperrig. Aber Zuzanna darf angeblich nicht mehr schwer heben. Er schiebt, und die Beine des Möbelstückes hinterlassen Spuren auf dem Fußboden. Er wuchtet das Riesending hinaus auf den Hof und stellt es dicht neben das parkende Dreirad. Hier hat schon mal ein Kühlschrank gestanden, bis er abgeholt wurde. Da muss das mit dem Wickeltisch auch mal gehen. Aber, er schaut hoch, es sieht nach Regen aus. Wenn es regnet, wird die Auflage nass. Aber wäre das so schlimm? Wenn da später das Baby raufpinkelt, wird sie doch auch nass, oder? Das ist doch nichts Schlimmes, dafür ist das Ding ja gemacht, zum Draufpinkeln, mehr oder weniger.

Er geht wieder rein und versucht, sein Kunstwerk jetzt spontan und unvoreingenommen zu betrachten, aber die kleine Plüschente sticht ihm gelb und plüschig ins Auge. Er nimmt sie und stopft sie in die Pappkiste mit der schmutzigen Wäsche. Mehr unpassende Dinge gibt es nicht in dieser Wohnung.

Er schließt die Augen, konzentriert sich und öffnet sie wieder. Da steht nun Z, wild und fedrig, aggressiv und gleichzeitig friedlich, schwer und leicht, und neben Z auf dem Sofa sitzt mit immer dicker werdendem Bauch Z2. «Das irritiert mich», sagt er und versucht, ihr mit einer Handbewegung klarzumachen, dass sie verschwinden soll.

«Was bitte?», sagt Zuzanna und lächelt ihm freundlich zu.

«Du musst da weggehen», sagt er und fuchtelt mit der Hand. Er wird noch verrückt in dieser Wohnung.

«Weg?», sagt sie, «wohin weg?»

«In die Küche, was weiß ich», sagt er, «weg von Z. Ich muss mich konzentrieren.» Aber Zuzanna verzieht das Gesicht. Sie wird nicht weggehen, sie sieht das gar nicht ein, er merkt schon, er sitzt ganz schön in der Tinte.

## Erik

Das Leben fängt an, als er im Krankenhaus erwacht. Es ist ein anderes Leben, ein vollkommen anderes Leben. Die Wände sind mit Ölfarbe gestrichen und glänzen in der matten Sonne, die zwischen den hohen Fensterkreuzen hindurchscheint.

Er hat Schmerzen, aber die Schmerzen sind nicht das Entscheidende, es ist etwas anderes, er weiß nur noch nicht, was. Wird sich schon herausstellen. Nur kein Stress.

Vielleicht besser, dass er es noch nicht weiß, denn es kann nichts Gutes sein.

Manchmal schläft er ein, Wachen und Schlafen tragen ihm zögerliche Wahrnehmungen von Farbe und Raum zu, Dinge fallen ihm ein und vermischen sich mit der Gardine und der Flüssigkeit, die durch einen Schlauch in ihn hineinläuft. Er ist sich nicht sicher, was war und was ist, aber er gibt sich zufrieden.

Als er wieder erwacht, weiß er nicht, wie lange dies alles gedauert hat, oder ist es das erste Mal, und die anderen Male dachte er nur, dass er erwacht? Er weiß es nicht. Die Wände sind immer noch weiß und glänzen. Man kann sie abwaschen, falls sie schmutzig werden. Falls sie mit Blut vollgespritzt werden.

Neben ihm liegt einer und liest Zeitung. Er hat langes, zerknittertes, graues Haar. Er schlägt die großen Blätter mit einer Wut um, als hätte er keine andere Wahl.

Dann kehren Wahrnehmungen, seinen Körper betreffend, zurück. Er schiebt die Bettdecke zurück und sieht Verbände aller Art. Sie sind dick und zwängen ihn ein. Schläuche schieben sich aus dem Bett hinaus und irgendwohin. Schläuche hängen auch an seinen Armen und über ihm. Er ist zwischen Maschinen gepresst und an Küchenwaagen angeschlossen. Er bewegt seine Augäpfel und entschließt sich dann, seinen Kopf mitsamt dem Hals zu bewegen. Das tut weh.

Was bist du für ein Draufgänger, Erik! Vielleicht bin ich das? Keine Ahnung.

Auf einem metallenen Tisch neben seinem Bett stehen rote Rosen aus seinem Garten. Er erkennt sie sofort. Sie sind entblättert. Ob die anderen Blätter auf dem Boden liegen, kann er nicht herausfinden, dazu müsste er sich bücken, das geht aber nicht, das ist ihm klar.

Sie müssen hier gewesen sein, während er starb und träumte.

Neben ihm winkt der Mann kontaktaufnehmend mit seiner Zeitung. Er hängt auch an Geräten, aber er kann sich besser bewegen. Jedenfalls obenrum. Untenrum sieht er etwas dünn aus. Untenrum sieht er nach gar nichts aus. Etwas schiebt sich von unten in Eriks Herz, etwas Kaltes, aber sein Herz schlägt ungerührt weiter.

Der Mann hat die Bildzeitung in den Händen, die Schlagzeile der Titelseite: «Kind biss Hund tot.»

Der Mann nickt ihm zu. «Wieder am Leben?»

Erik versucht ebenfalls zu nicken und gleichzeitig etwas zu sagen. Das Sagen ist schwieriger, als er gedacht hatte. Er flüstert heiser: «Ich weiß gar nicht genau, was los ist.»

Der Mann lächelt. «Die kommen gleich, ich bin amputiert, Raucherbein, erst das eine, dann das andere.» Er zuckt mit den Schultern. «Tja, selber schuld.»

«Das tut mir leid», sagt Erik.

«Selber schuld», sagt der Mann wieder.

«Wer kommt gleich?», fragt Erik.

«Die Ärzte, die Schwestern. Ist gleich Visite, die kommen, dann geht's weiter, dann basteln sie weiter.»

Erik nickt. Sicher. Sie kommen gleich. Dann regelt sich alles. Dann weiß man Bescheid und wie es weitergeht. Vorher ist es noch nicht seine Verantwortung.

Er erinnert sich.

Er hatte Geburtstag, dann kam ein Mann und erschoss ihn. Er hatte gedacht, er wäre tot.

«Ich bin tot.» Das kann man gar nicht denken. Man kann es denken, aber es kann nicht sein.

Dass Angst eine so gewaltige Sache sein kann. Er hat nicht gewusst, dass er so riesige Angst haben kann, er hat nicht gewusst, dass er so sehr an seinem Leben hängen könnte. Nun, er lebt. Ohne Bewegen. Nur den Kopf und nur unter Schmerzen. Das Denken fällt auch schwer. Es bröckelt immer wieder was ab.

Die Tür wird aufgerissen, Leute kommen rein, sie tragen schwingende, weiße Mäntel und vor sich her die volle Entschlossenheit.

Sie ignorieren seinen Nachbarn, sie haben nur ihn im Blick, ein Mann stellt sich vor. «Siemsen, Psychologe.»

Sehr nett, sehr freundlich. Viereckige Brillengläser, in denen sich die Deckenlampe spiegelt.

«Sie wurden gestern operiert», sagt er. «Die gute Nachricht: Sie leben noch.»

«Und die schlechte», murmelt Erik krächzend und versucht, ebenso optimistisch zu lächeln, damit sie sehen, er ist ein Harter – voller Humor und kein Fünkchen Selbstmitleid –, aber sein Mund verkrampft sich. Lange nicht gelächelt.

Dr. Siemsen, Psychologe, legt eine Hand auf seinen Arm. «Sie können nicht mehr gehen.»

«So? Bin ich eine Uhr? Bin ich stehengeblieben?»

Keiner lacht. Dr. Siemsen, Psychologe, runzelt die Stirn. «Keiner erwartet, dass Sie hier den Komiker machen.»

Und irgendwann steht Dani vor ihm, leichenblass und mit ihren fusseligen Haaren. «Ich sollte mich wie ein Mmememensch benehmen.»

«Hat das Doreen gesagt?»

«Ja.»

«Du musstest nicht.»

«Ich weiß. Ich wollte.»

«Wie geht es dir?»

«Ich gehe wieder zur Arbeit.»

«Du bist aufgestanden.»

«Ja. Du nicht.»

Er lacht.

«Es tut mir leid. Es tut mir so leid, Erik.» Sie weint.

«Du kannst nicht einfach herkommen und weinen.»

«Nein.» Sie schüttelt den Kopf und weint weiter.

«Es ist ja nicht so schlimm.»

«Doch.» Sie weint.

«Was soll ich denn mit dir machen, du Kleine?»

«Ich wwweiß es ja nicht.»

Aber er kann es nicht mehr aufhalten. Er flennt und heult, und sie heult, und der Nachbar mit den amputierten Beinen sieht her und schüttelt den Kopf. «Nun ist doch man gut», sagt er.

Dann lächelt sie und wischt sich mit dem Ärmel die Tränen ab.

«Du bist ganz fleckig im Gesicht.»

«Du auch.»

«Hahast du mein Geschenk schon ausgepackt?»

«Ich habe es noch gar nicht bekommen. Sicher liegt es zu Hause», sagt er. «Ich muss Doreen Bescheid sagen. Dann wartet ja noch eine Überraschung auf mich.»

«Dann ist dein Geburtstag noch gar nicht zu Ende.»

«Nein», sagt er, «das Beste kommt ja noch.»

In der Rehaklinik sind die Angestellten freundlich und streng. Er muss eine Menge lernen. Zum Beispiel, dass er trotz allem noch ein Mann ist. Er hat nicht mehr die Möglichkeit, mit Doreen zu schlafen oder mit irgendeiner anderen Frau, mit Dani ging es ja sowieso nicht, das ist der einzig nette Aspekt dabei, dass sich in dieser Beziehung nicht viel ändert.

Aber Sex an sich ist doch wichtig gewesen, sein Schwanz ist ihm wichtig gewesen. Jetzt ist sein Schwanz nur noch ein Pinkellappen. Aber die Frauen in der Klinik behandeln ihn trotzdem wie einen Mann. Er macht mit, er redet männlich, ein bisschen grimmig, und tut verletzt. In Wirklichkeit aber ist er nicht verletzt, in Wirklichkeit ist er tot.

Erik ist tot.

Als sich sein Körper erholt, muss er auf dem Vorhof zwischen den Rosenbeeten das Rollifahren üben. Sport hat er sowieso nie getrieben, und jetzt lagen seine Arme lange Zeit auf dem Laken seines Betts und haben noch nicht einmal eine Tastatur bedient.

Nach einem Tag des Rundendrehens –

der Kreis ist rund,
da läuft ein Hund,
da steht eine Kuh,
und raus bist du

– kann er kaum noch die Tasse halten. Seine Hand zittert auf dem Tisch, während Doreen neben ihm sitzt und Neuigkeiten erzählt. Sie kümmert sich um die Heizkostenabrechnung und darum, dass nicht wieder das Telefon abgestellt wird. Sie verheimlicht ihm, dass Julian trinkt, aber er weiß es schon von Marthe. Marthe ist da nicht so zimperlich gewesen.

Doreen sieht gut aus. Sie hat ihr Haar etwas kürzer geschnitten. Es hat jetzt so einen Schwung.

«Du siehst gut aus», Doreen.

«Du auch.»

«Ja sicher.»

«Was soll ich denn sagen?»

«Keine Ahnung. Es wäre sowieso verkehrt. Aber du wirst immer nur hübscher jeden Tag, das ist gegen die Natur.»

«Ach, Erik.»

Als er das Gefühl hat, dass alles seinen Gang geht – er hat mehr Kraft in den Armen, er gewöhnt sich daran, dass eine Frau seine toten Beine streckt und knetet, seine Narben verheilen, und er macht lose Bekanntschaften mit anderen Rehabilitanden –, da setzen die Träume ein. Jede Nacht kommt der Tod. Erik wacht mit Herzrasen auf und klingelt verschwitzt und erschöpft nach einer Schwester.

Das ist normal, sagen sie ihm.

Das Normale macht ihn fertig. Es soll ihn heilen, aber es macht ihn so vollkommen fertig, dass er bald gar keine Lust mehr hat.

«Geht es Ihnen schlecht?», fragt der Arzt, der sich um solche Dinge kümmert.

Er nickt.

Der Arzt nickt auch. «Das ist gut», sagt er. «Das ist wirklich gut. Das ist die Verarbeitung.»

Er hofft, dass die Verarbeitung fertig ist, bevor er es ist. Er ist kurz davor, aber als er bestimmte Überlegungen anstellt, sein Verschwinden von dieser Welt betreffend – sich mit dem Rollstuhl wo runterstürzen. Aber erst mal dahin kommen, Erik Zitterarm –, verabreichen ihm die Schwestern Medikamente. Die Medikamente haben sicherlich ihr

Gutes, aber auch diverse Nebenwirkungen. Das führt hin zu anderen Medikamenten, die auch nicht ohne sind. Während seiner Übungen auf dem Hof dreht er endlose Kreise.

Der Kreis ist rund.
Und raus bist du.
Der Kreis ist rund.
Und raus bist du.

Er wird ewig im Kreis fahren, und das ist wunderbar so und sehr angenehm.

Aber auch das ändert sich, die Tabletten werden abgesetzt, die Träume bleiben manchmal aus, es kommt vor, dass er am Morgen ausgeruht ist, weil er tief und fest geschlafen hat, er entwickelt Armmuskeln, trägt T-Shirts, damit sie gebräunt sind.

Der Garten ist nicht weiter gewachsen. Er ist sogar etwas zusammengefallen. Aber in sich ist er komplizierter geworden, dichter auch. Doreen hat vor der Terrasse eine Schneise gemäht. Sie hat sich eine Sense besorgt und eine Schneise gemäht. Wenn es zu hoch wächst, will sie die Schneise erneuern. Sie sagen Lichtung. Auf unserer Lichtung.

Die Terrasse ist am Verwittern und sehr von Moos bedeckt. Sie haben den Tisch und die Stühle vor die Terrasse auf die Lichtung gestellt. Im Haus ist es bergab gegangen. Zwar macht Doreen ab und an etwas sauber, aber im Grunde hat sie keine Zeit dafür. Sie macht ständig im Rosenstübchen sauber und zapft Bier. Er hat Verständnis. «Du könntest dir eine Putzfrau besorgen.»

«Das wäre an sich eine gute Idee, es muss nur erst mal aufgeräumt werden, dann.»

Der Strom ist abgestellt gewesen, als er zurückkam, aber

Doreen sagt, sie will sich drum kümmern. Er könnte sich auch drum kümmern, aber er kann gar nichts. Hat gerade Energie für schlafen und wach werden und für essen und nicht weinen.

Zum Glück ist es Sommer, und sie müssen nicht heizen, es ist lange hell, und für den Abend hat Doreen eine Petroleumlampe angeschleppt, die ist auch sehr gemütlich. Kochen geht leider gerade nicht, aber sie werden auch von Broten satt. «Wir sollten ein wenig sparen», sagt Doreen, sie muss es wissen, sie hat sein Konto in die Hand genommen.

Zwar bekommt er Geld von der Krankenkasse, aber einige Ausgaben waren unvorhergesehen, das konnte keiner wissen, dass das Heizöl so teuer sein würde. Doreen hatte es bestellt, weil es alle war. Aber jetzt brauchen sie es natürlich nicht unbedingt, denn es ist ja warm, und Strom wäre besser. Sie sagt, sie will sich drum kümmern, es hätte halt jemand die Rechnungen überweisen müssen, die sich im Flur auf dem kleinen Tisch häufen, aber alles kommt wieder in Ordnung.

«Die Kinder kosten auch», sagt Doreen, sie sagt nichts Genaues, aber wahrscheinlich ist es Julian, der kostet. Das Telefon ist erst mal auch abgestellt, aber das stört Erik nicht, denn meistens sind eigentlich alle da, die er kennt.

Sie sitzen gern zusammen im Garten. Margarete sitzt immer dicht am Tisch, wo für sie ein Glas mit Fanta steht. Sie will nichts anderes mehr trinken. Sie will nur noch Fanta. Und Bauer-Joghurt essen.

Marthe kümmert sich drum. Doreen hatte das nicht so eingesehen, aber Marthe kümmert sich um die Marken für Margarete. Sie ist still geworden, seit sie nicht mehr mit

Joschi zusammen ist. Manchmal bringt sie einen Jungen mit, der irritiert guckt, wenn er die Gesellschaft im Garten sieht.

«Moin. Das ist Martin.»

«Moin, Martin.»

Sie sitzt eine Weile mit ihm auf einem Stuhl aus dem Wohnzimmer, denn sonst reichen die Gartenstühle nicht, sie schweigen und trinken Wasser. Dann sagt sie: «Wollen wir auf mein Zimmer gehen», und dann gehen sie auf ihr Zimmer. Nach ein oder zwei Stunden kommen sie wieder runter, trinken noch etwas Wasser, und der Martin oder wie geht.

Erik will nicht drüber nachdenken und hört nicht hoch, was da oben in den zwei Stunden so abläuft.

«Die vögeln», sagt Doreen.

«Sag so was nicht.»

«Doch, sage ich, damit du es weißt.»

Julian hängt mit Remo rum, Remo hat eine Ausbildung als Physiotherapeut begonnen. Er ist jetzt öfter bei ihnen im Garten, und so langsam kann Erik sich an ihn gewöhnen. Remo massiert Margarete die Schultern. Sie hat es gern und macht obszöne Geräusche. Sie sagt «Remo, mein Schatz» zu ihm. Aber das macht ihm nichts aus.

Julian geht kaum noch zur Schule, er trinkt am liebsten Rotwein, was für einen Mann nicht das Richtige ist, im Grunde ist es ja egal, was er trinkt, es bleibt nicht gut für ihn, auch wenn es anderer Alkohol wäre. Er weiß nicht, was er werden soll, er steht vor dem gleichen Dilemma wie Erik damals auch. Nichts drängt ihn, nichts ruft ihn, was soll er also tun? Sich ins Leere hinein anstrengen? Darauf warten, dass etwas ihn braucht?

Das sagt er seinem Sohn natürlich nicht, dass er Verständnis hat. Vielmehr sagt er: «Junge, so geht das nicht, du musst was aus deinem Leben machen.»

Julian sagt: «Ja, ich weiß.» Er widerspricht nicht einmal, aber dann geht er nach nebenan und trinkt Rotwein. Manchmal bringt Remo seine X-Box mit, und sie spielen im Wohnzimmer GTA.

Doreen rennt hin und her und versorgt alle. Sie ist dünner geworden. Sie trägt jetzt fließende, längere Kleider, was irgendwie älter aussieht und auch interessant. Sie bemüht sich, aber sie muss sich um vieles kümmern und immer arbeiten, das kriegt sie nicht alles hin.

Dani kommt manchmal vorbei, manchmal sitzt sie auch im Wald. Die anderen merken das nicht, aber er. Er hat einen Blick dafür. Sie kann es nicht lassen.

Eines Tages, es nieselt, aber sie sind alle im Garten sitzen geblieben, kommt Doreen mit Zuzanna an. Zuzanna mit einem roten, unglücklichen Gesicht über einem orangefarbenen Kleid, das am Bauch zu platzen droht.

«Sie muss auch mal raus», sagt Doreen, und alle nicken.

«Das ist hier unser Garten», sagt Doreen, «hier sitzen wir immer.»

Zuzanna sieht sich um, er kann nachfühlen, wie es ist, das Ganze zum ersten Mal zu sehen, aber sie ist nicht in einem Zustand, wo man unbedingt Ansprüche stellt. Sie setzt sich auf das geblümte Gartenstuhlpolster und lächelt vorsichtig.

«Ich freue mich sehr.»

«Wir uns auch», sagt er.

«Ist sehr hübsch hier.»

«Na ja, wie man's nimmt.»

«Die Rosen werden nicht ausreichend gepflegt», sagt Margarete und zieht die Fanta zu sich ran.

Der Strom ist wieder da, und Doreen bringt Kaffee.

Er fragt Zuzanna nach dem Baby und wann es kommt.

«Kann nächsten Monat sein», sagt sie, «ungefähr so. Fünfzehnter ist Termin.»

Remo betrachtet sie interessiert. Er trägt sein Deutschland-T-Shirt von der Fußballweltmeisterschaft. Er fragt: «Haben Sie Schmerzen?»

Sie sagt: «Schmerzen?»

«Na, Sie müssen doch Schmerzen im Rücken haben, wegen der Gewichtsverlagerung.»

«Es geht», sagt sie.

«Das ist eben so», sagt er, «ich könnte was dagegen machen.»

Zuzanna sieht ihn ratlos an.

Julian schläft im Liegestuhl.

«Er kann das», sagt Margarete.

Sie nimmt einen großen Schluck von ihrer Fanta und hält die Flasche weiterhin fest.

Doreen hebt die Hände und macht Massage-Bewegungen. «Er macht Massage.»

Remo steht auf und fängt an, Zuzanna die Schultern zu massieren, sie lehnt sich schließlich vor an den Tisch und stöhnt auf, während Margarete in die Hände klatscht. «Mein süßer Schatz.»

Erik klebt in seinem Stuhl wie ein Küken in seinem Ei. Manchmal hat er das Gefühl, gar nicht mehr gefragt zu werden. Er ist einfach da. Aus irgendeinem Grund hat es aufgehört, ihn aufzuregen. Warum sollen sie nicht so sein, wie sie sind? Wenn es ihnen gefällt, und wahrscheinlich können sie einfach nicht anders, warum also soll er sich einmischen? Er kann auch nicht mehr anders. Er kann nicht mehr drängeln und schubsen, er kann nur noch warten, bis Doreen kommt und ihm aufs Klo hilft. Aber das muss jedenfalls bald mal geändert werden.

Die Bohrmaschine kann er bedienen, es ist erstaunlich, sogar besser als vorher, weil er ganz andere Kraft in den Armen hat. Unten dünn und oben breit. «Wie Popeye», sagt Doreen. Er hebt den Arm und spannt die Muskeln an. Kugelmuskeln. Er trainiert in seinem Zimmer mit den eingestaubten Gewichten.

Jetzt auf einmal körperlicher Ehrgeiz, jetzt, wo es zu spät ist für den perfekten Körper. Vielleicht der richtige Zeitpunkt.

Er zeichnet, setzt den Bohrer an, Doreen assistiert ihm, und er bohrt Löcher für einen Haltegriff. Er schraubt ihn an und ist zufrieden. Sicher, es ist nicht perfekt. Ideal wäre etwas, das von oben hängt, damit man sich vernünftig aufs Klo abseilen kann. Aber mit der Zeit lernt er, mit dem Griff klarzukommen. Mit seinen gebräunten Muskeln kommt er auch mit dem Griff klar.

Hepp und hoch und pinkeln.

Geht doch.

An den Zustand in der Wohnung gewöhnt er sich. Sein Bett wird im Arbeitszimmer neben dem Wäscheschreibtisch aufgestellt, weil er schlecht die Treppen hochkommt. «Man könnte einen Treppenlift anbauen», sagt Doreen, und alle lachen sich kaputt, obwohl es eine ganz vernünftige Idee ist.

So bleibt er unten, unten ist jetzt sein Haus. Oben ist ihr Haus. Nein. Ihr Haus ist oben und unten.

Eines Morgens, als er sich mühevoll in seinen Stuhl gehievt hat, er wird jetzt immer sehr früh wach, und ins Wohnzimmer gerollt ist, sieht er Julian auf dem Sofa liegen und schlafen. Vor seinem Jeansknie sitzt eine Maus und müht sich mit einer angebrochenen Tafel Schokolade. Ihre Barthaare zittern, und ihr graues Maul ist hektisch am Mümmeln. Kleine Fetzen von Papier und Silberfolie liegen verstreut um sie herum. Als sie ihn sieht, erstarrt sie und wirkt für einen kurzen Moment wie ein Spielzeug, aber dann besinnt sie sich und verschwindet blitzschnell über den Teppich, wobei ein Stück des Silberpapiers in ihrem Fell blinkt, hinter den Schrank. Julian schläft weiter, den Kopf auf ein aufgeschlagenes Buch gebettet, vor der Couch stehen drei leere Rioja-Flaschen. Erik fährt an seinen Kopf heran und betrachtet ihn von nahem. Sein Gesicht ist leicht gerötet und seine Stirn, seine Wangen – sein ganzes Gesicht ist glatt und faltenlos, gesund ist sein Sohn und voller Zukunftsaussichten. Aber scheinbar täuscht das. Er versucht das Buch vorsichtig unter Julians Gesicht vorzuziehen, er ist neugierig, denn Julian liest keine Bücher, normalerweise. Nur Zeitschriften und DVD-Hüllen.

Es ist ein Buch über Pflanzen. Es ist bei der Pflanze Esels-Wolfsmilch aufgeschlagen, giftiger Milchsaft, Ingenolester, Jatrophan-Derivate. Unwillkürlich schaut er durch das Fenster nach draußen, hat er sie schon mal gesehen, diese Pflanze?

Aber falls seinem Sohn Gefahr droht, dann nicht in erster Linie durch Pflanzen. Er sieht sich um. Die leeren Flaschen, der Geruch. Was soll man da nur tun? Immerhin handelt es sich um seinen Sohn.

Julian wacht auf und streckt sich, er ist ein Baby, wenn er aufwacht. Ist ja auch noch nicht lange her. Vor siebzehn Jahren ist er ein Baby gewesen. Und jetzt ist er ein Säufer, so schnell kann das gehen.

Er sieht seinen Vater an. «Was machst du denn hier?»

«Ich wohne hier», sagt Erik.

«Aber so früh.»

«Ich wohne auch früh hier.»

«Ich war müde.»

«Ich sehe schon», sagt Erik. «Das geht so nicht, das hatten wir doch schon mal, das weißt du doch, wie das endet.»

Julian schüttelt den Kopf. «So schlimm ist das nicht, das ist nur, weil ich nicht schlafen konnte.»

Erik hält das Buch mit der Esels-Wolfsmilch hoch. «Interessierst du dich für Pflanzen?»

Julian überlegt. Er runzelt die Stirn. Dann sagt er: «Das ist nur so.»

«Ich hab ja nichts dagegen, wenn du dich für die Natur interessierst», sagt Erik und fährt zum Fenster, um den erwachenden Garten zu betrachten. Alles liegt noch im feuchten Schatten, in den Spinnweben liegen schwere Tropfen, wie alte Perlenketten, und erste gelbe Blätter hängen an den Spitzen der Gräser. Aber die Vögel wissen, dass es heute schön wird, sie haben lange schon begonnen, und oben in den Baumwipfeln hinter dem Garten ein schwacher, orangefarbenener Schein, der die Hitze des Tages ankündigt.

«Ja, aber das ist nur so», sagt Julian, «ich dachte, ich hätte diese Pflanze draußen gesehen.»

«Eine giftige», sagt Erik und dreht sich mit dem Stuhl vom Fenster weg in Julians Richtung.

«Ja.»

«Und wie wirkt sich das aus, das Giftige, darf man sie nicht in die Suppe tun oder sich damit die Augen auswischen?»

«Ich wollte ja nur mal wissen, was das für eine ist», sagt Julian.

«Und wieso, ich meine, wieso ist dir gerade die aufgefallen?»

«Weil sie merkwürdig war.»

«Wie, merkwürdig?»

«Sie war eben voll komisch.»

«Voll komisch.»

«Ich war gestern Nacht im Garten, weil mir schlecht war, der Mond schien voll hell, deshalb konnte ich die gelbe Pflanze sehen, sie hat Kontakt mit mir aufgenommen, ob du das glaubst oder nicht, sie war bedrohlich.»

«Deshalb hast du dann getrunken.»

«Nein, deshalb hab ich im Pflanzenatlas nachgesehen, und sie war giftig, wie ich mir schon dachte. Und außerdem hat Remo auch mitgetrunken bei diesen Flaschen hier.»

«Na, das beruhigt mich ja.»

Julian richtet sich auf und sieht plötzlich die Schokolade. «Was ist das denn?»

«Das war eine Maus», sagt Erik, «ich habe sie gesehen.»

«Ieh», heult Julian in einem hohen, weinerlichen Ton, «iiiieeeh!»

«Eine kleine Maus», sagt Erik.

«Mann», sagt Julian, «die war hier.»

«Ja, ich hab sie gesehen», sagt Erik nochmal, «sie war eigentlich ganz süß.»

«Das ist so eklig», sagt Julian und steht auf. «Das ist so eklig. Äääähhhh!»

Marthe kommt in Bademantel und Socken herein. «Was ist hier denn los? Es ist fünf Uhr, was macht ihr hier?»

«Hier war eine Maus», sagt Julian.

«Mein Gott», sagt Marthe, «hier sind öfter Mäuse, die wohnen hier.»

«Seit wann das denn?», fragt Erik.

«Was weiß ich, irgendwann sind sie wohl hier eingezogen. Die Tür zur Terrasse steht ja immer offen. Da haben sie ihre Rucksäckchen gepackt und sind hier eingezogen, in das Loch hinter dem Schrank.»

«Du wusstest das», sagt Julian.

«Du nicht?», sagt Marthe und dreht sich um. «Ich geh wieder schlafen.» Sie gähnt.

«Ich geh hoch in mein Zimmer, da ist es sauber, und es gibt kein Getier», sagt Julian, steht auf und schlurft aus dem Zimmer.

Erik ist nicht mehr müde. Er bleibt am Fenster sitzen und sieht zu, wie sich die Sonne ganz langsam in den Garten hinablässt und sich die Feuchtigkeit wie kleine Geister in die dunklen Löcher verkriecht. Als die Sonne das Fenster erreicht, trocknen die Kondensationströpfchen an der Scheibe, und sein Gesicht beginnt sich langsam zu erwärmen, er schließt die Augen, und bunte Wellen taumeln über sein Gesicht.

«Es wäre gut, wenn du bald wieder arbeiten kommen würdest», sagt sein Chef am Telefon. «Denken kannst du doch noch, oder? Sonst stelle ich jemand anderen ein.»

«Ich glaube, ja», sagt Erik.

«Wenn nicht, dann ist auch egal, merkt keiner», sagt sein Chef. «Anwesenheit zählt und guter Wille. Die Leute bauen auf dich.»

«Auf mich?», sagt Erik. Sein Chef duzt ihn, seitdem er auf seinem Geburtstag mit ihm angestoßen und ihm das Du angeboten hat, das war fünf Minuten bevor er erschossen wurde. Erwin. Erik. Ganz ähnliche Namen. Jetzt ist da nichts mehr dran zu ändern.

«Wenn die sich erst mal an einen gewöhnt haben», sagt Erwin.

«Ja, alte Leute», sagt Erik, er merkt, dass er es liebevoll sagt.

«Manche Leute haben die richtige Sensibilität dafür», sagt sein Chef, «so wie du, ich hatte den richtigen Riecher mit dir. Die alten Leutchen muss man nur nett behandeln.» Kurze Pause, dann sagt er: «Und wir sind ja nun auch nicht mehr die Jüngsten.»

Erik schluckt. Er ist fünfundvierzig. Er sitzt im Rollstuhl. Er hat seinen letzten Orgasmus bereits gehabt.

«Aber noch ganz gut in Schuss», sagt Erwin.

«Na ja», sagt Erik und schluckt und schluckt.

«Kein Geflenne, jetzt bloß kein Geflenne. Schöne Grüße von Frau Jäger, sie hat noch was für dich. Ich soll es nicht verraten, aber ich glaube, es ist ein Rasierwasser. Irisch Moos. Das bekommen wir alle. Mach dich mal fit. Für nächste Woche hat Frau Jäger schon Termine vereinbart. Sonst muss ich mir jemand anderen suchen.»

Erik nickt am Telefon, obwohl das keiner sehen kann und eine Antwort auch gar nicht erwartet wird, denn es tutet bereits im Hörer. Aufgelegt.

4711 und Irish Moos.

Die Sonne brennt in sein Gesicht. Doreen bringt eine Flasche Wasser und stellt sie auf den Tisch, der unten schwarz angelaufen ist, oder es ist einfach Moos und Dreck. Daneben stellt sie ineinandergestapelte Gläser.

Sie sagt: «Ich werde heiraten.»

Margarete starrt sie an. Ihre Oberlippe zittert.

«Das tut man doch nicht», sagt sie.

«Was tut man nicht», fragt Doreen, «heiraten?»

«Du hast ihr doch den Mann weggenommen», sagt Margarete.

«Wem?»

«Na, der Blonden, ich komme nicht drauf, mit dem hellen Kleid, die immer so freundlich war.»

Erik überlegt, aus welchem Film das war, aber er kommt nicht drauf.

«Mutter, ich habe niemandem den Mann weggenommen», sagt Doreen.

Sie hat in dieser Beziehung keinen Humor.

«Jetzt hat sie ihn», sagt er. «So ist das Leben, Margarete.»

«Aber es ist nicht gut», sagt Margarete, «zu der Blonden passt er besser.»

«Das kann man nie wissen», sagt er, «manchmal kommt es anders, als man denkt, und ist dann trotzdem nicht das Schlechteste.»

«Wollt ihr vielleicht wissen, wen ich heiraten will?», fragt Doreen.

Marthe beißt sich auf die Lippe.

«Ich weiß es.»

Julian starrt sie an. «Du bist ja die Alleswissende.»

«Ich weiß auch, dass du sitzenbleibst», sagt Marthe.

Julian schnauft.

«Das ist ja kein Wunder», sagt Erik. «Da gehört nicht viel Weisheit dazu, das rauszukriegen.»

«Und?», sagt Doreen, «wenn du es weißt …»

«Es ist Jochen», sagt Marthe.

Doreen nickt verschämt.

«Ich hoffe, ich habe damit niemanden verletzt», sagt sie und sieht Erik an.

Es verletzt ihn tatsächlich. «Ich sollte in dieser Hinsicht keine Erwartungen mehr pflegen», sagt er.

Doreen schweigt eine Weile. Dann sagt sie: «Es ist nicht deshalb. Es hat damit nicht viel zu tun, vielleicht sogar gar nichts.»

«Nein, natürlich nicht», sagt Erik. «Ich werde zum Krüppel, und du heiratest Jochen. Obwohl Jochen ein alter Mann ist. Ein alter Mann ist immer noch besser als ein Krüppel.»

Doreen grinst. «Womit du recht hättest», sagt sie und grinst noch mehr.

Erik spürt, dass er auch grinst, ganz von allein übernimmt seine Mimik das Gespräch. Eigentlich ist es ihm egal.

«Wolltest *du* Doreen heiraten», sagt Marthe und trifft damit den Nagel auf den Kopf. Alle sehen ihn an. Wollte er Doreen heiraten?

«Ich hätte sie gar nicht heiraten können», sagt er, «denn ich bin noch nicht mal geschieden.»

«Aber hättest du gewollt?», fragt Marthe.

Er schüttelt langsam den Kopf. Er sieht Doreen dabei nicht an. Jetzt ist auch dieser letzte Punkt geklärt, und Doreen ist im Recht.

«Man muss auch nicht heiraten», sagt Erik, ein letzter Versuch.

«Muss man nicht», sagt Doreen.

«Wozu sollte man?»

«Man muss nicht», sagt Doreen wieder, «man will es nur eventuell.»

«Aber aus welchem Grund? Ihr seid alt, und ihr geht zum Standesamt, Musik und Blumen, das ist doch albern.»

«Ja.»

Remo kommt in den Garten. Er hat sich einen Weg von der Garagenauffahrt zur Lichtung gesucht, einen Trampelpfad angelegt.

«Huhu», sagt Julian, «hier wird geheiratet.»

Remo lächelt. Er stellt eine Flasche Rotwein auf den Tisch, direkt vor Julians Nase. Es ist etwas Liebevolles und Verständnisvolles in dieser Geste, und Erik denkt zum allerersten Mal darüber nach, ob die beiden eine Beziehung haben. Wie auch immer, sie haben eine Beziehung. Mit oder ohne Sex.

Remo holt sich einen Stuhl von drinnen, steckt sich eine Zigarette an und sagt dann: «Wer heiratet?»

Doreen sagt: «Ich.»

Remo sieht zu Erik.

«Mich nicht», sagt Erik.

Remo bläst den Rauch durch die Lippen.

«Jochen», sagt Doreen.

«Den Alten», sagt Remo.

Alle nicken.

«Na, herzlichen Glückwunsch», sagt Remo und öffnet geschickt die Flasche Rioja.

## Doreen

Irgendwann muss man wieder anfangen und weitermachen. Jochen hat gesagt, er kommt auch. Zusammen werden sie es schaffen. Aber Jochen verspätet sich. Sie schließt die Kneipentür auf. Das Schild mit dem Herz hängt immer noch da. Sehr lange Familienfeier, hört gar nicht mehr auf. Der Regen hat es aufgeweicht, und die Farben sind verlaufen.

Alles ist so, wie sie es verlassen haben. Der Schluck Wein im Glas, die angebissenen Rindfleischstücke auf den Tellern und der Salat, der matt in der Schüssel liegt wie kleine, grüne Seidenlappen, es riecht nicht gut, das Essen hat angefangen zu gammeln. Aber das ist nicht das Problem, das Problem ist der braune Fleck auf Eriks Platz. Sein eingetrocknetes Blut. Sie zwingt sich, die Sache gleich als Erstes anzugehen. Die Polizei hat längst alles vermessen und fotografiert, sie kann den Fleck nun entfernen. Sie lässt warmes Wasser in einen Eimer, etwas Putzmittel dazu. Eine Bürste, sonst kommt sie nicht in die Rillen vom Holz, und dann macht sie sich an die Arbeit.

Als sie fertig ist, betrachtet sie zufrieden ihr Werk. Alles sauber, kein Verbrechen mehr auf der Erde. Wenn die Feuchtigkeit verschwunden ist, wird auf dem rötlichen Fußboden niemand mehr etwas erkennen können.

Als Jochen kommt, kümmert sie sich schon um die Lebensmittel und das Geschirr. «Reni, ich bin ja schon da. Lass doch, das ist zu schwer für dich.»

Er kennt sich aus, sowohl im Geschirr als auch in ihr.

«Wenn alles ordentlich ist, fangen wir neu an», sagt er ernst, und sie wundert sich, wie soll man hier neu anfangen?

Es ist natürlich nicht gut, dass hier einer geschossen hat, das macht keinen guten Eindruck, wenn in Kneipen rumgeschossen wird. Sie denkt an ihre Gäste. Wen von denen wird es abhalten, zu kommen? Keinen. Die sind nicht so, dass sie sich so leicht verschrecken lassen. Die glauben sowieso nicht, dass sie das Glück gepachtet haben, die stellen keine Ansprüche.

Sie nimmt den Strauß mit Rosen aus der Vase und trägt ihn raus, zu den Mülltonnen im Hof. Dabei hinterlässt sie eine Spur von Rosenblättern. Das war dumm von ihr. Wirklich dumm. Jetzt muss sie die noch alle aufsammeln.

Als sie die Tische abräumt, sieht sie das Päckchen an Eriks Platz. Er ist nicht dazu gekommen, es zu öffnen. Sie wird es ihm mitnehmen. Wenn sie ihn besucht. Sie wird ihn demnächst besuchen.

Jochen räumt den Geschirrspüler aus und ein und putzt den Herd, auf dem sie bis zuletzt, bis die ersten Gäste kamen, gekocht hatte. Sie hatte sich so viel Mühe gegeben und war so voller Vorfreude gewesen. Sie hält sich am Türrahmen fest.

«Was ist denn?», fragt Jochen, während er sich zu ihr umdreht und sie ansieht.

Es war das wertvollste Fest gewesen, das sie in ihrem Leben gefeiert hatte, und es war alles schiefgegangen. Sie hatte sich das erste Mal in ihrem Leben ein teures Kleid gekauft. Sie hatte für einen Moment geglaubt, sie hätte es zu was gebracht, mit all diesen netten, klugen Leuten.

Und dann war es schiefgegangen. Das Essen verschimmelt, die Rosen verblüht und das Geschenk ungeöffnet. Etwas Böses hatte sich eingeschlichen und sie alle einsam gemacht.

«Nun mach mal halblang», sagt Jochen, «Heulen nützt auch nichts.»

Er hat ja recht.

Sie putzt sich die Nase und klotzt wieder ran. Jochen hat ja immer recht.

«Der wird schon wieder», sagt er nach einer Weile gutmütig.

Vielleicht, aber das Problem ist einfach, dass er gar nicht zu ihr gehört.

Aber wer gehört zu ihr?

«Das Kleid hat zweihundertvierzig Euro gekostet, und jetzt ist es voller Blutflecken.»

«Wir kaufen ein neues», sagt Jochen.

«Wofür denn?»

«Wir finden einen Anlass. Du musst doch mal ein gutes Kleid haben und einen Anlass, wo du es tragen kannst.»

Im Haus ist es schmutzig. Sie müht sich, wenigstens oberflächlich sauber zu machen, aber sie hat so viel zu tun. Jetzt auch noch in dieser Wohnung die Sauberkeit zu überwachen, das schafft sie einfach nicht mehr. Und die anderen leben, jeder in seiner eigenen, unverständlichen Ordnung. Nur haben die nichts mehr mit normalen Ordnungen zu tun.

Marthe hat Flaschen in einer langen Reihe im Flur aufgestellt. Margarete sammelt Verpackungen unter ihrem Bett, Doreen darf sie auf gar keinen Fall wegräumen. Und selbst Dani, die gar nicht oft da ist, hat auf dem Fensterbrett in Plastikbehältern Kräuter ausgesät. Dass in all dem Chaos und inmitten des wuchernden Gartens auch im Haus noch Pflanzen wachsen müssen, in Margarinedosen und Joghurtgläsern, das leuchtet nur ihr selbst ein. Sie sagt, sie braucht sie zum Kochen. Das ist nicht verkehrt gedacht, nur ist der Strom wieder abgestellt, jedenfalls im Moment. Doreen muss anrufen und mit denen reden, einige Rechnungen, die rumlagen, hat sie schon bezahlt, aber es fehlt noch ein größerer Betrag, den kann sie jetzt so spontan nicht aufbringen, und auf Eriks Konto sieht es nicht so gut aus, schlecht eher. Das Gehalt ist nicht ausreichend für die Hauskosten und für das, was Julian und Marthe verbrauchen an Kleidung, Nahrung, Rotwein und Schulausflügen. Mit Karin ist nicht zu reden, Karin säuft wieder, und das Gestüt geht ohne ihren Vater vor die Hunde, alles Mist, alles drunter und drüber, und sie hat eine Kneipe und schafft das nicht alles, alles immer für alle, das überfordert sie.

Sie muss selbst sehen, dass sie nicht zu weit ins Minus rutscht und nachher auch ihre Rechnungen nicht mehr bezahlen kann und dann in so einer Schleife ist. In so einem Strudel aus nicht bezahlten Rechnungen. Sie kennt Leute, denen das so geht. Die auf einmal nicht mehr kommen, und bis gestern haben sie noch fleißig Biere ausgegeben.

Sie wirft einen Blick in Julians Zimmer. Es stinkt. Sie geht rein und lüftet. Immerhin ist er in der Schule. Wahrscheinlich jedenfalls. Seine Stofftasche, in der er immer seine Bücher und Hefte transportiert, ist nicht da. In Julians

Zimmer herrscht wenigstens eine gewisse Ordnung. Er ist viel ordentlicher als sein Vater.

Dann geht sie zu Margarete. Sie wohnt jetzt im Schlafzimmer, weil Erik unten das Gästezimmer bekommen hat.

Ihre Mutter sitzt am Tisch und legt Patiencen. Das kann sie noch ganz gut. Auf dem anderen Stuhl liegt ihr Strickzeug, im Regal jede Menge Babykleidung, Doreen will nichts mehr dazu sagen, es ist doch eh alles egal. Margarete sortiert die Karten sorgfältig übereinander und kann deshalb nicht hochsehen, sie sagt: «Kommen Sie rein.»

«Ich bin's, Mutter, Doreen.»

«Ach, Doreen. Schießen sie noch?», sagt sie.

Sie ist von dem Schuss bei Eriks Geburtstag sehr erschrocken gewesen. Sie war ziemlich durcheinander.

«Niemand schießt mehr», sagt Doreen.

«Aber manchmal schon, heimlich», sagt Margarete und mischt die Karten neu.

«Heimlich vielleicht», sagt Doreen und betrachtet das Bett, auf dem Schokolade liegt.

«Wieso liegt Schokolade auf deinem Bett? Das ganze Bett ist schon beschmiert.»

«Das geht dich nichts an», sagt Margarete kühl und spielt ungerührt weiter. Doreen seufzt und klopft bei Marthe. Aber Marthe ist auch nicht da. Eigentlich geht es nicht, dass ihre Mutter allein bleibt, aber sie muss sich manchmal um Dinge kümmern, und auf Dani ist im Moment nun gar nicht zu zählen. Sie setzt sich auf einen Stuhl und betrachtet den Teppich, aus dem aus irgendeinem Grund ein Stück herausgeschnitten wurde. Das erinnert sie daran, dass auch darunter noch was ist, ein Grund undefinierbarer Art.

Aber sie wundert sich nicht mehr. Sie seufzt nur, als sie Geraschel hört. Sie meint, eine Maus über den Teppich huschen zu sehen, aber es war sehr schnell, vielleicht hat sie sich das auch nur eingebildet.

## Dani

Es ist kein Zufall, dass sie Zuzanna trifft. Schließlich besucht sie Tom zu Hause, weil sie Zuzanna treffen möchte. Nur, irgendwie hatte sie nicht damit gerechnet, dass es tatsächlich so kommen würde. Obwohl sie doch froh sein sollte, dass Tom eine Beziehung hat und von dieser Fixierung weg ist und vielleicht jetzt normal wird.

Hey, Tom, du wirst jetzt anscheinend normal.

Sie hat ein Buch mitgenommen, das er ihr einmal geliehen hat, das sie aber nie gelesen hat. Sie liest selten Bücher. Er hatte gesagt: «Das musst du unbedingt lesen», und sie hatte schon gleich keine Lust mehr gehabt, wenn einer schon sagt «Du musst», sie muss nichts, schon gar nicht dieses Buch lesen. Sie hatte die erste Seite gelesen, die zweite, die dritte, und das Buch wurde von Wort zu Wort anstrengender und wollte ihr die ganze Zeit sagen: Du verstehst mich nicht. Sie hat es auf die Erde geschleudert, obwohl es sein Buch war, ein geliehenes Buch. Sie hat es aufgehoben und die Knicke geglättet. Das ging nicht so richtig. Aber sie hat es jedenfalls versucht. Das Buch nun in der Hand, klingelt sie an seiner Klingel.

Tom an der Sprechanlage, sie sagt: «Ich, Dani», dann Summen, die Tür geht auf. Sie durchquert das Treppenhaus, überquert den Hof und steht vor seiner Tür. Sie hält das Buch vor sich hin wie eine kleine Torte.

«Ach, das Buch», sagt Tom, und sie spürt sofort, dass er das für Zuzanna sagt, denn für sie sagt sein Gesicht: Was willst du hier?

«Ich wollte dir das Buch zurückbringen.»

Als wenn das nicht längst klar wäre.

«Na, dann komm doch rein.»

Das hat gedauert.

Zuzanna steht am Fenster und lächelt. Sie sieht nicht gerade umwerfend aus. Aber wenn man länger hinsieht, doch immer besser, jedenfalls die Augen und der Mund, oder irgendwas, wenn man will, aber jedenfalls nicht gerade umwerfend.

«Hallo», sagt Zuzanna.

«Ich bin Dani.»

«Zuzanna, sehr erfreut.»

Das hat sie wohl im Deutschkurs gelernt.

«Hat es dir gefallen?», fragt Tom.

«Was?»

«Das Buch.»

«Welches Buch?»

Tom nimmt ihr das Buch aus der Hand und hält es ihr vors Gesicht.

«Dieses Buch.»

«Du musst nicht gleich so aggressiv werden.»

«Ich bin überhaupt nicht aggressiv», sagt Tom, er ist immer noch der Alte, wenn sie jetzt weitermachen würde.

«Ich hab es nicht gelesen.»

«Du hast seit einem Jahr dieses Buch, das ich dir so ans

Herz gelegt habe, und du meinst, heute wäre der Zeitpunkt gekommen, um es mir mal zurückzubringen?»

Sie betrachtet ein riesen Metallteil, an dem Federn kleben. Sie sagt: «Das sieht aber süß aus.»

Tom betrachtet sein Kunstwerk, und sie kann sehen, wie er darüber nachdenkt, ob es tatsächlich so auf Menschen wirken kann und ob das in Ordnung ist. «Süß?», sagt er.

«Ich habe es nur gerade gefunden, als ich aufgeräumt habe, und da dachte ich, ich bringe es wieder zu seinem Besitzer.»

«Zu seinem Besitzer?»

«Zu dir. Dein Buch.»

«Das Buch.»

«Ja doch, wovon reden wir denn? Du könntest mir vielleicht auch Kaffee anbieten oder Tee und Kuchen?»

Tom nickt, Zuzanna sagt freundlich: «Ich mache Tee.» Und geht in die Küche. Sie ist ganz schön abgebrüht.

Als sie in der Küche ist, fragt Tom: «Und, was gibt's?»

«Wieso?»

«Warum bist du gekommen? Du kommst doch sonst nicht.»

«Ich wollte sie mal sehen.»

«Du wolltest Zuzanna mal sehen?»

«Schrei doch nicht so, das kann sie ja hören!»

Tom hebt eine Tafel Schokolade vom Fußboden auf und beißt hinein wie in Brot. «Und, wie findest du sie?», fragt er kauend.

«Ich habe sie ja gar nicht kennengelernt.»

«Du hast sie doch gesehen, sie hat doch was gesagt.»

«Aber deshalb habe ich sie doch nicht kennengelernt.»

Tom nickt.

«Aber was du so gesehen hast.»

«Das ist nicht schlecht.»

«Nicht schlecht?»

«Etwas pummelig vielleicht, aber das steht ihr gut.»

«Pummelig», sagt Tom.

Sie denkt darüber nach und über diesen Tonfall, als Zuzanna mit dem Tee und ein paar Keksen auf einem Teller ins Zimmer kommt. Sie stellt alles auf den Tisch am Fenster, von wo man den ganzen grauen Hof überblicken kann. Aber mehr als ein Dreirad steht da nicht rum.

«Bitte!», sagt Zuzanna mit einer gewissen Bissigkeit. Zuzanna nimmt sich den Stuhl am Tisch, Dani setzt sich aufs Sofa, Tom setzt sich auf die Tischkante. Dani trinkt Tee und isst einen Keks.

«Hast du sein Werk betrachtet?», sagt Zuzanna, Wort für Wort mühsam zusammenklaubend. Hat sie diese Frage extra gelernt? Hat sie gedacht, sie Besuchern stellen zu können? Tom lächelt Zuzanna an. Er legt seine Hand auf ihre und sagt zu ihr: «Weißt du, wie sie es findet? Sie findet es süß.»

«Süß?»

Tom nickt und lässt seine Hand auf Zuzannas.

«Es ist ja auch süß. Sieh es dir doch mal an. Es hat ein dickes Bäuchlein, es hat Federn, es kippt fast zur Seite über, es ist ein süßes Ding.»

«Du verstehst es nicht, Dani.»

«Natürlich nicht. Ich habe ja auch das Buch nicht verstanden.»

«Das dachte ich mir.»

«Dass ich nicht klug bin.»

«So meinte ich es nicht.»

«Nein? Wie denn?»

«Du gibst dir überhaupt keine Mühe dazu.»

«Das sagst du schon immer.»

Zuzanna verzieht den Mund. «Was willst du denn? Du sollst nicht mit ihr streiten.»

Tom nickt. «Nein. Ich streite nicht, ich bin sehr glücklich und sehr froh.»

Als Dani den letzten Keks gegessen und all den süßen Tee getrunken hat, kommt sie sich gezuckert vor. Sie steht auf, um ihre Jacke zu nehmen und zu gehen. Tom springt auf und sagt: «Willst du schon gehen?» Sie sieht, wie erleichtert er ist. Willst du schon gehen? Geh nur schnell, dann bleibt es hier hübsch. Nun gut. So sieht also seine Freundschaft aus. So also. Sie zieht ihre Jacke an und zieht den Reißverschluss zu. «Vielen Dank für die Kekse und für den Tee, Zuzanna.»

Zuzanna nickt.

Bevor sie dann die Tür schließt, sieht sie etwas, das die ganze Zeit schon da war, aber ihre Wahrnehmung nicht erreicht hatte, weil es nicht sein konnte. Es ist eine Kommode mit einer Plastikauflage, mit Affen und Elefanten bedruckt. Sie verharrt, sie sieht Zuzanna an und dann Tom, der die Schultern hochzieht und dann langsam sinken lässt, als wollte er sagen, so ist es nun mal. Sie macht leise die Tür hinter sich zu und kann es einfach nicht glauben, dass Tom, ausgerechnet er, ein Baby bekommt. Was ist alles andere dagegen schon?

Das Dreirad steht immer noch auf dem Hof. Es ist alt und abgenutzt, fährt aber sicher gut, wenn man zwei Jahre alt ist oder drei.

Wie Tom das schaffen will? Gar nicht. Zuzanna wird es schaffen.

Sie liegt im Bett und starrt die Decke an. Hinter mir und vorder mir, einzweidreivier Eckstein.

Sie kann zu den anderen gehen, wenn sie will.

Aber das wäre zu viel. Margarete denkt sowieso nicht dran. Sie fasst Dani an, wenn sie nicht aufpasst. Die anderen natürlich nicht. Aber die hausen zusammen. Es riecht, es dampft im Haus. Sie duschen in einer Dusche, sie essen in einer Küche, sie benutzen dieselbe Toilette. Überall Fingerspuren, im ganzen Haus Abdrücke. Niemand macht sauber. Der Geruch von ihnen, die eng beieinanderwohnen, ihre Stimmen, ihre Körper, die Luft dick und schwammig, das alles fasst sie an.

Sie setzt sich im Bett auf.

Sie fährt mal rüber, mal gucken, was los ist.

Es ist schon wieder Herbst geworden. Es ist noch sehr warm, gelber, gelber Tag. Die weiche Matte unter ihren Füßen. Sie hat wieder ihre Tarnkleidung an. Beige und braun, aber ihre Nägel funkeln pinki. Bestimmte Rücksichten kann man nicht nehmen, bestimmte Zugeständnisse nicht machen.

Sie geht langsam. Sie hat Zeit. Bei dem schönen Wetter werden sie im Garten sitzen, wo sie sich eine Lichtung gebaut haben. Doreen hat das gemacht. Das Gras funkelt orange und grün. Es ist noch zuversichtlich. Eines Morgens wird Reif auf dem Gras sitzen, und es wird tot sein. Der Winter kommt langsam. Sie wird nicht mehr herkommen. Sie wird in ihrer Wohnung sitzen und aus dem Fenster starren. Sie wird die Kinder sehen, wie Vögel auf dem Klettergerüst. Sie haben wenigstens eine Möglichkeit. Sie können nass werden und sich erkälten. Sie können zusammensitzen ohne Grund.

Ihr Baumstumpf ist noch da. Er ist heiß von der Sonne. Das Moos ist vertrocknet, die Tiere in die Feuchtigkeit geflohen. Sie macht es sich bequem. Es duftet süß, und die Geräusche sind vertraut. Sie bedeuten nichts. Die Vögel schreien wie immer, die Schnecken verfolgen ihren Weg, und die Unsichtbaren knistern im Gebüsch. Ein Wurm ringelt sich oberirdisch, er wundert sich, weil er auf der falschen Seite ist, er bohrt sich wieder ein, wohin er gehört, in die Dunkelheit. Sie wippt mit ihren Füßen und möchte fröhlich sein. Es ist doch schön hier. Von ferne hört sie sie reden.

Sie sucht sich einen Blick durch die Büsche, sie hebt ihr Fernglas, da sitzen sie wie Kinder.

Margarete in einem an der Seite zerbrochenen Korbsessel, der aber noch hält. So lange, bis er zusammenbricht. Aber Margarete wiegt immer weniger. Sie isst nicht viel, manchmal gar nichts, aber sie hat gute Laune. Das ist ihre Art, zu verschwinden. In letzter Zeit redet sie immer mehr. Manchmal hört ihr jemand zu, manchmal auch nicht. Es ist Margarete egal.

Julian trinkt Rotwein aus der Flasche.

Remo ist da und Zuzanna, sie hat sich auch hier eingenistet, seit Doreen sie mitbrachte, und Marthe, diesmal ohne einen der Typen, die sie sonst mitbringt. Erik sitzt in seinem Stuhl. Er ist dicker geworden, und er lächelt die meiste Zeit dümmlich. Er fährt jeden Tag in seine Kanzlei und kommt jeden Nachmittag pünktlich wieder heim. Überstunden gibt es nicht mehr. Vieles gibt es nicht mehr.

Sie sitzen auf ihrer Lichtung, das Grün nimmt sie in Schutz. Sie sitzen und reden und trinken, sie leben vor sich hin wie die Würmer und Vögel.

Der eine spezielle ist gekommen. Er legt den Kopf schräg, er ist ein außergewöhnlich kluger Vogel und verrät ihr endlich das Geheimnis.

«Ja?»

«*********»

Gut, dass sie es verstanden hat. Der Wald ist knistertrocken. Ein Streichholz würde genügen.

«Da würdet ihr euch wundern, ihr.»

Sie lächelt, als sie sieht, dass Zuzanna dasteht und ausläuft wie ein Wasserschlauch. Doreen steht auch da, mit erhobenen Händen, weiß sie dieses eine Mal nicht, was zu tun ist?

«Das ist das Fruchtwasser, Doreen.»

Weiß sie das denn nicht?

«Doreen, das ist das Fruchtwasser.»

Doreen hat ihre Hände immer noch oben.

«Doreen!», sie schreit jetzt, «das ist doch das Fruchtwasser, Doreen!!!» Sie kämpft sich durch die Büsche und zertrampelt die Blätter und reißt die Blüten beiseite. «Doreeen!!! Wartet, ich hole das Auto, ich bin doch hier, ich hole das Auto, ich komme!»

Doreen starrt sie an, Zuzanna, alle starren sie an.

«Ich hole das Auto. Das ist das Fruchtwasser.»

«Ja?», sagt Doreen, «ich wusste nicht, dass das so aussieht. Ich bin so froh, dass du hier bist. Jemand mit Verstand.»

«Doreen!!!», schreit sie wieder, «jemand wird ein Baby bekommen, Doreen!!!, siehst du, jemand wird hier doch ein Baby bekommen, ein ganz echtes Baby, Doreen!!!»

Margarete hebt ihr Strickzeug hoch. «Schießen sie noch? Ich glaube nicht, ich glaube, es ist vorbei, ich brauche neue Fanta, sonst reißt mir am Ende der Faden, und die Blonde trägt das Kleid, das der anderen gehörte, das war doch … oder? Nun mach aber mal halblang.»

MIX
Papier aus verantwortungsvollen Quellen
FSC® C019821

Das für dieses Buch verwendete FSC®-zertifizierte Papier *Lux Cream* liefert Stora Enso, Finnland.